宋词经典研究系列

宋词解读

诸葛忆兵 著

北方文艺出版社

图书在版编目（CIP）数据

宋词解读 / 诸葛忆兵著 . -- 哈尔滨 : 北方文艺出版社 , 2020.1
ISBN 978-7-5317-4409-2

Ⅰ . ①宋… Ⅱ . ①诸… Ⅲ . ①宋词 – 诗词研究 Ⅳ . ① I207.23

中国版本图书馆 CIP 数据核字 (2019) 第 171507 号

宋词解读
SONGCI JIEDU

作　者 / 诸葛忆兵
责任编辑 / 路　嵩　张贺然
封面设计 / 琥珀视觉

出版发行 / 北方文艺出版社
邮　编 / 150080
发行电话 / (0451) 85951921 85951915
经　销 / 新华书店
地　址 / 哈尔滨市南岗区林兴街 3 号
网　址 / www.bfwy.com

印　刷 / 廊坊市国彩印刷有限公司
开　本 / 710mm × 1000mm　1/ 16
字　数 / 385 千
印　张 / 28
版　次 / 2020 年 1 月第 1 版
印　次 / 2020 年 1 月第 1 次印刷

书　号 / ISBN 978-7-5317-4409-2
定　价 / 58.00 元

前言

宋词向来与唐诗相提并论。宋词，是中国古代诗歌绚丽多姿的百花园里另一朵鲜艳夺目的奇葩。它悄悄地在民间萌芽生成，于花前月下文人歌伎的诗酒宴会之间汲取着芬芳的养分，日益滋润成熟，终于成为一种可以与唐诗分庭抗礼的新的抒情格律诗体。它从一开始就把注意力侧重于个人的享乐私生活，突出表现抒情主体享受人生过程中的细腻感官感受、幽隐心灵体验、曲折情感历程，形成“言情”与“侧艳”的文学特征。其间，又不乏天才作家“满心而发，肆口而成”的随意挥洒淋漓。唐圭璋先生编纂的《全宋词》共计辑录两宋词人一千三百三十余家，词作约二万首。孔凡礼先生又编得《全宋词补辑》，增收词人一百余家，词作四百三十余首。

词这种独特的抒情诗体式，最初是配合隋唐之际新兴的音乐——燕乐歌唱的歌词。其特点是每首词都有固定的词调，而且“调有定句，句有定字，字有定声”，不能随意增减变换。词的格律变化繁富但又十分严格。根据词的不同侧面特征，它又有许多别名，如曲子词、乐府、乐章、歌曲、琴趣、长短句、诗余等等。词的最初创作大都活跃在中下层文人之间或民间，一九〇〇年一个偶然机会，在敦煌鸣沙山第二八八石窟（藏经洞）里发现了几百首抄写的民间词，为我们研究词曲的发展提供了极其珍贵的资料。现存的敦煌曲子词，不仅题材广阔，内容丰富，同时在艺术上也保留了民间作品那种质朴与清新的特点，风格也较为多样。到了中唐，填词的文人逐渐多起来了，其中著名的有张志和、韦应物、刘禹锡、白居易等。刘禹锡在洛阳时以《忆江南》词调相唱和，并自注说：“和乐天春词，依《忆江南》曲拍为句。”“依曲拍为句”的提出，总结了唐代配乐填词的经验，把词的写作自觉地提高到倚声填词的新阶段。晚唐五代，出现了词史上第一个创作高潮，涌现出“花间词人”、“南唐词人”两个优秀创作群体。宋以前词人的系列努力，已经为宋词的繁荣奠定了坚实的基础。

宋词的发展，从大的范围来看，可分成北宋词与南宋词。依据创作模式的转移与词风的嬗变，北宋词大体可以分为四个创作时期。第一是晏殊、欧阳修词风盛行的小令繁荣期。这一期的小令创作，与唐末五代最大的不同就是别具一种雍容富贵的气度、平缓舒徐的节奏、雅致文丽的语言。第二是柳永词风崛起的慢词兴起期。柳永长期生活于歌伎舞女之间，他一面继承敦煌曲子词的传统，一面从民间的“新声”中汲取丰富营养，从而使他在形式、内容、手法以及语言上有了新的突破和新的创造。他大量创制和运用慢词形式，从而使其成熟并得到推广，成为两宋词坛的主要创作形式；他汲取民间文学营养，创立了俚俗词派。第三是苏轼词风暂露头角的豪放词创制期。苏轼将诗文革新运动的精神带入词的创作领域，追求别具一格的艺术表现，词中往往以自我为抒情主人公，突出自我的主观情绪，表现个体的心灵矛盾，清雄旷达。苏轼成为北宋词坛最具变革精神的词人。第四是清真词风风靡一时的词律规范期。以周邦彦为代表的“大晟词人”在传统的“艳情”的题材范围内寻求新变，具体表现为言情体物时之炼字炼句和谋篇布局更趋精致工整，词风更趋富丽堂皇，奠定了“雅词”创作的基本格式。他们的作品，被南宋雅词作家奉为创作之圭臬。宋室南渡以来，小朝廷始终笼罩在外族入侵的阴影之下。歌词创作受时代环境的影响，不得不走出象牙塔，把目光投向更为广阔的社会现实。苏轼的豪放词于此时发挥了广泛的影响，逐渐汇聚成以辛弃疾为代表的爱国词创作流派。随着南宋偏安局面的形成，追求词的“风雅”化的文人创作倾向再次占据词坛主流地位。姜夔的清空骚雅、史达祖的奇秀清逸、吴文英的密丽幽邃、王沂孙的晦隐缠绵等等，名花异卉，灿烂辉煌，将“雅词”的创作带向颠峰。南宋词人的努力，扩大了词的表现能力，丰富了词的表现手段，同时也使歌词成为脱离音乐的文人“案头文学”。

千百年来，历代都有无数读者为宋词折腰倾倒，“堕情者醉其芬馨，飞想者赏其神骏”（沈增植《菌阁琐谈》），各取所爱，各得其所。一些优秀的宋词选本，如胡云翼先生编选的《宋词选》，一版再版。在“鉴赏辞典热”中涌现的优秀著作，如上海辞书出版社和江苏古籍出版社出版的两种《唐宋词鉴赏辞典》，也畅销不衰。宋词的名篇佳句，更是脍炙人口，家喻户晓。编选这本《宋词精品》，就是为了引导、推动这股喜爱古典文学、喜爱宋词的热潮，适应广大读者渴望更全面、更广泛、更深入地了解宋词、欣赏宋词的需求而做的一次努力。

目录

王禹偁

王禹偁（945—1001），字元之，巨野（今山东巨野）人。世为农家，九岁能文。少年时得济州从事毕士安的赏识，“留于子弟中讲学”。宋太宗太平兴国八年（983）登进士第。授成武县主簿，次年移知长洲。端拱元年（988）被召赴京，任右拾遗、直史馆。王禹偁先后向太宗献《端拱箴》和《御戎十策》，得太宗赞赏，迁左司谏、知制诰。然而，终因直言敢谏而屡屡得罪朝廷，曾三度遭贬谪。最后一次是咸平元年（998）贬知黄州，故世称王黄州。咸平四年（1001）年徙知蕲州，到任后未逾月去世。现存《小畜集》30卷，后来其曾孙王汾又收集其逸文遗篇，编为《小畜外集》13卷。两集共存诗500余首，文200余篇，词一首。

点绛唇

雨恨云愁，江南依旧称佳丽〔1〕。水村渔市，一缕孤烟细〔2〕。　天际征鸿，遥认行如缀〔3〕。平生事，此时凝睇，谁会凭栏意〔4〕！

注释

〔1〕佳丽：指江南的风景优美秀丽。谢朓《入朝曲》：“江南佳丽地，金陵帝王州。”

〔2〕孤烟：渔村中的炊烟。

〔3〕行（háng　航）：行列。缀：连结。

〔4〕凝睇：凝神注视。

解读

王禹偁这首词是流传至今的最早的一首宋词。全词清新旷远，与“花间”的艳丽有显著的不同。上片借细雨浓云来抒写离愁别恨，既描绘出江南多雨多云的特点，又写出了词人对水乡的喜悦之情。当然，词人并不只着眼于“水村渔市”的刻画，他内心有着更深一层的忧思。所以，下片宕开一笔，以“征鸿”做旁衬，暗写滞留异乡不能振翼高飞的感慨。词人在“凝睇”之际，免不了发出世无知音的深长慨叹。全词即事即目，登览抒怀，寓情于景，格调深沉，雄浑有力，在宋初小令中别开生面。具体地说，这首词在宋初词坛的贡献集中在两个方面：在秾丽的氛围中以清丽取胜，在狭窄的词境中以开阔见长。王弈清称赞此词“清丽可爱”，并因此推崇王禹偁“岂止以诗擅名”（《历代词话》卷四转引）。阅读王禹偁的作品，可以了解宋初词坛创作的两点情况：其一，宋初词坛创作萧条，不能与唐末五代“花间”派、南唐派比美；其二，歌词所抒写的情感，再次脱离艳情，向“言志”靠拢。“词为艳科”的创作传统，与儒家的文学创作思想背道而驰。因此，中唐文人白居易、刘禹锡、张志和等人最初接触歌词并着手进行创作时，都不敢涉及“艳情”的话题，或写江南风光，或写隐逸志向。然而，词流行于歌舞酒宴之间，由十七八岁的女孩儿执红牙板曼声演唱，创作环境决定了“词为艳科”的创作倾向。一旦社会风气败坏，人们纵情享乐，没有了道德方面的顾忌或约束，词的创作就会走向繁荣。这就是唐末五代“花间词”繁荣的最重要原因。北宋初年，社会道德评价体系得以重新建立，儒家的文学创作理念必然对文人们产生深刻影响，于是就产生了上述的两方面情况：歌词创作萧条，且向“言志”靠拢。

钱惟演

钱惟演（977—1034），字希圣，钱塘（今杭州市）人。吴越王钱俶次子，随父归宋，授右屯卫将军。真宗召试学士院，改太仆少卿，命直秘阁，预修《册府元龟》，除知制诰。仁宗时官至枢密使。攀附垂帘的太后刘氏，仁宗亲政后遭贬，谪居汉东。卒谥文僖。著有《金坡遗事》、《玉堂逢辰录》等，《全宋词》录其词二首。钱惟演是"西昆体"的重要作家，在宋初诗坛上举足轻重，诗风趋于清丽，其词风与诗风相近。

木兰花

城上风光莺语乱，城下烟波春拍岸。绿杨芳草几时休？泪眼愁肠先已断。

情怀渐觉成衰晚，鸾镜朱颜惊暗换〔1〕。昔年多病厌芳尊，今日芳尊惟恐浅〔2〕。

注释

〔1〕鸾镜：《艺文类聚》引范泰《鸾鸟诗序》说：昔罽宾王获一鸾鸟，不鸣，后悬镜照之，鸾鸟见己影以为同类，乃鸣之。后世因称镜为鸾镜。

〔2〕芳尊：酒杯的美称，代指美酒、醇酒。

解读

钱惟演对仕途有浓厚的兴趣，一生以未为宰相而遗憾。他的阿谀奉上，其效果适得其反。太后听政时，因与太后攀亲备受舆论攻击，被赶出朝廷，仁宗亲政后更是屡受打击。难怪词人晚年心气不顺畅。这首词就是在这样的心境之下创作的，是仕途挫折时内心困苦愁怨的抒发。春天来临之后鸟语花香、春意盎然的景色，都仿佛在搅乱词人的心绪、牵引出词人的愁怨。情急之下，词人不禁无力地责问“绿杨芳草”何时了结。下片解释愁苦的缘由。词人将一切的根源都推托到岁月的流逝、容颜的衰疲上。每次览镜，都要为此惊叹。剩下唯一的解脱方式就是频频高举“芳尊”，借酒消愁。词人之所以敏感于时光的流逝，关键原因就是晚年仕途的失意。这种内心的欲求和失落，决不是饮酒可以解脱的。因此，“今日芳尊惟恐浅”的一个必然结果，就是“举杯浇愁愁更愁”。这一层含义，是作品留给读者的回味空间，需要读者的想象补充。词人虽写愁苦之意，但与五代十国词人还是有很大的不同，词中没有那种绝望哀痛的没落感与沉重感，毕竟词人生活在一个平和的年代。这首词与王禹偁的作品同样显示出向“言志”靠拢的创作倾向。

林 逋

林逋（967—1028），字君复，钱塘（今杭州市）人。少孤力学，恬淡好古，不慕荣华富贵。他曾在江淮一带漫游，后隐居西湖孤山二十年，足不到城市。转运使陈尧佐以其名闻，真宗诏赐粟帛。他终身未婚娶，喜欢种梅养鹤，人们说他“梅妻鹤子”。死后，宋仁宗赠给他谥号为“和靖先生”。存《林和靖诗集》四卷，《补遗》一卷，《全宋词》辑录其词三首。

相思令

吴山青，越山青，两岸青山相送迎，争忍有离情[1]？　　君泪盈，妾泪盈，罗带同心结未成，江边潮已平[2]。

注释

〔1〕吴山：钱塘江北岸的山。这里古代属吴国。越山：钱塘江南岸的山。这里古代属越国。争忍：怎么忍心。

〔2〕罗带：丝织的带子。同心：即同心结，指用罗带打成结，象征定情，结成婚姻。

解读

这首词写两情相悦的男女双方难舍难分的送别以及别后的刻骨相思，是北宋词坛上比较早地接触到“艳情”题材的一首词。行人坐船离去，一程又一程，两岸青青山色在迎接着离人，它们哪里知道这一对情人内心的离别之情呢？分别时刻终于来到了，两人再也忍不住咽下无数次的泪水。词以抒情为主，山水在词中只起比兴与暗示作用，并不是词人着意刻画的对象。词中叠句的节奏、比兴手法的运用、构思的巧妙，都汲取了民歌的风韵。这样的作品，在格调上与中唐以来文人学习民间所填写的小令相近。白居易也有一首传播人口的《长相思》，词云："汴水流，泗水流，流到瓜洲古渡头，吴山点点愁。 思悠悠，恨悠悠，恨到归时方始休，月明人倚楼。"两相对比，可以清楚看出二者之间的一脉相承关系。林逋是北宋年间著名的隐士，他真正喜欢潇洒自由的隐逸生活，而不是作秀以自我抬高。所以，林逋并不理睬世俗的道德评价和审美评判，依据歌词的文体特长，畅快淋漓地抒发了男女相思之情，遥接"花间"抒情传统。歌词只有发挥了文体抒情特长，才能走向创作繁荣。林逋这样的创作行为，是北宋词人重建"词为艳科"传统的一种努力，为北宋词创作高峰的到来，做出相当的贡献。

范仲淹

范仲淹（989—1052），字希文，吴县（今江苏苏州）人。生二岁而孤，母亲改嫁朱氏，从其姓。真宗大中祥符八年（1015）登进士第，授广德军司理参军，次年复范姓。仁宗朝以龙图阁直学士与韩琦并为陕西经略安抚副使，带兵同拒西夏，保证了国家西北边疆的安宁。庆历三年（1043）又与韩琦同时被召回朝廷，拜枢密副使，改任参知政事。范仲淹因此提出过许多改革政治的措施，主持了著名的"庆历新政"变革。后被排斥出朝廷，历任各地方官。卒于徐州，谥文正。有《范文正公集》20卷，《全宋词》录其词五首。

苏幕遮

碧云天，黄叶地。秋色连波，波上寒烟翠。山映斜阳天接水。芳草无情，更在斜阳外。　黯乡魂，追旅思[1]。夜夜除非，好梦留人睡。明月楼高休独倚，酒入愁肠，化作相思泪。

注释

〔1〕旅思：客中情思。

解读

这首词写旅途飘零时的乡思愁苦之情，乡思中仿佛带有男女情思，显示出"诗言志"到"词言情"的一种过渡痕迹。开篇"碧云天，黄叶地"上下辉映，写出了秋日的天高气爽，渲染了澄碧的秋色。以如此广袤无垠的天地作为秋思乡愁的背景在宋词中比较少见，宽大深远的境界中所烘托出来的情感也显得格外深沉浑厚。《西厢记》“长亭送别”中“碧云天，黄花地”一段，明显地由此脱胎而来。秋色的渲染，已经融入了“悲秋”的情绪。秋色渗透了天地之间，那浩浩渺渺的秋水，带着无休无尽的秋意悠悠远去；秋江之上笼罩着一层翠色的“寒烟”，这是秋日特有的景象。词人由上而下、由小到大、由近及远，写出一派俊爽空灵的境界。歇拍宕开一笔：登高视野所及，都是凄凄连绵的“无情芳草”，这“芳草”阻碍了行人的视线、阻挡了游子的归程，铺天盖地，蔓延无边。这句从李煜《清平乐》“离恨恰如春草，更行更远还生”中化出，抒情更加含蓄化。过片两句承上启下，言相思愁苦都是因为离乡背井所导致的。以下句句用映衬手法：“好梦留人睡”，则除酣梦之外，整日为相思别情所困扰；“明月楼高”，则以美好景色反衬眼下的孤寂，所以自我劝告“休独倚”；结尾推进一层，暗用“举杯浇愁愁更愁”诗意。词人从“酒”联想到“泪”，并通过“愁肠”将二者做巧妙转化，构思新颖别致。这种“相思泪”中，一位佳人的倩影呼之欲出。《西厢记》“长亭送别”之“暖溶溶玉醅，白泠泠似水，多半是相思泪”曲词，就是从这里再度化出。该词格调绵丽细密，以丰富的联想烘托离愁别况，时而化用前人诗句却不露痕迹。

渔家傲

塞下秋来风景异，衡阳雁去无留意[1]。四面边声连角起。千嶂里，长烟落日孤城闭[2]。　浊酒一杯家万里，燕然未勒归无计[3]。羌管悠悠霜满地[4]。人不寐，将军白发征夫泪。

注释

〔1〕衡阳：今湖南市名。旧城南有回雁峰，相传北雁至此，不再南飞。

〔2〕嶂：像屏障一样的山峰。

〔3〕燕（yān 淹）然：山名，即今蒙古境内的杭爱山。《后汉书·窦宪传》载：窦宪为车骑将军，大破北单于，登燕然山，刻石纪功而还。

〔4〕羌管：即羌笛。

解读

这首词中反映了边塞生活的艰苦和词人巩固边防的决心和意愿，同时还表现出外患未除、功业未建、久戍边地、士兵思乡等复杂矛盾的心情。上片写边地风光，以边地的景象之荒凉烘托守边之艰辛。首句通过一个“异”字领起全篇，点出“塞下”地域性特征，为思乡怀归之情埋下伏笔。“衡阳雁去”是“塞下秋来”的客观现实，“无留意”也是北雁南飞的季节性自然规律，然而，词人却已经将守边将士思乡怀归的愁绪寄寓其中。雁归而人不得归，其情何以堪！在这些有着浓郁思乡情绪的将士们眼中，周围塞外之景色也就失去了宽广的气魄、欢愉的气氛，听到的是凄凉的边声四起，牧马悲吟；看到的是千山耸立，孤城紧闭，荒僻萧条之景象历历在目，画面上笼罩着一种旷远雄浑、苍凉悲壮的气氛。上片以写景为主，人物的主观情绪隐含其中。下片转而直接写将士厌战思归的心情。“浊酒一杯”，无法排遣思乡的愁苦；“燕然未勒”，归家更是遥遥无期。在白霜满地与“羌管悠悠”声中，将军与士兵都难以入眠，在边塞熬白黑发、滴尽思乡泪，却又不能抛开国事不顾。就是在这样的悲苦声中结束了全文。范仲淹虽然守边颇见成效，然而，北宋长期“积弱”、“积贫”，不是一两个人能扭转如此大局。当时在北宋与西夏的军事力量对比上，北宋处于下风，只能保持守势。范仲淹守边的全部功绩都体现在“能够维持住守势”这样一个局面上，时而还有疲于奔命之感。这对有远大政治志向的范仲淹来说肯定是不能满足的，但又是十分无奈的。所以，体现在词中的格调就不会是昂扬慷慨的，与唐人边塞诗“万里不惜死，一朝得成功”（高适《塞下曲》）的豪迈气概与乐观精神迥然有别。在范仲淹以前，很少有人用词这一新的诗体形式来写边塞生活。唐代韦应物的《调笑》虽有“边草无穷日暮”之句，但没有展开，且缺少真实的生活基础。所以，范仲淹这首词，实际上是边塞词的首创。不仅如此，这首词的内容和风格还直接影响到宋代豪放词与爱国词的创作。魏泰《东轩笔录》卷十一说：“范文正公守边日，作《渔家傲》乐歌数阕，皆以‘塞下秋来’为首句，颇述边镇之劳苦。欧阳公（欧阳修）尝呼为穷塞主之词。及王尚书素出守平凉，文忠亦作《渔家傲》一词以送之，其断章曰：‘战胜归来飞捷奏，倾贺酒，玉阶遥献南山寿。’顾谓王曰：‘此真元帅之事也。’”遗憾的是范仲淹的边塞词均已散佚，只剩下这一首。然而正是这首词却成为词史上的重要词篇，它继王禹偁《点绛唇》之后，把词的创作引向多方面反映现实生活这一广阔的道路，使酒宴歌席上传唱的曲词，有了强烈的抒情性、形象性和现实性，对词的题材与内容的开拓有着积极意义。

御街行

纷纷堕叶飘香砌〔1〕。夜寂静，寒声碎。真珠帘卷玉楼空，天淡银河垂地〔2〕。年年今夜，月华如练，长是人千里〔3〕。　愁肠已断无由醉，酒未到，先成泪。残灯明灭枕头欹，谙尽孤眠滋味〔4〕。都来此事，眉间心上，无计相回避〔5〕。

注释

〔1〕香砌：染有落花香气的台阶。

〔2〕真珠：珍珠。

〔3〕练：素色的绸。

〔4〕攲（qī欺）：倾斜的样子。谙（ān安）：熟悉。

〔5〕都来：算来。

解读

这首词写秋夜怀人，所怀之人没有点明，可以将其理解为对家人的思念，也可以理解为写男女相思之情。这首词同样显示出歌词从“言志”向“言情”过渡的痕迹。秋日里的落叶、银河、月光，构成一幅凄清、冷落、衰飒的画面，无不引起对千里之外那个人的思念。“年年今夜”，从现在出发将相思时间推向无限；“人千里”，又将空间无限拓展。在如此巨大的时空阻隔中，注定相见无日，相思永远。范仲淹胸襟宽大，他的相思词总是写出一种宏大的时空背景，这与同时代其他词人“小园香径”、“庭院深深”的狭深环境不同。无论是醉中还是睡中，这种相思之情都无法摆脱。“酒未到，先成泪”，是词人经过多少次“酒入愁肠，化作相思泪”之后所获得的铭心刻骨的经验。末尾三句秉笔直书，用平易浅近的口语诉说深婉曲折的恋情相思，具体而形象。李清照《一剪梅》：“此情无计可消除，才下眉头，却上心头。”明显受此词影响。

柳　永

柳永，原名三变，字景庄；后改名永，字耆卿。行七，故人称“柳七”。祖籍河东（今山西永济），徙居崇安（今福建崇安县）。祖父柳崇，以儒学名。父柳宜，曾仕南唐，为监察御史，入宋后授沂州费县令等，后为国子博士，官终工部侍郎。柳永兄弟三人，柳三复、柳三接与柳三变，三人在当时都有知名度，号“柳氏三绝”。柳永少年时期曾随父一度生活在汴京，过着歌舞寻欢的浪漫生活。主要活跃于宋仁宗时期。仁宗即位后柳永曾来汴京多次应试。待试期间，多与下层歌伎乐工交往，据说，这种生活却为他进入仕途带来了不良影响，甚至因此遭受挫折。考举数次以后才进士及第的。及第前，还曾游历过成都、京兆，遍历荆湖、吴越。及第后，历任睦州团练推官、余杭令、定海晓峰盐场盐官、泗州判官、太常博士，官终屯田员外郎，世称“柳屯田”。据说，最终柳永病殁于润州（今江苏镇江），寄柩僧寺。二十余年后才由王安礼出资葬于北固山。《乐章集》存词213首。

雨霖铃

寒蝉凄切，对长亭晚，骤雨初歇。都门帐饮无绪，留恋处，兰舟催发〔1〕。执手相看泪眼，竟无语凝噎。念去去、千里烟波，暮霭沉沉楚天阔〔2〕。　多情自古伤离别，更那堪、冷落清秋节！今宵酒醒何处？杨柳岸，晓风残月。此去经年，应是良辰好景虚设〔3〕。便纵有千种风情，更与何人说〔4〕？

注释

〔1〕帐饮：在郊外设帷帐，喝饯行酒。

〔2〕楚天：泛指南方。古代楚国拥有今湘、鄂、江、浙大片土地。

〔3〕经年：年复一年。

〔4〕风情：深情蜜意 。

解读

这首词选择的是一个送别的场面。在描写难以割舍的别情时，寄寓了失去知音、远离京师而奔赴他乡的抑郁不平。首三句交代了“寒蝉”凄鸣的秋日季节、“长亭”宴别的地点、拖延至傍“晚”的具体时间与“骤雨初歇”的气候特征。从凄厉的蝉声、苍茫的暮色、急雨过后的空气中，似乎可以嗅到那使人深感压抑的气氛。接三句写分手的地点，帐幕中的饮宴以及船家催促出发时的情景，给人以亲临其境之感。在压抑的气氛中描写“都门帐饮”、“兰舟催发”之将别未别刹那间心情发复杂变化，更容易打动人们的情感。“都门”三句承前而来，“都门帐饮”具体说明“长亭”之所在，以及画面中人物的活动。“留恋”与“催发”的矛盾前文也有伏笔：“骤雨”故“留恋”，“初歇”则“催发”，“晚”字更为“催发”做了时间上的伏笔。离别的酒宴，当然是“无绪”的，但词人宁愿忍受“无绪”离宴的折磨，也不愿轻言分手。于是，词中构成了外部客观“留恋”与“催发”、内部主观“无绪”与“留恋”的两大矛盾。在这样的内心矛盾纠葛、外界矛盾冲突的反复缠绕中，离人承受了心灵上的巨大痛苦。正是在主观愿望与客观形势的矛盾纠缠促使别情达到高峰的时候，“相见时难别亦难”，镜头越推越近，推出“执手相看泪眼，竟无语凝噎”这样一个生动、细腻、真朴的特写动作，使无形的别情得到了具体的落实。开篇六句，交待时间、地点，渲染环境，烘托气氛，这些无疑都有助于内情的表达。但是，仔细玩味，终究比较外在。所以，从“执手相看泪眼”一句，便开始由表及里向内心深处发掘了。作者通过人物的表情和动作，逐层揭示离人的内心世界。情人离别，本应该是“语已多，情未了，回首犹重道”（牛希济《生查子》），但此时的情人反而“无语凝噎”。悲痛已极，有话也说不出来，唯闻哽咽之声而已。况且，千言万语也表达不了相互之间的柔情蜜意与此刻的难舍难分。所以，无须说什么，结果也就只有什么都不说了。只是默默握手，两两相对，泪眼相看。“此时无声胜有声”。及至登舟之后，扬帆举棹，则景物随离别之途程而变换，情感随景物的变换而加深。“烟波”是眼前所见，加上“念去去”，则近景远景连成一片，虚实相应。词人是在写行舟的去处，那“千里烟波”之上是沉沉的“暮霭”，暮霭之上是空阔的“楚天”，远而又远，高而又高。在其对衬下，无边广漠中漂流着一叶小舟，小舟里则是孤单的游子，行舟与游子都是那么的渺小、孤独。从“念去去”开始，转入别后处境的虚拟想象，都是离人在“无语凝噎”时内心翻江倒海似的活动。

离别之事牵动离别之情，离别之情推及离别之理。过片因此说：“多情自古伤离别”。词人由一己之愁推广到一般，写出离人的普遍心理状态。这既是对上片的景物描写做总的归纳，同时又引出下片，点明主题。接着，作者用一个季节性的词句“更那堪冷落清秋节”，把上片的时间、地点、环境、气氛加以深化，同时又与过片一句形成映衬和转折，使词的思想感情升华到一个新的深度。明知离人皆不免受情感的困扰，但词人就是不能超脱。他进而推想：“今宵酒醒何处”，则“千里烟波”、“暮霭沉沉”已转化为“杨柳岸、晓风残月”。这句被誉为“千古俊语”，似真似幻，迷离恍惚，清丽凄切。词人抓住晓风、残月、岸柳等有特征性的景物，逼真刻画出离人别后酒醒、在行舟中唯见岸柳残月的怅然若失、落寞凄凉的心理状态，反过来突出临别之际兰舟语咽时醉不成欢的“留恋”难舍。并且，也隐含着对未别之前罗帐灯昏、青楼梦好那“千种风情”的咀嚼回味。然而，这一切又都是想象中的虚拟，因为这样的离别情景和情感柳永体验了无数次，所以想象才会如此逼真。词人进一步从路途的遥远推想及时间的久隔：“此去经年”，即使有“良辰好景”，也因无人共赏而如同虚设；离别之后，即使有“千种风情”，也因无人共语而备感痛楚。以虚景、虚情的设想结尾，说明离别后的痛苦将与日俱增。词人由“今宵”想到“经年”，由“千里烟波”想到“千种风情”，由“无语凝噎”想到“更与何人说”，都是对照深入一层。回过来，依然是“执手相看”刹那间的心理活动。片刻之间想得如此之多，可见词人留恋之情深、离别之味苦。

婆罗门令

昨宵里、恁和衣睡[1]。今宵里、又恁和衣睡。小饮归来，初更过、醺醺醉[2]。中夜后、何事还惊起[3]？霜天冷，风细细。触疏窗、闪闪灯摇曳。

空床展转重追想，云雨梦、任攲枕难继[4]。寸心万绪，咫尺千里。好景良天，彼此空有相怜意，未有相怜计。

注释

〔1〕恁：如何，这样。

〔2〕醺醺：酒醉的样子。

〔3〕中夜：半夜。

〔4〕云雨梦：暗用楚王巫山云雨的典故，喻指男女之间的艳情事。

解读

柳永喜欢用俚俗语言描写市井歌伎的生活，这首词是一个典型的例子。词写一位歌伎与情人离别以后的孤独。因为心上人不在身旁，所以，诸事慵懒，甚至连续几夜"和衣"而睡。不堪离思折磨，便借助饮酒"醺醺醉"来助眠，岂知"中夜"还是"惊起"，离愁竟然是如此的不可摆脱。下片写半夜醒来辗转反侧无法再度入眠的痛苦。往日的恩爱已随梦境而去，留下的只有无尽的思念。面对"好景良天"，虚度时光，思前想后，内心的苦痛就不可遏止地爆发出来。外在原因的阻隔，使他们相见无因，这种痛苦也将不断地持续下去。全词用口语写成，明白晓畅。这样的口吻，也与歌伎的文化修养程度相符合。

蝶恋花

伫倚危楼风细细[1]。望极春愁，黯黯生天际。草色烟光残照里。无言谁会凭阑意？　　拟把疏狂图一醉。对酒当歌，强乐还无味[2]。衣带渐宽终不悔，为伊消得人憔悴[3]。

注释

〔1〕伫倚：久久地凭倚。危楼，高楼。

〔2〕对酒当歌：用曹操《短歌行》成句。

〔3〕消得：值得。

解读

这是柳永写离别相思词中最为著名的一首。词人采用传统的“代言”方式，代闺中女子抒写相思之情。“伫倚危楼”是闺中女子思念远人的一个典型动作，这个动作不知重复了多少次，不知持续了多少时，词的开篇就把人们引导到一种特定的相思环境之中。闺人极目远眺，“黯黯”天际，不见思念的人归来，“春愁”因此绵绵不绝地涌上心头。“黯黯”天色，暗示闺人又在极度相思、无言伫立中度过了一整天的时间，今天的相思又肯定落空。“草色烟光”，映照在残阳中，凄迷昏暗，如同闺人此时的心境。词人并不多做叙说，只是以“无言”一笔带过，“无言”中的复杂情感任由人们想象、回味。无数次的思念落空，内心的情感蓄积到让人无法按捺的地步。所以，下片风格一变，闺人的相思之情喷发而出。借酒消愁，是离人常用的方法。当不堪相思愁苦折磨时，离人大多要自欺欺人，借酒寻醉。这里却直接否定了这种摆脱愁苦的方式，经过无数次的体验，离人早已知道“对酒当歌”是没有用处的。结尾两句直抒胸臆，率直而火爆。“衣带渐宽”的现状，“终不悔”的死心塌地，都淋漓尽致地展现了闺人恋情之深、之强烈。王国维在《人间词话》时曾引申“衣带渐宽”两句说，凡是要成就大学问、大事业的人，必须具备这种执着而不顾惜一切的坚毅精神。可见，这首词具有很高的概括性。

卜算子

江枫渐老，汀蕙半凋，满目败红衰翠〔1〕。楚客登临，正是暮秋天气〔2〕。引疏砧、断续残阳里〔3〕。对晚景、伤怀念远，新愁旧恨相继。　　脉脉人千里。念两处风情，万重烟水。雨歇天高，望断翠峰十二〔4〕。尽无言、谁会凭高意？纵写得、离肠万种，奈归云谁寄〔5〕？

注释

〔1〕汀蕙：水边高地上的蕙草。败红衰翠：落花枯叶。

〔2〕楚客：飘零他乡的游子。

〔3〕疏砧：稀疏的捣衣声。砧，捣衣石。

〔4〕翠峰十二：巫山十二。

〔5〕奈：无奈。

解读

暮秋季节，江湖飘零，离愁别绪，萦绕心头，这是柳永品尝最多、挥之不去的痛苦。旅途中，“江枫”“汀蕙”都已凋零枯萎，满目萧条。黄昏残阳夕照时刻，断续的“疏砧”声传来，所见所闻无不触动词人的愁苦意绪。下片因此触景伤情，将郁积于心中的凄苦倾吐出来。相隔千里，烟水重重，只有凭高远眺。巫山翠峰，历历在目，却无法寻觅情人的踪迹。这一番番痛苦的折磨是他人所难以理解的。只能将离别相思之情又写到书信之中，却又不知如何寄达。漂泊的游子的心事的确是无由排解了。

定风波

自春来、惨绿愁红，芳心是事可可〔1〕。日上花梢，莺穿柳带，犹压香衾卧。暖酥消，腻云亸，终日厌厌倦梳裹〔2〕。无那！恨薄情一去，音书无个〔3〕。
早知恁么，悔当初、不把雕鞍锁〔4〕。向鸡窗、只与蛮笺象管，拘束教吟课〔5〕。镇相随，莫抛躲，针线闲拈伴伊坐〔6〕。和我，免使年少光阴虚过。

注释

〔1〕可可：不在意，漫不经心。

〔2〕暖酥消：形容肌肤消瘦。腻云：形容女人的头发。亸（duǒ朵）：散乱下垂的样子。

〔3〕无那（nuò懦）：无可奈何。

〔4〕恁么：这么，如此。雕鞍：雕饰的马鞍，代指马。

〔5〕鸡窗：书窗，书房的代称。据说晋代宋处宗养一长鸣鸡，经常停息在窗间，与宋处宗对语。蛮笺象管：蜀地产的彩色笺纸和象牙做的笔管。指精美的纸和笔。拘束：管束，管教。吟课：读书作诗。

〔6〕镇：长。

解读

这首词以妓女的口吻写成，描写她同恋人分别之后的相思之情，并通过内心活动表现出她对理想爱情的追慕。开篇三句写春回大地，万紫千红，而这位妓女却并不因此而感到任何欢快，相反，她见“绿”而心情惨淡，见“红”而频添忧愁。次三句写红日高照，燕舞莺歌，是难得的美景良辰，而这位女主人公却怕触景伤情，故而拥衾高卧。不仅如此，她还肌肤瘦损，懒于妆扮。上片末三句揭示真正原因：“恨薄情一去，音书无个。”《诗经·伯兮》说：“自伯之东，首如飞蓬。岂无膏沐，谁适为容？”词中的女主人公的心意与之相同。至此，读者才发现上片用的乃是倒叙手法，结尾不仅解释了上片的三个层次，而且还很自然地引出下片的内心活动和感情的直接抒发。下片承此，极写这位女主人公内心的悔恨之情和自我构筑的美好生活。她悔恨当初没有把“薄情”锁在家里；她悔恨没有让“薄情”手拴“蛮笺象管”成天在窗下做功课；她悔恨光阴虚掷，没有同“薄情”整日形影不离，“针线闲拈伴伊坐”。对歌伎类似的心事，其他词中也有表达。《昼夜乐》说：“算前言，总轻负。早知恁地难拚，悔不当时留住。”与两人的相亲相爱相聚比较，一切的利禄功名都不在话下。堕入情网的歌伎又有什么更多的愿望或幻想呢？难道还能真的盼望“金榜题名时、洞房花烛夜”吗？现实一点，只求“和我，免使年少光阴虚过”也就足够了。这与“丈夫志四方”的男子或具有“停机德”的闺中贤妇截然不同。在古代社会，一个妓女为了情爱，幻想能把所喜欢的人锁在家里，这无疑也是带有叛逆色彩的。这首词所反映的思想感情与《鹤冲天》（黄金榜上）所反映的思想感情有相通之处。

戚 氏

晚秋天，一霎微雨洒庭轩〔1〕。槛菊萧疏，井梧零乱惹残烟。凄然，望江关。

飞云黯淡夕阳间。当时宋玉悲感，向此临水与登山[2]。远道迢递，行人凄楚，倦听陇水潺湲[3]。正蝉吟败叶，蛩响衰草，相应喧喧[4]。　　孤馆度日如年。风露渐变，悄悄至更阑。长天净，绛河清浅，皓月婵娟[5]。思绵绵。夜永对景，那堪屈指，暗想从前。未名未禄，绮陌红楼，往往经岁迁延[6]。　　帝里风光好，当年少日，暮宴朝欢。况有狂朋怪侣，遇当歌、对酒竞留连。别来迅景如梭，旧游似梦，烟水程何限。念利名、憔悴长萦绊。追往事、空惨愁颜。漏箭移、稍觉轻寒[7]。渐呜咽、画角数声残[8]。对闲窗畔，停灯向晓，抱影无眠。

注释

〔1〕庭轩：庭院长廊。

〔2〕宋玉悲感：战国时宋玉曾因悲秋而作《九辨》。

〔3〕迢递：遥远的样子。潺（chán 谗）：流水声。

〔4〕蛩（qióng 穷）：蟋蟀。

〔5〕绛河：银河。婵娟：美好的样子。

〔6〕绮陌：繁华的道路。迁延：留恋忘返。

〔7〕漏箭：古代计时器。

〔8〕画角：古乐器，出自西羌。形似竹筒，外饰彩绘，故名。

解读

柳永的羁旅词擅长将旅途的孤寂凄苦与仕途的失意困顿融合在一起，通过对当年青楼旖旎、诗酒风流生活的回忆，幽怨缠绵地抒发出来。这首词分三片。第一片写旅途中所见所闻而引起的“行人凄楚”之感。暮秋季节，菊花凋残，梧桐零落，蝉蛩悲吟，流水呜咽。再加上夕阳残照，飞云黯淡，濛濛微雨，洒落江关。长期跋涉于“远道”，受尽“临水登山”困苦的漂泊者，汹涌的“悲秋”情绪自然翻滚而来。第二片写“孤馆”独宿，度日如年，思绪不禁飘忽到往日。白日是辛苦的奔波，夜晚的栖息也没有给“行人”以抚慰，反因孤枕难眠而思前想后。词人首先回忆起来的是没有功名利禄之前混迹于妓院“红楼”的风流潇洒快活日子。当然，在红楼中“经岁迁延”，不是柳永的生活追求。对红楼美好生活的追忆中，依然透露出作者的不甘心。第三片写“当年”的快乐生活，与眼前的孤独凄凉形成鲜明对比。当年青春年少，呼朋唤友，出入歌楼妓馆，听歌饮酒，时间过得飞快。这就有力地反衬出羁旅的“憔悴”“惨愁”。柳永似乎是在抱怨自己的追逐名利，向往早年的潇洒自在生活，但是，这只能看作是词人旅途漂泊、仕途坎坷时的牢骚语、无奈语。最终落实到今夜的“抱影无眠”，词人将在无尽的悲苦中消磨时光。

夜半乐

冻云黯淡天气，扁舟一叶，乘兴离江渚[1]。度万壑千岩，越溪深处[2]。怒涛渐息，樵风乍起，更闻商旅相呼[3]。片帆高举，泛画鹢、翩翩过南浦[4]。

望中酒旆闪闪，一簇烟村，数行霜树[5]。残日下，渔人鸣榔归去[6]。败荷零落，衰杨掩映，岸边两两三三，浣沙游女。避行客、含羞笑相语。 到此因念，绣阁轻抛，浪萍难驻[7]。叹后约、丁宁竟何据[8]？惨离怀，空恨岁晚归期阻。凝泪眼、杳杳神京路[9]。断鸿声远长天暮[10]。

注释

〔1〕冻云：下雨或下雪前所凝聚的阴云。江渚：水中陆地。

〔2〕越溪：若耶溪，在今会稽若耶山下。相传西施曾浣纱于此，故又名浣纱溪。

〔3〕樵风：顺风。据孔灵符《会稽记》载：东汉郑弘入山砍柴，拾得一遗箭，归还其主人。对方询问他的愿望，郑弘识得对方是神人，就说：“常患若耶溪载薪为难，愿旦南风，暮北风。”后来果然如愿。后称若耶溪山风为“郑公风”或“樵风”。

〔4〕画鹢（yì 易）：船头绘有鹢鸟图案的船。翩翩：轻快的样子。南浦：这里泛指水边。

〔5〕酒旆（pèi 佩）：酒旗。

〔6〕鸣榔：渔人捕鱼时用长木敲打船舷，使鱼受惊而入网。

〔7〕浪萍：波浪上的浮萍，喻旅人的行踪漂泊无定。

〔8〕丁宁：即叮咛，嘱咐。

〔9〕杳杳：深远的样子，没有踪影。神京：京城。

〔10〕断鸿：失群的孤雁。

解读

《夜半乐》描写羁旅漂泊的所历所见和自身的凄苦心境。词中依然有对“绣阁”的怀恋，对“神京”的遥望，显然是将仕途失意的痛苦融入到对闺人的相思之中。词分三片。第一片写途中的经历。起笔写“冻云黯淡”之天气恶劣，衬托心情的压抑。在这样的季节气候中起程，谁又能有好心境呢？“渡万壑千岩”四句，词笔一转，忽又出现“越溪深处”的清幽景象。词人难得遇见“怒涛渐息，樵风乍起”的好时候，仿佛要借浏览沿途风光来排遣愁苦意绪。在此心境的作用下，画面逐渐走向欢闹：“商旅相呼”，画船往来，熙熙攘攘，水面上何尝不是一番风光景色？首片之中已经有多次转折。第二片写途中之所见。先勾勒远景：“酒旆闪闪，一簇烟村，数行霜树”；再涂抹近景：渔人鸣榔、游女浣纱、败荷零落。这画面有远有近，有色有声，并且全由“望中”二字穿起，是第一片览景遣情目的的延续，又巧妙自然地引出第三片。第三片写去国离乡的感叹。词人见此种种景物，不但没有摆脱愁苦的缠绕，反而触景生情，牵引出更多的感伤意绪：他初念抛家漂泊，与“绣阁”轻言离别，以至眼前“浪萍难驻”；他继叹“后约”无凭，“丁宁”落空，情感无所寄托；他终恨“离怀”惨淡，“归期”遥远，岁暮而滞留他乡。结尾又缘情入景，以景结情。“断鸿声远长天暮”，词人回“神京”的希望不知哪一天才能实现？归期一天不得落实，词中描述的诸种苦痛折磨也将持续下去，且将日益深化。三片融合在一起，成功地烘托出词人凄苦难遣的离愁别恨。第二片则以清丽恬美见长，画面逼真，层次清晰，用笔细腻，色彩分明。“渔人鸣榔”、“浣纱游女”数语，尤为生动传神。

望海潮

东南形胜，三吴都会，钱塘自古繁华〔1〕。烟柳画桥，风帘翠幕，参差十万人家〔2〕。云树绕堤沙，怒涛卷霜雪，天堑无涯〔3〕。市列珠玑，户盈罗绮，竞豪奢。　重湖叠巘清嘉〔4〕。有三秋桂子，十里荷花〔5〕。羌管弄晴，菱歌泛夜，嬉嬉钓叟莲娃[6]。千骑拥高牙[7]，乘醉听箫鼓，吟赏烟霞。异日图将好景，归去凤池夸[8]。

注释

〔1〕三吴：指吴兴郡、吴郡、会稽郡。在今江浙一带。钱塘：今杭州市。

〔2〕参差：形容人家楼阁房屋高低错落。

〔3〕天堑（qiàn 欠）：天险，这里指钱塘江。

〔4〕重湖：西湖上有白堤，将湖面分成里湖与外湖，故称重湖。叠巘（yǎn 眼）：重叠的山峦。清嘉：清丽秀美。

〔5〕三秋：秋季的第三个月，即阴历九月。

〔6〕羌管：羌笛。

〔7〕高牙：高大的牙旗，代指州郡长官。

〔8〕凤池：凤凰池，中书省的美称。这里指朝廷。

解读

这首词把杭州描绘得雄伟壮观、清幽秀美而又富丽非凡。全词将杭州的形胜，钱塘江的涌潮，西湖的荷花，市井的繁荣，上层人士的享乐，下层百姓的生活都一一展现在读者面前。上片主要勾画钱塘的“形胜”与“繁华”，大笔浓墨，高屋建瓴，气象万千。写法上由概括到具体，逐次展开，步步深化。开篇三句点出“形胜”、“都会”与“繁华”，以下紧紧围绕这六个字各安排三句，做形象地铺写，境界立即展开：“烟柳画桥”三句写的是“都会”美丽的风景和人烟的茂密，这里垂柳、画桥、风帘、翠幕相互掩映，“十万人家”错落其间。“云树绕堤沙”三句侧重刻画“形胜”，写出钱塘江潮的险峻气势。这里钱塘江“天堑”气势雄伟，波涛卷雪，一望无际，堤岸上云树缭绕，更增添了大好江山的妩媚情调。“市列珠玑”三句突出了杭州城的富庶繁华，这里集市上多“珠玑”之类贵重商品的罗列，家家户户多有“绮罗”之类的奢侈享受，彼此之间在比阔摆富。这样一幅画面，词人也是极尽夸张之能事。但是，由于观察的细腻、描写的真切、语辞的活泼、情感的投入，丝毫没有让人感觉到浮夸。下片侧重于描绘西湖的美景与游人的欢乐。西湖是杭州城美丽的集粹，是杭州城的象征与代表。苏轼在杭州写西湖的名篇《饮湖上初晴后雨》（“水光潋滟晴方好，山色空蒙雨亦奇。欲把西湖比西子，淡妆浓抹总相宜”），脍炙人口，家喻户晓。柳永腾出下片所有的笔墨，集中写西湖，就突出了杭州城的特色，杭州城的神采风韵，玲珑毕现。写法上着眼于“好景”二字，尤其突出“好景”中的人物。“重湖”三句描绘西湖美景，“三秋桂子，十里荷花”是天生的好语言。西湖分内湖和外湖，风景不同，故称“重湖”。西湖周边，有连绵重叠、造型各异的翠绿山峰环绕，妩媚中别具峻峭。南宋康与之有《长相思·游西湖》写两岸的翠峰叠嶂说：“南高峰，北高峰，一片湖光烟霭中。”南宋袁正真也有《长相思》说：“南高峰，北高峰，南北高峰云淡浓。湖山画图中。”这些都可以与柳永的词句对照阅读。何况，这里还有“三秋桂子”飘香，“十里荷花”盛放，人间天堂，绝非溢美。“羌管弄晴”三句写湖面上游乐情景。“钓叟”，代指隐士，泛指墨客骚人；“莲娃”，指陪同游湖的歌儿舞女。晴日里，湖面上随处“羌管”悠悠；入夜后，西湖边依然“菱歌”悠扬，熙熙攘攘，“钓叟莲娃”往来不绝。“千骑拥高牙”写的是州郡长官。杭州城这样的繁华盛丽，百姓的安居乐业，都是地方长官治理的政绩。州郡长官不仅有“吟赏烟霞”的儒雅，而且也有了“乘醉听箫鼓”的与民同乐的闲暇。结尾两句归结到本意。柳永谀美杭州城长官，将来回到朝廷，也有足够的政绩可以夸耀了。换言之，仕途通达也是意料中的事情。这首词形象地描出杭州天堂般的胜境，艺术感染力很强。相传金主完颜亮听唱“三秋桂子，十里荷花”以后，便对杭州垂涎三尺，因而更加膨胀起他侵吞南宋的野心。宋谢驿（处厚）有一首诗写道：“莫把杭州曲子讴，荷花十里桂三秋。岂知草木无情物，牵动长江万里愁。”这虽是传说，并不一定可信，但杭州经过柳永的艺术加工，更加令人心驰神往了。

八声甘州

对潇潇暮雨洒江天，一番洗清秋。渐霜风凄惨，关河冷落，残照当楼。是处红衰翠减，苒苒物华休[1]。惟有长江水，无语东流。　　不忍登高临远，望故乡渺邈，归思难收[2]。叹年来踪迹，何事苦淹留？想佳人、妆楼颙望，误几回、天际识归舟[3]。争知我、倚阑干处，正恁凝愁[4]！

注释

〔1〕是处：处处。红衰翠减：花落叶枯。苒苒（rán 染）：同"冉冉"，渐渐。物华：美好的风物。

〔2〕渺邈（miǎo 秒）：遥远的样子。

〔3〕颙（yóng 喁）望：凝望。天际识归舟：用谢朓《之宣城郡出新林浦向板桥》成句。

〔4〕争：怎。恁：如此，这样。

解读

这首词写羁旅行役之凄苦，空阔苍凉，立意不同。词人以潇潇暮雨、空旷江天、凄惨霜风、冷落关河、万里夕阳为背景，有力地烘托出行人漂泊流离的困苦与孤独。因这典型秋景所引发的愁苦意绪也就如同滚滚长江水一样，奔流不息。背景的寥廓空旷，更凸现游子的孤苦寂寞。下片写故乡之归思。词人翻进一层，设想闺中的"佳人"也正倚妆楼凝望，盼望行人的归来。最终落实到己身。双方照应，情感的抒发更为深切。柳永还是采用习惯的做法，将自己人生失意、仕途奔波的痛苦，转借对一位女子的思恋而表达出来。这位歌伎已经成为柳永寄托感情的对象。所以，在词人的想象中，那位女子也一定是倚楼眺望，一片深情。其实，这是宋词写歌伎恋情的一个基本模式。在柳永的笔下，歌伎到了"日上花梢，莺穿柳带"的时候了，"犹压香衾卧"。而且，"终日厌厌倦梳裹"。原因只有一个："恨薄情一去，音书无个！"起床后，柳永为歌伎安排的日常活动也是："想佳人、妆楼颙望，误几回、天际识归舟。"类似的描写，唐宋词中比比皆是。然而，柳永此词高旷古雅，气象雄阔，笔力苍劲。苏轼曾称赞此词"不减唐人高处"（《侯鲭录》卷七）。

忆帝京

薄衾小枕天气。乍觉别离滋味。展转数寒更。起了还重睡。毕竟不成眠，一夜长如岁。　也拟待、却回征辔，又争奈、已成行计〔1〕。万种思量，多方开解，只恁寂寞厌厌地〔2〕。系我一生心，负你千行泪。

注释

〔1〕拟：打算。征辔：征鞍，旅人所骑的马。争奈：怎奈。行计：行程的计划。

〔2〕恁：如此，这样。

解读

这首词全部以当时口语写成，明白晓畅，却又深情婉转。上片从居家的闺人角度落笔。品尝了“别离滋味”之后，夜晚总是在“展转”反侧中煎熬，难以入眠。实在无法躺下去了，就起床寻找排解愁绪的方法。岂知起床后更是无聊，只得重新躺下。闺人就是在这样起卧不安的焦灼愁苦中消磨时光。下片改写旅途漂泊者。在外的游子也是多次打算回来，又迫于外在的诸多原因，无法更改“行计”。无论如何自我“开解”，总是不能摆脱“寂寞”的纠缠。结句合写双方，总束全词。柳永确实熟练地掌握了当时民间口语，又以极高的文化素养对这些口语加以提炼，达到雅俗共赏的一个极高境界。“看似寻常最奇崛，成如容易却艰辛。”（王安石《题张司业诗》）这两句话也可以移植过来评价柳永的这类作品。

倾杯

鹜落霜洲，雁横烟渚[1]，分明画出秋色。暮雨乍歇，小楫夜泊，宿苇村山驿[2]。何人月下临风处，起一声羌笛？离愁万绪，闻岸草、切切蛩吟如织[3]。

为忆芳容别后，水遥山远，何计凭鳞翼[4]？想绣阁深沉，争知憔悴损、天涯行客[5]。楚峡云归，高阳人散，寂寞狂踪迹[6]。望京国，空目断、远峰凝碧[7]。

注释

〔1〕鹜（wù务）：野鸭。烟渚：水中烟雾弥漫的沙洲。

〔2〕歇：停止。楫：船桨。代指船。

〔3〕蛩（qióng 穷）：蟋蟀。切切：形容声音轻微。如织：形容蟋蟀声如丝一般地密织。

〔4〕鳞翼：鱼和雁，代指书信。古时有鲤鱼、雁足传书的传说。

〔5〕憔悴损：憔悴到了极点。

〔6〕楚峡云归：谓美人离去。战国宋玉《高唐赋》载：楚王游玩高唐，曾遇见巫山神女，自献其身。离别时说："妾在巫山之阳，高丘之阻，旦为朝云，暮为行雨，朝朝暮暮，阳台之下。"梦峡，巫山的代称。高阳：指酒徒。《史记·郦生陆贾列传》载：郦生求见汉高祖时说："吾高阳酒徒也，非孺人也。"

〔7〕京国：京城。

解读

这首词上片围绕"宿苇村山驿"这一具体环境，充分描绘为游人添愁增恨的秋色。"鹭"与"雁"傍晚时分急匆匆地寻求一个暂时可以栖息的地方，词人乘扁舟飘零，当然也应该歇息了。然而，那突然传来耳畔的"一声羌笛"中有着无限的"离愁"，它与"岸草"之间"切切蛩吟"的凄凉声响交织在一起，又怎能不引起游子的万种离愁？身体虽然暂时歇息，心灵却依然在飘荡不定。这是长期的羁旅生涯在词人心灵上留下的深深烙印。下片写难以割舍的相思之情。自从与"芳容别后"，相见无由，即使是"鳞翼"也无由寄达音信，只有目断远峰，遥遥凝望。"望京国"三句，透露出词人的真实心声。对京城的眷恋，就是对仕途的渴望。"想绣阁深沉"云云，不过是表面的原因，决不是旅愁或秋愁产生的深层原因。此词显然是写于仕途失意、离开汴京以后。这才是词人羁旅漂泊感产生、且不时地汹涌而来的真实原因。

鹤冲天

黄金榜上，偶失龙头望〔1〕。明代暂遗贤，如何向〔2〕？未遂风云便，争不恣狂荡〔3〕？何须论得丧，才子词人，自是白衣卿相。　　烟花巷陌，依约丹青屏障〔4〕。幸有意中人，堪寻访。且恁偎红翠，风流事、平生畅〔5〕。青春都一饷〔6〕。忍把浮名，换了浅斟低唱〔7〕。

注释

〔1〕黄金榜：殿试后朝廷发布的榜文，用黄纸书写。龙头：指状元。

〔2〕明代：圣明的时代。

〔3〕风云：喻人的际遇。《易·乾》："云从龙，风从虎，圣人作而万物睹。"争：怎么。恣：任意，放纵。

〔4〕烟花：指歌伎。依约：隐约。

〔5〕恁：如此。偎红翠：指狎妓。

〔6〕一饷（xiǎng 响）：同"一晌"，一会儿。

〔7〕浮名：指功名利禄。

解读

这首词以通俗浅近、明白晓畅的语言，直接抒发词人轻蔑名利、傲视公卿的思想感情。在封建社会的绝大多数时间里，科举考试都存在着营私舞弊、遗落贤才的通病，其中包括科举制度本身的不完善。"明代暂遗贤"、"未遂风云便"等句，就包含有作者的无限辛酸和对科举制度的讽刺揶揄，它说出了那个时代许多失意知识分子的内心感受，引起了广泛的共鸣。但问题还并不止于此。这首词的深刻和尖锐之处，还在于它表明：词人宁肯在"烟花巷陌"之中去寻找"意中人"，宁肯当一辈子"才子词人"，宁肯在"浅斟低唱"之中虚掷"青春"，也不要那身外的"浮名"。将功名利禄直斥为"浮名"，这在统治者看来真有点大逆不道了。封建时代的多数文人，科举落第以后无非是"头悬梁、锥刺股"，一心只读圣贤书，以求卷土重来。如此一次又一次地前赴后继，至死不悟。那么，中第与落第者皆紧紧地聚集在统治集团周围，这正是统治者笼络人才、增强朝廷凝聚力所需要的，即唐太宗所谓的"天下英雄入我彀中矣"。落第者即使有牢骚，也大都是骂骂考官无眼之类的，甚至叹息自己时运不济，对科举制度依然充满着热望。北宋前期对科举制度做了大幅度的变革，努力保证"一切以程文为去留"的公平竞争原则的贯彻实施，因此也成功地培养起文人对赵宋朝廷的向心力。然而，恰恰在这个时代背景下，柳永发出如此不和谐的音响，表现出词人对封建道德信条的蔑视，甚至将"风流事"、"浅斟低唱"都抬举到科举功名之上，这是统治者决不能容忍的，柳永因此得罪仁宗、招致今后仕途上的无限麻烦也是完全有可能的。不过，统治者真是误解了柳永，他何尝不是对功名利禄孜孜以求，柳永的到处“打秋风”，最终依赖科举晋身，奔走“政府”之间要求转官等等，都明显地流露出内心的渴望。只不过，柳永生性浪漫，“偎红翠”的生活又确实给他带来了许多快乐，牢骚汹涌时便口无遮拦，触中统治者的忌讳。

少年游

长安古道马迟迟，高柳乱蝉嘶。夕阳岛外，秋风原上，目断四天垂[1]。

归云一去无踪迹，何处是前期？狎兴生疏[2]，酒徒萧索，不似去年时。

注释

〔1〕目断：极目远眺。

〔2〕狎兴：狎妓的兴致。

解读

旅途漂泊得太久了，劳顿不堪，身心疲惫，词人抒写的是一种总体的感受。这首词写羁旅情思，与其他羁旅行役之作不同，没有追忆具体的一段狎妓生活或某一位歌伎，而只是写词人眼前的落寞“萧索”。夕阳秋风，柳条飘拂，乱蝉嘶鸣，四周极目眺望而不见边际。行人的跋涉艰辛、路途的孤单寂寞，融入了萧瑟暗淡的景致之中。词人自己感觉到兴意阑珊，对生活失去了热情。柳永品尝羁旅行役生活最多最深刻，这些词所抒写的情感也真切感人。

张 先

张先（990—1078），字子野，乌程（今浙江湖州市）人。宋仁宗天圣八年（1030）与欧阳修同年进士。曾任吴江知县、嘉禾判官等。皇祐二年（1050）晏殊知永兴军（今陕西西安），辟为通判，二人常相唱和。其后，又曾知渝州、虢州、安陆，人称“张安陆”。嘉祐六年（1061）累官至都官郎中，在汴京与宋祁、欧阳修、王安石、苏轼等均有往来。致仕后优游杭州、湖州之间，放舟垂钓，吟咏自乐，与歌儿舞女为伍。张先是一位老寿词人，卒年89岁，葬湖州弁山多宝寺。词集名《安陆词》，通称《张子野词》，现存180多首。

天仙子

时为嘉禾小倅〔1〕，以病眠，不赴府会。

《水调》数声持酒听，午醉醒来愁未醒〔2〕。送春春去几时回？临晚镜，伤流景，往事后期空记省〔3〕。　沙上并禽池上暝，云破月来花弄影〔4〕。重重帘幕密遮灯，风不定，人初静，明日落红应满径。

注释

〔1〕嘉禾：宋代秀州的别称，治所在今浙江嘉兴。倅（cuì 翠）：副职。

〔2〕《水调》：曲调名，相传为隋炀帝游江南时所制。

〔3〕流景：流逝的美好景色。记省（xǐng 醒）：清楚记得。

〔4〕暝：苍茫的暮色。

解读

这首词写的是伤春自伤之情，词人通过直接抒情与客观景物的描写，把这种感情表达得细腻传神。上片写伤春之情。持酒听歌，《水调》悲怨，难怪词人“午醉醒来愁未醒”了。“几时回”问的不仅仅是春天，还是在向自己的青春发问。当词人临镜自照，便痛感年华永逝，于是便产生了往事成空、后期难凭的感叹。下片写景，通过景物来烘托词人伤春亦复自伤的心情。“云破月来花弄影”，是千古传诵的名句。王国维在《人间词话》中说：“着一‘弄’字而境界全出矣。”但是，读者之所以欣赏这一名句，还在于句中有一“影”字。当暮色笼罩整个池塘之际，天上浮云掩月，突然，微风吹拂，浮云飘散，那即将凋残的春花，把自己的身影投向水面，仿佛在搔首弄姿。对此，词人禁不住想到，连即将凋谢的残花，面对春去的现实，还要弄影自怜，这对“往事后期空记省”的词人来说，不更加引起他对春天的留恋，对生活的热爱吗？词人还是在写“愁”，但是，这种“愁”比起一般的男女相思，似乎显得高雅，这与张先仕途通达、文坛耆老的身份相吻合。

千秋岁

数声鶗鴂，又报芳菲歇[1]。惜春更把残红折。雨轻风色暴，梅子青时节。永丰柳，无人尽日花飞雪[2]。　莫把幺弦拨，怨极弦能说[3]。天不老，情难绝[4]。心似双丝网，中有千千结。夜过也、东窗未白孤灯灭。

注释

〔1〕鶗鴂（tí jué 提决）：鸟名，即子规，杜鹃。芳菲：芳香的花。

〔2〕永丰：坊名，在洛阳。

〔3〕幺弦：声音细小的弦。

〔4〕“天不老”二句：化用李贺《金铜仙人辞汉歌》“天若有情天亦老”。

解读

这是一首描写恋情相思的词篇，它通过“芳菲”的被摧残来表达诀别之后的哀怨。词以鹈鴂的哀鸣开篇，说明季节由春到夏，人世由盛变衰。词人之所以折取“残红”，不仅仅是“惜春”，而且也是对被摧残的恋情表示深情惋惜。“雨轻风色暴”是上片中的关键句，它表面上交待“芳菲歇”的原因，实际却暗示恋情遭受外力的无情摧残。下片通过琴弦来表达相思与怨恨之情。“天不老，情难绝”，表达情深似海、矢志不二的坚贞，是全诗的主题句，它是针对上片“雨轻风色暴”而发的。“心似双丝网，中有千千结”，设想奇特，比喻生新。结尾以鲜明的形象暗示：这强烈的相思之情，夜以继日，永无绝灭之期。

木兰花

乙卯吴兴寒食[1]

龙头舴艋吴儿竞，笋柱秋千游女并[2]。芳洲拾翠暮忘归，秀野踏青来不定[3]。　行云去后遥山暝，已放笙歌池院静[4]。中庭月色正清明，无数杨花过无影。

注释

〔1〕乙卯：宋神宗熙宁八年（1075）。吴兴：今浙江湖州。

〔2〕舴艋：小舟，形似蚱蜢。并：成双成对。

〔3〕拾翠：春游时采摘花草。踏青：古代寒食节有出郊外踏青的风俗。

〔4〕行云：喻指春游的女子。放：停止。

解读

这首词以生动的笔触描绘了吴兴一带寒食前后的风俗习惯，抒写了词人细腻的感受。首句写吴中健儿驾驶龙舟在水面飞驰竞渡的壮观场面，选手之矫健、龙舟之轻捷、观众之喧腾，都得以含蓄表现。次句转写节日中的女子。她们身穿艳丽的彩服，双双荡起秋千，飘飘舞舞，似彩蝶翻飞，似仙子降临。分写节日里的男儿和女子后，“芳洲拾翠”和“秀野踏青”总写节日里的所有游人。上片重在写人，下片着意刻画月色清明、池塘深院的幽静风光。词人特意选择傍晚以后、游人散尽的场景来描写，既是节日里的另一番风光，也可以反衬出白天的喧闹。上片与下片，又构成了动与静的对比。“行云”不但写自然风光，也让人联想起如彩云般的众多艳丽游女。“笙歌”的演奏和演唱者也应该是歌伎。其实，“芳洲拾翠”、“秀野踏青”也是节日里女子更喜爱的活动。在熙熙攘攘的节日里，词人趁机观赏美丽的异性，大饱眼福。歌词含蓄地描写出词人旁观之赏心悦目。结尾二句，为词中名句：月色清明，杨花飞舞，花过无影，明而不亮，清辉迷蒙，夜间的景物别具一种朦胧美。词人经一天游乐后，心情之舒畅恬静，身心之怡然自得，也都隐含在这幅清明迷离的景象之中。

青门引

乍暖还轻冷，风雨晚来方定。庭轩寂寞近清明，残花中酒[1]，又是去年病。

楼头画角风吹醒，入夜重门静[2]。那堪更被明月，隔墙送过秋千影。

注释

〔1〕中（zhòng 种）酒：饮酒过量。

〔2〕画角：古乐器名。据说传自羌族，形如竹筒，以竹木或皮制成，也有用铜制成的。

解读

这是一首是伤春怀人之作，用笔曲折而又含蓄，词人善于从气候的冷暖、风云的变幻来反映人的内心活动。例如，用乍暖还寒来烘托心绪不宁；用花残人醉、年复一年来形容怀人的强烈而又持久；本来醉意被角声惊醒，却只说“隔墙送过秋千影”。可见，这首词在构思上，表现手法上都较新颖别致，耐人咀嚼。黄了翁在《蓼园词选》中说：“角声而曰‘风吹醒’，‘醒’字极尖刻。”又说：“末句那堪送影，真是描神之笔。”张先非常欣赏自己写“影”的词句，宋·胡仔《苕溪渔隐丛话》前集卷三十七引《古今诗话》说：“有客谓子野曰：‘人皆谓公张三中，即心中事、眼中泪、意中人也。’公曰：

'何不目之为张三影？'客不晓，公曰：'"云破月来花弄影"；"娇柔懒起，帘压卷花影"；"柳径无人，堕轻絮无影"，此余平生所得意也。'"此外，"无数杨花过无影"、"隔墙送过秋千影"，也都写得精彩绝伦。

一丛花

伤高怀远几时穷？无物似情浓。离愁正引千丝乱，更东陌，飞絮濛濛。嘶骑渐遥[1]，征尘不断，何处认郎踪？　双鸳池沼水溶溶，南北小桡通[2]。梯横画阁黄昏后，又还是斜月帘栊。沉恨细思，不如桃杏，犹解嫁东风[3]。

注释

〔1〕嘶骑：嘶叫的马匹。

〔2〕小桡：小船。桡，船桨。

〔3〕解：懂得。李贺《南园》："可怜日暮嫣香落，嫁与东风不用媒。"

解读

这首词写独居闺中女子的相思寂寞情怀。自从心上人离去之后，每日只能登高望远，伤心愁苦。春日里柳丝飘拂，如同女子内心的纷乱离愁。这离愁又如濛濛飞絮，弥漫无边，纠缠不休。伤怀的女子想象，"嘶骑"越行越远，那就更加无处寻觅"郎踪"，相见无日了。下阕女子回到房中，时间已经是黄昏，缭绕的愁绪却依然无法摆脱。愁苦极了，居然被逼出一句"沉恨细思，不如桃杏，犹解嫁东风"。相思之苦痛，独居之寂寞，怨愁之深沉，皆化解在这句形象的诗句之中。

晏 殊

晏殊（991—1055），字同叔，抚州临川（今江西抚州）人。幼孤，7岁能文，乡里号为“神童”。真宗景德元年（1004）14岁时张知白以神童荐入试，赐同进士出身。擢秘书省正字。次年召试中书，迁太常寺奉礼郎。真宗卒，晏殊建言太后刘氏垂帘听政，得太后欢心，天圣三年（1025）35岁时自翰林学士、礼部侍郎拜枢密副使，自此进入二府。二年后因论事忤太后旨，出知宋州，改应天府。明道元年（1032）再入二府，为参知政事。康定元年（1040）迁知枢密院事。庆历三年（1043）拜相。次年九月罢相，出知颍州、陈州、许州、河南府等，封临淄公。以疾归京师，至和二年（1055）卒，谥元献，世称晏元献。有《珠玉词》三卷，存词130余首。

浣溪沙

一曲新词酒一杯。去年天气旧亭台。夕阳西下几时回？　　无可奈何花落去，似曾相识燕归来。小园香径独徘徊。

解读

这首词抒写光阴流逝的感伤。词人以有限的生命来体察无穷的宇宙，把人生放到时空这一广大范畴中来进行思考，于是，这首词便具有某种厚重的哲理韵味了。上片三句貌似淡淡写来，其中却蕴涵着时间永恒而人生短暂的深长叹惋。“一曲新词酒一杯”，是从变的角度观察，今年的词与酒都是新的；“去年天气旧亭台”，则从不变的角度观察，季节和亭台却依旧。然而，去年也曾“一曲新词酒一杯”，变中包含着不变；今年的“天气”、“亭台”，毕竟与去年不同，不变中包含着变。时光就在变与不变的交替中流逝。词人自然要追问："夕阳西下几时回？"人生还能享受多少美好的时光？下片通过最有特征的具体事物和生活细节来深化上片勾画的意境："无可奈何花落去，似曾相识燕归来。"这是人们心中所有但却是笔底所无的一种"诗意"的感受。"花落去"与"燕归来"每交替一次，便过了一年，而人生正是在这无穷的交替之中逐渐衰老直至死亡。晏殊虽然位极人臣，但是他无法挽回流逝的时光，只能"无可奈何"地看着岁月的脚步匆匆离去。宦海风波中，晏殊也免不了有沉浮得失。在官场平庸无聊的应酬中，敏感的诗人当然会时时痛切地感受到生命的无意义消耗。这就是词人在舒适生活环境中也不能避免的"闲愁"，是摆脱不了的一种淡淡的哀伤。历史便是在这种新旧交替之中默默向前延伸。面对这一现实，作者便止不住要在铺满落花的小径上徘徊沉思了。作者对上面的问题和思考并没有正面回答，只是提供了一个宏阔的艺术框架，让读者跟随作者一起去徘徊思考而已。据胡仔《苕溪渔隐丛话》后集卷二十引《复斋漫录》载：晏殊"召（王琪）至同饭，饭已，又同步池上。时春晚，已有落花。晏云：'每得句，书墙壁间，或弥年未尝强对。且如"无可奈何花落去"，至今未能对也。'王应声曰：'似曾相识燕归来'。"晏殊另有《示张寺丞王校勘》七律一首"元巳清明假未开，小园幽径独徘徊。春寒不定斑斑雨，宿醉难禁滟滟杯。无可奈何花落去，似曾相识燕归来。游梁赋客多风味，莫惜青钱万选才。"诗中也用到这两句，可见晏殊得名句后的欣喜和特别喜爱。

浣溪沙

一向年光有限身。等闲离别易销魂〔1〕。酒筵歌席莫辞频。　满目山河空念远，落花风雨更伤春。不如怜取眼前人〔2〕。

注释

〔1〕一向：一晌，片刻。等闲：平常。

〔2〕"不如"句：语本元稹《会真记》："还将旧来意，怜取眼前人。"

解读

这首词创构的是一个大的时空框架，但它所写却是极其深细的离恨相思。框架虽大，使人销魂的“离别”之情却在不断扩充、膨胀，一直弥漫到框架的所有空间，甚至连支撑框架的实体都被这离情所掩盖、吞没，直至实处化虚，整个空间剩下的只有离情了。不过，它并没有虚到一无所有，而是在“满目山河”、“落花风雨”之中，摆设下一台“酒筵歌席”，在歌声与风雨交织声中再落实到“眼前人”身上，这就证明了现实的存在。既然无法摆脱“年光有限”的苦恼，不如及时行乐，“怜取眼前人”。这就是词人解决生命短暂、时光永恒矛盾的方法了。与其说是解脱，不如说是沉湎。词所抒写的是传统的恋情相思，但与“花间”、柳永等作为不同。晏殊所恋的女子，不指向某一位特定的个人，所叙述的也不是一段具体的生活场景，而是具有高度的概括性，是一种人人都有体验的共同生活经验。因此，晏殊的恋情词便具有了相当开阔的气象，所承继的是南唐冯延巳“堂庑特大”的创作传统，显示出“伶工之词”向“士大夫之词”转移的痕迹。

蝶恋花

槛菊愁烟兰泣露。罗幕轻寒，燕子双飞去。明月不谙离恨苦，斜光到晓穿朱户[1]。　昨夜西风凋碧树。独上高楼，望尽天涯路。欲寄彩笺兼尺素，山长水阔知何处[2]！

注释

〔1〕不谙：不知晓，不理解。朱户：朱红色的窗户。

〔2〕彩笺：精美的信笺。尺素：书信。

解读

这首词写深秋怀远之情，深情绵邈，却又气象阔大。一切的景物都因词人的情感而设置。槛菊、幽兰，清香芬芳，然而，此时却与离人同愁同泣。双飞的燕子，在刺激着孤独的离人；无知的明月，不懂得离别的“恨苦”，月光穿过“朱户”，整夜地照着无眠的离人。强烈的离愁别恨，使周围所有的客观景物都涂抹上浓烈的主观情绪。下片登楼远眺，视野开阔。水长山阔，天涯无尽，却不见情人归来的身影。没有踪迹可以寻觅，甚至书信也无由寄达。离人的愁苦也将无休尽地延续下去。晏殊如此专注抒写恋情的作品相对要少一些，以晏殊的才情，一旦情感喷涌，就是一首绝妙好词。由此可见歌词擅长抒发男女相恋之情的文体特长。王国维在《人间词话》中说：“古今之成大事业、大学问者，必经过三种之境界：‘昨夜西风凋碧树，独上高楼，望尽天涯路。’此第一境界也。”则是对此词的另一种理解。

采桑子

时光只解催人老，不信多情，长恨离亭，泪滴春衫酒易醒。　梧桐昨夜西风急，淡月胧明，好梦频惊，何处高楼雁一声。

解读

这首词写相思离情。上片的意境是悲凉的。起拍便从人生这一大的范畴着眼，但通过离情的反复抒写，最终又落墨于小小的“泪滴”之上。下片写秋夜难挨，只有在梦里才能得到片刻的安慰。但好梦难成，心神不定，经常被惊醒过来。这时，耳边传来了大雁的啼叫之声。当离人从梦中惊醒过来之时，耳边听到“何处高楼雁一声”，便想到会传来盼望已久的家书，想到大雁按时南归，人也该按时回乡了。而这一切，又都融入朦胧的“淡月”、飒飒作响的“梧桐”枯叶与劲厉的“西风”之中。这首词情感悲咽，但在悲凉之中透出一种乐观的希望，境界清新明丽，境高韵远，耐人咀嚼。

木兰花

池塘水绿风微暖，记得玉真初见面[1]。重头歌韵响琤琮，入破舞腰红乱旋[2]。　玉钩阑下香阶畔，醉后不知斜日晚[3]。当时共我赏花人，点检如今无一半[4]。

注释

〔1〕玉真：仙人，这里指歌伎。

〔2〕重头：歌词的前后阕节拍完全相同叫重头。琤琮：象声词，金玉碰撞的声响。形容悦耳的歌声。入破：乐曲中的一段，即大曲后半部“破”的开始段落。这段乐曲，打击乐器与丝竹合奏，声繁拍急，舞蹈节奏随之加快。

〔3〕玉钩：帘钩的美称。

〔4〕点检：验看，查验。

解读

一位舞女出色的表演给词人留下了深刻的印象，以至分手之后还能时时清晰、生动地回忆起来。那一次见面是在池塘水绿、微风送暖的明媚时节，歌伎不仅有仙人般的美貌，更有美妙动听的歌喉与婀娜多姿的舞腰，急旋变化，令人眼花缭乱。下片回到眼前，写别后的思念。结尾两句则落实到好景不常在的时光流逝的哀叹，词人总是能从繁华喧闹中品味到人生的悲凉。“当时共我赏花人，点检如今无一半”，语意沉痛，这在晏殊词中比较少见。《词林纪事》卷三评云：“往事关心，人生如梦，每读一过，不禁惘然。”晏殊一般不会陷入过度的悲苦之中，这首词有此格调，恐怕是晏殊非常失落时的创作。

踏莎行

祖席离歌[1]，长亭别宴，香尘已隔犹回面。居人匹马映林嘶，行人去棹依波转。　画阁魂消，高楼目断，斜阳只送平波远。无穷无尽是离愁，天涯地角寻思遍。

注释

〔1〕祖席：饯行的酒席。古代出行时祭祀路神叫“祖”。

解读

词写送别全程。长亭饯别，离歌哽咽。虽然“行人”的航船已随波远去，却仍站在船头隔着飘飞的尘土不断回头遥望；“居人”的马匹也久久地站在岸边背映丛林在高声嘶叫。正如江淹所说：“黯然销魂者，唯别而已矣。”（《别赋》）不过，这只是“别赋”的一般场景。下片才把离情别恨升华到一个新的高度。画阁中的居者无法忍受离情的折磨，只好登上高楼绝顶纵目远望，但他望见的却只是西去斜阳映射着平静的水波静静地流向远方。随着行人的远去，无穷无尽的离愁随之蔓延，乃至“天涯地角”无处不在。唐圭璋说此词“足抵一篇《别赋》”，并非过誉。晏殊词非常讲究遣辞造句、谋篇布局时的精益求精。尤其是在歌词结尾，推出带动全篇的警策之句。“无穷无尽是离愁，天涯地角寻思遍”，将全词所抒发的情感深化。上述几首作品也都具有这样的创作特征。与此相关，晏殊词中出现大量对仗工整平稳、语意精策的名句，如“无可奈何花落去，似曾相识燕归来”；“月好谩成孤枕梦，酒阑空得两眉愁”；“乍雨乍晴花自落，闲愁闲闷日偏长”；“满目山河空念远，落花风雨更伤春”（皆见《浣溪沙》）；“夜雨染成天水碧，朝阳借出胭脂色”（《渔家傲》）；“楼头残梦五更钟，花底离情三月雨”（《玉楼春》）等等。晏殊词语言凝炼自然，形象醇美疏朗，境界浑成圆融，也都显示其精益求精的功力。

踏莎行

小径红稀，芳郊绿遍，高台树色阴阴见〔1〕。春风不解禁杨花，蒙蒙乱扑行人面〔2〕。　翠叶藏莺，朱帘隔燕，炉香静逐游丝转〔3〕。一场愁梦酒醒时，斜阳却照深深院。

注释

〔1〕红稀：指红花枯萎凋零。阴阴：暗暗。见（xiàn 现）：同“现”。

〔2〕不解：不懂得，不知道。

〔3〕游丝：飘荡于空中的蜘蛛丝。

解读

词人面对芳草绿遍、花红稀落的郊外景色，面对蒙蒙扑面、四处纷飞的柳絮杨花，内心不免荡起春光消逝的情感之波，尽管这波纹十分细小，但却久久地难以停息。“春风不解禁杨花，蒙蒙乱扑行人面”，是对生活细致观察的描写，是出人意表的新颖构思。杨花飞舞，迷离了春色，也迷乱了“行人”的心绪。词人总是有时光无法把握、生命短暂的悲慨，一年中最好的季节的消逝，更能牵引出词人心中微妙复杂的情感。面对袅袅炉烟和飘拂于空中的游丝，词人在静静地思考着，但又得不到任何答案。词人始终是不能解脱时空永恒、生命短暂的矛盾痛苦，也只能借助醉酒来消磨愁苦了。

山亭柳

赠歌者

家住西秦，赌博艺随身[1]。花柳上，斗尖新[2]。偶学念奴声调，有时高遏行云[3]。蜀锦缠头无数，不负辛勤[4]。　数年来往咸京道，残杯冷炙谩消魂[5]。衷肠事，托何人？若有知音见采，不辞遍唱《阳春》[6]。一曲当筵落泪，重掩罗巾。

注释

〔1〕西秦：今陕西一带，古属秦国。赌：这里是依仗某种技艺取胜之意。博艺：指歌舞才能全面。

〔2〕花柳：指歌楼妓馆。斗：比赛，争胜。尖新：新颖，独出心裁。

〔3〕念奴：天宝年间著名歌女。高遏（è饿）行云：形容歌声嘹亮，响入云霄。

〔4〕缠头：当时风俗，乐妓表演完毕，客人以锦罗之类作赏赐，称“锦缠头”。代指给歌舞者的赏赐。

〔5〕咸京：代指京城。谩：空自，徒然。消魂：伤心，神伤。

〔6〕《阳春》：指高雅的歌曲。《阳春》与《白雪》都是古代楚国的歌曲名，据说引曲高而和寡。

解读

这首词写歌女悲惨的一生，前后呈鲜明对比，反差极大。上片通过三个方面写歌女年轻时红得发紫的盛况。一是自幼便学得一身好技艺；二是在歌唱与演奏方面不断有自己的独创与革新；三是声名大振，红极一时，收入可观。下片则写歌伎的景况一落千丈。由于年老色衰，听众锐减，为糊口仍往来奔波，而得到的却只是“残杯冷炙”的凄凉境遇。她孤身一人，难觅“知音”，每当忆起当年，思虑今后，便止不住“当筵落泪”。词人对这位歌女给予了深切的同情，其中恐怕夹杂着的是自我的身世感伤。这是一首带有叙事性的作品，声情激越，感慨悲凉，可以说是晏殊《珠玉词》中的别调。

破阵子

燕子来时新社[1]，梨花落后清明。池上碧苔三四点，叶底黄鹂一两声，日长飞絮轻。　巧笑东邻女伴，采桑径里逢迎。疑怪昨宵春梦好，元是今朝斗草赢[2]，笑从双脸生。

注释

〔1〕新社：指新到的春社。古人一年在春秋两季举行两次祭祀土地神、谷神的活动，称春社、秋社。相传燕子春社北来，秋社南归。

〔2〕斗草：古代妇女用采摘的野草来做比赛的一种游戏。

解读

这首词抓住少女斗草获胜后的一个镜头，反映出她们充满青春活力的精神面貌。笔触生动，格调轻灵。开篇点明季节特色。“燕子来时”与“梨花落后”，一紫一白，一动一静，相映成趣。有此二句，“新社”与“清明”这两个抽象的季节名称也都具有丰富的内容和鲜明的形象性了。此时，闺中妇女盛行斗草、踏青与荡秋千的游戏。三、四句承此再作发挥，把清明节时的风光描画得有声有色。下片人物开始出场。但这只是一种虚出，因为观众并未见到人物本身，而是少女的笑声最先传来耳际。这笑声划破了春天田野的寂静，压倒了黄鹂的鸣啭，温馨的生活气息扑面而来。结二句刻画出少女天真无邪的活泼情态。点睛破壁，全篇皆活。

玉楼春

绿杨芳草长亭路，年少抛人容易去〔1〕。楼头残梦五更钟，花底离情三月雨。　无情不似多情苦，一寸还成千万缕〔2〕。天涯地角有时穷，只有相思无尽处。

注释

〔1〕容易：轻易。

〔2〕一寸：指愁肠。韦庄《应天长》："别来半岁音书绝，一寸离肠千万结。"

解读

这首词以闺中少妇的口吻，极写相思之苦。开篇从"绿杨芳草"连及告别的"长亭"和离人远去之"路"，于是，便产生了因年少无知而把离别看得过于轻易的怨悔之情。"楼头残梦"两句就是这种情感的升华，它形象具体，色彩明艳，音韵铿锵，对句工整，把读者带进了一个如梦如幻的广阔艺术空间。五更时的钟声传来耳际，三月的细雨敲打着，花片飘落大地，还有倾吐"离恨"的喁喁絮语。下片，紧接着便是这"絮语"的诗化。虽然这"絮语"近似唠叨，但听之悦耳动心，因为所有这一切都出自一个少妇的内心深处。词人善于把一般人心中所有但又难以形诸笔墨的感受和盘托出，同时又蕴藉风流，恰到好处。词中多用对偶，新巧工整，富有画意诗情。晏几道曾因这首词为父亲晏殊辩护。《苕溪渔隐丛话》前集卷二十六引《诗眼》云："晏叔原见蒲传正云：'先君平日小词虽多，未尝作妇人语也。'传正云：'"绿杨芳草长亭路，年少抛人容易去。"岂非妇人语乎？'晏曰：'公谓"年少"为何语？'传正曰：'岂不谓其所欢乎？'晏曰：'因公之言，遂晓乐天诗两句云："欲留年少待富贵，富贵不来年少去。"'传正笑而悟。

然如此语，意自高雅尔。”这段记载，可见人们从理性角度对“艳词”创作的排斥。当然，晏几道的解释是牵强附会的，晏几道本人就是写“艳词”的高手。

张昪

张昪（992—1077），字杲卿，韩城（今陕西韩城）人。大中祥符八年（1015）进士，为楚丘主薄。累官度支员外郎、御史中丞、参知政事兼枢密使，以太子太师致仕。卒年86岁，谥康节。《全宋词》录其词二首。

离亭燕

一带江山如画，风物向秋潇洒[1]。水浸碧天何处断？霁色冷光相射[2]。蓼屿荻花洲，掩映竹篱茅舍[3]。　云际客帆高挂，烟外酒旗低亚[4]。多少六朝兴废事，尽入渔樵闲话[5]。怅望倚层楼，寒日无言西下。

注释

〔1〕潇洒：萧疏明丽，爽朗脱俗。

〔2〕霁色：雨后新晴的天色。冷光：波光潋滟反射的寒光。

〔3〕蓼屿：长满蓼花的小岛。

〔4〕低亚：低压。

〔5〕六朝：指先后在金陵建都的东吴、东晋、宋、齐、梁、陈六个朝代。渔樵：打鱼的、砍柴的。

解读

这首词描绘六朝故都秋景，抒发吊古伤今的情怀。开篇从大处着眼，极其开阔。秋日里的所有的风情景物，都是那么的清疏俊爽，水天相连，澄澈莹碧。长满水蓼与盛开荻花的岛屿、沙洲，在冷落肃杀中带着一分幽雅。上片结句落实到“竹篱茅舍”，衬托出一片隐逸闲散的情怀。因为登临面对的是六朝故都，秋色依旧，往事如烟，荣华富贵终归寂灭，所以只落得一片隐士怀抱。放眼长江，水面上“客帆高挂”，仍然是熙熙攘攘；长江两岸“酒旗低亚”，繁华不减当年。季节的转移与历史的变迁融为一体，给今人留下许多谈资。词人在“倚层楼”之际，思索的却是历史的无常，不知不觉中送一轮“寒日”西下。这首吊古词通过肃杀的色调与季节的变迁，暗喻时代的交替、王朝的兴废，杂感慨于风景描写之中，隐含着词人对时局、政局的关切。宋词创作初期，咏古之作极少，这首词又有开创作风气的意义。

李 冠

李冠，生卒年不详，字世英，历城（今山东济南市）人。以文学称，举进士不第，得同“三礼”出身，官乾宁主薄。有《东皋集》，不传。《全宋词》录其词五首。

蝶恋花

遥夜亭皋闲信步[1]。才过清明，渐觉伤春暮。数点雨声风约住，朦胧淡月云来去[2]。　桃杏依稀香暗度，谁在秋千，笑里轻轻语。一寸相思千万绪，人间没个安排处[3]。

注释

〔1〕遥夜：长夜。亭皋：水边平地。

〔2〕约：抑制，约束。

〔3〕一寸：指愁肠。

解读

这首词写暮春季节里的相思情怀。清明过却，春色淡去，雨点风声，桃杏稀落，词人对春天的留恋，并由此引发的相思情怀就难以遏制。词人巧妙地用他人“笑里轻轻语”的相聚之温柔甜蜜来反衬自己的孤寂凄苦。“一寸相思千万绪，人间没个安排处”，在平易浅近的叙述中见真情。《后山诗话》引王安石评语说：“张子野‘云破月来花弄影’，不如李冠‘朦胧淡月云来去'也。"淡云遮月，忽明忽暗，朦胧难辨，确是好景，这是优美的诗的境界。

宋 祁

宋祁（998—1061），字子京，开封雍丘（今河南杞县）人。父宋玘为安州应山令，侨寓安陆（今湖北安陆），遂占籍。宋仁宗天圣二年（1024）与兄宋郊（后更名庠）同举进士，奏名第一。章献太后以为弟不可先兄，乃擢郊为第一，置宋祁第十，时称“大小宋”。历官大理寺丞、国子监直讲、史馆修撰，与欧阳修同修《新唐书》，书成，迁左丞，进工部尚书，拜翰林学士承旨。卒谥景文。有《宋景文集》62卷，存词六首。

玉楼春

东城渐觉风光好，縠皱波纹迎客棹〔1〕。绿杨烟外晓寒轻，红杏枝头春意闹。　浮生长恨欢娱少，肯爱千金轻一笑？为君持酒劝斜阳，且向花间留晚照〔2〕。

注释

〔1〕縠（hú胡）皱：轻纱的皱纹。

〔2〕“且向”句：语本李商隐《写意》“日向花间留晚照”。

解读

这首词歌咏春天。起句以叙述的语气缓缓写来，已经压抑不住对春天的赞美之情。以下就是“风光好”的具体发挥与形象写照。那盈盈春水，漾动着波纹，仿佛是在向客人招手示意。“波纹”、“绿杨”都象征着春天，但是，更能象征春天的却是春花，上片最终咏出了“红杏枝头春意闹”这一绝唱。“闹”字不仅形容出红杏的众多和纷繁，而且，它把生机勃勃的大好春光全都点染出来了，有色有声。王国维在《人间词话》中说：“着一‘闹’字而境界全出。”下片再从词人主观情感上对春光美好做进一步的烘托。词人身居要职，官务缠身，很少有时间或机会从春天里寻取人生的乐趣，故引以为“浮生”之“长恨”。于是，就有了宁弃“千金”而不愿放过从春光中获取短暂“一笑”的感慨。既然春天如此可贵可爱，词人禁不住“为君持酒劝斜阳”，明确提出“且向花间留晚照”的强烈主观要求。这要求是“无理”的，却能够充分地表现出词人对春天的珍视，对光阴的爱惜。

欧阳修

欧阳修（1007—1072），字永叔，号醉翁，晚年又号六一居士，庐陵（今江西吉安市）人。四岁时父亲去世，家境中落，母亲用芦秆画地教他识字。仁宗天圣八年（1030）登进士第，次年到洛阳任西京留守推官。景祐元年（1034）召试学士院，授宣德郎，试大理评事兼监察御史，充馆阁校勘。二年后，因直言为范仲淹辩护，贬夷陵（今湖北宜昌）县令。康定元年（1040）奉诏复职，庆历三年（1043）知谏院，以右正言知制诰，参与范仲淹等推行的新政变革。因守旧势力攻击，出知滁州（今安徽滁州）。后累得升迁，嘉祐二年（1057）以翰林学士知贡举。五年（1060）官至枢密副使，六年（1061）改任参知政事。神宗时改外任，出知亳州（今安徽亳县）、青州（今山东益都）、蔡州（今河南汝南）等。熙宁四年（1071）以太子太师致仕，居颍州。次年卒，谥文忠。其诗文杂著合为《欧阳文忠公文集》153卷，集中有长短句3卷，别出单行称《近体乐府》，又有《醉翁琴趣外篇》6卷。

采桑子

轻舟短棹西湖好。绿水逶迤[1]，芳草长堤，隐隐笙歌处处随。　无风水面琉璃滑[2]。不觉船移，微动涟漪，惊起沙禽掠岸飞。

采桑子

群芳过后西湖好，狼籍残红，飞絮蒙蒙，垂柳栏干尽日风。　笙歌散尽游人去，始觉春空，垂下帘栊，双燕归来细雨中。

注释

〔1〕逶迤（wēi yí 威 移）：形容道路或河道弯曲而长。

〔2〕琉璃：指玻璃，形容水面光滑。

解读

欧阳修有一组《采桑子》歌咏颍州西湖的秀丽景色，新颖别致，脍炙人口。这里选取两首。首先，“西湖”的春天是美丽的，“绿水逶迤”、“芳草长堤”、“隐隐笙歌”，湖水明净“澄鲜”，白云倒影其中。游人沉醉在这“琉璃”般的世界中，荣辱皆忘，物我浑然一体。即使是“群芳过后”的暮春季节，词人依然兴致盎然。面对“狼藉残红，飞絮蒙蒙”和“细雨”中归来的“双燕”，词人从中另外寻觅到一种清幽静谧的美感。这些词都以优美轻松的笔调写湖上新春或暮春的景象，刻画泛舟湖上时的绮丽风光或游览归去时的恬静景色，色彩清新淡雅，情调流畅欢快。欧阳修摆脱了传统的春末悲苦情绪的纠缠，对生活一直抱有极大的热情。无论何种季节的景物，在欧阳修看来都是赏心悦目的。这类词作，比较典型地表现了宋代知识分子极具自信、朝气蓬勃的全新精神风貌。

朝中措

平山栏槛倚晴空，山色有无中[1]。手种堂前垂柳，别来几度春风。　文章太守，挥毫万字，一饮千钟。行乐直须年少，尊前看取衰翁。

注释

〔1〕平山：指平山堂，在今扬州西北瘦西湖北蜀冈上。庆历八年（1048）欧阳修所建。因登览可以望见江南诸山，故以平山为名。“山色”句：用王维《汉江临泛》成句。

解读

这首词所描述的是自己在扬州任上的豪纵形象。词人在作品中所流露的是非常爽朗、旷达的胸襟。与词人这种开阔澎湃的心胸相适应，是眼前的一览无际的“晴空”，遥望可见的“山色”。“文章太守”的“挥毫万字”、“一饮千钟”之豪情，是一种极度自信的表现，是宋代文人士大夫不以个人得失为怀的乐观精神的体现。“衰翁”云云，潜含着不伏老的倔强意志。表现在词中的个人品格，与《醉翁亭记》气脉相通。后来，苏轼过平山堂，有感而发，写了一首《西江月》，说“欲吊文章太守，仍歌杨柳春风。”对欧阳修的豁达乐观仰慕不已。古代文人以饮酒和作文自夸，比较常见。然而，将文学和事业连在一起，豪气满怀地自称“文章太守”，却非常少见。它所体现的是宋代士大夫的一种特殊精神风貌，这与宋代帝王所推行的“重文轻武”的基本国策密切相关。

诉衷情

清晨帘幕卷轻霜，呵手试梅妆[1]。都缘自有离恨，故画作远山长[2]。思往事，惜流芳，易成伤[3]。拟歌先敛，欲笑还颦，最断人肠[4]！

注释

〔1〕梅妆：梅花妆。相传南朝宋武帝刘裕之女寿阳公主日卧，梅花飘落其额上，拂之不去。后宫女模仿之，遂有梅花妆。

〔2〕缘：因为。远山：古代女子将眉毛画成山形，称“山眉”。

〔3〕流芳：流逝的芬芳花草。

〔4〕敛：皱眉。

解读

歌伎的日常生活就是倚门卖笑、送往迎来，为此职业需要，每日清晨起来的精心梳妆打扮和日夜的酒宴歌舞侑酒是必不可少的。但并不否定她们在阅人千千的生活中爱上某一位特定的异性。《诉衷情》所描写的就是这样一位被卷入恋爱旋涡的歌伎。令她痛苦的是爱恋的对象已经不得已离她而去，清晨起床，依然得梳妆打扮，为一天的职业应酬做好准备。然而，妆饰之间却不自觉地流露出内心的愁苦。“呵手试梅妆”之时还是泛泛地作为，画成“远山眉”之后，方忽然意识到这是对远方恋人的思念所导致的。以这样的心境去应付客人，强打精神、强颜欢笑、歌舞悦人，对这位歌伎来说是多大的折磨？这种痛苦也就是“最断人肠”的一种折磨了。这首词突出的特征是透过这位歌伎的外部动作与表情深入写其内心的活动，揭示了她复杂微妙的心理状态，这样的描写就避免了普泛化。对歌伎内心和表情的揣摩，使这首词的构思显得比较独特，实际上却依然没有超脱“歌伎多情”的俗套。

踏莎行

候馆梅残，溪桥柳细。草薰风暖摇征辔〔1〕。离愁渐远渐无穷，迢迢不断如春水〔2〕。　寸寸柔肠，盈盈粉泪。楼高莫近危栏倚〔3〕。平芜尽处是春山，行人更在春山外〔4〕。

注释

〔1〕候馆：旅舍。薰：蕙草，引申为芳草散发的香气。征辔：旅人所骑的马。

〔2〕迢迢：遥远的样子。

〔3〕危栏：高高的栏杆。

〔4〕平芜：草原。

解读

这首词是通过离情别恨来写恋情相思的。构思别致，描写深细。它打破了传统词作前景后情的寻常格局，而是上下片分别描写与离别有关的两个场景，并用相思这根线把二者紧密地串连起来，情景交融的艺术手法巧妙地运用于各片之中。上片极从行者的角度写离愁。在“候馆”看见残梅，在旅途看见溪桥、细柳、芳草，景物随旅程而改变，同时也在提醒词人离心上人越来越远。因此逼出最后两句："离愁渐远渐无穷，迢迢不断如春水。"相思之情并不因行程渐远而有所减弱，相反，每前进一步，这情也就增进一层，有如春水一般连绵不断。这样的离愁，只能变得越发沉重，别后的情景由此推想可知。下片写闺中对行人的思念。闺中思念已极，柔肠寸断，以泪洗面。只能依赖登楼远眺以寄托情思。眺望的结果是不断地失望，失望带来的是一次又一次的折磨。为了摆脱思恋之苦，闺人警告自己"楼高莫近危栏倚"。这样的警告，正好说明闺人情不自禁的无数次登楼眺望。登楼所见，是连绵的青草，远处的春山最终隔断了闺人的视线，而所思念的人却还在春山之外，叫人情何以堪？词的上下片照应描写，如"草熏"与"平芜"，"春水"与"春山"，"渐行渐远"与登楼不见，两地相思，一种情怀。

生查子

去年元夜时，花市灯如昼。月上柳梢头，人约黄昏后。　今年元夜时，月与灯依旧。不见去年人，泪湿春衫袖。

解读

这首词以少女口吻写成。上片回忆去年的欢悦，那时是灯好、月明，热恋中约会也因元夜的欢乐而增添光彩。"月上柳梢头"两句具有典型意义。月下，树前，黄昏时的迷人景色，为初恋的情侣增添了许多诗情画意，同时也象征着爱情的美满。因此，这两句流传人口，不胫而走。下片写物是人非，与上片形成鲜明对照。依旧是灯好、月明，但却不再有黄昏后的密约了。触目伤情、悲从中来，怎能不催人泪下。这一切都反映出这位少女的纯真恬静与一往情深。这首词语言通俗明快，对比强烈，具有浓厚的民歌风味。后代男女婚姻，大都是凭借"父母之命，媒妁之言"，婚姻的男女双方却没必要见面，更不允许私下约会。因此，封建社会的男女青年几乎没有幽会的生活体验，诗歌中也就没有这类情景的动人描写。往前可以追溯到《诗经》时代，那是青年男女的交往比较自由。《静女》说："静女其姝，俟我于城隅。爱而不见，搔首踟蹰。"写情人约会时的活泼逗乐，趣味横生。后代极难找到这一类的描写，比较出色的有李煜的一首《菩萨蛮》(花明月暗笼轻雾)。从文化史的角度观察，欧阳修此词也弥足珍贵。

渔家傲

花底忽闻敲两桨，逡巡女伴来寻访[1]。酒盏旋将荷叶当[2]。莲舟荡，时时盏里生红浪。　花气酒香清厮酿，花腮酒面红相向[3]。醉倚绿荫眠一饷[4]。惊起望，船头阁在沙滩上。

注释

〔1〕逡(qūn)巡：片刻，一会儿。

〔2〕当：替代。

〔3〕厮酿：相互混合酝酿。

解读

唐宋时期，歌舞曲中有《采莲》舞曲，这已经成为教坊与歌楼的传统表演节目。歌伎们要化妆成采莲女，表演采莲舞蹈。唐宋诗词中所咏写的“采莲女”，多数是这一类正在进行歌舞表演的艺妓，而非真正水乡采莲的劳动女子。这首词撷取这样一个富有戏剧性的歌舞场面。舞女们结队而舞，如女伴逡巡相访。她们以荷叶当杯，醉眠树荫之下，一觉惊醒，船已搁浅。宫廷大型的采莲舞蹈，流传到市井教坊，显然有了相当大的改变。它以采莲的形式，串连起一个小故事情景，将采莲、饮酒、醉眠、惊望组合在一起，完全是一段舞蹈表演。

玉楼春

尊前拟把归期说，未语春容先惨咽[1]。人生自是有情痴，此恨不关风与月。　离歌且莫翻新阕，一曲能教肠寸结[2]。直须看尽洛城花，始共春风容易别[3]。

注释

〔1〕拟：准备。春容：青春的美颜。

〔2〕翻：谱写乐曲。

〔3〕直须：一定要，必须。容易：轻易。

解读

这是一首送别词中的佳作。歌词选择“尊前”送别的片刻时间来描写，写出离人心绪的复杂。还没分手，先说归期，以此表明难舍难分。与他人所写不同的是，词人把离别这一生活中普遍的事物提高到人生与哲理的角度上来加以思考，得出“人生自是有情痴，此恨不关风与月”的结论。这样的理性概括，肯定了男女之情存在的合理性，在观念上已经不自觉地冲击了儒家伦理信条。由此，欧阳修恋情词的概括性又超越了晏殊，已经上升到理性的高度。正因为对恋情有这样正面的肯定，下片就畅快淋漓地抒发不忍分别之恋情。尊前新歌，不能帮助人们转移情绪，反而引发离人更多的痛苦。词人便渴望能与意中人“看尽洛城花”，一起度过春天所有的美好时光。然而，分手就在眼前，这种愿望显然非常不现实。送别之后的悲苦，也就不言而喻。这首词抒情虽然真率，而感情却十分沉郁。王国维《人间词话》评价此词“于豪放之中有沉着之致，所以尤高”。

玉楼春

别后不知君远近，触目凄凉多少闷？渐行渐远渐无书，水阔鱼沉何处问[1]。　夜深风竹敲秋韵，万叶千声皆是恨。故欹单枕梦中寻，梦又不成灯又烬。

注释

〔1〕水阔鱼沉：喻音信不通。古人以木鱼传书信，故诗词中常以鱼雁代指书信。

解读

这首词写离别后的凄苦孤单。夜深人静之时就再也无法掩饰自我情感了，对远行的爱人的思恋之情就滔滔不绝地倾泻出来。“渐行渐远渐无书”的句式中透露出的是深深的无奈，与“离愁渐远渐无穷”是同样的一种表达。于是，“万叶千声”等自然界的一切动静都增加了“悲秋”的气氛并牵动着愁人的心绪。“故欹单枕梦中寻”是强烈的心理愿望，心理愿望过于强烈导致心事过重，心事过重又导致失眠。“梦又不成灯又烬”，强烈的心理愿望落空之后，必将导致更深沉的苦痛。这位女子就是在这样愁苦的反复折磨中日复一日地打发时光。

玉楼春

夜来枕上争闲事，推倒屏山褰绣被〔1〕。尽人求守不应人，走向碧窗纱下睡。　　直到起来由自殢，向道夜来真个醉〔2〕。大家恶发大家休，毕竟到头谁不是?

注释

〔1〕褰（qiān　千）：撩起，用手提起。

〔2〕殢（tì　替）：软求，纠缠不清。

解读

情人之间怄气斗嘴是司空见惯的，大约也是每一位恋爱中的人都曾经品尝过的。一般文人都是舍弃这些曾经令人不愉快的场面，而专门回味咀嚼那些甜蜜消魂的细节。欧阳修却捕捉了这样一个别有情趣的场景，写得活泼真切。情人怄气总是没有什么大不了的事情，都是一些生活细节或琐事引起，一句话不对头或一件事没做妥当。深爱对方于是就越在意对方，对琐碎“闲事”也夸张对待。在气头上又各不相让，以至于“推倒屏山褰绣被”。等到一方软语相求时，另一方反而更加委屈，更加作态，“走向碧窗纱下睡”。到第二天才各自都有些不好意思，只好把吵嘴的原因推托为“夜来真个醉”。两人各让一步，“大家恶发大家休”，生活“闲事”又能说清谁是谁非呢？这首词通篇用口语、俗语将场面描绘得活灵活现，传神逼真。欧阳修词作中有大量的俗词，前人为贤者讳，都故意忽略欧阳修的这些作品。其实，从欧阳修张扬的个性出发认识这个问题，并不是令人费解的。欧阳修不顾世俗之见，将他喜欢的表现手法、能够表达真实情感的活生生语言率意“拿来”，为己所用。这首俗词能够表现欧阳修恋情词的又一种风格。

南歌子

凤髻金泥带[1]，龙纹玉掌梳。走来窗下笑相扶。爱道：“画眉深浅入时无[2]。”　弄笔偎人久，描花试手初，等闲妨了绣工夫[3]。笑问：“双鸳鸯字怎生书？”

注释

〔1〕凤髻：凤凰式的发髻。金泥：即泥金，金的屑末。

〔2〕“画眉”句：用朱庆余《近试上张水部》成句。

〔3〕等闲：随便，轻易。

解读

这首词写新婚的吉祥喜庆和新婚夫妇之间融洽无间的生活情态。上片化用唐代朱庆余《近试上张水部》“洞房昨夜停红烛，待晓堂前拜舅姑。妆罢低声问夫婿，画眉深浅入时无”诗意，并把“妆罢”形象化、具体化，写尽新婚夫妇间的蜜意柔情。下片通过描花、刺绣象征爱情的美满，“鸳鸯”两字问得娇憨而富有生趣。词的语言活泼浅近，细腻传神。一个天真、妩媚、活泼、俏丽的新娘子形象被活脱脱勾画而出。词的主体结构则是由两段对话奠定的，以对话的形式构成诗歌主体，是民歌常用方式。欧阳修有非常开阔的文学视野，他有意学习民歌。这首词对话的内容却又是从唐诗化出，显示出接受民间影响的同时之文人“雅化”的努力。

蝶恋花

庭院深深深几许？杨柳堆烟，帘幕无重数。玉勒雕鞍游冶处，楼高不见章台路[1]。　雨横风狂三月暮，门掩黄昏，无计留春住[2]。泪眼问花花不语，乱红飞过秋千去。

注释

〔1〕玉勒雕鞍：指华丽的车马。游冶处：指歌楼妓馆。章台：汉代长安有章台街，是妓女聚居的地方。

〔2〕横（hèng）：凶残狂暴。

解读

这首词曲折深婉地描写一位上层妇女的悲哀。她丈夫整天在外寻欢作乐，恣情游荡，而她自己却被幽囚于深闺之中，独守空闺，一任青春流逝，无法掌握自己的命运。上片写闺中的寂寞与男人在外走马章台、寻欢作乐的冶游生活。“庭院深深”，是因为将这位女子关在了院中，这种“深深”，更多的是一种心理距离。簇簇的杨柳为凝聚不散的烟雾所缭绕，就像重重垂挂的帘幕，使庭院有更多的层次感，强化了“深深”的效果。最后二句揭示这种心理作用的起因。对照自己的深闺独居和行动不自由，丈夫则在外面寻欢作乐、留连忘返。这里女子登楼眺望的动作，有着更加复杂的心理活动。其中有期待丈夫归来的希冀，但是，“望不见”自然生怨，怨而无用则会转变为恨，同时也难免夹杂着嫉妒，最终却归于无奈。下片从更深处挖掘主人公的内心情感，深化意境。“雨横风狂”是摧残景物的气候，“三月暮”是春去悲苦的季节，“黄昏”是牵引忧愁的时间，层层相逼，得出“无计留春住”的深切感叹。“门掩黄昏”，却无法将春天留在自己身边，同时也无法留住自己大好青春时光，衰老渐至。结尾两句延续“留春住”的痴情目的。之所以“问花”，原来是幻想与“花”共同设计出一个“留春”的妥善方案。“花”是春的象征，花留春亦留。然而，“花”竟不语，意味着“花”也无计可施。“泪眼”，足见伤春之深；“问花”，足见感情之痴。“乱红”非但无语，而且“飞过秋千”，同样无法掌握自己的命运。人与“花”

同病相怜，“问花”，也就是自问；伤春，实际是在自伤。其中流露的是少妇感情上的孤寂无依与青春将逝的哀愁。

王安石

王安石（1021—1086），字介甫，抚州临川（今江西抚州）人。宋仁宗庆历二年（1042）进士，授签书淮南判官。后历任扬州、鄞县、舒州、常州、饶州等处地方州县官达十余年之久。因政绩卓著，颇有声名。嘉祐三年（1058），入京为三司度支判官，上万言书于仁宗，提出变法主张，未被采纳。神宗即位，王安石以知制诰知江宁府，召为翰林学士兼侍讲，积极赞助神宗变革主张。熙宁二年（1069），他先任参知政事，设制置三司条例司，主持变法，次年拜相。熙宁九年（1076），王安石再度被迫辞职，退居金陵（今江苏南京市）城外半山园，自号半山老人。封荆国公，世称王荆公。神宗去世后，太皇太后高氏执政，全面起用司马光等旧党，明令废除新法。王安石在痛苦中辞世。卒谥文，故又称王文公。有《临川先生集》100卷，词集有《临川先生歌曲》，《全宋词》共辑录29首。

桂枝香

金陵怀古

登临送目，正故国晚秋[1]，天气初肃。千里澄江似练，翠峰如簇[2]。征帆去棹残阳里，背西风、酒旗斜矗。彩舟云淡，星河鹭起，画图难足[3]。

念往昔，繁华竞逐。叹门外楼头，悲恨相续[4]。千古凭高，对此漫嗟荣辱[5]。六朝旧事随流水，但寒烟、芳草凝绿。至今商女，时时犹唱，《后庭》遗曲[6]。

注释

〔1〕故国：指金陵，这里是六朝故都。今江苏南京。

〔2〕“千里”句：语本谢朓《晚登三山还望京邑》：“余霞散成绮，澄江静如练。”簇：聚集。

〔3〕星河鹭起：南京西南长江口中有白鹭洲，词人活用地名写景。

〔4〕门外楼头：语本杜牧《台城曲》：“门外韩擒虎，楼头张丽华。”

〔5〕漫嗟：空叹。

〔6〕“至今”三句：语本杜牧《夜泊秦淮》：“商女不知亡国恨，隔江犹唱后庭花。”《后庭花》：指陈后主所制的《玉树后庭花》，中有“玉树后庭花，花开不复久。”被后人认为是亡国之音。

解读

这是一首登临怀古之作。词人用托古喻今的手法，隐曲地指出北宋王朝潜伏着的现实危机。上片写金陵的深秋景色，气象开阔宏大。词人“登临送目”，眼界开阔，放眼千里，襟怀豁朗，古今同慨。以这样的气局和心胸怀古，才装得下历史的兴亡盛衰。下片集中写吊古伤今之感叹。换头以一个“念”字振起，直贯篇终。所“念”的是“往昔”如同今日，也是如此“繁华竞逐”，但转眼间就被“门外楼头”的家国破灭之悲剧所替代。词人沉重的“叹”息，充分流露出对现实的隐忧。就是这种忧患意识，敦促词人以大无畏的气概投身到变法革新的运动中去。王安石把国家兴亡这一重大题材带进词的创作领域，同时还以他那骨肃风清的格调而独树一帜。正因如此，这首《桂枝香》才被誉为登临之绝唱。从艺术上看，这首词，境界阔大深沉，景物雄浑壮丽，音节高亢响亮，词语精警，用典妥贴，抒情与写景相互映衬对照，怀古与鉴今密切结合，充分显示出王安石词作的艺术特点。《历代诗余》卷114引《古今词话》说：“金陵怀古，诸公寄调《桂枝香》者三十余家，惟王介甫为绝唱。东坡见之，叹曰：‘此老乃野狐精也。’”

晏几道

晏几道（约1038—约1106），字叔原，号小山，抚州临川（今属江西）人，晏殊第七子。少年曾春风得意，词名早播。由恩荫入仕，曾任太常寺太祝。熙宁七年（1074）因受郑侠案株连入狱。后出为颍昌府许田镇监官。晚年曾任开封府推官等。《碧鸡漫志》卷二称晏几道“年未至乞身，退居京师赐第”。存《小山词》，《全宋词》录其词260首。

临江仙

梦后楼台高锁，酒醒帘幕低垂〔1〕。去年春恨却来时〔2〕。落花人独立，微雨燕双飞〔3〕。　记得小蘋初见，两重心字罗衣〔4〕。琵琶弦上说相思〔5〕。当时明月在，曾照彩云归〔6〕。

注释

〔1〕“梦后”二句：这两句是互文，即梦后酒醒楼台高锁，帘幕低垂。

〔2〕春恨：因春天的消逝而产生的一种怨苦情绪。却来：又来。

〔3〕“落花”两句：用五代翁宏《春残》诗：“又是春残也，如何出翠帏？落花人独立，微雨燕双飞。”

〔4〕小蘋：友人家的歌女。晏几道自跋其词说：“始时沈十二廉叔、陈十君龙家，有莲、鸿、苹、云，品清讴娱客。每得一解，即以草授诸儿。吾三人持酒听之，为一笑乐而已。而君龙疾废卧家，廉叔下世。昔之狂篇醉句，遂与两家歌儿酒使俱流转于人间。”心字罗衣：宋时一种领子像心字的锦绣服

装，或说罗衣上所绣的图案类似小篆体的“心”字。这句以“小𬞟”着装的漂亮侧面烘托其美丽。

〔5〕琵琶弦上说相思：化用白居易《琵琶行》“低眉信手续续弹，说尽心中无限事。”

〔6〕彩云：喻美女。李白《宫中行乐词》：“只愁歌舞散，化作彩云飞。”这里比喻美丽的小苹。

解读

这是一首伤离怀人之作，怀念旧日相识“小𬞟”，同时也是对那段歌酒自娱生活的怀恋。起笔“梦后”两句，是逆挽手法，回忆去年别时情景，写出一幅人去楼空、笙歌散尽的无人无乐的凄凉情景。“去年春恨”句交代了词人之所以要借酒浇愁、醉入梦乡的原因，以及醉酒后所梦见的内容。“春恨”指一种由春天美景牵引出来的对离散而不再见面的佳人的怀恋情绪与随之而来的愁恨。因为以往春光明媚的时节两人总是在一起寻求欢乐，离别之后孤独面对春景自然会有“物是人非”的愁恨。“去年”可以理解为实指，更可以理解为泛指，泛指离别之后的每一个春天都要经受这么一场愁苦的折磨。“去年春恨”承上，“却来时”启下，引出“落花人独立，微雨雁双飞”，点明春深的特点。花、雨、燕、人虽仍如去年，但人却“独立”于落花之下矣。离愁别恨的“恨”，于行间字里溢出。这对偶句被称为“千古不能有二”（谭献《复堂词话》），实际上出自唐翁宏《春残》诗。翁诗有句无篇，晏词则整体结构、格调谐婉，运用前人成句，如同己出，一种迷惘惆怅的失落感遂笼罩全篇。下片回忆往年欢会与别时最深的感受，词中直呼“小𬞟”，足见感情之强烈，印象之深刻。其中忆念最深刻之点有三：首先是装束：“两重心字罗衣”。这里表面上写的是服装，实际却在写人的美丽。另一最深的印象是，小𬞟有娴熟而又精妙的艺术才能：“琵琶弦上说相思。”同时，这里还写出两人彼此爱慕、倾心相知的深情。词人与小𬞟一见钟情，却无路可通，只能借乐声传达情意。三是别时情景：“当时明月在，曾照彩云归。”结尾两句从李白《宫中行乐词》中化出，与开篇上下呼应，说明眼下作者正在月下怀人。月是当时月，云是当年云，而今人去楼空，怅然独立，孤寂之情，油然而生。这首词构思曲折精巧，词人通过逆挽的手法以及两相对比的手段，把过去的生活与当前的处境交织在一起，显示出感情的波动与思绪的起伏。词语俊爽致密，对仗工整而又流畅自然，感情深婉含蓄。

蝶恋花

醉别西楼醒不记，春梦秋云[1]，聚散真容易。斜月半窗还少睡，画屏闲展吴山翠[2]。　衣上酒痕诗里字，点点行行，总是凄凉意。红烛自怜无好计，夜寒空替人垂泪[3]。

注释

〔1〕春梦秋云：喻指男女情爱之类的事，暗用楚王巫山云雨的典故。宋玉《高唐赋序》载：楚王游玩高唐，曾遇见巫山神女，自献其身。离别时说：“妾在巫山之阳，高丘之阻，旦为朝云，暮为行雨，朝朝暮暮，阳台之下。”后来以此典故喻指男女之间的艳情事。

〔2〕吴山：俗称城隍山，又名胥山，在今杭州西湖南，为杭州名胜。这里指描绘在屏风上的江南吴地的山景。

〔3〕“红烛”两句：化用李商隐《无题》诗“春蚕到死丝方尽，蜡炬成灰泪始干。”自怜：自我怜惜。

解读

李煜说：“往事已成空，还如一梦中。”（《菩萨蛮》）对于生活境遇由盛转衰的被现实社会所抛弃的孤独悲伤者，值得回味的只有那缠绵悱恻的往事。这些美丽的往事如同春日里的美梦已经消失无踪，好像秋天里的彩云已经随风飘逝。每一次回忆，带来的只是不尽的哀伤与悲苦。这就是如此一首怀旧感伤的词。当与意中恋人分手时，必然有一场难舍难分的送别酒宴，在酒宴上又当然是醉不成欢。在朦胧的醉意中离别，一醉醒来，景物、人物已经全部改变，恍如隔世，唯有临醉前的依依惜别犹在眼前。词人此度回顾的是这样一次“西楼”的宴别情景，词人“醒不记”的是究竟如何与恋人分手、以及分手之后又是如何挨过那孤独寂寞时光的。往事缥缈，如过眼的“春梦秋云”，眼下别离的苦痛却是实实在在的，时时刻刻追随着离人的。词人沉重地叹息“聚散真容易”，其实着重点是落实在“散”上。家境的变化、生活的压力，使词人不得不四处飘零，宦途奔波。他既无法成为自我生活中的主动者，更无法把握自己的命运，“聚散真容易”的叹息里包含了辛酸的无奈、痛苦、忧伤。晏几道在现实生活中实在是一位“弱者”，他总是无力抗争命运，只有徒劳地哀伤叹息，这便成为晏几道词的基本格调。被这种离别愁绪所折磨的词人，“斜月半窗”夜深之时，依然难以入睡，辗转反侧中面对着屏风上绘就的翠绿的“吴山”，词人是否因此联想到曾经与恋人一起游历过这些青山绿水？上片到结尾才点明所有离别愁绪的折腾原来都是今夜无眠时内心翻江倒海似的活动。既然不能入眠，下片则写词人无奈中起床后的活动。词人是在不断地寻觅，想捕捉到一些可供回忆留恋的生活细节或物品，以慰籍今夜的凄苦无告。然而，他寻觅到的只有“衣上酒痕诗里字”，这“点点行行”又再度牵引出词人此刻想努力排解的“凄凉”意绪。看来词人今夜是无法躲避这相思苦痛的折磨了，他只能对着长夜“红烛”，苦苦地煎熬着漫漫的时光了。不直接写自己的无奈，而是写“红烛”的“无计”与“替人垂泪”，是感情转深一层的婉转表达。

蝶恋花

梦入江南烟水路，行尽江南，不与离人遇。睡里消魂无说处，觉来惆怅消魂误〔1〕。　欲尽此情书尺素，浮雁沉鱼，终了无凭据〔2〕。却倚缓弦歌别绪，断肠移破秦筝柱〔3〕。

注释

〔1〕消魂：黯然神伤。

〔2〕尺素：书信。浮雁沉鱼：喻书信无影踪。古人有鱼雁传书信的说法，鱼雁无凭，当然书信也就无由寄达。

〔3〕缓弦：缓慢伤悲的乐声。破：曲调名。古人以曲遍中繁声为入破。秦筝：古代一种类似瑟的弦乐器。相传为秦时蒙恬所造。

解读

今夜即使能够入眠，在睡梦中也无法摆脱相思的缠绕。在恍惚迷离的梦境中，反而没有了空间距离的隔绝，可以自由来往于“江南烟水路”，“行尽江南”，寻找恋人的踪迹。以“烟水”形容“江南路”，既烘托出江南水乡秀丽的风光特色，又写出梦境的模糊不清。不过，梦境又是无凭的。现实生活中与恋人分离、思念而不得见面的焦虑必然要渗透到梦境中，以造成梦境中寻觅的徒劳与落空，无法与“离人”相遇。自由驰骋的梦境居然也无法给词人带来安慰、满足，词人的一腔思念之情便无由寄托了。梦中的焦虑唤醒了离人，满目“惆怅”，今夜恐怕又要独对红烛，孤坐通宵了。晏几道的生活几乎都是让类似的相思离别愁绪所填塞满了，日夜思念，日夜凄苦，不得空闲。读者可以发现晏几道的感情是如此的单一，又是如此的深挚。从梦中走出，梦无法寄达自己对恋人的情感，在现实中词人便希望通过“尺素”书信诉说“此情”。但是，词人所爱恋乃至一相情愿所暗恋的情人，或者是萍水相逢的青楼妓女，或者是已经流落不知去向的友人家歌伎，他又能将书信寄往何方？又能向谁诉说这一腔的情感？究其实质，晏几道随时摆脱不了的愁苦是由于家境中衰、心理无法承受所带来的，这一点正好是词人不愿直接面对的。所以，他推脱说是“浮雁沉鱼”，不理解离人的心意，不懂得为人传达书信，“终了无凭据”。那么，排解愁绪的唯一方法是将“别绪”谱入“弦歌”声中，以音乐宣泄、寄达情思。这首词通过梦中、梦醒的时间推移，层层递进，层层深入，将类似的情感以个性化的语言抒写出来，依然给读者新的审美感受。

鹧鸪天

彩袖殷勤捧玉钟，当年拚却醉颜红〔1〕。舞低杨柳楼心月，歌尽桃花扇底风〔2〕。　从别后，忆相逢，几回魂梦与君同。今宵剩把银釭照，犹恐相逢是梦中〔3〕。

注释

〔1〕彩袖：代指身着彩服的歌女。玉钟：玉杯。拚（pàn 判）却：甘愿。拚，不顾惜。

〔2〕低：使动用法，这里指月亮的下沉。

〔3〕“今宵”两句：化用杜甫《羌村三首》之一：“夜阑更秉烛，相对如梦寐。”剩把：尽把，只把。银釭（gāng 钢）：银灯。

解读

分离思念太多、太久了，偶尔的重逢，将给离人带来何等的狂喜。这首词就是写词人与一位朝思暮想的歌伎重逢时的惊喜之情。

晏几道出仕后的地位、生活、环境都是一落千丈。再加上晏几道性格疏放，孤高自傲，阅世不深，是一个具有浓厚书生气的贵家没落子弟，处境就更加艰难。生活的变化使晏几道对世事多了几分深入的了解，流露在词中就多了些深沉的忧思。他的词大部分为应歌而写，是在酒席筵前让歌女们传唱的。同时，这些词也大都创作于生活巨变之后，小山词抒写生活巨变之后的失意与抑郁，大都是通过对往事的回忆而完成。进入词人脑海的又往往是昔日与多位歌伎的缠绵多情，当年的灯红酒绿、歌舞寻欢的生活成了一种美好往事的积淀。延续到眼前，晏几道仍然念念不忘从歌儿舞女那里寻求安慰。于是，恋情词成了《小山集》中的主要内容。这类词的抒情方式大致是如此的：描写歌伎对他的多情留恋或两人之间的深情交往，以至分别后难以忘怀、悲伤不已。晏几道又是在梦幻的虚景中构筑自己的情感世界，所以，晏几道词所抒写的恋情，与其说是一种真实世界的真实情感，不如说是虚构情景的心理补偿。这首词中出现的场面，就极其难能可贵，它完全勾起了词人对往事的美好回忆。

上片回忆过去同这位歌伎一见钟情，相互爱慕，曾有过一段美好的时光。某次酒宴上偶然相逢，这位女子就对词人格外垂青，“殷勤”劝酒。最难消受美人恩，词人因此也不惜一切地狂饮。更何况这种狂饮是在“舞低杨柳”的绝妙舞伎和“歌尽桃花”的婉转歌喉陪伴下进行的，酒不醉人人自醉。当然，对方的“多情”，还是词人美化的结果。歌伎殷勤劝酒是职业的需要，在现实生活中陷入困境的词人却无数次既甜蜜又凄苦地回忆起这一切。下片写长期分离之后难以割舍的柔情和重逢的惊喜。换头三句是重逢时词人面对恋人尽情的倾诉，“几回魂梦与君同”，这场景在晏几道众多离别相思词里简直太令人熟悉了。意外的狂喜使词人顾不得语言的修饰，代之以直白的诉说。由于重逢来得突然，两个人都怀疑这是梦境而不是现实。因为这样的情景在梦中见多了，往往梦醒便是一场空，词人害怕今日的惊喜转眼依然落空。结尾两句从杜诗中化出，加上“剩把”、“犹恐”等虚词，便化质直为空灵宛转，别饶韵味，将长期分离的恋人意外重逢时复杂的心理活动表现得淋漓尽致。这首词的构思比较别致，词人采取逆入顺写的手法。明明是重逢时的惊疑，却从当年相逢时的欢乐写起，层次分明而又多次转折，煞尾才落实到重逢时的情态。重逢的狂喜更能反衬出离别时思念的苦痛。“舞低杨柳楼心月，歌尽桃花扇底风”两句，语言华美，对仗工稳，形象性、动作性很强，愈加深化今昔对比之情。

鹧鸪天

小令尊前见玉箫，银灯一曲太妖娆[1]。歌中醉倒谁能恨，唱罢归来酒未消。　春悄悄，夜迢迢，碧云天共楚宫遥[2]。梦魂惯得无拘检，又踏杨花过谢桥[3]。

注释

〔1〕小令：宋代酒宴之间演唱的短小歌曲。玉箫：指酒宴上侑酒的歌女。典出唐范摅《云溪友议》卷三：西川节度韦皋，少游江夏，止于姜使君之馆。有小青衣曰玉箫，常令祗侍。后稍长，因而有情。后韦皋回乡，相约五、七年后相聚。届时韦皋不来，玉箫绝食而死。妖娆：指歌女所唱的歌曲娇媚柔婉，动人心魄。

〔2〕迢迢：十分漫长。楚宫：代指歌女的住处。暗用“巫山神女”的典故。

〔3〕拘检：拘束。谢桥：谢秋娘家旁之桥。谢秋娘是唐代名妓，这里代指歌伎的住所。

解读

虽然是酒宴之间一见钟情的单相思，但是，这位歌女的容貌与歌声留给词人的记忆过于美好了，词人沉浸在甜蜜的回味中表达又特别的诗意化，于是，这首词便成为晏几道众多恋情词中的佼佼者。词中所叙情节依然十分简单，不过是酒宴上见到一位歌女，聆听了她的婉转歌喉，让词人怦然心动，刻骨难忘，以至分手后日夜思念，终于通过梦境短暂地满足了再度相见乃至相爱的愿望。然而，由于词人极富激情的个性化表述，使得历代读者对这首词爱不释手。词的上片追忆相见时情景。首句点相见的地点，是一次普通的酒宴，有“玉箫”唱“小令”侑酒，在一派的旖旎绮丽的风光中两人相见了。次句写这位歌女给词人留下的格外深刻的印象，由于人与歌同样“妖娆”，故而一见钟情。晏几道已经完全难以自我把持了，一个“太”字将词人此刻的心猿意马、倾心迷恋与对这位女子的无限赞美之情全盘托出。面对这样的美女、这样的歌声，词人今夜唯有放纵酒色声乐，在风月场中一醉方休。三、四两句便写放纵声色、醉罢归来的情态。这种“醉倒谁能恨”、“归来酒未消”的终欲，一时间释放了词人生活中的苦闷，表现在天真的晏几道身上，反而有了几分纯情的味道。下片写相思情怀。欢乐只是短暂的一夜，这位歌女愈出色，词人就愈难忘，相思的折磨也就愈强烈。“悄悄”，形容孤寂难耐；“迢迢”，写漫漫长夜，同时又状两地睽隔，相见无因。在长久的两地思恋而不得见面的苦痛中，词人最擅长的就是借助于梦寐，以求一晤。梦的无拘无束暂时地解决了词人相思的苦恼。当然，梦醒以后，相思将更加猛烈地侵袭而来。通过上述安排，充分显示出相见之意切，相思之情深。相传宋代著名道学家程颐竟也非常欣赏结尾两句：“伊川闻诵晏叔原‘梦魂惯得无拘检，又踏杨花过谢桥’长短句，笑曰：‘鬼语也’！意亦赏之。”（《邵氏闻见后录》卷十九）

鹧鸪天

手捻香笺忆小莲，欲将遗恨倩谁传[1]？归来独卧逍遥夜，梦里相逢酩酊天[2]。　花易落，月难圆，只应花月似欢缘[3]。秦筝算有心情在，试写离声入旧弦[4]。

注释

〔1〕捻：用手指搓转。香笺：有芳香气味的信笺。倩：请。

〔2〕逍遥：安闲自得的样子。酩酊：大醉的样子。

〔3〕欢缘：令人欢喜愉悦的相见缘分。

〔4〕秦筝：古代一种类似瑟的弦乐器。相传为秦时蒙恬所造。旧弦：指旧的歌谱。

解读

“小莲”与“小蘋”是词人记挂最多的歌女。思念至极，便想通过“香笺”传情，但是，词人这个动作完全是下意识的。因为词人已经告诉我们“莲”、“蘋”等“俱流转于人间”，早就不知去向了。词人“手捻香笺”迟疑之际，意识渐渐清醒，发现即使写满一篇情书，也无由寄达，这就是残酷的现实。“小莲”随同早年安定快乐的生活，已经一去不复返了。“欲将遗恨倩谁传”，是被清醒意识与残酷现实所逼出的一问，问得十分沉痛悲苦。“归来独卧”的“逍遥”是词人在故作姿态，以表明自己已经摆脱了愁苦的缠绕；“梦里相逢”才是词人的真实心态，每时每刻都难以真正摆脱离情别思的煎熬。白日“酩酊”以忘却别愁，梦中“酩酊”以表重逢的狂喜，这“酩酊”大醉连接了清醒与沉睡的词人，将表面力求洒脱、实际上沉沦不可自拔的词人糅合成一个复杂的立体。下片转为自我劝慰。好花不常开，好景不常在，月亮也有“阴晴圆缺”。柳永说：“多情自古伤离别”（《雨霖玲》），苏轼说：“人有悲欢离合，月有阴晴圆缺”（《水调歌头》），这个道理人人都懂，晏几道也以此自我排解。但晏几道毕竟不能超脱，他是一个性格偏于懦弱的词人，他反而要求“花月”永远“似欢缘”，只给人快乐，不要带给人悲伤。词人如此沉湎于一己的悲苦，难怪他绵绵不绝地创作出如此丰富多彩的凄苦哀伤的相思别离之作了。无奈之中，词人再度将情绪排解到“秦筝旧弦”的乐声中。当年他与“小莲”就是通过歌声、乐曲声传情，今日的“试写离声”便充满了怀旧伤别的意绪。

生查子

金鞭美少年[1]，去跃青骢马[2]。牵系玉楼人[3]，绣被春寒夜。　消息未归来[4]，寒食梨花谢[5]。无处说相思，背面秋千下。

注释

〔1〕金鞭：用黄金做的马鞭。喻骑者之富贵。

〔2〕青骢马：青白色相杂的骏马。

〔3〕牵系：牵挂，挂念。

〔4〕消息：指离人的音信。

〔5〕寒食：民间节日，在清明前一日或二日。

解读

这首词还是在写别离相思，却十分典型地表现了晏几道对自己早年生活和地位的良好感觉。“金鞭美少年，去跃青骢马”，是词人为早年的自己在做自画像，他富贵，有气质，风度翩翩，是一位风姿卓越的贵公子。晏几道出生于一个钟鸣鼎盛的荣华之家，父亲晏殊为北宋“太平宰相”，为他留下万贯家私，供他“费资千百万”地挥霍。“《水调》声长歌未了，掌中杯尽东池晓”(《蝶恋花》)，是他当年放纵无节制生活的写照。而且，由于家庭背景的原因晏几道在少年时还受到皇帝的赏识。《红楼梦》中娇生惯养的贾宝玉，一言一行、一举一动都有婢仆侍侯、清客奉承，晏几道早年的生活就与之类似。早年的经历很好地培养了晏几道生活的自信心和优越感。他总是自负“锦衣才子”、“少陵诗思”，“金鞭美少年”再次凸现了词人的心理优越及自负。这样的佳公子，匹配“玉楼”绝色女子，可称郎才女貌，相得益彰。分别以后，双方难免都要牵肠挂肚，思念不已。“牵系玉楼人”写美少年的思恋，“绣被春寒夜”写闺中的辗转反侧，双方照应。所谓“一种相思，两处闲愁”。上片回忆当年的相恋、离别及别后的思念。下片集中笔墨写眼前的相思。自从别后，一直没有恋人“归来”的消息，在等待中不知不觉又到了梨花凋谢的春暮寒食季节。当年两人一定是携手赏花、举杯送春，今日独处，备感孤独凄凉。何况，岁月无情，随着一度一度的“寒食梨花谢”，当年的“美少年”与“玉楼”人，也将无法躲避时光的侵袭，容颜渐老。思念至此，就更加盼望情人的早早归来。否则，“无处说相思”，寂寞难耐。结尾以“背面秋千下”的静止画面总束全篇，内心剧烈的活动遮掩其中，以静结动，别饶趣味。这首词语言清新秀丽，在直白的叙述中渐见深情，在晏几道的恋情词中别具一格。

木兰花

初心已恨花期晚〔1〕，别后相思长在眼。兰衾犹有旧时香，每到梦回珠泪满〔2〕。　多应不信人肠断，几夜夜寒谁共暖？欲将恩爱结来生，只恐来生缘又短。

注释

〔1〕初心：最初的想法。花期：花开的日子，指春季。

〔2〕兰衾：兰香四溢的被子，用作女子所盖被子的美称。

解读

这首词代闺中女子抒写相思别情。与爱人分手以后，周围的一切景物都成为思妇的埋怨对象。最初，她是怪罪春天的姗姗来迟，花开的季节一再拖延。大约两人当年相恋就是在这样春暖花开的美丽季节里，一起携手赏花，共度良宵。饱受别离痛苦时，自然叫人怀念那个明媚灿烂的日子，同时私心期待百花重新绽放的时候恋人再度相聚。或许两人分手时竟有了“花期”重见的约定，所以，思妇才会怨恨“花期”的晚到。这是一种无法排解愁苦之际的无可奈何的怨恨，其目的是宣泄内心的苦恨，使不堪重负的心灵略得松弛。“别后相思长在眼”是对首句的补充解释，是当今心理状态的说明，一切的怨苦情绪都是由这“相思”生发而来。白日已很难忍受别情的折磨，到夜晚辗转反侧难以入眠时，愁苦意绪将更加猛烈地侵袭而来。所盖的被子上犹遗留着两人旧日的芬芳气息，让人如何摆脱愁绪的纠缠、安心入眠呢？这里的嗅觉或许是幻觉，离别如此之久，哪里还会有“旧时香”啊。只不过是这位女子被离别的思绪所包围着，感觉到周围一切无不有旧日恋人遗留的痕迹，才会产生这种幻觉。在这样的情绪中即使朦胧睡去，在梦中依然要重演白日所有的心理活动。清醒时能够控制情绪的过度爆发，睡梦中就没有了心理上的戒备，任痛苦随意流淌，“梦回”醒来时往往“珠泪”满面。这应该是思妇自离别以后重复体验无数次的场景。下片承此设问。相思“肠断”到了这个地步，恐怕说出来也难以让人相信，因为其他人是无法体会“几夜夜寒谁共暖”的凄凉孤苦滋味的。这两句既是对上片所描述情感的总结，又进一步突出了自己思恋的情深意真。在等待中渐渐失去希望的痴心女子，只能将“恩爱”的愿望寄之于“来生”，但是，今生的相爱恨短就是很好的教训。于是，女子便对“来生”也多了一层担忧，如果“来生”似今生，又怎样了却相思债呢？思前想后，甚至连“来生”还是这样悲观暗淡的，这位女子只能永远忍受这相思别离的痛苦了。

菩萨蛮

个人轻似低飞燕〔1〕，春来绮陌时相见〔2〕。堪恨两横波〔3〕，恼人情绪多〔4〕。

长留青鬓在，莫放红颜去〔5〕。占取艳阳天〔6〕，且教伊少年。

注释

〔1〕飞燕：轻盈飞翔的燕子。又，汉成帝后赵飞燕，初学歌舞，体态轻盈，能做掌上舞，号为“飞燕”。这里用作暗喻。

〔2〕绮陌：万紫千红、春光灿烂的道路。

〔3〕横波：比喻眼神流动妩媚，如波光粼粼。

〔4〕恼人：引诱人，撩拨人。王安石《夜直》：“春色恼人眠不得，月移花影上栏杆。”

〔5〕红颜：喻指青春少年。李白《赠孟浩然》：“红颜弃轩冕，白首卧松云。”

〔6〕艳阳天：风和日丽的春天。

解读

晏几道大量的恋情词都产生于歌舞酒宴之刹那间，词人往往是被歌儿舞女艳丽的容貌、婀娜的体态、娇媚的神情所打动，一时间心魂荡漾，难以自持。这首词就写出这样一个典型的情景。在一个春光明媚、繁花如锦的大好季节里，词人时常参加娱乐游赏或应酬的酒宴，宴席上时常遇到这么一位叫人怜爱的舞女：她翩翩起舞，舞姿轻盈，如同空中的“飞燕”；她眉目传情，眼波流动，便传递过来无限的爱慕、幽怨的情绪。上片只是正面描写了舞女的体态、神情。具有这样妩媚迷人体态、神情的女子，在“春来绮陌”的背景烘托之下，其容貌的美丽动人，可想而知。所以，上片又从侧面描述了舞女的外貌。做了这样凝练精要的勾勒之后，下片就转为自己内心感受痛痛快快地抒发。词人就会特别珍惜这青春享乐时光，渴望欢乐相伴，青春永驻。词人将这样的愿望脱口而出，丝毫不加掩饰。“长留青鬓”、“莫放红颜”的目的十分明确，就是要趁此“少年”时节，充分享受“艳阳天”的美好春光，当然更主要的是这片春光里的美艳的舞女。从全词的口气推测，这是晏几道早年之作，还带着贵家公子的放纵与任性。有这样一段的早年生活，家境中衰后词人的颓唐、凄苦，都变得容易理解了。这首词同时反映出宋代知识分子生活面貌的一个侧面，他们并不掩饰私生活享受的愿望，这与唐人的“无题”遮掩有很大的区别。

菩萨蛮

哀筝一弄《湘江曲》[1]，声声写尽湘波绿。纤指十三弦，细将幽恨传[2]。

当筵秋水慢，玉柱斜飞雁[3]。弹到断肠时，春山眉黛低[4]。

注释

〔1〕弄：奏乐一曲。湘江曲：所弹奏的是与投湘江自尽的舜之二妃有关的歌曲，是一种曲调哀怨的曲子。

〔2〕十三弦：古代筝为十三弦。幽恨：深埋心底的绵长愁恨。

〔3〕秋水：形容眼波之婉媚。玉柱：玉制的筝柱。斜飞雁：筝柱的排列犹如一排斜飞的大雁。

〔4〕春山：指歌女修饰成山形的眉毛。

解读

这首词描述聆听歌伎演奏秦筝时的感受。所演奏的是一首凄哀的曲调，与词人的日常心境特别吻合，因此容易引起词人的共鸣。何况，演奏者技艺出众，国色天香，词人的兴趣就更加浓厚了。词的开篇就点明这是一首与湘江二妃有关的悲哀的曲调。舜游历南方，客死他乡。舜之二妃追赶到湘江，投江而亡。秦筝今日演奏的是这样一个故事，其基调必然是凄苦悲哀、伤心欲绝的。词人中年以后，官场漂泊，离多聚少，心境凄苦。当他在酒宴之间听到歌者演奏时，立即被深深打动了。演奏者技艺之高，“声声”传情，与呜咽流淌、凄绿悲苦的湘江水融为一体，似天地间的自然音响，又是歌伎的出色演奏。美人的“弦指”在十三根筝弦上缓缓拨动，内心深藏的苦恨随之细细传达出来。词人听曲时，更多地是赋予曲调以个人生活的感受，将自己多年流落的悲苦融入乐声。上片主要是描述曲调的声情内容。下片转写演奏者的容颜与神态，这成为乐曲的很好陪衬。不仅仅是乐声传情，歌伎的神态也随乐曲声变化。她的眼波缓慢流转，似乎有无限的哀伤从这心灵的窗户中流出。曲调演奏到“断肠”高潮时，歌伎眉头紧锁，一脸的沉重。这是到了忘情处，人与筝已经合而为一。从“秋水”、“春山”的形容中，又可以感觉到歌伎姣好的面容。演奏者自身深深被乐曲感动了，词人同时也被乐曲声与歌伎的神态所打动了。至此，奏者、听者、江水，已经融为一个整体。

阮郎归

旧香残粉似当初[1]，人情恨不如。一春犹有数行书，秋来书更疏。　衾凤冷，枕鸳孤，愁肠待酒舒[2]。梦魂纵有也成虚，那堪和梦无。

注释

〔1〕旧香残粉：指春日里残留下来的花卉。喻旧日曾经与词人有过一段旖旎时光的歌伎。

〔2〕衾（qīn 亲）凤：绣有凤凰图案的被子。枕鸳：绣有鸳鸯图案的枕头。舒：舒畅，通畅。

解读

家境中衰、晚景困顿，让词人充分体会到世态炎凉的滋味。词人对歌伎一相情愿地一见钟情，要求对方给予同样的情感回报，事后发现并非如此。歌伎送往迎来，只是将目光盯住有钱有势的新主顾，穷愁潦倒的词人当然要被抛之脑后。词人将这些也归入世态炎凉的范畴，心境就更加凄凉悲苦了。这首词开篇就将这种世态炎凉的强烈感受叫喊出来。人“似当初”，依然没有改变。他们在一起时曾经有过许多甜言蜜语或者海誓山盟，但分手之后对方就故意逐渐疏远，以至最终淡忘。“一春犹有数行书”，那是别后不久，歌伎对词人或许还有所企图。岂知词人晚景越来越颓唐，年纪渐渐老去，家境越来越贫寒，歌伎还能图恋词人的什么？自然是“秋来书更疏”了。承受着个人、家庭生活的巨大变化，晏几道的内心本来就十分敏感脆弱。旧日相好歌伎对他的搪塞、冷淡，使他伤感、愤懑不已。“人情恨不如”，凝结着词人多少辛酸的体会，多少次心理的挫折与打击。下片回到冷清凄苦的现实生活中。“衾凤冷，枕鸳孤”，点明上片的内心怨苦都是今夜失眠时的活动。绣凤与鸳枕进一步刺激了词人。独自卧床，越想越凄苦，越想越怨恨，不如干脆起床饮酒解闷，“舒”理愁肠。对现实有了越来越清醒认识的词人对“梦”也不再抱以希望，“梦魂”往往“成虚”，只是给人平添愁苦。“和梦无”是世态炎凉的结果，然词人终究有点儿不甘心。连“梦”的安慰都失去了，反而觉得“梦”的珍贵。“那堪”的追问，凄苦已极。

阮郎归

天边金掌露成霜，云随雁字长〔1〕。绿杯红袖趁重阳，人情似故乡〔2〕。兰佩紫，菊簪黄，殷勤理旧狂〔3〕。欲将沉醉换悲凉，清歌莫断肠。

注释

〔1〕金掌：用汉武帝铜人金掌的典故。汉武帝为求取长生，在长安建章宫铸造高二十丈的铜柱，上有铜仙人，铜人手掌托铜盘承接露水，供汉武帝服食。雁字：指在天空中飞翔的大雁所排成的一字形或人字形行列。

〔2〕红袖：指侑酒的歌女。重阳：民间节日，在阴历九月九。

〔3〕旧狂：旧日的狂态。

解读

这首词写重阳节宴饮所引起的复杂感受。开篇用汉武帝铸铜仙人捧承露盘承露的故事，点明深秋季节，“露成霜”是这个季节典型的特征。接句写北雁南飞，烘托气氛，同时带出思乡意绪。“每逢佳节倍思亲”是王维写于重阳节的名句，词人何尝不是如此，何况北雁也知南归。上二句已经为“悲秋”、“思乡”做好了充分的铺垫。后二句借重阳饮酒进入个人身世的感慨。词人客居他乡，沦落困顿，心灰意冷，本无意于“绿杯红袖”，但主人的盛情难却，一定邀请词人参加这节日的盛宴，使人有宾至如归之感，好像是重返故乡。这使词人在客中稍微感到一些安慰，暂时抛开悲苦的情调。这样比较开朗的情怀，在晏几道词中是极其少见的。换头三句承此，作者借“佩紫”、“簪黄”，点出重九时的风习，恍如置身故乡。正因如此，免不了又旧病复发：“殷勤理旧狂。”这一句有三层意思：“殷勤”一层，“理”字一层，“旧狂”一层，深刻反映出作者内心的矛盾与情不由己。词人不甘心晚年的沦落，趁今日兴致高，努力试图恢复昔日的豪迈狂放。然而，即使“旧狂”发作，却早已不见当年兴致，结果只能是：“欲将沉醉换悲凉。”“悲凉”二字道出了词人家境中落，身世凄凉的苦况与内心感受。在这万般无奈的处境之中，词人叮嘱自己：“清歌莫断肠。”即不要再犯历史性的“断肠”错误。这样的着意叮嘱，说明“断肠”的悲剧再一次不可避免地发生了。词人最终无法摆脱愁苦的纠缠，即使有殷勤好客的主人也没有用。读这篇小令，再联系黄庭坚的词序，词中的身世之感就比较明显了。

浣溪沙

日日双眉斗画长，行云飞絮共轻狂，不将心嫁冶游郎〔1〕。　溅酒滴残歌扇字，弄花熏得舞衣香，一春弹泪说凄凉〔2〕。

注释

〔1〕斗画长：指为了与其他歌伎比美，着意精心画眉。斗，比赛、争斗。语自唐代秦韬玉《贫女》："不把双眉斗画长"。行云飞絮：喻妓院里的同伴，以及逛妓院的浮浪弟子。冶游郎：频频出入于歌楼妓馆的浪荡公子。

〔2〕歌扇：古代歌女所持的扇子，上面经常记载着歌曲名，以供点唱之用，故称歌扇。

解读

与歌伎交往频繁，对歌伎的生活就会有比较细致的观察。自身困顿流落，对歌伎更容易产生"同是天涯沦落人"的同情。晏几道有部分词是写妓女们的日常生活和内心苦闷的，这首词是其中的代表作。起句写妓女们为生活所迫，不得不梳妆打扮，以博得人们的欢心。句中一个"斗"字，说明她们不得不争妍斗艳，以色事人，而内心却饱含辛酸痛苦。一旦红颜老去，在"斗画长"中败下阵来，肯定是"门前冷落车马稀"。次句写她们被侮辱被损害的不幸遭遇，不论对什么人都要强颜欢笑；"行云"、"飞絮"可以任意摆布她们，"轻狂"地对待她们。但是，她们却始终有自己的美好愿望与追求："不将心嫁冶游郎"。"冶游郎"，即寻花问柳、轻薄无行的公子哥。在送往迎来的卖笑生涯中，妓女接触的大量都是这种公子哥，所以，对他们的本质有透彻的了解。下片头两句写妓女们的日常生活。她们在酒席筵前要为"冶游郎"们歌唱，由于酒渍落到歌扇之上，扇面上的曲名、题字被弄得模糊不堪。她们还要陪同"冶游郎"摘花弄朵，以致舞衣都沾满了花的香气。表面上的华丽喧闹、强颜欢笑，只能暂时掩盖心底的悲酸。所以当欢笑结束之后，剩下的只是："一春弹泪说凄凉"了。词人对妓女们的了解是有一定深度的，字里行间充满了对妓女不幸遭遇的同情。这类作品的出发点是"同是天涯沦落人"，是借他人酒杯浇自己块垒，但毕竟词人写出了歌伎生活的另一些侧面。

诉衷情

凭觞静忆去年秋[1]，桐落故溪头。诗成自写红叶，和恨寄东流[2]。　人脉脉，水悠悠，几多愁[3]？雁书不到，蝶梦无凭，漫倚高楼[4]。

注释

〔1〕觞：酒杯。凭觞，犹言把酒，借酒。

〔2〕“诗成”两句：用“红叶题诗”的故事。典出唐范摅《云溪友议》卷十：卢渥到长安应试，路过御花园外水沟，见一红叶，取来时发现上面有宫人所题绝句一首，诗曰“流水何太急，深宫尽日闲。殷勤谢红叶，好去到人间。”卢渥后娶得宫中遣散的女子，正是此题诗人。

〔3〕脉脉：含情不语的样子。悠悠：形容流水悠长无尽。

〔4〕雁书：相传大雁可以传递书信。蝶梦：指梦境。《庄子·齐物论》：“昔者庄周梦为蝴蝶，栩栩然蝴蝶也。”漫：徒劳。

解读

这首词回忆的是最近的一次别离情景。也就是“桐落故溪”的“去年秋”，词人告别了恋人。开篇“凭觞静忆”的静止画面中有说不完的故事，相聚时的缠绵缱绻，临别时的肝肠断绝，应该一一在脑海中闪过，然词人只以“桐落故溪头”含蓄带过。“诗成”两句用“红叶题诗”的典故，写自己已经通过书信将别后的思念寄达对方。这个典故的特定含义已经解释了词人书信的内容。不仅“红叶”“和恨东流”，词人别离的情思也似“东流”水，滔滔不绝。“红叶”寄诗又是没有凭据的，这为下片写音信断绝的痛苦做了伏笔。过片三句是对上文的归纳。“人脉脉”，完全沉浸在追忆之中；“水悠悠”，带去书信，带去离愁；“几多愁”，连词人自己也说不清楚了。词人进而想到，“雁书”无用，无法真正捎去或捎来情人的消息；“蝶梦无凭”，梦醒仍然是一场空。今日倚靠在“高楼”上思念远人，同样是徒劳无益的。思念的愁苦随着思绪的转折而层层加深。这首词里词人没有做哀苦欲绝的倾诉，缓缓的叙说中渐见深情。在写作方式上别具一格。

点绛唇

花信来时[1]，恨无人似花依旧。又成春瘦，折断门前柳[2]。　天与多情，不与长相守。分飞后，泪痕和酒，占了双罗袖。

注释

〔1〕花信：花信风。风应花期而来，好像有信，故称。一般分二十四番花信风，以节候划分。

〔2〕折断门前柳：李贺《致酒行》："主父西游困不归，家人折断门前柳。"柳与"留"同音，折柳乃是盼望亲人归来。

解读

最初花信风来时，报道了春天的消息。然而，物是人非，以往是恋人携手游春赏花，今日则只能独自面对春来花开。所以，春天的到来，不能给人任何安慰，反而牵惹出满腹的离愁别绪，所谓"去年春恨却来时"。被愁苦所折磨的离人日见消瘦，"折断"更见出其苦苦守候时间之长久。守候而没有结果，不免怨天尤人。既然老天赋予词人这么一颗"多情"的心，为什么不让有情人长相厮守？离别的原因词人最清楚，这本来不需要追问的。痛苦万端的词人却要无理地责怪"天与多情，不与长相守"，读者可以强烈地体会到作者的怨苦之情实在没有地方发泄了，这是一种"无理而妙"的境界。分手之后，离人的日常生活概括起来说就是醉酒度日、以泪洗面，泪痕、酒痕沾湿了双袖。而这一切，都在一年一度的"花信来时"表现得最为典型突出。

采桑子

西楼月下当时见，泪粉偷匀，歌罢还颦[1]。恨隔炉烟看未真。　别来楼外垂杨缕，几换青春，倦客红尘[2]。长记楼中粉泪人。

注释

〔1〕泪粉偷匀：偷偷抹匀被泪水所模糊了的脂粉。颦：皱眉头。

〔2〕青春：美丽的春色。红尘：繁华热闹的处所，指人世间。

解读

这又是一个一见钟情、别后思恋的故事。词人与意中人当时是在“西楼”歌舞应酬的酒宴上邂逅相遇的，“隔”着“炉烟”，词人并未看仔细、看真切这位歌伎的容貌、神态。相隔一段距离的朦胧中，这位女子给词人留下的所有印象都是如此美好，以至词人义无返顾、一往情深地爱上了对方。歌伎的一笑一颦、一言一行，在词人看来都是在向他传递爱情的信息。双方虽然没有机会直接交往，但是，已经“心有灵犀一点通”了。上片描述的一切都出自词人的想象，这里的歌伎只是一种职业的演唱，晏几道因此心猿意马，浮想联翩，当然不足为凭，只能是他的自作多情。不过，就晏几道本人而言，他是对这些幻觉信以为真的。分别以后，几度春风，几“垂杨缕”，“几换青春”，词人依然“长记楼中粉泪人”。随着时间的流逝，思念之情反而与日俱增。这样的心态，词人告诉我们是在“倦客红尘”的背景下产生的。也就是说官场失意、四处飘零的情况下，让词人更加思恋“楼中粉泪人”。可以想象，词人如果能官运亨通，一定是“一日看尽长安花”之得意忘形，决不会再有这些失落的苦涩的情绪产生。所以，晏几道这类恋情词，终究是对自我生存环境不满的一种变相表述。晏几道大量恋情词产生的环境和过程，与这首词特别相似。晏几道后期更擅长在无形的精神世界里获得真正的稳定，为自己编织五彩的爱情梦幻。这首词是一个典型的例证。

思远人

红叶黄花秋意晚〔1〕，千里念行客。飞云过尽，归鸿无信〔2〕，何处寄书得？

泪弹不尽临窗滴，就砚旋研墨〔3〕。渐写到别来，此情深处，红笺为无色〔4〕。

注释

〔1〕红叶黄花：枫叶与菊花。

〔2〕归鸿：传说大雁可以传信，故词人对其寄予希望。

〔3〕旋：不久。

〔4〕红笺：古代女子使用的粉红色的信笺。

解读

对恋人的思念之情，一般都集中在春、秋两个典型的季节里。这是一首咏题之作，歌词内容与调名一致，写秋日里对远方恋人的思念，是词人代居家的歌伎言情。首句渲染了浓郁的秋色。红色的枫叶与黄色的菊花，是单调的秋天里的两种触目色彩，词人以此着意烘托“秋意晚”的季节特征。独居闺中的佳人禁不住“秋思”的侵袭，绵绵思念起离别在外的“千里行客”。不知行人何日回来，只好把希望寄托在“归鸿”传书上。但是，望尽“飞云”，“归鸿”难凭，期待屡屡落空。对方既然没有写信过来，自己不妨以笔墨倾诉一下相思深情。设身处地着想，对方也一定是如此急切地盼望着自己的来信的。下片因此自然完成了过渡。整日以泪洗面，泪水用来磨墨，情深意重。渐渐写到动情深处，泪水已经干涸而继之以血，鲜红的血泪叫“红笺”失色。用极度的夸张，渲染内心的痛苦。痛苦到这种程度，恐怕无法下笔了。不知“行客”始终没有音信寄递是否也是这样的原因，因过分痛苦而无由表达。词中所有的感受都是词人自己的，但他却婉转代言，托之居家的恋人，以展示双方共同为情所苦。

王观

王观（生卒年不详），字通叟，海陵（今江苏泰州）人，一作如皋（今属江苏）人，为胡瑗门人。宋仁宗嘉祐二年（1057）登进士第。元丰二年（1079）任大理寺丞。坐知扬州江都县枉法受财，除名永州编管。后累官翰林学士。相传元祐年间王观曾应制作《清平乐》，有“黄金殿里，烛影双龙戏”、“折旋舞彻《伊州》，君恩与整搔头”等句，高太后以为亵渎了神宗赵顼，第二天便被罢职，世人称他为“王逐客”（吴曾《能改斋漫录》卷十七）。王观最推崇柳永，并有意向柳永学习，因此把自己的词集称为《冠柳集》。这是北宋少有的公开标榜喜爱柳永词风的。词集已散佚，存词仅16首。

卜算子
送鲍浩然之浙东

水是眼波横，山是眉峰聚。欲问行人去那边，眉眼盈盈处[1]。　才始送春归，又送春归去。若到江南赶上春，千万和春住。

注释

〔1〕盈盈：美好的样子。

解读

这是一首春天里送别友人之作。词有两点突出的成就值得注意：一是构思别致。词人把送春与送别交织在一起来写，充分表现出词人对友人的深情和对春天的留恋。二是比喻新颖。词人以眼波和眉峰来比喻浙东的山山水水，仿佛这位美人正期待着他的到来，贴切、自然，富有真情实感。“若到江南赶上春，千万和春住”二句，表现出词人对春天、对友人的留恋。这比之一般的惜别与祝愿更加深刻、形象而又美好，为千里远行增添了乐观情调。宋词开始创作阶段，大多是男女送别之词，写得缠绵婉转。这首词写友人之间的送别，语气上要爽朗了许多。结尾二句，希望友人与春光同住，也就是祝福友人在去程中一直有美好的时光。这样的结尾，改变了以往送别词渴望重见、不许对方在他乡留恋的构思套路，显示出更为开阔的胸襟。送别友人和送别情人，思维方式完全不一样。

菩萨蛮

归思

《单于》吹落山头月[1]，漫漫江上沙如雪。谁唱《缕金衣》？水寒船舫稀[2]。

芦花枫叶浦，忆抱琵琶语。身未发长沙，梦魂先到家。

注释

〔1〕《单于》（chán 蝉 yú）：曲调名，又名《小单于》。汉代匈奴称其君长为单于。

〔2〕《缕金衣》：即《金缕衣》，乐曲名。又名《金缕曲》。

解读

这首词写旅途思家情绪，情思凄切，语意惨淡，高古浑成，有唐诗意境。首先，是漂泊途中所听到的凄苦音乐声，牵引出词人无限的归思。其次，今夜月色清冷，洒照江面，犹如沙雪。况且，江旁泊船稀少，孤寂寥落，词人内心的愁苦一发不可遏制。上片，将乐声与寒江夜景很好地融合在一起，用来烘托词人的思家愁绪。下片转入一段回忆。当年也曾经有过类似的生活体验，也曾听琵琶演奏而引发归心。这首词对当下的情景描写相当简略，而着重涂抹归家之思。此词所传达的情景，类似白居易的《琵琶行》，意境也相似。王灼称赞说："王逐客才豪，其新丽处与轻狂处，皆足惊人。"(《碧鸡漫志》卷二)王观喜欢柳永词，在羁旅行役的体验方面确实有接近柳永之处。然而，王观词摆脱了通过思恋女子而抒发归思的构思模式，直抒胸臆，给读者一种新的审美体验。

魏夫人

魏夫人，名玩，襄阳（今湖北襄樊市）人，魏泰之姊，曾布之妻，曾巩之嫂。徽宗时曾布为相，她被封鲁国夫人，故以魏夫人称之。博涉群书，工诗。朱熹曾说："本朝妇人能文者，唯魏夫人及李易安二人而已。"（《朱子语类》卷140）存其词14首，有《鲁国夫人词》。

菩萨蛮

溪山掩映斜阳里[1]，楼台影动鸳鸯起。隔岸两三家，出墙红杏花。　绿杨堤下路，早晚溪边去[2]。三见柳绵飞，离人犹未归[3]。

注释

〔1〕掩映：互相遮掩而有彼此映衬。

〔2〕早晚：随时，每天。

〔3〕柳绵：柳絮。

解读

这首词写女主人公每天去溪边遥望"离人"归来："绿杨堤下路，早晚溪边去。"这溪边柳下，也就是当年送别远行人的地方。然而，她不仅朝朝失望，月月失望，甚至年年失望了："三见柳绵飞，离人犹未归。""三年"在古代并不是确数，乃泛指多次之意。尽管如此，这位妇女的内心仍充满柔情："溪山掩映斜阳里，楼台影动鸳鸯起。"这两句很富诗情。"隔岸两三家，出墙红杏花”又饶有画意。作为一个女词人，魏夫人的感受是细腻的，捕捉形象的能力也是很强的。宋词中保留下来的由女性作者创作的思恋远人之作，数量非常少。除李清照之外，魏夫人的创作令人注目。这些女性所创作的歌词，没有男性作者借题发挥的怨苦，不会夹杂着往日繁华、今日落魄的牢骚；也没有歌伎创作的虚与委蛇，其思恋来得真挚而单纯。这样的思恋，包含着重逢的期待，充满了生活的热情。所以，才会有对周围美好景色的着意欣赏，才能发现“溪山掩映”、“楼台影动”、“红杏出墙”等系列美景。

点绛唇

波上清风，画船明月人归后。渐消残酒，独处凭栏久。　聚散匆匆，此恨年年有。重回首，淡烟疏柳，隐隐芜城漏〔1〕。

注释

〔1〕芜城：古城名，即今江苏扬州。南朝宋竟陵王刘诞据此城造反，兵败身亡，城邑荒芜。鲍照作《芜城赋》讽之，故名。

解读

人生聚散匆匆的憾恨，集中到这首词中。清风、明月、画船，本来应该是赏心悦目的。但是，词人所面对的却是难堪的别离。所以，“人归后”，在孤独中消磨光阴的词人只能以酒消愁，百无聊赖。周围的景物虽清新秀丽，纠缠主人公的愁思却拂之不去。下片就转为直接的愁绪抒发。“此恨年年有”，扩展了时间与空间，将今日所遭受的别离之苦与曾经所遭受的，以及即将要忍受的折磨联系了起来。以“淡烟疏柳”之景语与“隐隐芜城漏”的声响作结，将人生不如意时的愁苦含蓄委婉地表达了出来。对于古代官宦家庭的女子来说，丈夫几乎是生活的一切，尤其是在年轻的时候。但是，作为女子，她们不可以直接倾诉内心的真实情思，否则会招来男性社会“荒淫”的叱骂，李清照就难逃此种厄运。这应该是宋代官宦家庭女子填词甚少的重要原因之一。从这个角度观察，魏夫人与李清照一样，都比较大胆而坦诚，都显示出与一般女性不同的独立个性。不过，魏夫人词作数量不多，且影响也远不如李清照，所以逃过了封建卫道士们的口水唾沫。

苏　轼

苏轼（1037—1101），字子瞻，一名和仲，号东坡居士，四川眉山（今属四川）人。宋仁宗嘉祐元年（1056），21岁的苏轼随父苏洵进京，次年，与弟苏辙中同榜进士。嘉祐四年（1059），经欧阳修等推荐，参加了朝廷特设的制科考试，以“制策”入三等，授大理评事、签书凤翔府判官。英宗治平二年（1065），回京任职，判登闻鼓院。皇帝召试秘阁，再入三等，直史馆。神宗熙宁二年（1069），差判官告院。因多次上书陈述新法的弊害，与王安石政见不合而要求外放。熙宁四年（1071）六月，出为杭州通判。大约在这一时期开始创作歌词。后迁知密州（今山东诸城）、徐州（今属江苏）等地。元丰二年（1079），朝中新党罗织罪名，弹劾他以诗讪谤朝廷（史称“乌台诗案”），被捕入狱，后贬为黄州（今湖北黄冈）团练副使。宋哲宗继位，太皇太后高氏听政，苏轼被召还京，除起居舍人，累迁中书舍人、翰林学士知制诰，知礼部贡举。元祐四年（1089）出知杭州，六年召回。再知颍州（治所在今安徽阜阳），后改知扬州、定州（治所在今河北定县）。哲宗亲政，罢斥旧党，绍圣元年（1094）苏轼被贬英州，再贬惠州（今广东惠州市），四年再贬儋州（今海南岛儋县）。徽宗赵佶即位，遇赦放还，卒于常州旅舍。苏轼是文学艺术上有多方面成就的大家，有《东坡全集》150卷、《东坡乐府》3卷。存诗2700多首，词350余首。

水龙吟

次韵章质夫杨花词[1]

似花还似非花，也无人惜从教坠。抛家傍路，思量却是、无情有思。萦损柔肠，困酣娇眼，欲开还闭。梦随风万里，寻郎去处，又还被、莺呼起[2]。

不恨此花飞尽，恨西园、落红难缀[3]。晓来雨过，遗踪何在？一池萍碎[4]。春色三分，二分尘土，一分流水。细看来，不是杨花，点点是离人泪。

注释

〔1〕章质夫：章楶，浦城人。曾官吏部郎中、同知枢密院事。

〔2〕莺呼起：化用金昌绪《春怨》："打起黄莺儿，莫教枝上啼。啼时惊妾梦，不得到辽西。"

〔3〕缀：收拾，连接。

〔4〕苏轼自注："杨花落水为浮萍，验之信然。"这是一种传说。

解读

这是一首咏物词。词人以生动的笔墨描绘杨花的形象，并以杨花比拟人的飘零沦落，隐约寄托词人个人身世的感慨。苏轼并不重视杨花形象特征的描写，而重在写"神"。除了开篇"似花还似非花"是在写形以外，以下全是写"神"，且以"无人惜从教坠"定下基调。全词写得不离不即，遗貌取神，仪态万方，柔情无限。它既是在写杨花，又是在写人。词人把自己的主观感受和对不幸遭遇的唱叹，都融入杨花形象之中。从杨花的无人珍惜，从杨花的飘零沦落，似乎可以看到词人以及与词人相类似的某些人的不幸命运。真正做到了花中有人，形中有神，虚实兼到，形神并茂。刘熙载《艺概·词曲概》说："东坡《水龙吟》起云：'似花还似非花'，此句可作全词评语，盖不离不即也。"王国维对此词也推崇备至，他说："咏物之词，自以东坡《水龙吟》为最工。"北宋中叶以前少咏物词，咏物词到了北宋末年才蓬勃发展起来，但依然缺少高远的寄托之意。苏轼这首词在咏物和寄托两个方面，都开词坛创作风气。

水调歌头

黄州快哉亭赠张偓佺[1]

落日绣帘卷，亭下水连空。知君为我新作，窗户湿青红。长记平山堂上，倚枕江南烟雨，渺渺没孤鸿[2]。认得醉翁语，山色有无中[3]。　一千顷，都镜净，倒碧峰。忽然浪起掀舞，一叶白头翁。堪笑兰台公子，未解庄生天籁，刚道有雌雄[4]。一点浩然气，千里快哉风[5]。

注释

〔1〕快哉亭：在黄州临皋，下临长江。张偓佺，字梦得，当时也谪居黄州。建快哉亭，苏轼为亭取名，苏辙作《黄州快哉亭记》。

〔2〕平山堂：在今扬州西北瘦西湖北蜀冈上。庆历八年（1048）欧阳修所建。没：隐没。

〔3〕醉翁：欧阳修的号。“山色”句：欧阳修《朝中措》中用王维诗之成句。

〔4〕兰台公子：指宋玉，他曾任兰台令。“刚道”句：宋玉在《风赋》中把风分为“大王之雄风”、“庶人之雌风”两种。刚道：硬说。

〔5〕浩然气：正直刚大之气。语出《孟子·公孙丑》：“我善养吾浩然之气。”

解读

快哉亭下临长江，江天景色，一览无遗。这首词以精炼的语言描绘壮丽的水色山光。当整个大自然处于风平浪静之时，千里碧波，莹澈如镜，两岸青山，倒映入水，优美如画。词人由此追忆起昔日在扬州平山堂所见的江南景色以及出现在欧阳修笔下的壮丽风光，用联想的方式渲染眼前的美景。然而，长江的风平浪静毕竟是暂时的现象。突然，狂风乍起，林木怒吼，山雨欲来，白浪滔天。此刻，一叶扁舟浮沉于浪涛之上，满头银发的渔翁，手把船桨，疾行如飞。有见于此，词人的心潮澎湃，豪兴满怀。他很自然地联想到宋玉的《风赋》，于是便加以批判。宋玉不懂庄子“天籁”的道理，硬说风有雌雄之分。君王之风是雄风，宁体便人；庶民之风是雌风，致病造热。而苏轼的看法却与此不同，他认为，只要人胸中豪气长存，长风千里就会使人感到淋漓痛快，而不会害人。苏轼之所以把张偓佺刚刚筑成的亭子命名为

"快哉亭"，其原因也正在这里。这是苏轼词中不多见的酣畅淋漓的豪放词。

水调歌头

丙辰中秋，欢饮达旦，大醉，作此篇兼怀子由[1]

明月几时有？把酒问青天[2]。不知天上宫阙，今夕是何年。我欲乘风归去，又恐琼楼玉宇，高处不胜寒[3]。起舞弄清影，何似在人间！　　转朱阁，低绮户，照无眠[4]。不应有恨，何事长向别时圆？人有悲欢离合，月有阴晴圆缺，此事古难全。但愿人长久，千里共婵娟[5]。

注释

〔1〕丙辰：宋神宗熙宁九年（1076）。子由：苏轼弟弟苏辙，字子由。

〔2〕"明月"二句：语本李白《把酒问月》："青天有月来几时，我今停杯一问之。"

〔3〕琼楼玉宇：指月宫。

〔4〕朱阁：朱红色的阁楼。绮户：镂雕花纹图案的门窗。

〔5〕婵娟：指美好的月光。

解读

苏轼因与当权的变法者王安石等人政见不同，自求外放，辗转各地为官。他曾经要求调任到离苏辙较近的地方为官，以求兄弟多多聚会。到密州后，这一愿望仍无法实现。这一年的中秋，皓月当空，银辉遍地，与胞弟苏辙分别之后，转眼已七年未得团聚了。此刻，词人面对一轮明月，心潮起伏，于是乘酒兴正酣，挥笔写下了这首名篇。

上片写中秋赏月，因月而引发出对天上仙境的奇想。起句奇崛异常，词人用李白"青天有月来几时，我今停杯一问之"（《把酒问月》）诗意，用一问句把读者引入时间、空间这一带有哲理意味的广阔世界。词人的提问，似乎是在追溯明月的起源、宇宙的伊始，又好像是在赞叹中秋的美景、造化的巧妙。其中蕴涵了词人对明月的赞美和向往之情。作者之所以要化用李白诗意，一是李白的咏月诗流传甚广，二是苏轼经常以李白自比，这里也暗含此意。李诗语气比较舒缓，苏词改成设问句以后，便显得峭拔突兀。苏轼将青天作为朋友，把酒相问，显示了豪放的性格与不凡的气魄。“不知”二句承前设疑，引导读者对宇宙人生这一类大问题进行思考。“天上宫阙”承“明月”，“今夕是何年”承“几时有”，针线细密。继续设疑，也将对明月的赞美向往之情推进了一层。设问、思考而又不得其解，于是又产生了“我欲乘风归去”的遐想。李白被称为“谪仙”，苏轼也被人称之为“坡仙”。词人至此突发奇想，打算回到“天上”老家，一探这时空千古奥秘。苏轼生平自视甚高，以“谪仙”自居，所以他当然能御风回家，看看人间“今夕”又是天上的何年？仙境是否胜过人间？词人之所以有这种脱离人世、超越自然的奇想，一方面来自他对宇宙奥秘的好奇，另一方面更主要的是来自对现实人间的不满。人世间有如此多的不称心、不满意之事，迫使词人幻想摆脱这烦恼人世，到琼楼玉宇中去过逍遥自在的神仙生活。然而，在词中这仅仅是一种打算，未及展开，便被另一种相反的思想打断：“又恐琼楼玉宇，高处不胜寒。”这两句急转直下，天上的“琼楼玉宇”虽然富丽堂皇，美好非凡，但那里高寒难耐，不可久居。词人故意找出天上的美中不足，来坚定自己留在人间的决心。一正一反，更表露出词人对人间生活的热爱。同时，这里依然在写中秋月景，读者可以体会到月亮的美好，以及月光的寒气逼人。这一转折，写出词人既留恋人间又向往天上的矛盾心理。这种矛盾能够更深刻地说明词人留恋人世、热爱生活的思想感情，显示了词人开阔的心胸与超远的志向，因此为歌词带来一种旷达的作风。“高处不胜寒”并非作者不愿归去的根本原因，“起舞弄清影，何似在人间”才是根本之所在。与其飞往高寒的月宫，还不如留在人间，在月光下起舞，最起码还可以与自己清影为伴。从“我欲”到“又恐”至“何似”的心理转折开阖中，展示了苏轼情感的波澜起伏。他终于从幻觉回到现实，在出世与入世的矛盾纠葛中，入世思想最终占了上风。“何似在人间”是毫无疑问的肯定，雄健的笔力显示了情感的强烈。

下片写望月怀人，即兼怀子由，同时感念人生的离合无常。转而由中秋的圆月联想到人间的离别。夜深月移，月光穿过“朱阁”，照进“绮户”，照到了房中迟迟未能入睡之人。这里既指自己怀念弟弟的深情，又可以泛指那些中秋佳节因不能与亲人团圆以至难以入眠的一切离人。月圆人不圆是多么令人遗憾啊！词人便埋怨圆月："不应有恨，何事长向别时圆？"相形之下，一轮圆月更加重离人的愁苦了。无理的语气进一步衬托出词人思念胞弟的手足深情，同时又含蓄地表示了对不幸离人的同情。词人毕竟是旷达的，他随即想到月亮也是无辜的，便转而为明月开脱："人有悲欢离合，月有阴晴圆缺，此事古难全。"既然如此，又何必为暂时的离别而忧伤呢？这三句从人到月、从古到今做了高度的概括。从语气上，好像是代明月回答前面的提问；从结构上，又是推开一层，从人、月对立过渡到人、月融合。为月亮开脱，实质上还是为了强调对人事的达观，同时寄托对未来的希望。因为，月有圆时，人也有相聚之时。故结尾"但愿"便推出了美好的祝愿。"但愿人长久"是要突破时间的局限，"千里共婵娟"是要突破空间的阻隔，让对明月共同的爱把彼此分离的人结合在一起。这两句并非一般的自慰和共勉，而是表现了作者处理时间、空间以及人生际遇等重大问题所持的态度，充分显示出词人精神境界的丰富博大。张九龄《望月怀远》说"海上生明月，天涯共此时"；许浑《秋霁寄远》说"唯应待明月，千里与君同"，苏轼就是把前人的诗意化解到自己的作品中，熔铸成对天下离人的共同美好祝愿。全词设景清丽雄阔，如月光下广袤的清寒世界，天上、人间来回驰骋的开阔空间。将此背景与词人超越一己之喜乐哀愁的豁达胸襟、乐观情调相结合，便典型地体现出苏词清雄旷达的风格。

念奴娇

赤壁怀古〔1〕

大江东去，浪淘尽、千古风流人物。故垒西边，人道是、三国周郎赤壁〔2〕。乱石穿空，惊涛拍岸，卷起千堆雪。江山如画，一时多少豪杰。　遥想公瑾当年，小乔初嫁了，雄姿英发〔3〕。羽扇纶巾，谈笑间、樯橹灰飞烟灭〔4〕。故国神游，多情应笑我，早生华发〔5〕。人间如梦，一尊还酹江月〔6〕。

注释

〔1〕赤壁：这里指黄州的赤鼻矶，在今湖北黄冈西面，临长江。三国赤

壁之战所在地说法不一，此为其中一处。

〔2〕人道是：人们传说是。苏轼也怀疑此处非真正赤壁之战所在地。周郎：周瑜，字公瑾，年轻拜将，时人呼其为周郎。

〔3〕小乔：即小桥，桥玄之女，周瑜之妻，东吴著名美女。据记载，周瑜随孙策攻打皖城，得桥家二女，大桥嫁孙策，小桥嫁周瑜。

〔4〕羽扇纶（guān 观）巾：羽毛扇和有丝带的头巾。这里指周瑜指挥赤壁之战时一副儒雅的打扮。樯橹：指战舰。

〔5〕故国：故地，指旧战场。华发：白发。

〔6〕酹（lèi 类）：以酒洒地表示祭奠。

解读

"艳词"写得如此开阔、豪迈、壮烈，完全是苏轼性格的表现，是苏轼的独创，是苏轼对词坛做出的杰出贡献。这首词描绘了赤壁附近的壮阔景物，通过对古代英雄人物的赞美，抒发了诗人的理想抱负以及老大无为的感叹。上片写景，引出对古代英雄的怀念。开篇"大江东去"二句，大气包举，笼罩全篇，反映出词的主导思想：历史上的"风流人物"都免不了要被浪花"淘尽"，更何况无声无息的碌碌凡夫！无穷的兴亡感慨由此生发。次二句以精炼的笔墨点出时代、人物、地点，为英雄人物的出场做好铺垫。"人道是"三字，既烘托出古代战场家喻户晓、世代相传的声名，同时又暗中交待这个"赤壁"并非当年真正鏖战之地，只是人们的传说而已。"乱石穿空"三句是词人目击之奇险风光，惊心动魄：穿空的乱石、拍岸的惊涛、如雪的浪花，都似乎是在向后代显示着当时的威烈，诉说着当年"风流人物"所建树的丰功伟绩。这三句，有仰视、俯视之所见，有远景、近景之交叉，有色彩，有涛声。全词只这三句正面描写赤壁景色，但却写得意态纵横，精神饱满，古战场的声势被和盘托出，渗透到全篇的每一角落，只待人物出场了。"江山如画"两句，一笔收束，总上启下，自然地由古代战场过渡到古代英雄人物。

下片可分两段。从"遥想"到"灰飞烟灭"，刻画周瑜少年英俊，从容对敌的雄姿，抒写作者赞佩与向往之情。"遥想"二字坚承"周郎赤壁"与"多少豪杰"，过渡巧妙自然。词人抓住儒雅名将周瑜的某些具有典型性的性格行为特征，"小乔初嫁"以衬托其"雄姿英发"，又与"艳词"的文体特征发生联系；“羽扇纶巾”以表现其举止风雅，“谈笑间”以显示其谋略智慧，寥寥几笔，就把人物写得栩栩如生。从“故国神游”到结尾是又一层。这五句既表现出作者对理想境界的“神游”，又反映出作者失意时期所难免的一度情绪低落。就全篇而言，贯穿始终的并不是“人间如梦”，而是对“风流人物”的赞美，对远大理想的追求，以及因政治失意而产生的牢骚和愤慨。瑰丽雄奇的自然风光，雄姿英发的英雄人物，对人生理想的追求，这三者有机地交织在一起，从而构成这首词高旷豪迈的风格。

这首词艺术上最突出的特点之一，便是它创造性地刻画了历史上的英雄人物，把登临怀古词推进到一个新的水平。在此之前，词作为一种新兴的文体，主要是用来描写男女风情及羁旅闲愁的。柳永词在内容上已有所扩展，但幅度有限。王安石的《桂枝香》（“登临送目”）气势恢宏，格局开阔，是北宋词坛上不可多得的名篇，但在构思上仍限于吊古伤今。苏轼在此基础上，把一般的吊古伤今提高为对历史上英雄人物的唱叹与赞美。《念奴娇》艺术上的另一特点，便是发展了情景兼融这一传统艺术手法。作者从眼前的自然风光起笔，引出历史人物，抒发个人感慨，险奇壮丽的赤壁风光成为词人追慕古代英雄人物、抒发个人豪情的有力烘托，自然山水、历史人物、个人感慨三者交织在一起，并以抒写词人的理想抱负与老大无为的感概为核心。词中描摹江山如画，渲染周瑜的功绩，都是为了使这一感慨表现得深沉、悠长而又具体。这首词另一特点，便是语言精炼而有特色，用墨不多而形象却异常鲜明。写景：“大江东去”，“乱石穿空，惊涛拍岸，卷起千堆雪”。滚滚长江，波涛汹涌，赤壁矶头，山势险峻。在此背景里出场的历史人物却是“小乔初嫁了，雄姿英发。羽扇纶巾，谈笑间，樯橹灰飞烟灭”。看，当年的周郎何等风流儒雅，从容不迫，料敌如神。凡此种种，均有效地增强了这首词雄奇的意境与豪迈的风格。无怪被后人叹为“古今绝唱”了。

西江月

顷在黄州，春夜行蕲水中[1]，过酒家饮。酒醉，乘月至一溪桥上，解鞍曲肱，醉卧少休[2]。及觉已晓，乱山攒拥，流水锵然，疑非尘世也。书此数语桥柱上。

照野弥弥浅浪，横空隐隐层霄[3]。障泥未解玉骢骄，我欲醉眠芳草[4]。可惜一溪风月，莫教踏碎琼瑶[5]。解鞍欹枕绿杨桥，杜宇一声春晓。

注释

〔1〕蕲（qí 其）水：河流名，流经湖北蕲春，注入长江。

〔2〕曲肱（gōng 工）：弯曲手臂。肱，胳膊从肘到肩的部位。

〔3〕弥弥：水波翻动的样子。隐隐：昏暗不明的样子。

〔4〕障泥：马鞯。垫在马鞍下、垂挂在马腹两旁，以遮尘土。

〔5〕琼瑶：美玉。形容水中之月的美好。

解读

这首词写词人夜饮之后醉卧溪桥之上的生活片断。酒家夜饮归来，月色明媚，醉意朦胧，这是让人淡忘尘世烦忧、全身心融入大自然的最好时机。所以，上片词人突出月夜景色之美：水面细浪涟漪，“横空”依稀云朵，在月光的笼罩下，词人被包围在这清新明丽的银色世界中。此景此情，词人当然难以割舍，漫步游览之不足，干脆“解鞍欹枕绿杨桥”，物我两忘。词中着力于抒写醒后的内心感受。词人留恋于水色山光之中，沉浸于一个莹澈清明、安恬静穆的大千世界，反映了词人被贬黄州时期复杂内心世界的一个侧面，这反过来是对贬谪的一种抗争与抗议，风格是很鲜明的。苏轼沉醉在春天月色美景之中，超然物外，是词人开阔胸襟的自然流露。所以，苏轼对这样一种生活境界的追求非常真诚，由此也容易引起读者的同感。

临江仙

夜归临皋[1]

夜饮东坡醒复醉，归来仿佛三更[2]。家童鼻息已雷鸣。敲门都不应，倚杖听江声。　长恨此身非我有，何时忘却营营[3]！夜阑风静縠纹平[4]。小舟从此逝，江海寄余生。

注释

〔1〕临皋：在湖北黄冈南长江边，苏轼曾寓居于此。

〔2〕东坡：苏轼贬谪黄州时的居所，后苏轼以此自号。

〔3〕营营：奔走忙碌的样子。引申为功名利禄而奔劳。

〔4〕縠纹：比喻细浪。縠，有皱纹的细纱。

解读

这首词上片写醉后归来情景。夜饮之“醒复醉”与“归来仿佛三更”，可以明显看出词人是在借饮酒逃避现实，忘却贬谪之痛苦。词人抓住日常生活中的一个偶然事件：“家童鼻息如雷鸣，敲门都不应。”不是因此愤怒生气，也没有焦灼不安，而是“倚杖”江边，静候家童醒来。有了这样宁静恬淡的心胸，词人于是就能从浩荡的江声中体会时空以及人生的意义。下片就是这种“意会”的生发，是写从“江声”中所得的体验和感慨。长江浩荡东流，无拘无束，这是多么令人羡慕的境界呀？词人感悟到只有摆脱名利的束缚，做到像江水一样的畅快自在，才能真正主宰自己的命运，并获得精神上的自由。面对“夜阑风静縠纹平”之景色，“小舟从此逝，江海寄余生”的愿望就再也压抑不住了。人生失意时，难免有摆脱尘世牵累的思想冒出来。同时期创作的《前赤壁赋》，描写自己在月下泛舟时那种飘然欲仙的感觉，与这首词有共通之处，都产生于共同的思想基础。叶梦得《避暑录话》卷二记载：“翌日喧传子瞻夜作此词，挂冠服江边，拏舟长啸去矣。郡守徐君猷闻之，惊且惧，以为州失罪人，急命驾往谒，则子瞻鼻鼾如雷，犹未兴。然此语卒传至京师，虽裕陵亦闻而疑之。”事实上，与“我欲乘风归去”的想法一样，苏轼最终的选择还是坚持自己在现实社会中的政治追求。

鹧鸪天

林断山明竹隐墙，乱蝉衰草小池塘。翻空白鸟时时见，照水红蕖细细香〔1〕。　村舍外，古城旁，杖藜徐步转斜阳〔2〕。殷勤昨夜三更雨，又得浮生一日凉〔3〕。

注释

〔1〕蕖（qú 渠）：芙蕖，即荷花。

〔2〕“杖藜”句：语本杜甫《绝句漫兴九首》：“杖藜徐步立芳洲。”

〔3〕“又得”句：语本李涉《题鹤林寺僧舍》：“又得浮生半日闲。”

解读

词人贬官黄州，闲暇无事，便以悠闲的心境去对待周围的景物。他拄杖漫步村舍古城，虽然景致荒凉，周围都是“乱蝉衰草”，但是，词人依然能发现“林断山明竹隐墙”的别致景色，仰视则是“翻空白鸟”，生机勃勃；俯看则是“照水红蕖”，馨香灿烂。画面色彩相宜，动静相配，再加上雨后清新的空气，词人怡然自得其中。结句化用唐诗，表现自己从自然景色中所获得的愉悦。在逆境中，在贬谪地，苏轼能够如此欣赏自然景物，既显示出苏轼对生活不灭的热情，又能够表明苏轼豁然开阔的胸襟气度。宋代帝王采取“佑文”政策，贯彻“与士大夫治天下”的治国理念，带来宋代知识分子精神面貌的改变。使他们无论身处顺境还是逆境，“进亦忧，退亦忧”。苏轼就是一个典型代表。从苏轼创作的这些词作中，可以读出宋代知识分子的新貌。

少年游

润州作〔1〕

去年相送，余杭门外，飞雪似杨花。今年春尽，杨花似雪，犹不见还家。

对酒卷帘邀明月，风露透窗纱。恰似姮娥怜双燕，分明照、画梁斜〔2〕。

注释

〔1〕润州：今江苏镇江。

〔2〕姮娥：嫦娥，指月亮。

解读

这首词写别后思念。首先回忆起来的是“去年相送”。那送别之际，雨雪霏霏。翻飞的雪花，给离人带来旅途的困扰，更带来心灵上的苦寒。而今冬去春尽，离人犹不见回家。杨花漫天飞舞，同样搅乱离人的心绪，思念之情也随杨花而弥漫。以景衬情，词人都写得极其精炼含蓄，一点既过，留下无限的想象空间给读者。伫立于风雪之中的送别者，“春风不解禁杨花”时的思念，读者可以用想象来补足画面。思念之时，词人只能饮酒解愁，对明月、双燕而自我怜惜。这么一首抒写别离情思的词作，苏轼写得也与众不同，读起来感觉到爽快利落，朗朗上口。词人没有多余的缠绵悱恻的哀诉，与他人之牵肠挂肚、肝肠寸断之作明显不一样。

定风波

三月七日沙湖道中遇雨[1]。雨具先去，同行皆狼狈，余独不觉。已而遂晴，故作此。

莫听穿林打叶声，何妨吟啸且徐行。竹杖芒鞋轻胜马[2]，谁怕？一蓑烟雨任平生[3]。　料峭春风吹酒醒，微冷，山头斜照却相迎[4]。回首向来萧瑟处，归去，也无风雨也无晴[5]。

注释

〔1〕三月七日：指元丰五年（1082）三月七日。沙湖：在黄州东南三十里，又称螺丝店。

〔2〕芒鞋：用芒草编的鞋。

〔3〕蓑：蓑衣，用草或棕编织的雨衣。

〔4〕料峭：寒冷的样子。

〔5〕萧瑟：凄寒。

解读

从序中的介绍来看，这首词写的不过是途中遇雨时所持的态度和所得的感受，然而，词人是在借此表露自己的人生态度，展示自己的宽阔胸襟。面对突如其来的风雨，由于“雨具先去”，同行者皆不堪，可以想见他们通身湿透、急匆匆寻找避雨处所的“狼狈”相。而苏轼却是另一番气度：他在风雨之中“竹杖芒鞋”，“吟啸徐行”，另得一番乐趣。骤雨泼身，可以置之度外；“穿林打叶”之声，可以充耳不闻。自然界的风风雨雨是再正常不过的了，遇上了只需坦然对待。仕途与人生旅途中也免不了有坎坎坷坷，有了这种坦然的态度就能安之若素。词人“谁怕”之反诘与“一蓑烟雨任平生”之宣言，决不是故作姿态，那是词人奉行的人生准则且落实于行动。谪居黄州期间，词人不断地发现日常生活中的美好可爱之处。词人说：“长江绕郭知鱼美，好竹连山觉笋香。”(《初到黄州》)并描述自己此时的生活方式与态度说：“先生食饱无一事，散步逍遥自扪腹。不问人家与僧舍，拄杖敲门看修竹。”(《寓居定慧院之东，杂花满山，有海棠一株，土人不知贵也》)直到晚年再遭重大打击，谪居岭南、海南，诗人还是乐观地说：“日啖荔枝三百颗，不妨长做岭南人。”(《惠州一绝》)“报道先生春睡美，道人轻打五更钟。”(《纵笔》)《定风波》表面上是写词人对待风雨的态度，实际上反映了词人在政治风雨中的坦然与放达。词人被贬期间，形同罪犯，而他却能把失意置之度外，寄希望于未来：“山头斜照却相迎。”“春风”吹面，既吹醒了酒意，又吹散了风雨，“山头斜照”再次露出笑脸。自然界如此，人生旅途何尝不是这样？只要坦然相对，没有什么过不去的难关。词人所期望的未来果然出现在现实之中：“回首向来萧瑟处，归去，也无风雨也无晴。”雨过天晴，回首往事，这些挫折坎坷都算不了什么。这首词充分反映了作者的胸襟和气度，他能够在逆境中保持乐观情绪，解脱苦闷，充分表现出豪爽开朗的性格。这样的词在苏轼以前是没有谁能写得出来的。

卜算子

黄州定惠院寓居作[1]

缺月挂疏桐，漏断人初静[2]。时见幽人独往来？缥缈孤鸿影[3]。　惊起却回头，有恨无人省[4]。拣尽寒枝不肯栖，寂寞沙洲冷。

注释

〔1〕定惠院：在湖北黄冈东南，苏轼贬官黄州时在此寓居数月。

〔2〕漏断：计时器漏壶中的水滴完了，即夜深之时。

〔3〕幽人：独居之人，指自己。缥缈：隐隐约约，若有若无。

〔4〕省（xǐng 醒）：明白，理解。

解读

这是一首咏物词。词中的“孤鸿”，实际上也就是词人的自我形象：它傲岸不羁，又孤寂独处，这正是词人性格的写照。在冷落凄静的夜晚，唯有“孤鸿”与“幽人”相对，“孤鸿”之“有恨无人醒”与拣枝而栖，正是词人的现实处境以及对待现实的孤高态度。词中还反映了词人进不苟合、退不甘心的思想矛盾。词语虽然过分简短，但“孤鸿”的形象却鲜明突出。咏物，实际也就是在写人，写词人自己，写他自己的内心世界。黄庭坚评此词说：“语意高妙，似非吃烟火食人语。非胸中有万卷书，笔下无一点尘俗气，孰能至此！”（《跋东坡乐府》）陈廷焯评此词也说：“寓意高远，运笔空灵，措语忠厚，是坡仙独至处，美成、白石亦不能到也。”（《词则·大雅集》）在《敦煌曲子词》、唐五代词以及宋初词人作品中，虽也有少量咏物之作，但大都停留在设譬与小有寄托的水平之上，借物咏怀、寄慨遥深的作品，十分少见。苏轼的咏物词把内容与艺术技巧大大向前提高一步，为南宋咏物词的发展打下了良好的基础。

贺新郎

乳燕飞华屋，悄无人、桐阴转午，晚凉新浴。手弄生绡白团扇[1]，扇手一时似玉。渐困倚、孤眠清熟。帘外谁来推绣户，枉教人、梦断瑶台曲[2]。又却是，风敲竹。　　石榴半吐红巾蹙[3]。待浮花浪蕊都尽，伴君幽独。秾艳一枝细看取，芳心千重似束。又恐被、秋风惊绿。若待得君来向此，花前对酒不忍触。共粉泪，两簌簌[4]。

注释

〔1〕生绡白团扇：白色生丝所制的团扇。

〔2〕瑶台：玉石砌成的楼台，是神仙的居所。相传在昆仑山。

〔3〕蹙（cù促）：皱叠。

〔4〕簌簌：泪落的样子。

解读

这首词写歌伎。据杨湜《古今词话》所言，这首词是为营妓秀兰而作。而据陈鹄《耆旧续闻》卷二载，苏轼此词是写自己侍妾榴花的。上片写这位歌伎生活的一个片段，从傍晚一直写到夜里。这位女子容颜清丽，肤色洁白似玉，且喜爱清幽的生活，居住在“悄无人”的华屋。“晚凉新浴”之后，更有一种清新脱俗的气质。然而，这位女子内心有所思，“孤眠清熟”之际，“梦断瑶台”。苏轼写歌伎内心活动，非常含蓄，只是以“梦断瑶台”点过。令一位女子如此牵肠挂肚的，当然是对情人的思念了。梦而不见，梦中惊醒，词人却巧妙安排了“风敲竹”的细节，用来解释“梦断”。仿佛是“风敲竹”的声音吵醒了这位女子，也仿佛是梦中的女子将“风敲竹”幻听成情人归来的音响。下片是这位女子在表白心迹，落实“梦断瑶台”的内容。词人以石榴花比拟，写这位女子不同于“浮花浪蕊”，对情人有专一的感情，只愿意“伴君幽独”。此处同时照应上片，这位女子喜欢清幽的生活情景，或许就是受到情人的影响。然而，离别叫人伤心。夏日过去，“秋风惊绿”，石榴花终究也要凋零。女子借季节变更来告诉情人，要爱惜她的青春年华。“过时而不采，将随秋草萎。”实际上，是这位女子在自我怜惜。思念至此，就有了“花前对酒不忍触。共粉泪，两簌簌”的情绪难以自制。苏轼这首词所写依然是传统的“艳情”题材，但由于写得超尘绝俗，给人品格特高的感觉，南宋人便认定其另有寄托。胡仔说：“东坡此词，冠绝古今，托意高远，宁为一娼而发邪？”（《苕溪渔隐丛话》后集卷三十九）项安世《项氏家说》卷八说：“苏公‘乳燕飞华屋’之词，兴寄最深，有《离骚经》之遗法。盖以兴君臣遇合之难，一篇之中，殆不止三致意焉。”南宋人对苏轼此词的分析有拔高之嫌。说苏轼此词写歌伎或侍妾，更接近北宋创作事实。不过，词中将这位女子写得清丽、高洁、孤傲，并以“待浮花浪蕊都尽，伴君幽独”的榴花相比，为人们的联想提供了基础，为南宋词之寄托开了先路。

洞仙歌

余七岁时，见眉山老尼，姓朱，忘其名，年九十岁。自言尝随其师入蜀主孟昶宫中[1]。一日，大热，蜀主与花蕊夫人纳凉摩诃池上[2]，作一词，朱具能记之。今四十年，朱已死久矣。人无知此词者。但记其首两句。暇日寻味，岂《洞仙歌令》乎？乃为足之云。

冰肌玉骨，自清凉无汗。水殿风来暗香满。绣帘开，一点明月窥人。人未寝，攲枕钗横鬓乱[3]。　起来携素手，庭户无声，时见疏星度河汉。试问夜如何？夜已三更，金波淡，玉绳低转[4]。但屈指、西风几时来，又不道、流年暗中偷换[5]。

注释

〔1〕孟昶（chǎng 厂）：五代后蜀末主，知音律，能填词。宋师伐蜀，兵败投降。

〔2〕花蕊夫人：孟昶的贵妃，姓徐。摩诃池：建于隋代，后更名龙跃池、宣华池。在今成都城外昭觉寺。

〔3〕攲：斜靠。

〔4〕玉绳：两星名，在北斗第五星玉衡的北面。“金波”形容月光，常与“玉绳”连用。

〔5〕流年：流逝的时光。

解读

苏轼有大量的“艳词”创作。苏轼即使写“艳词”，也显示出独特的作风。苏轼“艳词”的一个明显特征是：这类词洗脱了“脂粉气”，从“倚红偎翠”的秾艳中走出，变得明丽净洁。这首词就是一个很好的例子。据词前小序，这首词是咏夏夜纳凉之后蜀花蕊夫人的。后蜀末主孟昶生活奢靡，沉湎女色。花蕊夫人更是冠绝群芳，艳丽无比，凭其“花蕊夫人”的别号也可以想见。在他人笔下，这是写“艳词”的绝佳题材。到了苏轼笔下，却是风貌迥异。花蕊夫人“冰肌玉骨”，在清凉的夏夜里，在银白色的月光的映衬下，显得如此清雅脱俗，明丽照人。夜寂静，人无眠，携手绕户，疏星耿耿，时间在悄悄流逝，季节在暗中更换。周围的环境与人物相协调，也是如此安谧宁静、清澈光洁。词人特意不写宫中的糜烂生活，不写男女的打情骂俏，而只是写其纳凉的一个情节，所选题材的洁净化有助于词的意境的提高。在时间推移的叙述中还流露出人事无常之感慨，与咏史的题材相通。南宋张炎评价说：“清空中有意趣，无笔力者未易到。”（《词源》卷下）明沈际飞也称赞此词“清越之音，解烦涤苛”（《草堂诗余正集》卷三）。

前调

密州出猎[1]

老夫聊发少年狂，左牵黄，右擎苍[2]，锦帽貂裘，千骑卷平冈。为报倾城随太守，亲射虎，看孙郎[3]。　酒酣胸胆尚开张。鬓微霜，又何妨！持节云中，何日遣冯唐[4]？会挽雕弓如满月，西北望，射天狼[5]。

注释

〔1〕密州：今山东诸城。

〔2〕黄：黄狗。苍：苍鹰。

〔3〕孙郎：指孙权。据《三国志·吴书·吴主传》载：孙权建安二十三年（218）曾亲自射虎，射杀猛虎的同时，自己也被虎所伤。

〔4〕节：符节，古代朝廷用作凭证的信物。云中：汉代郡名，在今内蒙古托克托。冯唐：西汉人。西汉魏尚为云中郡太守，守边有功，因小事被削爵。冯唐特此进谏，汉文帝派他持节出使云中，赦免魏尚，复其职。

〔5〕天狼：星名，主侵掠。常用来代指入侵的少数民族部落。

解读

这首词作于宋神宗熙宁八年（1075）冬，表现了词人保护国家边塞、抗击西夏入侵的强烈愿望。北宋王朝长期以来对辽和西夏的威胁采取妥协退让的政策。宋真宗景德元年（1004），宋王朝与辽签订“澶渊之盟”，每年给辽“岁币”白银十万两，绢二十万匹。之后，仁宗庆历四年（1044），与西夏也如法炮制，签订“和约”，每年给西夏“岁币”银七万二千两，绢十五万三千匹，茶叶三万斤。这种妥协的结果，一方面只是短时期缓和了边境上的矛盾，并没有从根本上解决问题；另一方面也给以大国自居的北宋士大夫极大的心理挫折，认其为莫大耻辱。有志之士对此念念不忘。苏轼痛感辽和西夏对祖国安全所构成的威胁，于是，很自然地从射猎联想到要抗击入侵之敌，以保卫边地安全。词的爱国思想是明显而又强烈的。

题为“密州出猎”，所以全词紧紧围绕着“出猎”展开笔墨。上片写出猎的盛况。词人以“老夫”自居，其实这时候苏轼还不到四十岁，词人在仕途上遭受挫折之后，心理上已经产生一定的疲惫感。但是，词人毕竟处在盛年，自求外放也不是贬谪受罚，所以，豪迈之情随即发生，“少年”的豪壮与狂态不减，左牵黄犬，右擎苍鹰，千骑卷过平冈，到郊外“出猎”。太守的身后则是大队人马簇拥，倾城出动，盛况空前。足见苏轼在当地政绩之佳，深得民心。词人的“出猎”，既是为了一抒胸中豪情，又是为了报答百姓的厚爱。这一切出自词人的观察和想象，充分表明了词人政治上的自信心。这何尝不是曲折地为自己的政治立场做辩解？下片写自己宏阔的胸襟、澎湃的激情、杀敌卫国的斗志。词人开怀畅饮，壮志凌云，以“鬓微霜，又何妨”否定了“老夫”之说，剩下来的只有“少年”的豪气。词人以汉文帝时的魏尚自比，希望有朝一日能够得到起用。苏轼当时是因为反对新政而外放的，其境遇与魏尚有某些相似之处，故而以魏尚自比。他盼望朝廷能派冯唐这样的使臣持节密州，使自己重新得到重用，以便能为国效忠。届时可以“西北望，射天狼”，而不是用于游戏“出猎”。

这首词联想丰富而又切合实际。作者通过出猎联想到北方与西北的敌人，通过词人艺术想象，一次普通的出猎活动便变成一次具有广泛群众性的武装演习。古人时常用“出猎”代替军事演习，苏轼的作为恐怕也包含了这一层意思，因此爱国的豪情随之产生。古代描写狩猎活动的诗歌为数不少，名作如林，人们比较熟悉的有王维的《观猎》、韩愈的《雉带箭》等。这些作品主要是写射猎的场面，写射猎者武艺高强，射击的准确，观众的叹服等。苏轼此词却有所不同。这首词实中有虚，以实带虚，虚实相生。作者把“倾城随太守”的壮阔场面与保卫国家的战斗联系起来。他射击的目标不仅仅是眼前真实的猎物，同时，他还把目光瞄向千里之外的敌人——“天狼”。这里的“天狼”，不能只理解为地处西北的西夏，它同时还包括北方的辽。词中所表现出的爱国思想与豪放风格均产生于此。正是这首词的出现，才奠定了苏轼的豪放词风，使豪放词和豪放词派有了一个良好的开端。而且，这首词用典准确，用比巧妙，善于烘托，加上音节急骤，韵位较密。这一切都与射猎的场面很好地结合在一起，增强了词的豪迈奔放的气势，增强了词的艺术感染力。

江城子

乙卯正月二十夜记梦〔1〕

十年生死两茫茫。不思量，自难忘〔2〕。千里孤坟，无处话凄凉。纵使相逢应不识，尘满面，鬓如霜。夜来幽梦忽还乡，小轩窗，正梳妆。相顾无言，惟有泪千行。料得年年肠断处：明月夜，短松冈〔3〕。

注释

〔1〕乙卯：宋神宗熙宁八年（1075）。

〔2〕十年：苏轼妻子王弗于治平二年（1065）病逝，至此时正好十年。

〔3〕短松冈：指王弗墓地。

解读

宋神宗熙宁八年（1075）乙卯，苏轼知密州，年四十。十年以前，妻子王弗病逝。这是一首怀念亡妻的悼亡词。词人结合自己十年来政治生涯中的不幸遭遇和无限感慨，形象地反映出对亡妻永难忘怀的真挚情感和深沉的忆念。小序标明词的题旨是“记梦”，然而，梦中的景象只在词的下片短暂出现，在全篇中并未居主导地位。词人之所以能进入“幽梦”之乡，并且能以词来“记梦”，完全是词人对亡妻朝思暮想、长期不能忘怀所导致的必然结果。因此，开篇便点出了“十年生死两茫茫”这一悲惨的现实。这里写的是漫长岁月中的个人悲凉身世，生与死之双方消息不通、音容渺茫。词人之所以将生死并提，其主要目的是强调生者的悲思，于是，便出现了“不思量，自难忘”的直接抒情。“不思量”，实际上是以退为进，恰好用它来表明生者“自难忘”这种感情的深度。“千里孤坟，无处话凄凉”二句马上对此进行补充，阐明“自难忘”的实际内容。王弗死后葬于苏轼故乡眉山，所以自然要出现“千里孤坟”、两地睽隔的后果，词人连到坟前奠祭的机会也难以得到。死者“凄凉”，生者心伤。“十年”是漫长的时间，“千里”是广阔的空间。在这漫长、广阔的时空之中，又隔阻着难以逾越的生死界限，词人又怎能不倍增“无处话凄凉”的感叹呢？所以，只能乞诸梦中相会了。以上四句为“记梦”做好了铺垫。上片末三句笔锋顿转，以进为退，设想出纵使相逢却不相识这一出人意外的结果。这样的曲笔描写，揉进了词人十年以来官海沉浮的痛苦遭际，揉进了对亡妻长期怀念的精神折磨，揉进十年的岁月沧桑与身心的衰老。这三句是以想象中死者的反映，来衬托词人十年来所遭遇的不幸和世事的巨大变化。下片转入正题写梦境：“夜来幽梦忽还乡”。整首词真情郁勃、沉痛悲凉，这一句却悲中寓喜。“小轩窗，正梳妆”，以鲜明的形象对“幽梦”加以补充，从而使梦境更带有真实感。仿佛新婚时，词人在王弗的身边，眼看她沐浴晨光对镜理妆时的神情仪态，心里荡漾着柔情蜜意。随即，词笔由喜转悲：“相顾无言，惟有泪千行”。这对应“千里孤坟”二句，如今得以“还乡”，本该是尽情话凄凉之时，然而，心中的千言万语却一时不知从哪里说起，只好“相顾无言”，一任泪水涌流。梦境之虚幻，使词境也不免有些迷离惝恍，词人不可能也没必要去做尽情的描述。这样，反而给读者留下想象的空间。结尾三句是梦醒以后的感叹，同时也是对死者的安慰。“十年”之后还有无限期的“年年”，那么，词人对亡妻的怀恋之情不就是“此恨绵绵无绝期”了吗？唐五代及北宋描写妇女的词篇，多数境界狭隘、词语尘下。苏轼此词境界开阔，感情纯真，品格高尚，读来使人耳目一新。

蝶恋花

花褪残红青杏小，燕子飞时，绿水人家绕。枝上柳绵吹又少，天涯何处无芳草！　　墙里秋千墙外道，墙外行人，墙里佳人笑。笑渐不闻声渐悄，多情却被无情恼。

解读

这首词作于“花褪残红青杏小”之暮春季节，这本来是一个“枝上柳绵吹又少”之花落花飞令人伤感的季节，如果作者的心境不佳，就更容易被凄苦悲愁的情绪所缠绕。词中“天涯”、“行人”云云，可见苏轼当时也正处在失意的旅途之中。但是，词人没有因此自怜自伤不已，而是以开阔的心胸、倔强的意志去对待自然界季节的更换与人世间的风雨变幻。“天涯何处无芳草”，何必为奔走流离而痛苦？何必为春去花落而伤心？只要你对生活保持着乐观的态度，以豁达的胸襟去接受一切，你就能在现实生活中处处发现美好的事物。苏轼生平不就是如此实践的吗？下片写“墙外行人”偶尔听闻“墙里佳人”悦耳的笑声，便产生了许多美妙的联想。终因不能见“墙里佳人”一面，也不能传递自己的“多情”，而感到有些懊恼。这一段生活小插曲也可以说明词人对生活的浓厚兴趣，并没有为春归、离别、远行等愁苦所纠缠。结尾的懊恼也不是沉重的，而为画面平添一份乐趣。“天涯何处无芳草”、“多情却被无情恼”，又隐隐包含着生活的哲理，耐人寻味。清人王士祯说“‘枝上柳绵’，恐屯田缘情绮靡，未必能过。”(《花草蒙拾》)传统的“缘情绮靡”的艳词被苏轼写得如此豁达开朗，真正是前无古人。这首词表现了苏轼“艳词”的另一个创作特征：这类词不再多做缠绵悱恻的抒情，语气变得爽快利落，且时时做旷达之想。苏轼另有《定风波》词，写给友人王定国的侍妾柔奴，风格与这首《蝶恋花》相似。词说：“常羡人间琢玉郎，天应乞与点酥娘。尽道清歌传皓齿，风起，雪飞炎海变清凉。　万里归来颜犹少，微笑。笑时犹带岭梅香。试问岭南应不好，却道，此心安处是吾乡。”

浣溪沙

游蕲水清泉寺[1]，寺临兰溪，溪水西流

山下兰芽短浸溪，松间沙路净无泥[2]。萧萧暮雨子规啼。　　谁道人生无再少？门前流水尚能西。休将白发唱黄鸡[3]！

注释

〔1〕蕲（qí 其）水：今湖北浠水县，在黄冈东。

〔2〕兰芽：兰草的嫩芽。

〔3〕“休将”句：反用白居易《醉歌示妓人商玲珑》诗意：“谁道使君不解歌？听唱黄鸡与白日。黄鸡催晓丑时鸣，白日催年酉前没。”

解读

人生遭受挫折，苏轼也难免有所怨言，产生隐退想法。但北宋时代所赋予文人士大夫特有的社会责任感又使他们不甘心消沉、隐退，这在苏轼身上表现得非常典型。所以，他以坦然、豁达的心胸对待挫折打击，其根本原因是鼓励自己在逆境中保持朝气，不被挫折击垮，坚信自己终能施展才华，报国报民。当词人置身于山水之间，山下溪水欢快地奔流着，兰芽丛生，生机盎然，词人呼吸着雨后清新的空气，聆听着松树林里传来的杜鹃美妙的啼鸣声，词人便从大自然的万千气象中领悟到万物生生不息的真谛，个人的信心就立即被激发出来。“谁道人生无再少，门前流水尚能西”的豪迈宣言，是永远自强不息精神的体现，是对个人以及社会前途的坚定信念。

浣溪沙

徐门石潭谢雨道上作五首[1]

旋抹红妆看使君，三三五五棘篱门[2]。相排踏破茜罗裙。　　老幼扶携收麦社，乌鸢翔舞赛神村[3]。道逢醉叟卧黄昏。

簌簌衣巾落枣花，村南村北响缫车[4]。牛衣古柳买黄瓜。　酒困路长惟欲睡，日高人渴漫思茶。敲门试问野人家。

软草平莎过雨新，轻沙走马路无尘。何时收拾耦耕身？　日暖桑麻光似泼，风来蒿艾气如薰。使君元是此中人。

注释

〔1〕徐门石潭：在徐州城东二十里处。元丰元年（1078）苏轼知徐州，遇旱灾，至石潭求雨，得雨后又去谢雨。这里选录三首。

〔2〕旋：匆忙。使君：汉代以来对太守的别称。这里是词人自指。

〔3〕麦社：即秋社，麦收后对社神的祭祀活动，后句的"赛神村"也是指此。乌鸢（yuān 渊）：乌鸦。

〔4〕缫（sāo 骚）车：缫丝的工具。

解读

这组《浣溪沙》共五首，这里录其三首。这组词以朴素生动的笔触，描绘出农村的夏日风光，对受灾的农民表示同情和关怀。太守下乡，对当地的村民百姓来说也是非常新鲜的事，于是便有了"旋抹红妆看使君，三三五五棘篱门，相挨踏破茜罗裙"的场面。在这个场面里，可以显示出农村民风的淳朴可爱，农村少女的欢快活跃、自然真率。这对整日局促于官场的词人而言也是格外清新动人的。这就隐约地与尔虞我诈的官场形成对比。"老幼扶携收麦社，乌鸢翔舞赛神村。道逢醉叟卧黄昏"，是词人所见的农村风光，画面上洋溢着丰收之后的欢快，一幅百姓安居乐业、熙熙攘攘的快乐景象。今年的丰收，当然有词人求雨得雨的一份功劳。词人是在赏识自己努力的结果，是在赏识自我的政绩。所表现出来的还是政治上的一份自信。以这样的心境和眼光去观赏农村的风光人情，一切就被诗情画意化了。

"簌簌衣巾"一词所写之景，是通过传入耳帘的各种不同音响在词人意识的屏幕上折射出的一组连续不断的影象。词人经过长途跋涉，加之酒意未消，日高人困，不免有些倦意。突然，"簌簌"之声传来耳际，一定神才意识到这是纷纷飘落的枣花。接着，耳边又传来"吱吱呀呀"的声响，原来这是词人熟悉的“缫车”声，百姓正在勤快地忙碌着。这时，一阵叫卖声传入耳鼓，定睛一看，原来是一位披着“牛衣”的农民坐在古老的柳树荫下，面前摆放着一堆黄瓜。下片写词人的感受和意识活动。“酒困路长惟欲睡”是对上片的补充。在结构上，这一句又是倒叙，说明上片三句之所以重在听觉，主要是因为酒意未消，路途遥远，人体困乏，故而写下来的仅仅是睡眼蒙眬中听来的片断。“日高人渴”而随意“敲门试问野人家”，是词人口渴而急于觅水的意识活动，同时也反映了词人不拘小节、随遇而安的性格特征。这种性格恰好与乡村的朴实融合在一起。

对农村生活有了如此真切亲近的认识之后，词人自然感觉到农村这种淳朴无华的生活方式更加适合自己，归隐之心油然而生。“软草平莎过雨新，轻沙走马路无尘”，清新可喜的景色对身处逆境的词人产生了无穷的诱惑力，“何时收拾耦耕身”的追问中包含未能“忘却营营”的自责。词人对乡村的喜爱已经无以复加，无论是“日暖”还是“风来”，从中词人领悟到“使君元是此中人”，自己本来就属于这个平静朴实的世界。词人对农村生活的美化，就是对官场生活的否定，但仅仅限于牢骚而已，词人最终也是不能下决心归隐的。宋代文人士大夫“先忧后乐”的献身精神决定了苏轼必然地会在仕途上永远挣扎下去。

永遇乐

彭城夜宿燕子楼〔1〕，梦盼盼，因作此词

明月如霜，好风如水，清景无限。曲港跳鱼，圆荷泻露，寂寞无人见。紞如三鼓〔2〕，铿然一叶〔3〕，黯黯梦云惊断〔4〕。夜茫茫，重寻无处，觉来小园行遍。

天涯倦客，山中归路，望断故园心眼。燕子楼空，佳人何在？空锁楼中燕。古今如梦，何曾梦觉，但有旧欢新怨。异时对、黄楼夜景〔5〕，为余浩叹。

注释

〔1〕彭城：今江苏徐州。燕子楼：据白居易《燕子楼》诗并序载：唐张尚书为爱妾盼盼在彭城筑燕子楼。盼盼风姿绰约，擅长歌舞。张尚书死后，

盼盼念旧情不嫁，居燕子楼十余年。后人认为张尚书指张建封，或考证以为指张建封之子张愔。

〔2〕紞（dǎn 胆）：击鼓声。

〔3〕铿然：象声词，指金石声。此处夸张地指落叶声。

〔4〕黯黯：昏黑不清楚的样子。

〔5〕黄楼：在徐州东，苏轼知徐州时所建。苏辙、秦观都曾为黄楼作赋。

解读

这是一个非常奇特的梦，是宋代文人特有的梦。熙宁末年苏轼移知徐州，这是苏轼政治上的失意时期，他因与王安石的变法政见不同而离开朝廷，辗转各地为官。今夜在燕子楼留宿，词人情不自禁地梦见了唐代美丽而多情的盼盼。上阕写夜宿燕子楼的环境、梦境与梦醒后的恍惚失落。今日夜色清明，“好风”吹拂，“清景”宜人，“跳鱼”“圆荷”，别饶生趣。在这样的月夜入梦，梦见的又是这么一段旖旎的往事，醒来后不禁叫人恋恋难舍，怅然若失。下阕写倦官“天涯”的特殊感受。因仕途失意而四处飘零，词人由此生发出“故园山中”归隐的意愿。如果有盼盼这样多情美丽的佳人相伴，那是多么快意的人生。这一切“梦觉”后却无处寻觅，只落得现实的“浩叹”。将现实的失意通过梦境来表达是很寻常的，但是，梦见的是这样一段香艳的往事，表现的便是宋代特殊社会文化氛围与宋人特有的生活享受态度。苏轼对自己这样的“艳情”之作，也非常喜爱。宋曾慥《高斋诗话》载：“少游问公近作。乃举‘燕子楼空，佳人何在？空锁楼中燕。’晁无咎曰：‘只三句，便说尽张建封事。’”

李之仪

李之仪（1048—1118），字端叔，晚号姑溪居士、姑溪老农，沧州无棣（今属山东）人。熙宁三年（1070）进士。元祐末曾为苏轼幕僚。徽宗年间两度贬官，尤其是崇宁元年（1102）坐为范纯仁作《遗表》，下御史狱，捶楚甚苦，狱解又编管。后废居姑熟。终朝议大夫。有《姑溪居士文集》。

卜算子

我住长江头，君住长江尾。日日思君不见君，共饮长江水。　此水几时休，此恨何时已。只愿君心似我心，定不负、相思意。

解读

词写相思之情，本属最平常的题材，但这首词却写得很有特色，原因在于构思比较新巧。词人以江水喻恋情，滔滔不绝，天长地久。以源远流长的长江连接相思的双方，空间距离之辽远、彼此思念之绵长，尽在不言之中。没有花前月下的缠绵悱恻，双方的情感融入滔滔江水，是那么的清醇、真挚。只要两地心心相印，息息相通，恋情便永远不会衰歇。这首词另一特点是语言朴素，有鲜明的民歌风味，且以谈语写情语，更加反映出感情的真挚。富有民歌清新隽永之风味。

忆秦娥

用太白韵[1]

清溪咽，霜风洗出山头月。山头月，迎得云归，还送云别。　不知今是何时节？凌歊望断音尘绝[2]。音尘绝，帆来帆去，天际双阙。

注释

〔1〕用太白韵：李白《忆秦娥》是现存最早的文人词之一，后代学者怀疑真正词人并非李白。

〔2〕凌歊（xiāo 消）：台名，在安徽当涂县西北五里的黄山上。据《太平寰宇记》卷一百零五《江南西道》载："（南朝）宋凌歊台，周回五里一百步，高四十丈，石碑见存。"

解读

贺铸通判太平时曾作《凌歊引》，李之仪为之作跋，故李之仪此词当作于崇宁年间编管太平之时。霜风秋月季节，登凌歊台思念远方友人，此地曾是与友人相聚相别之处。遥望远方，友人杳无音讯，也不知何日可以重逢，思念至此，难禁心头凄痛。词人很好地运用了入声韵，造成哽咽的声调，用以表达泣不成声的悲痛。近乎绝望的悲苦，就不仅仅是用友人之间的离别思念可以解释得了，其中所包含的可能是更深一层的对政途风波险恶的忧虑与绝望。

黄庭坚

黄庭坚（1045—1105），字鲁直，自号山谷道人，晚号涪翁，洪州分宁（今江西修水）人。治平四年（1067）登进士第，授叶县尉。元祐初召为秘书郎，为《神宗实录》检讨官，后迁著作郎。其时，游苏轼门下。苏轼知贡举，聘黄庭坚为参详官。《神宗实录》成，擢为起居舍人。哲宗绍圣元年（1095），被控《神宗实录》中的记载有失实之处，贬为涪州（今四川涪陵）别驾，安置黔州（今四川彭水），再移戎州（今四川宜宾）。崇宁初内迁知太平州（今安徽当涂），即被罢免，次年编管宜州（今四川宜山），崇宁四年死于贬所。私谥文节先生。有《山谷琴趣外编》三卷，《全宋词》收录其词190余首。

念奴娇

八月十七，同诸甥待月。有客孙彦立者，善吹笛，有名酒酌之

断虹霁雨，净秋空、山染修眉新绿[1]。桂影扶疏，谁便道、今夕清辉不足[2]？万里青天，姮娥何处？驾此一轮玉[3]。寒光零乱，为谁偏照醽醁[4]？

年少从我追游，晚凉幽径，绕张园森木[5]。共倒金荷，家万里，难得尊前相属[6]。老子平生，江南江北，最爱临风笛。孙郎微笑，坐来声喷霜竹[7]。

注释

〔1〕修眉：修长的眉毛，喻雨后清新爽朗的青山。

〔2〕桂影：指月光影。据说月宫中有桂树，故称。扶疏：枝叶繁茂的样子。

〔3〕姮娥：嫦娥。相传嫦娥乃羿之妻，羿从西王母处请得不死药，被嫦

娥偷食，嫦娥因此奔月而去。

〔4〕醽醁（líng lù 灵绿）：美酒。

〔5〕张园：友人张宽夫的园林。

〔6〕金荷：金属荷叶形酒杯。相属（zhǔ 主）：相互劝饮。

〔7〕孙郎：即孙彦立。坐来：顿时，一会儿。霜竹：寒笛。

解读

据陆游《老学庵笔记》卷二载，黄庭坚此词作于戎州。作者在西南地区度过了五年的贬谪生活。这首词在一定程度上反映作者对被贬的不满心情。又据《苕溪渔隐丛话》后集卷三十一载，黄庭坚对这首词非常自诩，并说“或以为可继东坡赤壁之歌”。可见，这首词是有意学习苏轼《念奴娇》之豪放词风的。词以上片写景，下片抒情。开头三句描绘开阔壮丽的远景：雨后天晴，虹霓出现，秋空如洗，山峦叠翠，状如修眉，一片仲秋景色，衬托出作者开朗与快意的情怀。“桂影”以下六句写初月东升直至皓月当头的过程，其中穿插与月亮有关的神话传说，颇具诗意。末二句从月光转到美酒，为过渡到下片作好准备。下片即景抒情。换头三句点出时间、地点与人物，指出当时是在张宽夫园中与外甥辈欢聚游乐。“共倒金荷”三句借畅饮寻欢暗中反映贬谪万里之外的困顿。“老子平生”六句写心情的旷达并借笛子的吹奏来表达内在的抑郁不平。但是，词人并没有被贬谪期间的愁苦情绪所压垮，也没有一味地牢骚不平，而是努力将自身融入自然和音乐，求得身心的解脱。这首词具有一种抑郁深拙与达观豪迈交织在一起的风格。词写仲秋景色，却没有古诗词中寻常可见的“枫林”、“落木”之类的衰飒景象，有的只是“断虹”、“秋空”、“万里青天”、“一轮玉”、“森木”等等巨大的、色彩鲜明的客观景物。面对这样一些经秋雨洗涤的自然景物，词人又怎能不胸胆开张、精神饱满呢？这样的景物与达观的情感结合在一起，便形成了这首词苍劲、乐观、豪迈的风格。刘熙载《艺概·词曲概》中说：“黄山谷词用意深至，自非小才所能办。”夏敬观《手批山谷词》说“山谷重拙”，这些特点，在这首词里都有所表现。

水调歌头

瑶草一何碧，春入武陵溪[1]。溪上桃花无数，花上有黄鹂。我欲穿花寻路，直入白云深处，浩气展虹霓。只恐花深里，红露湿人衣。　坐玉石，倚玉枕，拂金徽[2]。谪仙何处？无人伴我白螺杯[3]。我为灵芝仙草，不为朱唇丹脸，长啸亦何为？醉舞下山去，明月逐人归。

注释

〔1〕武陵溪：指世外仙境。陶渊明《桃花源记》载：武陵人沿溪捕渔，忽逢桃花林，遂入桃花源。后以桃花源、武陵溪指世外仙境。

〔2〕拂金徽：弹琴。金徽：琴徽。

〔3〕谪仙：天下贬谪到人间的仙人。指李白。李白喜饮酒，一到长安被贺知章称为“谪仙人”。白螺杯：用白螺壳制作的酒杯。

解读

这首词托物喻志，表现自己的高尚品格。上片写景，但并非一般的实景，而是写对理想境界“武陵溪”桃源仙境的追求：“穿花寻路，直入白云深处”。正因为词人有如此高远的理想，所以才有浩然之气，磅礴九霄，甚至与天上的虹霓相贯通。下片抒怀。词人对李白表示由衷的倾慕，这正是暗示对名利的轻蔑。“玉石”、“玉枕”、“金徽”、“白螺杯”、“灵芝仙草”都象征自己为人的清高与圣洁，同“朱唇丹脸”成为鲜明对照。这首词实际上是一首抒情诗，与苏轼《水调歌头》有异曲同工之妙。但这首词更注重于抒写怀抱与理想，因此，抒情性也更为显著。

定风波

次高左藏使君韵

万里黔中一漏天[1]，屋居终日似乘船。及至重阳天也霁，催醉，鬼门关外蜀江前[2]。　莫笑老翁犹气岸，君看：几人黄菊上华颠[3]？戏马台南追两谢，驰射，风流犹拍古人肩[4]。

注释

〔1〕黔中：即黔州（今四川彭水）。漏天：指阴雨连绵。

〔2〕鬼门关：即石门关，在今四川奉节东面，两山相夹如门户。

〔3〕气岸：气度傲岸。华颠：白发。

〔4〕“戏马台”句：戏马台在今江苏徐州城南，为项羽所筑。东晋刘裕北征至此，重阳日大会将佐群僚，赋诗作乐，谢瞻和谢灵运各赋诗一首。

解读

贬居黔州，阴雨连绵，陋室难以抵挡风雨，生活环境极其艰辛困苦。词人有时也难免有“万里投荒，一身吊影，成何欢意”(《醉蓬莱》)的悲叹，但词人却从未向困难低头，时时均能表现出一种乐观奋进的精神。及至重阳节到来，果然雨过天霁，颇有“回首向来萧瑟处”的豪迈。在困境中顽强生存并努力使自己获得超脱的词人，所依仗的是至老不衰的“气岸”精神。黄庭坚缅怀古人之气概，无论是作为，还是才华都觉得自己不输古人。“风流犹拍”的气度，读来虎虎有生气。黄庭坚在《鹧鸪天》里曾经这样说：“黄花白发相牵挽，付与时人冷眼看。”词人就是这样倔强地横眉冷对仕途的挫折与人生的磨难。这种倔强使他保持了对生活的信心，乐观与豪迈也因此而生。

清平乐

春归何处？寂寞无行路。若有人知春去处，唤取归来同住。　　春无踪迹谁知？除非问取黄鹂。百啭无人能解，因风飞过蔷薇。

解读

词写惜春之情，是宋词中常见的题材。词人对春天无限留恋，因爱恋至深，无知的春天在词人眼中竟成为有血有肉、有性灵的春姑娘。词人因此提出了“痴情”的要求：“若有人知春去处，唤取归来同住。”但这毕竟是不现实的，春天不会因为词人的留恋而停下脚步，最终还是匆匆离去。词人却并不因此消沉悲哀，他从“黄鹂百啭”中感觉到了春天的“踪迹”，感受到了大自然的气息。他人无法听懂“黄鹂”的鸣叫声，词人却成为其知音。这首惜春词始终洋溢着一种乐观情怀，而不见伤春气息。其深婉含蓄与清逸峭拔之处，为其他词人所少见。

水调歌头

落日塞垣路，风劲戛貂裘[1]。翩翩数骑闲猎，深入黑山头[2]。极目平沙千里，惟见雕弓白羽，铁面骏骅骝[3]。隐隐望青冢，特地起闲愁[4]。　汉天子，方鼎盛，四百州。玉颜皓齿，深锁三十六宫秋[5]。堂有经纶贤相，边有纵横谋将，不减翠娥羞。戎虏和乐也，圣主永无忧。

注释

〔1〕塞垣：边境地带。戛（jiá 夹）：敲击。

〔2〕黑山：在今陕西榆林县西南。唐代裴行俭曾在此大破突厥余部。这里是泛指外族入侵之地。

〔3〕骅骝：骏马。

〔4〕青冢：王昭君之墓，在今内蒙古呼和浩特市南。相传冢上四季草常青。

〔5〕玉颜皓齿：指美人，这里指王昭君。

解读

这首词咏汉代王昭君之事。昭君被迫出塞和番，是汉王朝无能无力的懦弱表现，在民族意识极强的文人士大夫心目中永远是极大的耻辱。到了北宋后期，边境上有辽与西夏两大威胁，宋王朝一直处于被动挨打的地位，屈辱求和。黄庭坚此时咏叹“昭君出塞”，便有了复杂的现实意义，故词人出之以辛辣嘲讽的口吻。上片写秋高气爽的季节边境上的敌情警报。边境民族的“闲猎”往往是军事演习，词人渲染了来犯之敌的凶猛气势：荒凉空旷的

"塞垣路"上，"落日"苍茫，边风健劲，挟此威猛声势"深入黑山头"的"数骑"，锐不可挡。他们有"雕弓白羽"、"铁面骏骅骝"的精良装备，蓄意而来，居心叵测。词人不禁为边境的安危忧虑重重。然词人没有直接叙说自己的担忧，而是以"隐隐望青冢，特地起闲愁"两句轻轻带出。上片是昭君出塞的现实背景。对此外患束手无策，才出"和番"的屈辱下策。下片具体咏叹"昭君和番"。"汉天子，方鼎盛，四百州"，有此辽阔的国土、强盛的国力，本来不应该以昭君应付来犯之敌。况且，昭君"深锁"宫中，又如何知晓国事，又有什么义务去平定入侵之敌？抵御入侵、安邦靖国，理所当然是"经纶贤相"与"纵横谋将"的分内事，最终却让昭君蒙羞出塞、远离故土。结尾两句是辛辣的反语讽刺，依靠这种下策怎么能够保证"永无忧"呢？其中透露出词人对现实的隐忧。

虞美人

宜州见梅作[1]

天涯也有江南信，梅破知春近。夜阑风细得香迟，不道晓来开遍向南枝[2]。

玉台弄粉花应妒，飘到眉心住[3]。平生个里愿杯深，去国十年老尽少年心[4]。

注释

〔1〕宜州：今广西宜山。

〔2〕夜阑：夜深。

〔3〕玉台：女子梳妆的镜台。飘到眉心住：相传南朝宋武帝刘裕之女寿阳公主日卧，梅花飘落其额上，拂之不去。后宫女模仿之，遂有梅花妆。

〔4〕个里：个中，此中。去国十年：词人首次遭贬谪是哲宗绍圣元年（1094），至此正好十年。国：京都。

解读

晚年再度受到贬谪，词人内心的痛苦郁懑可想而知。在这首词里，词人不是直接地将被贬的愁苦宣泄出来，而是通过外界景致的变化，转折一层表达。被贬之人，都有“春风疑不到天涯”的共同心理，一旦看到梅花含苞欲放，乃至一觉醒来，已经“开遍向南枝”，心灵上的触动特别大。自然界的春天已经来临，而词人的艰难处境却没有丝毫改变的迹象。下片因此自然转为身世的感慨。用“梅妆”的典故，是在隐喻自己遭受小人的妒忌和迫害。无奈之中，只得借助酒杯。“老尽少年心”，是词人晚年的真实心态。词人确知自己政治上已经没有翻身的可能，果然，词人最终死于贬谪地宜州。

南乡子

重阳日，宜州城楼宴集[1]，即席作

诸将说封侯，短笛长歌独倚楼。万事尽随风雨去，休休！戏马台南金络头[2]。　催酒莫迟留，酒味今秋似去秋。花向老人头上笑，羞羞！白发簪花不解愁[3]。

注释

〔1〕宜州：今广西宜山。

〔2〕戏马台：戏马台在今江苏徐州城南，为项羽所筑。

〔3〕簪花：插花，戴花。

解读

王暐《道山清话》载：“山谷之在宜州，其年乙酉，即崇宁四年也。重九日，登郡城之楼，听边人相语：‘今年当鏖战取封侯。’”黄庭坚曾经历过元祐年间的仕途通达，也经历过绍圣年间的被贬远去和作此词时的再度流落，听诸人在宴席间谈论功名，便有无限感慨。往日的抱负和对仕途的热望，都已尽随风雨飘摇而去，只剩得满腹的愤懑与牢骚，借“短笛长歌”来发泄。下阕词人故作通达，认定只有酒味与秋花依然如旧，因此不妨醉酒簪花。但是，最终还是不能排解一肚子的愁苦。苏轼被贬期间，通脱自解，并不沉湎于悲苦之中。其置身于“江上之清风与山中之明月”间时，欣然一笑，荣辱皆忘。黄庭坚个性方面有类似苏轼的地方，他也努力学习老师，欲以登高赏秋、簪

花饮酒来缓解内心的苦痛。但是，黄庭坚此时的悲愤情绪过于强烈，他再也没有“老子平生，江南江北”的奔放，他的超脱更多的是故作姿态，并不能真正摆脱愁苦的缠绕，所以，这首词的结尾语意转为沉郁悲凉。以酒浇愁，恐怕是“愁更愁”。白发簪花，这又是多么强烈的反差，多么刺眼的不协调，也将词人的故作姿态展现得淋漓尽致。其实，词人是故意暴露自己的故作姿态，通过这种矛盾、不和谐的动作乃至心理的表现，抒发此刻内心的郁闷不平。

晁端礼

晁端礼（1046—1113），字次膺，济州巨野（今属山东）人。熙宁六年（1073）擢进士第，为官仅10年，元丰末即被废罢。直到68岁临终那一年，新燕乐修成，朝廷需要更多的粉饰太平、点缀现实的御用文人，政和三年（1113）他才被荐入京，以撰写谀颂词献媚君王、权臣，得以授官大晟府按协声律。未到职而卒。有《闲斋琴趣外编》，存词142首。

绿头鸭

咏月

晚云收，绀天一片琉璃[1]。烂银盘、来从海底，皓色千里澄辉[2]。莹无尘、素娥淡伫，静可数、丹桂参差[3]。玉露初零，金风未凛，一年无似此佳时[4]。露坐久、疏萤时度，乌鹊正南飞[5]。瑶台冷，栏干凭暖，欲下迟迟。　念佳人、音尘别后，对此应解相思。最关情、漏声正永，暗断肠、花影偷移[6]。料得来宵，清光未减，阴晴天气又争知[7]？共凝恋、如今别后，还是隔年期。人强健、清尊素影，长愿相随。

注释

〔1〕绀（gàn 干）：稍微带红的黑色。

〔2〕“烂银盘”句：语本唐卢仝《月蚀》“烂银盘从海底出”。古人认为月亮是从海底出来的。

〔3〕丹桂：桂树。传说月中有桂树。

〔4〕零：滴落。金风：西风，秋风。

〔5〕乌鹊正南飞：语本曹操《短歌行》："月明星稀，乌鹊南飞。"

〔6〕漏：漏壶，古代的计时器。永：长久。

〔7〕争：怎么。

解读

这首词咏中秋之月。上片铺写中秋赏月时的愉快心境："一年无似此佳时。"下片转笔写伤离念远。值得注意的是，作者在自度曲与填词之时，很注意音节与内容的相互配合，所以这首词才真正达到了"声情相宜"与"声调谐美"的高标准。全词共139字，用3、4、5、6、7等各种不同的句式参差交叉结构而成。这既显示音节上的丰富与抑扬骀荡之美，同时又很好地反映出文词在内容上和感情上的变化。这是平声韵长调，跟其他平声韵长调一样，它的音节是很美的。由于是和调，所以在句式的穿插安排上，一定要注意整体的布局和"奇偶相生"，注意句式的开合变化。只有安排适当，才能获得词与音乐之间的"声情相宜"与"声调谐美"的艺术效果。这首词上、下片在中心部位都安排了两个七言偶句。上片是"莹无尘素娥淡伫，静可数丹桂参差。"下片是"最关情漏声正永，暗断肠花影偷移。"但是，它们并不是一般律诗中上四下三的句式，而是采用了上三下四的结构，这就给人以突兀、不同凡响的感觉。由于这两个偶句都处于各片的关键性部位，所以对全词的格局、风格有很大影响。上四下三的句式变成上三下四，也不外是"奇偶相生"的另一种表达方式，变中又有不变。又如上片的"玉露初零，金风未凛"与下片"料得来宵，清光未减"，原来都是四言偶句，而此处却一对一不对，这也是另外一种变化。再如每句中的平仄安排，除上片"皓色千里"四字和"露坐久"三字，下片"对此应解"有些拗犯外，其他轻重平仄都很和谐，并很好地配合着从上片的愉快平和转入下片的悲凉感慨，音节始终保持温柔婉转之致。因此，全词是非常谐婉动听的。

秦观

秦观（1049—1100），初字太虚，后改字少游，别号邗沟居士，扬州高邮（今属江苏）人。早年豪隽，喜读兵书。熙宁十年（1077）去徐州谒见苏轼，苏轼称赞他“有屈、宋才”。曾二度参加科举考试，皆不中。在苏轼的鼓励下，元丰八年（1085）再试，登进士第。授定海主薄，调蔡州教授。元祐初年，旧党得势，苏轼立即向朝廷推荐秦观，应“贤良方正”试，进《策论》50篇。元祐五年，再度入京，除宣教郎、太学博士，校正秘书省书籍。后迁秘书省正字，兼国史院编修官，预修《神宗实录》。时黄庭坚、晁补之、张耒同在京城，与秦观共游苏轼门下，人称“苏门四学士”。绍圣元年（1094），哲宗亲政，新党复得重用，秦观受到株连出为杭州通判，再贬监处州（今浙江丽水境内）酒税，削秩徙郴州（今湖南郴县），明年编管横州（今广西横县境内），最后竟被贬逐到雷州（今广东海康县）。徽宗即位，秦观复宣德郎，放还途中卒于藤州（今广西藤县）。终年52岁。有《淮海集》，存词72首，近人又从清人王敬之翻刻本和《花草粹编》中补辑得28首。

望海潮

梅英疏淡，冰澌溶泄[1]，东风暗换年华。金谷俊游，铜驼巷陌，新晴细履平沙[2]。长记误随车，正絮翻蝶舞，芳思交加[3]。柳下桃蹊，乱分春色到人家。

西园夜饮鸣笳，有华灯碍月，飞盖妨花[4]。兰苑未空，行人渐老，重来是事堪嗟[5]。烟暝酒旗斜。但倚楼极目，时见栖鸦。无奈归心，暗随流水到天涯。

注释

〔1〕冰澌（sī 丝）：流冰。溶泄（xiè 谢）：融化流走。

〔2〕金谷：园名，在洛阳。为西晋石崇所筑，是当时的名胜园林。铜驼：代指洛阳。陆机《洛阳记》载："洛阳有铜驼街。汉铸铜驼二枚，在宫南四会道相对。俗语曰：'金马门外集众贤，铜驼陌上集少年。'"

〔3〕芳思：春思。交加：众多而杂乱。

〔4〕飞盖：飞驰的车子。盖，车顶盖，代指车子。

〔5〕兰苑：园林的美称。是事：事事。

解读

这是一首怀旧词。词中通过重游洛阳，回忆旧时游踪，以抒发感旧伤今的复杂情感。词大约作于被贬后重经洛阳之时，词中因此又充满了词人痛感世事沧桑的抑郁情怀。就结构看，全词可划分为三个组成部分。开篇三句自成一段，写目之所见的时令景物，以引起对往事的回忆。所见之早春风光有：梅花稀疏凋落，残余的花瓣已暗淡无光，河里的冰凌已经溶解，化作流水潺湲，东风吹拂，又悄悄送来了新的一年。其中"冰澌溶泄"与词尾"暗随流水到天涯"前后衔接呼应。而"东风暗送年华"一句则是贯穿全篇的主题。正因为"暗送年华"，才有以下"行人渐老，重来是事堪嗟"的慨叹。从"金谷俊游"到"飞盖妨花"十二句是第二段。这是全词的重点，写当年畅游洛阳时难以忘怀的生活。洛阳的往事是那样令人神往，词人游赏洛阳的名胜古迹，与友人彻夜豪饮。其中不乏供人回味无穷的旖旎小片段："长记误随车，正絮翻蝶舞，芳思交加。柳下桃蹊，乱分春色到人家。"还算不上一次真正的艳遇，只不过是认错了人、跟错了车而已；或者是被对方美色所动，故意跟错车。对此，词人便常常回忆，连细节都十分清晰，因此又生发出多少温柔的遐想。在这种遐想中，会随着词人处境的愈益艰难，而不断地增加虚构安慰自己的幻觉成分。豪饮之时，则"有华灯碍月，飞盖妨花"，意气飞动，神采焕发。这一段把洛阳旧日的生活写得形象逼真，气氛浓烈，研词琢句，精美绝伦，极富诗情画意。从而就更加衬托出"重来是事堪嗟"的凄凉落寞了。从"兰苑未空"到结尾为第三段。这八句笔锋陡转，极写当今之悲慨，这是全词主旨之所在，前文的忆旧就是为了烘托这一段。悲慨的内容由三个方面组成：一是“行人渐老”，岁月无情流逝，留给词人的时日已经不多了；二是“重来”洛阳，物是人非，满目凄凉，“是事堪嗟”；三是虽然“归心”依旧，却身世“无奈”，只得随同“流水”，飘零“天涯”。很明显，这首词打破上下片之间的疆界，也不顾及一般所说的“换头”的作用，而是根据感情的发展，情绪的起伏，把上、下片揉在一起，按内容重新加以区分，使重点更加突出。同时，通过换头，使重点之中的重点“西园夜饮”更加引人注目。

水龙吟

小楼连远横空，下窥绣毂雕鞍骤〔1〕。朱帘半卷，单衣初试，清明时候。破暖轻风，弄晴微雨，欲无还有〔2〕。卖花声过尽，斜阳院落，红成阵、飞鸳甃〔3〕。

玉佩丁东别后，怅佳期、参差难又〔4〕。名缰利锁，天还知道，和天也瘦〔5〕。花下重门，柳边深巷，不堪回首。念多情但有，当时皓月，向人依旧。

注释

〔1〕绣毂雕鞍：形容车马之华贵。

〔2〕弄晴：形容微雨欲无还有。

〔3〕鸳甃（zhòu 皱）：用对称砖瓦砌成的井壁。

〔4〕玉佩：这里代指佳人。丁东：玉佩撞击的声响。参差：蹉跎。

〔5〕名缰利锁：被名利所束缚。

解读

这是一首赠妓词。展衍笔墨，铺写离别情思，是这首词的特长，也因此受到苏轼的批评。苏轼指责秦观此词开篇“小楼连远横空，下窥绣毂雕鞍骤”两句，说：“十三个字，只说得一个人骑马楼前过。”（宋黄昇《唐宋诸贤绝妙词选》卷二）上片写暮春季节离人的孤单凄苦。清明过却，风和雨微，而没有什么游玩的意兴。因为随之而来的是卖花声尽，飞红成阵，春意阑珊。此情此景，只能引起离人无限的感伤。下片转写被暮春景色牵引出来的离愁别绪。品尝了分离的苦酒，才知道逼迫人风尘仆仆的“名利”的害人。多愁善感的离人经受不住如此痛苦的折磨，不禁发出了“天还知道，和天也瘦”的呻吟。这种想象奇特夸张，可以与历来写愁苦的名句媲美。“不堪回首”，又忍耐不住频频回顾，这就是多情的离人的情感悲剧。所以，只能以一轮不变的“皓月”自我安慰，寄达情思了。

八六子

倚危亭，恨如芳草，萋萋刬尽还生[1]。念柳外青骢别后，水边红袂分时，怆然暗惊[2]。　无端天与娉婷[3]，夜月一帘幽梦，春风十里柔情。怎奈向、欢娱渐随流水[4]，素弦声断，翠绡香减，那堪片片飞花弄晚，蒙蒙残雨笼晴。正销凝，黄鹂又啼数声[5]。

注释

〔1〕危亭：高处的亭子。刬（chǎn 产）：同“铲”，铲除。

〔2〕青骢：骏马。离人登程时所骑。红袂：代指女子。

〔3〕无端：没来由。娉婷：指容颜美丽。

〔4〕怎奈向：奈何。

〔5〕销凝：凝神感伤。

解读

这首词描写离情，写得清丽缠绵，深婉细腻。开篇便点明“恨”字，而“恨”的内容并不明确。但是因为词人在这里点明此“恨”乃是“倚危亭”眺望远方时所产生的，而且还用了直喻的手法：“恨如芳草”，这就使人很快地联想到李煜的“离恨恰如春草，更行更远还生”（《清平乐》）和范仲淹的“山映斜阳天接水，芳草无情，更在斜阳外”（《苏幕遮》）。不仅如此，以下三句还出现了“青骢别后”和“红袂分时”这样的词句，其中“分”、“别”二字把话讲得再明白不过了。鲜丽的色泽对比中包含着一段旖旎的恋情。“怆然暗惊”，依然在写突然遭此别离打击的心理感受。这是一种什么样的别情，上片仍然没有讲透。所以，下片换头劈面便是一句：“无端天与娉婷”。老天有意安排下一个绝色佳人，料不到却很快出现“青骢别后”、“红袂分时”。接二句：“夜月一帘幽梦，春风十里柔情”，写相聚之短暂而又幸福的时刻：花月良宵，柔情似水，佳期如梦。而这梦境很快就醒过来了，留给眼前“倚危亭”时无限的凄然回味。眼下是多么残酷的现实！词人用“怎奈向”三字呼起，接下来运用一连串的形象与“幽梦”、“柔情”形成强烈对照：眼下没有“欢愉”，没有“弦声”，再加上“翠绡香减”，整日“片片飞花”，“蒙蒙残雨”。这一切集中起来，便组成了伤春伤别的大合唱。更有甚者，恰值此时，“黄鹂又啼数声”！外景外情似乎是在有意将词人拖入更深沉的悲苦之中。通过上述分析，可以看出，秦观不但善于融化前人诗句入词，他还善于通过一系列景物描写来烘托自己的心境。即不止用一两件客观事物，而是用一连串客观事物进行多层次艺术烘托。这首词计算起来大约用了六七种事物，其中有流水、素弦、翠绡、香减、飞花、残雨，之后又加入黄鹂的哀啼。伤别之中又有欢娱的回忆，情感上波澜泛起，给人留下一丝期待和渴望。这就是秦观前期所写的抒发离别情感的歌词。

满庭芳

山抹微云，天粘衰草，画角声断谯门[1]。暂停征棹，聊共引离尊[2]。多少蓬莱旧事，空回首、烟霭纷纷[3]。斜阳外，寒鸦数点，流水绕孤村[4]。
销魂[5]，当此际，香囊暗解，罗带轻分[6]。谩赢得青楼薄幸名存[7]。此去何时见也？襟袖上、空染啼痕。伤情处，高城望断，灯火已黄昏。

注释

〔1〕画角：古代的一种吹奏乐器，声响哀厉高亢。谯门：城门楼。

〔2〕引：举，持。

〔3〕蓬莱：蓬莱阁，旧址在今浙江绍兴龙山下，五代时所建。

〔4〕“寒鸦”二句：语本隋炀帝诗句：“寒鸦千万点，流水绕孤村。”

〔5〕销魂：形容极度悲伤。

〔6〕香囊：装香料的小袋，作为装饰品佩戴身上。罗带：丝织的带子。

〔7〕谩：空，徒然。薄幸：薄情。语本杜牧《遣怀》“赢得青楼薄幸名”。

解读

这首词写同歌伎的恋情，同时又融入自己的身世之感。正如周济在《宋四家词选》中所说：“将身世之感，打并入艳情，又是一法。”当时，秦观的诗词创作已蜚声文坛，但政治上却未得进展。词中“谩赢得青楼薄幸名存”，就含有这种感慨。不过，贯穿全词的基调却是伤别，“身世之感”并不十分突出。

开篇三句写别时景物，是所见所闻，一向为人所乐道。作者大处着眼，细处落墨。“山抹”与“天粘”两句，炼词铸句，极见功力。“抹”字新颖而且别致，向远处即将离别登程的路途眺望，那一片片微云仿佛被什么人涂抹到山峰上一样。这一幅画面看似恬静，其实饱含动感，因为“抹”是需要施动者的，一般用于绘画。“粘”字也是如此，极目所至的天边与衰草胶着在一起，静止的画面中也隐含着动作。“抹”与“粘”两字生动描画出“微云”和“衰草”的神态，写出了季节与黄昏的特点，动中有静，词人此刻的离情也有了“抹”与“粘”的效果，摆脱不了。于是，见闻的景物就与恋恋不舍的离情紧密结合在一起，烘托出词人放眼远方时的难舍难分的情感。“画角声断”一句，以凄厉的音响叩击着词人的心灵。此情此景，怎能不令人肠断！角声在古代诗词中多用来烘托苍凉和伤感的情景，如李贺《雁门太守行》“角声满天秋色里”、范仲淹《渔家傲》“四面边声连角起”、陆游《沈园》“城上斜阳画角哀”、姜夔《扬州慢》“渐黄昏，清角吹寒，都在空城”等等。所以，在词人听来，这角声无疑是在吹奏惜别的哀音。这三句在借景抒情，融情入景方面，表现出高超的技巧并获得很大的成功。短短十四字内，既交待了季节、时间、气候特点，又写出了远景、近景，同时还从画面、色彩与音响诸方面烘托气氛。所以，开篇三句，并不能简单地认为“抹”、“粘”二字妥贴工巧而了事。中间五句，写正待航船将要出发之际，作者热恋的歌女匆匆赶来送别。但这一过程却全是虚写，作者只用“暂停征棹，聊共引离尊”两句匆匆交待过去。送行免不了要设宴饯别，这情景与柳永《雨霖铃》“都门帐饮无绪”是一致的，所不同的是柳永直接点明了“无绪”，秦观则写得更加含蓄而已。同样，在“共引离尊”时，免不了要回忆往事，但作者也只用“空回首，烟霭纷纷”两句敷衍过去，而并未加任何具体说明。此地一别，往事如烟，回首有茫然之慨。然而，正是这种写法，才深一层地表现出作者对“蓬莱旧事”难以忘情。“旧事”，“烟霭”般朦胧纷扰，理不出什么端绪，又梦境一般轻柔空幻，仿佛不曾实际发生过似的。而无情的离别却确确实实摆在面前。此刻，他们几乎不敢相互凝视，只得把视线移向远处，遥望天际：只见斜阳照射几点寒鸦，闪光的河水紧绕着孤零零的荒村。“斜阳外”三句即景生情，联想断肠人在天涯之苦况，却以景语出之，不予说破。在广阔无垠的空间里，“寒鸦”与“孤村”，都是极其渺小的存在。那么，在茫茫人海之中，游人和客子不同样是渺小而又孤单的吗？上片结尾三句虽用隋炀帝“寒鸦千万点，流水绕孤村”诗意，但因作者把整齐的五言改成参差错落的词的语言，加之与伤秋伤别之情交织在一起，并与开篇三句相呼应，这就使它成为全词有机的组成部分。状深秋晚景，如在目前；渲染离情别绪，感同身受。正如《诗人玉屑》卷二十一中引晁补之评这几句词时所说的：“虽不识字人，亦知是天生好言语。”

下片用“销魂”二字暗点别情，申明一篇题旨。江淹在《恨赋》中说：“黯然销魂者，唯别而已矣！”所以，“销魂”二字的内涵是很丰富的。“当此际，香囊暗解，罗带轻分”。作者用两个细节和两个动作，对此做了形象的说明。解下贴身佩戴的“香囊”赠送离人，暗示两人之间的呢喃儿女私情。“轻”字又暗示分别的轻易，由此引出下句。这里用杜牧诗意，把这一切都归结为：“谩赢得青楼薄幸名存。”这两句一方面写自己负人之深，同时还反映出词人功名失意、不得不奔波离别的怨恨。所以，这场离别实在并非因自己“薄幸”，下面由此补足一句：“此去何时见也。”毫无疑问，这是对“薄幸”的一种否定。另一方面，这又是明知故问，双方心里明明白白地知道：此地一别，相会无期。下文很自然地用“襟袖上、空染啼痕”对此作了回答。这一段里有若干次感情的起伏，而每一次起伏都渗透了作者身世飘零的感慨。最后三句用唐欧阳詹《初发太原途中寄太原所思》“高城已不见，况复城中人”诗意，以景结情。“高城望断，灯火已黄昏”，这是船行江中之所见，并暗示着时间的推移，与开篇两句相呼应，又见离别之速。最终完美表达出作者别后的凄凉处境与依依难舍之情。

这是一首广泛传诵的名篇，曾得到苏轼的赞赏。他一面称秦观为“山抹微云秦学士”，另方面又对这首词有所不满。宋黄昇《唐宋诸贤绝妙词选》卷二：“秦少游自会稽入京见东坡，坡云：‘久别，当作文甚胜。都下盛唱公“山抹微云”词。’秦逊谢。坡遽云：‘不意别后，公却学柳七作词。’秦答曰：‘某虽无识，亦不至是。先生之言，无乃过乎？’坡云：‘“销魂当此际”，非柳词句法乎？’秦惭服。然已流传，不复可改矣。”其实，秦观词虽受柳永影响，但秦观毕竟是一个纯情的词人，是艺术上有独创性的词人。就这首词而言，作者激情澎湃，而气度却沉着安详，从容不迫；遣词造句，意新语工，但又寓工丽于自然，婉转而又含蓄，与柳永词风有明显差别。《铁围山丛谈》卷四载：秦观女婿范温在某贵人宴席间默默无闻，酒宴间有侍儿“善歌秦少游长短句”，问“此郎何人也？”范温自答说：“某乃‘山抹微云’女婿也。”这可以说明这首词在当时流传的普遍性。

江城子

西城杨柳弄轻柔，动离忧，泪难收。犹记多情曾为系归舟。碧野朱桥当日事，人不见，水空流。　韶华不为少年留[1]，恨悠悠，几时休？飞絮落花时候一登楼。便做春江都是泪，流不尽，许多愁。

注释

〔1〕韶华：大好春光，引申为美好的青春年华。

解读

写春天里的离别之情。秦观总是擅长通过景物的衬托、以流畅新颖的语句表达出来。这首词的上片是回顾“当日”的送别场景：依依杨柳，欲系行舟，替人惜别；碧野朱桥，景色明丽，反而增加分手的痛苦；滔滔江水，送走行人，牵引离愁。下片则写别后无尽的愁苦。在美丽的春天里别离，春天的景色却不为离人稍做停留。飞絮落花满地，使人备感“好景不常在”。如果美好年华都在这样离别的苦痛无端流逝，人生将是何等痛苦。结句“便做春江都是泪，流不尽，许多愁”，与李煜《虞美人》“问君能有几多愁，恰似一江春水行东流”有异曲同工之妙。

鹊桥仙

纤云弄巧，飞星传恨，银汉迢迢暗渡。金风玉露一相逢，便胜却人间无数。

柔情似水，佳期如梦，忍顾鹊桥归路。两情若是久长时，又岂在朝朝暮暮！

解读

这是一首咏题之作，它紧紧围绕着牛郎织女的神话传说，创造出一个美丽动人的艺术境界，表现出被迫分居两地的牛郎、织女真诚不渝的爱情，并以丰富的想象，形象地反映出牛郎织女悲欢离合的复杂心情。同时也体现出秦观理想的恋爱观，这在当时如同空谷足音。

相传织女织造云锦，是纺织能手。民间风俗，七夕之夜，女孩子们陈设瓜果向织女乞巧。“纤云弄巧”就从这一点入手：那散布于天际的轻盈多姿的彩云，映着落日的余辉，仿佛是织女用灵巧的双手编织出来的优美的图案。将初秋的彩云与织女的巧手联系起来，马上进入一种特定的情景，这也为牛郎、织女的七夕相会布置了一个美丽的背景。“飞星传恨”写牛郎。牵牛星在夏末秋初之际光彩特别明亮，与织女星的距离也最近，故有渡河相会之说。“飞”字极写牛郎赴约的迫切情景。在古人看来，只有“飞”才能解决巨大空间距离所造成的困难。此外，星在飞动，似乎就能传递一些信息，牵涉到牛郎、织女这特定的对象，所传递的就只能是离别的愁恨，其中包含着对破坏美满爱情婚姻的顽固势力的愤恨情绪。所以，“恨”字也是照应写双方。开篇极其工整的对偶句，将时令、环境，乃至人物的神情风貌都生动地传达出来。至此出现“银汉迢迢暗渡”一句，可喜可贵。“迢迢”，形容河面辽阔和双星间隔之遥远，相见之不易，也表现出他们愈急于相见、愈觉得长途漫漫的心情。《古诗十九首》说：“河汉清且浅，相去复几许”，正好从秦观词相反的角度去表现牛郎织女的爱情，却有异曲同工之妙。“迢迢”，同时还可以形容牛郎织女相思的迢递久远。七夕相会一年一度，来之确实不易，他们不仅要忍受漫长时间的离别相思的痛苦折磨，而且还要克服“银汉”这一广褎空间所带来的困难。词人正抒写着迢迢不断的、如银河秋水一样的离愁别恨之时，在关键处妙笔突然一转，滔滔不绝的恨波里翻起了欢乐的浪花。久别固然可恨，但在这“金风玉露”的大好秋季里，佳侣重逢，就珍贵异常。那岂是一些凡夫俗子之酒肉追逐、寻欢作乐所能比拟万一？初恋者的甜言蜜语、山盟海誓并不可信，他们或者仅仅迷恋于对方的外貌，或者是初尝禁果之时心醉神迷的胡言乱语。只有这种宁静下来的深沉反思，才是真正动人心魄的。结尾两句是对牛郎织女爱情的评价，是秦观爱情观的表达，使人耳目一新。这里，借高爽的秋风与纯白的露水来烘托牛郎织女高尚纯洁的爱情，以及他们坚贞的品格。世人认为牛郎织女会少离多，枉为仙人，还不如人间男女朝夕相守。秦观不以为然，他认为牛郎织女既然有坚贞的爱情，在此秋风白露的夜晚相逢一次，自然要胜过人间那许多没有爱情而生活在一起的男女。在两性观念中，秦观将爱情推为首位，这在只知道门当户对、光宗耀祖婚姻观念盛行的古代有着振聋发聩的作用。宋代恋情词虽多，无非是欢场的及时行乐，是“人欲”的横行，像这样的爱情观念的表达实属罕见。

下片承此，对相会时的柔情蜜意展开描写。首三句写相会时的爱恋以及疑真疑假、似梦似幻的感觉，唯恐一年一度的短暂相会转瞬即逝等复杂情感。牛郎织女的温柔恋情似银河水波一样清洁荡漾，源远流长。美好的相会又像梦境一样迷离。分别太久，见面时就有了“乍见翻疑梦”的感觉。何况，相聚短暂，一刻千金，更有好梦不长的忧虑。所以，他们怎么忍心回头去看鹊桥上的归路呢？不忍心看，就更不忍心走了。一个“忍”字，千回百转，无限辛酸，把难舍难分的情景真切地表现了出来。见面时恨不得飞渡银河，分手时不忍回顾归路，两相形成强烈的对比。恋恋不舍之情至此达到高潮，离人的情感似乎又要坠入痛苦的深渊。然而，词人笔锋再次陡然转变，迸发出全词最高亢的音符：“两情若是久长时，又岂在朝朝暮暮！”事实确实如此。人情易变，人寿有限，人间男女即使朝暮相处，不免也有离异以至长别之事发生。天上双星尽管一年只有一度相会，但他们情高意真，天长地久，年年重逢，永无尽期。这是何等的幸福！写仙侣离别之苦并无特别之处，关键是这峰回路转的一笔，才是“化臭腐为神奇”的绝妙佳境。高亢的声响使全词为之一振。而且，它与上片绚丽的环境气氛、下片柔情似水的爱恋结合得如此完美和谐。有了这两句，词人超凡脱俗的爱情观更加大放异彩。“两情若是久长时，又岂在朝朝暮暮”，是相互的期望，也是相互的誓言，更是彼此强自的排遣和无可奈何的安慰。其中交织着种种欢乐和悲哀，只觉得意味深长，咀嚼不尽。

千秋岁

水边沙外，城郭春寒退。花影乱，莺声碎。飘零疏酒盏，离别宽衣带〔1〕。人不见，碧云暮合空相对〔2〕。　忆昔西池会，鹓鹭同飞盖〔3〕。携手处，今谁在？日边清梦断，镜里朱颜改〔4〕。春去也，飞红万点愁如海。

注释

〔1〕“离别”句：语本《古诗十九首》：“相去日已远，衣带日已缓。”

〔2〕“人不见”二句：语本南朝江淹《拟休上人怨别》：“日暮碧云合，佳人殊未来。”

〔3〕西池：指汴京金明池。鹓鹭：形容朝官的行列整齐有序，如同鹓鹭。

〔4〕日边：借指帝京。

解读

这首词写作者愁情的深沉浓重。这浓重的愁情是由人世盛衰与季节变化而引起的，所以，词中很自然地要联系到人世的悲欢离合与大自然的变化。但，词中的人世与大自然并不是作者所要描写的主导方面，更不是词中的重点，而只是触发内心感情活动的一个契机，是感情突然爆发的导火线。所以，词中出现的人世与大自然并非确有所指，如“水边沙外”，究竟是哪一条水？“城郭春寒退”，到底是哪一座城？都很难落实，而且也不必落实。这一切，只不过是想说明：“携手处，今谁在”，“春去也，飞红万点愁如海”而已。句中的“飞红”与“海”，也不是具体的客观事物的精心描画，它在句中只不过是一种比喻，目的在于抒写内心的愁情。这首词作于贬谪期间，词人已经对现实完全绝望，无边的愁苦铺天盖地地压将下来。其词情之愁苦，时人甚至认为“秦七必不久于人世，岂有‘愁如海’而可存乎？”（《艇斋诗话》）

末句巧喻时常被人们与李煜的“问君能有几多愁，恰似一江春水向东流”相提并论。

踏莎行

雾失楼台，月迷津渡[1]，桃源望断无寻处。可堪孤馆闭春寒，杜鹃声里斜阳暮[2]。　驿寄梅花，鱼传尺素，砌成此恨无重数[3]。郴江幸自绕郴山，为谁流下潇湘去[4]？

注释

〔1〕津渡：渡口。桃源：桃花源，喻理想国之所在。

〔2〕可堪：那堪。

〔3〕驿寄梅花：据《荆州记》载：南朝时陆凯与范晔友情甚笃，陆凯自江南寄梅花给长安范晔，并赠诗说：“折梅逢驿使，寄与陇头人。江南无所有，聊赠一枝春。”鱼传尺素：古人以鲤鱼木函装书信寄赠。尺素：这里指书信。

〔4〕郴江：即郴水，在郴州东一里。幸自：本自。

解读

这是一首写于贬谪途中饱含着个人身世之感的抒情诗。词中也在诉说着离别的苦痛，其诉说的对象更像是志同道合的友人。哲宗绍圣初年，秦观因受元祐党人的牵连，一贬再贬，他先为杭州通判，继又被贬监处州酒税，后又贬往郴州。政治上接连不断的打击，生活上相继而来的变化，使词人感到理想破灭，前途渺茫，因而处于幻灭与极度哀伤之中。这首词形象地刻画了词人被贬往郴州时的孤独处境和屡遭贬谪而产生的强烈不满与绝望。词中反映了作者幻想与破灭、自振与消沉之间的内心矛盾。

上片写孤独的处境。首三句便勾勒出一个夜雾凄迷、月色昏黄的画面。弥漫的大雾遮蔽了词人居住的楼台，遮掩了今夜的月色，使行船停泊的渡口也变得迷蒙难辨。“失”与“迷”二字用得极其生动，使整个布景充满了词人的主观情感。此夜所迷失的不仅仅是现实中的“楼台”与“津渡”，更重要的是词人生活上的方向感。所以，下一句明确点出：“桃源望断无寻处。”首先，这一句是补充说明，前两句所描写的景物原来是词人登楼眺望“桃源”时的所见。其次，写出眺望的结果是彻底绝望。陶渊明笔下的桃花源世界已经成为文人士大夫心目中的理想胜地，成为他们失意后的最好抚慰。词人屡遭贬谪之后，当然也期待着寻找如此一片“净土”，以歇息身心。然而，由于浓雾的遮盖，使一切都变得不可能。今夜的浓“雾”，就具有了现实的象征意义。词人心情凄苦已极之时，却还要忍受独处驿馆的孤寂、初春寒意的侵袭、昏暗暮色的降临、凄厉杜鹃的啼叫等等外界景物的压迫，词人不禁惊呼起来。“可堪”，即哪里经受得起，这是词人对自己的现实处境与自我承受能力的清醒认识。

下片写被贬谪的愤懑。被贬独居，只有内心世界依然是自由的，所以，词人的思绪飞向了远方的友人，希望通过“驿寄梅花，鱼传尺素”，互通音讯，彼此宣泄愁苦，以图获得安慰。但是，事与愿违，“梅花”与“尺素”所寄达的全部是怨“恨”，重重堆“砌”，让人更加无法承受。“砌”字新颖、生动而有力，有此一“砌”字，那一封封书信仿佛变成一块块砖头，层层垒起，以至到“无重数”的极限。不过，词人始终没有说明所蓄积的“恨”的具体内容，这是秦观词婉转含蓄之处。结尾反而用两句更形象，同时也是更含蓄的景语作结：“郴江幸自绕郴山，为谁流下潇湘去。”这是即景生情、寓情于景的警句。表面上来看，这里仍然在写远望思乡、思友的羁旅相思之情；实际上，是词人悲苦已极、无可挽回的颓败心绪的流露。“郴江”流向“潇湘”，是如此的无可奈何，词人的命运又何尝能由自己做主呢？据传苏轼“绝爱此词尾两句，自书于扇云：‘少游已矣！虽万人何赎！’”（见惠洪《冷斋夜话》）黄庭坚等也极称赏此词。秦观的悲慨，引起了有共同遭遇的师友们的共鸣。

浣溪沙

漠漠轻寒上小楼，晓阴无赖似穷秋[1]，淡烟流水画屏幽。　自在飞花轻似梦，无边丝雨细如愁。宝帘闲挂小银钩。

注释

〔1〕漠漠：广漠而无声。无赖：无聊，憎恨之词。穷秋：晚秋。

解读

这首词所抒发的情感十分含蓄隐约，词人不做直接抒发，而是通过不断迭变的画面委婉透露。那是一种时光流逝、情人离去、春来无聊的无奈“闲愁”，形象的画面给人以广阔的想象空间。这首词以抒情的轻灵流畅、清婉幽雅见长。全词没有一处用重笔，没有痛苦的呐喊，没有深情的倾诉，没有放纵自我的豪兴，没有沉湎往事的不堪。只有对自然界“漠漠轻寒”的细微感受，对“晓阴无赖”的敏锐体察，对“淡烟流水”之画屏的无限感触。词人所抒发的到底是怎样一种情感呢？下片首两句以新颖精巧、自然得体的对偶句做了回答：“自在飞花轻似梦，无边丝雨细如愁。”这里将两组意象牵连到一起：“飞花”与“梦”，“丝雨”与“愁”。经过词人的妙喻连接，我们才发现“春梦了无痕”，“梦”确实有“飞花”般的轻扬飘忽的特征，转瞬即逝；莫名的“闲愁”也确实如同迷迷蒙蒙的“丝雨”，来势不是那么凶猛，却是无休无止，无处不在。两组意象之间又共同具有轻巧凄迷的特征。将极其抽象的情感用非常形象的画面做表达，秦观是十分成功的。末句“宝帘闲挂小银钩”又是一幅画面，那是抒情主人公居住的环境，与前面的情景融为一体，在百无聊赖的情景中，思绪悠悠，淡淡的幽怨不断地从中渗透出来。以这首词所抒发的轻灵的情感来推测，应该作于前期。周济说：“少游意在含蓄，如花初胎，故少重笔。”(《宋四家词选目录序论》)便特别意识到秦观词的轻灵之柔美。。

如梦令

遥夜沉沉如水，风紧驿亭深闭[1]。梦破鼠窥灯，霜送晓寒侵被[2]。无寐，无寐，门外马嘶人起。

注释

〔1〕驿亭：古代设在官道旁供官员和差役歇息、换马的馆所。

〔2〕梦破：梦醒。

解读

这首词写旅途中夜宿驿亭的凄苦情境，反映了长途跋涉的艰辛。词中对此并无一语直接申诉，而是借助所描绘的客观形象表达出来的。头两句虽也写出了驿站中的环境特点和气氛：长夜漫漫，北风凄厉，驿门紧闭。在这样的环境与处境之中，一种“幽闭”感自然而生。这也一定是一个无眠的长夜，词人才能敏感地捕捉到这一切。下文再接以“梦破鼠窥灯，霜送晓寒侵被”两句，整首词便立即活跃了起来。读者眼前仿佛出现了这样的画面：青灯一盏，荧荧如豆，无所忌惮的老鼠直竖起全身，用骨碌碌的小眼睛在窥视着那半死不活的灯焰。这阴暗的小生物映衬着词人此时的心境，是灰沉沉的，阴森森的。就是这种恶劣的心情使词人从残梦中惊醒过来，上面的描写即是梦醒后的所见所闻。五更的寒气袭人，似乎一直渗透到词人内心。他对此又无可奈何，于是便掩紧薄衾，睁大双眼，直到“马嘶人起”。新的一天开始了，等待着词人的又是一整天的长途奔波，每日所经历的苦痛又要周而复始了。没有经过多次贬谪、没有遍尝旅途中各种况味的人，是无论如何也写不出这样的词作来的。

虞美人

碧桃天上栽和露，不是凡花数[1]。乱山深处水萦回，可惜一枝如画、为谁开[2]？　　轻寒细雨情何限？不道春难管。为君沉醉又何妨？只怕酒醒时候、断人肠！

注释

〔1〕“碧桃”句：相传西王母所种的仙桃，三千年一结果，食之长寿。

〔2〕萦回：环绕。

解读

这首词里透露出词人自我赏识、自我怜惜的情感，“天上”的“碧桃”与人间的词人已经浑然一体。这株孤寂地栽在“乱山深处”、美丽“如画”地绽放而无人欣赏爱惜、且要承受“轻寒细雨”侵袭的“碧桃”，不就是词人空负一身才华而不得所用、反而一再被贬远去、经受了仕途上的许多风风雨雨的象征吗？至此，读者就可以理解词人为什么不惜“沉醉”，为什么“酒醒时候断人肠”了，他是为自我身世而落泪、而沉醉、而断肠！“将身世之感打并入艳情”，“身世之感”才是词人情感的落实之处，“艳情”之类往往成为词人抒情的背景烘托。这种沉湎于自我的“纯情”，出之以幻想或理想之笔时，作品就显得更加奕奕生辉。

好事近

梦中作

春路雨添花，花动一山春色。行到小溪深处，有黄鹂千百。　飞云当面化龙蛇，天矫转空碧[1]。醉卧古藤阴下，了不知南北[2]。

注释

〔1〕夭矫：屈伸自如、轻盈飞动的样子。

〔2〕了不知：全不知。

解读

在这首词中，梦的境界被写得绚丽多彩而又奇幻迷惘。梦中词人是欢快的：春雨润物，小溪潺潺，满山花色，黄鹂鸣啭；梦中词人又是凄迷的：飞云幻化，龙蛇夭矫，心惊胆战，不知所措。只有在梦境中情景与情绪才会有如此巨大的瞬息转变，“笔势飞舞”（陈廷焯《别调集》卷一），令人叹为观止。梦是现实情感的延续，上片中出现的梦境是词人所渴望的，下片中出现的梦境是词人所现实遭受的。结尾“醉卧”两句，才点明上述一切都是梦中幻境。这首词写于被贬处州期间，词中所流露的依然是一种自我怜惜、自我怨苦的情感。这首词因此深深地打动了秦观的友人，黄庭坚跋此词说："少游醉卧古藤下，谁与愁眉唱一杯？"

减字木兰花

天涯旧恨，独自凄凉人不问。欲见回肠[1]，断尽金炉小篆香[2]。　黛娥长敛[3]，任是春风吹不展。困倚危楼，过尽飞鸿字字愁。

注释

〔1〕回肠：内心痛苦辗转，比喻离愁不解。

〔2〕篆香：篆文盘香。宋·洪刍《香谱》："近世尚奇者作香，篆其文，准十二辰，分一百刻，凡燃一昼夜而已。"

〔3〕黛娥：指女子的娥眉。黛，用来画眉的青黑色颜料。

解读

词人写己身天涯流落、万里思归之情苦，却用代闺中抒情的方式表达。上阕虽用女子口吻，但仍然更多地写出游子飘零不归的凄凉寂寞。心中的愁苦辗转纠缠，如篆文盘香，令人愁肠寸断。下阕写女子的倚楼盼归。娥眉紧锁，即使"东风"吹拂也无用。每日因思念而眺望，目送"飞鸿"，所带来的都是失望与忧伤。秦观擅长通过身边的细小景物，将思恋之愁绪含蓄深长地表达出来。

阮郎归

湘天风雨破寒初[1]，深沉庭院虚。丽谯吹罢《小单于》[2]，迢迢清夜徂[3]。　乡梦断，旅魂孤，峥嵘岁又除[4]。衡阳犹有雁传书[5]，郴阳和雁无[6]。

注释

〔1〕湘天：指湘江流域。

〔2〕丽谯：指城门楼。小单于：曲调名。

〔3〕徂：到，往。

〔4〕峥嵘：凛冽。指岁末的严寒。

〔5〕“衡阳”句：相传大雁迁徙，至衡阳回雁峰而止，不再南飞，遇春而回。回雁峰在衡阳城南，为衡山七十二峰之一。

〔6〕郴阳：地名，今湖南郴县，秦观晚年贬官于此地。

解读

贬谪后词人要忍受旅途的孤寂，无法摆脱愁苦的缠绕。秦观始终不能像老师苏轼那样洒脱，一直在痛苦中沉沦下去。这首词是这种情绪的典型表达。在凄风寒雨的湘江之傍，庭院寥落空寂，远处传来《小单于》凄苦幽怨的乐声，贬官飘零的词人已经难以抵御这般折磨了。下阕用递进法写乡思。岁末酷寒，旅途更添煎熬，思乡之情不可遏制。“衡阳犹有雁传书，郴阳和雁无”，递进一层，写愁苦已极，归去无望。宋徽宗《燕山亭》说：“怎不思量，除梦里、有时曾去。无据。和梦也、有时不做。”也是用此递进法结尾。

赵令畤

赵令畤（1051—1134），字景贶，又字德麟，自号聊复翁，又好藏六居士。太祖次子燕王德昭之后。元祐六年（1091）签书颍州公事，与知州苏轼交往甚密。党争再起，坐与苏轼交通，罚金入党籍。南渡后袭封安定郡王，卒赠开府仪同三司。有《聊复集》，清人评其词“清超绝俗”。

蝶恋花

卷絮风头寒欲尽，坠粉飘香，日日红成阵。新酒又添残酒困，今春不减前春恨。　蝶去莺飞无处问，隔水高楼，望断双鱼信[1]。恼乱横波秋一寸，斜阳只与黄昏近。

注释

〔1〕双鱼：古代木制的装书信的信函，用两块木板合成，中间放书信，刻成鱼形。汉乐府《饮马长城窟行》：“客从远方来，遗我双鲤鱼。呼儿烹鲤鱼，中有尺素书。”

解读

春末愁怨，因思念远人而导致。这是词人作品的一个常见主题。这首词在平平淡淡中说来，渐见深情。柳絮翻飞，落红“成阵”，“坠粉飘香”，面对又一年的大好春光的流逝，词人将心中的离苦从容说出。“新酒”二句，说明这样的离愁由来已久，且不因时间的流逝而消减。对行人的思恋是铭心刻骨的，所谓“每到春来，惆怅还依旧”。如此一来，只能期待书信传递双方的消息，慰藉极度的相思。哪知“蝶去莺飞无处问，隔水高楼，望断双鱼信”。蝶莺无情，不管离人思念之苦；高楼远望，又不见“双鱼”信来。在“斜阳黄昏”的暗淡中，闺人只有寂寞地忍受相思的煎熬。

清平乐

春风依旧，着意隋堤柳[1]。搓得鹅儿黄欲就[2]，天气清明时候。　去年紫陌青门，今宵雨魄云魂。断送一生憔悴，只消几个黄昏？

注释

〔1〕隋堤柳：隋炀帝游历江南，开凿大运河，在河两岸大堤上种柳，故称。

〔2〕搓：揉搓。鹅儿黄：指柳色。

辑评

明·李攀龙：“对景伤春，至‘断送一生’语，最为悲切。”（《草堂诗余隽引》）

解读

用平淡语写深挚情，是这首词的特色。清明时春风吹拂，柳条飘黄，去年的思绪依然纠缠着闺人。回想起“去年紫陌青门”，两人忍痛分手。从那时起，痛苦就纠缠着闺人。尤其是风雨飘摇时，就情更难以堪。“雨魄云魂”，同时也暗用巫山云雨的典故，以回味相聚时的甜美。结尾淡淡二句，却又深情无限。情苦至此，恐怕难以消磨几个黄昏，淡语中含悲苦意味。明王世贞《艺苑卮言》评论说：“‘断送一生憔悴，只消几个黄昏？’此恒语之有情者也。”

贺 铸

贺铸（1052—1125），字方回。原籍会稽山阴（今浙江绍兴），生长卫州（今河南汲县），出身贵族。17岁到汴京便因恩荫入仕，授右班殿值、监军器库门。后调外地任武职。40岁时经李清臣、苏轼等推荐才改入文阶，为承直郎。徽宗时通判泗州（今江苏盱眙东北）、大平州（今安徽当涂）等地。依然与苏门弟子黄庭坚、李之仪等保持频繁来往，且对现实保持一种不合作的态度。因为对仕途前景的彻底失望，大观三年（1109）贺铸58岁时就以承议郎提前致仕，居苏州、常州等地，自号庆湖遗老。政和元年（1111）以荐起，宣和元年（1119）再致仕。曾自编词集为《东山乐府》，今存《东山词》二百八十余首。

半死桐[1]

重过阊门万事非，同来何事不同归[2]？梧桐半死清霜后，头白鸳鸯失伴飞[3]。　原上草，露初晞，旧栖新垅两依依[4]。空床卧听南窗雨，谁复挑灯夜补衣！

注释

〔1〕半死桐：贺铸多数词都以作品中的关键词语作为题目，而将原来的词调名作为副标题附在后面。“半死桐”就得名于词中第三句。以下作品题名的做法与此相同，不再重复注释。

〔2〕阊门：苏州城西面的城门，这里代指苏州城。

〔3〕梧桐半死：比喻夫妻中已有一人去世。词中指逝世的妻子。古人将

枝叶繁茂、相互连接的连理梧桐喻作恩爱夫妇，所以，用“梧桐半死”来比喻夫妻中一死一存。白居易《为薛台悼亡诗》：“半死梧桐老病身。”鸳鸯：比喻恩爱夫妇。

〔4〕“原上草”二句：比喻死亡。晞（xī 西），干。乐府古辞《薤露》：“薤上露，何易晞。露晞明朝更复落，人死一去何时归？”旧栖：妻子旧日居住过的地方。新垅：新近埋葬了亡妻的坟墓。垅，坟墓。依依：恋恋不舍的样子。

解读

这是一首怀念去世妻子的悼亡词。贺铸中年以后曾多次路过或客居苏州，前一次是与妻子赵氏一起来的，后一次却已经是孤身一人。重过苏州城时，词人不禁百感交集，对亡妻的思念之情汹涌而来。《半死桐》就是这种夫妻深情的款款流露。词人随着情感的触发、思绪的飞越、景物的转移，缓缓诉说隐藏于心底的永远无法抹去的苦痛。这里，虽然没有悲伤的呐喊，或者是声嘶力竭的哭泣，但是，这一份铭心刻骨的哀痛在慢慢的揭示过程中，依然有着震撼人心的艺术感染力。所有的外界景物，都是随着词人的情感转移而变化。词人重到苏州城，除了妻子已经去世以外，其余的景物应该是与上次所见的相同。然而，词人的情绪改变了，便感觉到周围的一切也都不一样了。作品就是在“万事非”的痛苦回忆的基调下层层展开的。词人连用“梧桐半死”、“头白鸳鸯失伴”的比喻，写自己的孤独寂苦和对亡妻的思恋。这种夫妻深情，是在平日里琐琐碎碎的生活细事中积累而成的，所以，任何细微的生活小事都能触动这一份刻骨的思念和痛苦。歌词结尾时选择“谁复挑灯夜补衣”的生活细节做扪心自问，既是对这一份点滴累积而成的情感的言简意赅的归纳，也是对这一份愁断心肠的痛苦的解释。词人与妻子共同生活的日日夜夜里有多少这样值得留恋、回味的细节呢？面对这一切无时无处不在的令人凄苦难耐的外在情景，词人又怎么能从痛苦中自拔呢？这就是这首短词所一言难尽的含蓄之处，它同样留给读者回味无穷的艺术想象空间。多年的夫妻生活，平实无华，既没有少年的浪漫，也没有新婚的醉迷。但是，平实无华的背后却蕴涵着真情。与这样的生活情景相适应，这首词的最大特点就是平实无华。词人用朴素的语言、具体的细节、写实的手法，诉说感人肺腑的真挚情感。宋代恋情词绝大多数是写给歌伎类婚姻之外的情人的，倾诉对妻子之深情的作品，如同凤毛麟角。在北宋，也只有苏轼的《江城子》（“十年生死两茫茫”）与之相臻美了。

杵声齐

砧面莹，杵声齐[1]，捣就征衣泪墨题。寄到玉关应万里，戍人犹在玉关西[2]。

夜如年

斜月下，北风前，万杵千砧捣欲穿[3]。不为捣衣勤不睡，破除今夜夜如年[4]。

注释

〔1〕砧（zhēn真）：古代用来捣衣的石头。莹，光洁的样子。杵（chǔ楚）：捣衣的木槌。

〔2〕玉关：玉门关，在今甘肃敦煌附近，北宋时属西夏。这里泛指边塞。戍人：守卫边疆的将士，即捣衣女子的丈夫。

〔3〕捣欲穿：捣衣的次数过于频繁，以至捣衣石也快要被捣穿了。

〔4〕破除：度过。夜如年：长夜难熬，漫长如年。

解读

闺妇思边的题材在诗歌中是常见的，从《诗经》、汉乐府到唐诗，都有大量的思边之作流传下来。不过，在宋词中，类似题材却极为罕见。最初，宋词流行于花前月下的酒宴之间，由红袖佳人娇声曼唱，以侑酒取乐，这种生活圈子离征人思妇太遥远了。进入歌词的女主人公大都是秦楼楚馆的歌伎舞女。当这种创作方式积累成习惯以后，思妇们就很难在歌词中找到立足之地了。贺铸写了一组思边的《捣练子》，在宋词中就显得格外新颖独特。这组词流传到今天的还有六首（其中一首残缺），《砧面莹》是其中之一。思妇关心远在边塞丈夫的起居冷暖，捣征衣、做征衣、寄征衣，就寄托了她们一腔的热情和满腹的思恋。边疆战事频繁，多家征人远戍他乡，以至一片捣衣声整齐响起。战争带来的妻离子散，不仅给闺妇以无穷的痛苦，也成为一个严重的社会问题。我们不由联想起李白的名句“长安一片月，万家捣衣声”。北宋中后期，与西北的西夏及羌人接二连三地发生战争冲突，北宋部队战斗力太弱，只得以军队的数量取胜，这便造成了众多家庭的分离。贺铸的思边词就接触到这个社会问题。长期分离所带来的痛苦，折磨得思妇时时以泪洗面，这泪水都是相思之情的倾诉。更令思妇难堪的是她们甚至根本不知道远戍边塞的征人究竟身在何方，捣就征衣以后也不知道该寄到何处。一肚子的关怀思念之情无由诉说、无处表达，当然更不知道征人的生死存亡，还有什么事情比这更令人牵肠挂肚的呢？“戍人犹在玉关西”，将思妇的痛苦引向无限。俞陛云《唐五代两宋词选释》将这句与“却望并州是故乡”、“行人更在青山外”相提并论，认为有“更行更远”之意贺铸小令虽短，却也总是包蕴着丰富的内涵。

第二首写一个简单乏味的捣衣动作。到了擅长运用生活细节表现人物情感的词人手中，是如此的变化无穷。捣衣，已经不是单纯的做好征衣、寄予丈夫的妻子的贤惠表现，妻子又何尝不是借此重复单调的动作以消磨孤独寂寞的无聊时光？白天，可以在忙碌中暂时遗忘对远人的思念和因此生发出来的痛苦。到了夜晚，辗转失眠，所有的痛苦都涌上心头，闺妇真的不知道如何打发这漫漫长夜。与其躺在床上受折磨，不如起床寻找一点事情做做，既可消磨时光，又可缓解痛苦。这种痛苦是因为征人远戍他乡引起的，所以，闺妇就借“捣衣”的动作以寄思念之情，以排解内心的愁苦。捣衣明明是为了征人，忽然之间，就转为思妇为自身消除痛苦的一种方式。否则，明知征衣无由寄达，何苦还是这样执着地捣呀捣呢？在进一步，这种捣衣动作真的能排解思妇的愁苦吗？恐怕是事与愿违，适得其反。这样的捣衣动作和痛苦，思妇已经经历了无数次，明知无效，还是一再重复，根本的原因就是内心思念之情的根深蒂固。只要征人不归来，思妇也就心甘情愿地在这简单的“捣衣”动作的重复中，日复一日地自我折磨下去。表面上是“捣欲穿”的石头，事实上则是一颗破碎的心灵。归根结底，这“捣衣”动作还是为了征人。如此反反复复，一个“捣衣”动作中蕴涵了多少丰富的情感。

陌上郎

生查子

西津海鹘船[1]，径度沧江雨。双舻本无情，鸦轧如人语[2]。　挥金陌上郎，化石山头妇[3]。何物系君心，三岁扶床女[4]。

注释

〔1〕西津：西面的渡口。海鹘（hú湖）船：一种快捷的舟船，像迅速飞过的猛鹘，故称。鹘，老鹰。

〔2〕鸦轧：舟船行驶时桨与橹发出的声响。

〔3〕挥金陌上郎：用《秋胡行》的故事。刘向《列女传》记载：鲁国的秋胡新婚才五日便外出做官，五年后回到家乡。在将要到家的路途中，看见路旁有一位采桑的美女，就下车拿金子引诱她，被对方坚决拒绝。秋胡到家以后，派人将他的妻子叫来，原来就是刚才那位采桑女。他的妻子不屑于丈夫的卑污行为，因此投河自尽。挥金，挥金如土。陌上郎，指秋胡。用来比喻对爱情不忠贞的丈夫。化石山头妇：古代有许多“望夫石”的民间传说。据说因丈夫长期在外，妻子思念至极，久久伫立山头眺望，以至化身为石。比喻对爱情忠贞不渝的妻子。刘禹锡《望夫山》：“终日望夫夫不归，化为孤石苦相思。”

〔4〕扶床女：指幼小的女儿，还需要扶床行走。

解读

宋代男性词人喜欢代女子抒发恋情别思，所谓“以男子作闺音”。但他们所替代的女性往往是青楼歌伎。贺铸这首词替闺中孤独的妻子抒情，形式上类似上面的思边词，内容上却有很大的变化，从单纯的思恋转变为无奈的牵挂、无声的谴责。这样的题材及表述方式，在宋词中是独一无二的。上阙是写丈夫离别时的情景。这一幕给思妇留下刻骨的思念与苦痛，所以，时时地这一幕会在她的眼前具体而细致地重现出来。分别的时刻是那么短暂，舟船迅捷而去，根本不容人再做片刻的留恋。事实上这是离人的一种心理感受，即使是再无情的丈夫，长期离家时也难免有所依恋，一步三回头。在孤独被遗留在家中的妻子的眼中，无论离别的舟船是如何地行驶缓慢，依然显得太匆忙、太迅捷了。这种特殊的心理感受被牢牢地固定在思妇的脑海中，每次回想起来，几乎幻变为真实的情景。分手的痛苦非言语所能表达，剩下的只有两人默默相对，默默告别。而“鸦轧”难听的橹桨声，却仿佛在代人诉说离别的愁苦，如果离人能开口说话的话，声音也一定是这样不悦耳的。在无声的画面中插入有声的情景，相互衬托，就是词人表达时的技巧。下阕由思恋转为怨恨与谴责。对丈夫最了解的是妻子，她能够清晰地想象出丈夫不愿归家的真实原因，无非是在他乡惹花沾草，移情别恋。女子从一而终的封建伦理教条束缚她只能苦苦地等待这负心的丈夫，这样的思恋就转变为一种下意识的无奈的行为。在“陌上郎”与“山头妇”的强烈情感反差对比中，对丈夫的怨恨与谴责尽在其中。悲伤的妻子知道无法挽回变心的丈夫，只能寄希望于小儿女，希望丈夫对幼女还有一份记挂，因此能回家看看。这是多么可悲可怜的场景，也是古代妇女的共同的生活与社会之悲剧。贺铸在小词中能接触到如此重大的社会问题，显示了他平日对现实的关切，他的胸襟与视野的开阔。在苏轼之后，贺铸词的题材又有了进一步的开拓。

芳心苦

踏莎行

杨柳回塘，鸳鸯别浦，绿萍涨断莲舟路[1]。断无蜂蝶慕幽香，红衣脱尽芳心苦[2]。　返照迎潮，行云带雨，依依似与骚人语[3]。当年不肯嫁春风，无端却被秋风误[4]。

注释

〔1〕别浦：江河的支流入水口。“绿萍”句：指荷花的绿叶长得十分茂盛，遮盖了水面，以至采莲小舟也无路可通。

〔2〕幽香：指荷花散发出来的淡淡的清香。“红衣”句：指荷花凋零殆尽

之后，只剩下苦味的莲心。红衣，红色的荷花花瓣。

［3］返照：西下的夕照。行云带雨：用巫山神女的故事。宋玉《高唐赋序》载：楚王游玩高唐，曾遇见巫山神女，自献其身。离别时说："妾在巫山之阳，高丘之阻，旦为朝云，暮为行雨，朝朝暮暮，阳台之下。"后来以此典故喻指男女之间的艳情事。骚人：原来指屈原。屈原作《离骚》，故称。后用来泛指诗人。

［4］"当年"二句：多数花卉是在春暮凋零，荷花则枯萎在秋天里。韩偓《寄恨》："莲花不肯嫁春风。"

解读

这是一首咏物词，所咏的对象是荷花，其中却寄寓了词人的品格和志向。词作一开始就设置了一个十分幽美的环境：曲曲水塘，杨柳遮掩，送别渡口，鸳鸯双飞。这是一个特定的送别环境，词人似乎是在依照传统的手法写离情别思。然而，词人面对长满水塘、"涨断莲舟路"的"绿萍"，笔锋陡转，吟诵起被满塘绿萍所衬托出来的亭亭的荷花。荷花淡香清幽，不招蜂惹蝶；花瓣凋零，芳心犹存。傍晚时刻，在微风中轻摇，似乎在对人们诉说着什么。她是在怨恨"西风"的无情，还是在叹息自己华年的流逝？其中有那么一份不甘心，也有那么一份自赏清高。唐末五代以来，歌词喜欢描写美女，并以精美的环境作为烘托。这与《离骚》常常用香草美人以喻忠贞的比兴手法暗合。但是，词人只是在叙说自己的享乐生活，并无更多或更深的含义。北宋词人或者在词中别有喻托，也写得似有似无，缥缈不可捉摸。贺铸由于生平的独特经历，是北宋词人中第一位自觉地运用《离骚》深邃的比兴手法的作家。《芳心苦》的表层次是咏荷花，但是，词人成功地运用了拟人手法，将其转化为一位洁身自好、不慕容华的美人形象：她甘愿深居独处、不为世闻，甘愿洗尽秾华、清苦自任，甘愿独持节操、孤芳自赏。词中直接拈出"骚人"形象，道明词人旨归。全词书写草木零落、美人迟暮的感慨，纵深层次则是词人政治理想幻灭后生活情操的写照。词人的人格情操物化成荷花形象，这样的比兴手法运用，是典型的《离骚》作风。贺铸的类似作品，给南宋词人以极大的启发，他们将贺铸词与《离骚》相提并论。姜夔、张炎等人的作风，就是在一定程度上承袭且发展了贺铸词的比兴手法。

行路难

缚虎手，悬河口，车如鸡栖马如狗[1]。白纶巾，扑黄尘，不知我辈可是蓬蒿人[2]！衰兰送客咸阳道，天若有情天亦老[3]。作雷颠，不论钱，谁问旗亭美酒斗十千[4]？　　酌大斗，更为寿，青鬓常青古无有[5]。笑嫣然，舞翩然，当垆秦女十五语如弦[6]。遗音能记秋风曲，事去千年犹恨促[7]。揽流光，系扶桑，争耐愁来一日却为长[8]。

注释

〔1〕缚虎手：用三国吕布的故事。据《后汉书》记载：吕布为曹操活捉，被捆缚得紧紧的，便要求刘备为自己说情，对刘备说："绳缚我急，独不可一言邪？"曹操笑着回答说："缚虎不得不急。"这里比喻能够擒敌报国的仁人志士。悬河口：口若悬河，指有出色的辩才。《世说新语·赏誉》："王太尉云：郭子玄语议如悬河写水，注而不竭。"韩愈《石鼓歌》："愿借辩口如悬河。""车如"句：《后汉书·陈蕃传》载：东汉朱震，字伯厚，做官刚直敢言，不怕得罪权贵。最初任州从事时，上疏弹劾济阴太守单匡，并且连及单匡的兄弟中常侍车骑将军单超。恒帝逮捕了单匡，且斥责单超，单超于是到狱谢罪。因此，当时谚语说："车如鸡栖马如狗，疾恶如风朱伯厚。"朱震为官低微，不能乘坐高车大马，所以，谚语"车如鸡栖马如狗"来做比喻。这里是指自己为官卑下。

〔2〕白纶巾：古代通常是超尘脱俗的隐士的服饰，也用来喻指着装人的高洁。扑黄尘：指为官卑下，风尘仆仆，东奔西走。"不知"句：李白《南陵别儿童入京》："仰天大笑出门去，我辈岂是蓬蒿人。"可是，岂是。蓬蒿人，隐居不做官的人。汉赵岐《三辅决录》："张仲蔚，平陵人也，与同郡魏景卿俱隐身不仕，所居蓬蒿没人。"

〔3〕"衰兰"二句：用李贺《金铜仙人辞汉歌》："衰兰送客咸阳道，天若有情天亦老。"

〔4〕"作雷颠"二句：雷颠，指东汉雷义。雷义做官时曾经救过一位死罪

囚徒，此人后来以黄金二斤作为谢礼，雷义坚决不接受。那人就将金子偷偷地留在雷义家。雷义家修理房屋时才发现金子，送金人已经去世，雷义便将金子交给官府。地方刺史曾经向朝廷荐举雷义，雷义则相让给陈重，刺史不听，雷义就装疯逃走，不接受荐举。颠，疯子。旗亭：古代商贸集市中的亭楼。美酒斗十千：曹植《名都篇》："归来宴平乐，美酒斗十千。"

〔5〕"青鬓"句：唐韩琮《春愁》："金乌长飞玉兔走，青鬓长青古无有。"

〔6〕笑嫣然：宋玉《登徒子好色赋》："嫣然一笑，惑阳城，迷下蔡。"嫣然，形容笑得美好的样子。"当垆"句：《史记·司马相如列传》载：卓文君随司马相如私奔到临邛，变卖车骑，买回一酒舍，让卓文君当垆卖酒。垆，卖酒的地方，累土为垆，用来置放酒瓮。汉辛延年《羽林郎》："胡姬年十五，春日独当垆。"韩琮《春愁》："秦娥十六语如弦。"

〔7〕"遗音"句：《乐府诗集》卷八《秋风辞》解题引《汉武帝故事》说：汉武帝行幸河东，祭祀后土，与群臣饮酒，回顾京都，心情欢快，作《秋风辞》，歌曰："秋风起兮白云飞，草木黄落兮雁南归……欢乐极兮哀情多，少壮几时兮奈老何？""事去"句：唐李益《同崔邠登鹳雀楼》："事去千年犹恨速。"

〔8〕扶桑：古代神话中海外的大桑树，据说太阳从这里升起。后用来代指太阳。"争耐"句：唐李益《同崔邠登鹳雀楼》："愁来一日即为长。"

解读

贺铸出仕以后，先任武职，再改任文职，文武兼通，自视甚高。从前一首《芳心苦》中也可以体会到贺铸的傲气与骨气。所以，贺铸为官正直，不怕得罪权贵。然贺铸却一辈子沉抑下僚，大材小用，被迫提前致仕。才不得用、志不得抒的愤懑郁积于胸，不时地要喷泄出来，化作痛苦的呐喊与无奈的牢骚。这首《行路难》是这种愤懑的集中喷发。词人认为自己论武则能"缚虎"，论文则口若悬河，却过着穷愁潦倒的生活。风尘仆仆，奔走于浊世间，不得舒展才能，空有报国凌云志。在内心极度苦痛的折磨下，词人便欲大杯喝酒，与歌女舞伎为伍，在酣饮与声色中消磨愁苦。词人企图借助这些表层次的手段来解除痛苦当然是徒劳的，酒醒人散之后又怎么办呢？即使在故作放浪形骸之时，内心的痛苦依然要不时地翻腾上来。所以，词的结尾转为对时光无端流逝的愁恨。功业未立，逝者如斯，词人恨不得能拖住匆匆流逝的岁月的脚步；愁苦纠缠，无法打发一天的光阴，词人又感觉到时光的漫长，不知如何消磨。词人就是在这样焦灼矛盾中度日如年。这首词完全摆脱了花前月下的脂粉气，直抒胸臆，内心的痛苦滔滔而来，不可断绝。贺铸写诗，注重“气出于言外，浩然不可屈”。这种作诗观念明显也渗透到词的创作之中，《行路难》就是一次很好的实践。自苏轼开创率意抒情的方式，逐渐在改变着北宋词人喜欢代女子抒情的“代言体”的写作方式。然在北宋后期紧紧追随苏轼，并将其大量付诸创作实践的只有贺铸。这首词在用前人成句或隐括前贤语意方面，流畅自然，充分显示了贺铸词善于驱使他人语词为自己所用的特征。这一点，也是北宋后期词的一个共同语言特征，而以贺铸与周邦彦最为出色。

凌歊[1]

铜人捧露盘引

控沧江[2]，排青嶂[3]，燕台凉[4]。驻彩仗[5]，乐未渠央[6]。岩花磴蔓[7]，妒千门、珠翠倚新妆[8]。舞闲歌悄[9]，恨风流、不管余香[10]。　繁华梦，惊俄顷[11]；佳丽地[12]，指苍茫。寄一笑、何与兴亡！赖使君、相对两胡床[13]。缓调清管[14]，更为侬、三弄斜阳[15]。

注释

〔1〕凌歊：钟振振先生《东山词校注》考证此调名应作“凌歊引”。凌歊台，在安徽当涂县西北五里的黄山上。据《太平寰宇记》卷一百零五《江南西道》载：“(南朝)宋凌歊台，周回五里一百步，高四十丈，石碑见存。”

〔2〕沧江：长江。凌歊台面临长江。

〔3〕青嶂：青山。排，推。

〔4〕燕台凉：即“燕凉台”，因词中需要叶韵而倒文。燕，通“宴”。凉台，指凌歊台。

〔5〕彩仗：即仪仗。

〔6〕乐未渠央：曹植《元会》：“乐哉未央。”渠，通“遽”，急。

〔7〕磴蔓：爬满石头台阶的藤蔓。磴（deng邓），石头的台阶。

〔8〕千门：指宫殿。《史记·汉武本纪》："于是作建章宫，度为千门万户。"珠翠：女子的装饰，用来代指美人。倚新妆：李白《清平调词》三首其二："借问汉宫谁得似，可怜飞燕倚新妆。"

〔9〕舞闲歌悄：往日的繁华歌舞已经消失。

〔10〕风流：指六朝的遗风流韵。

〔11〕俄顷：时间很短，突然间。

〔12〕佳丽地：指江南好地方。谢朓《齐随王鼓吹曲入朝曲》："江南佳丽地，金陵帝王州。"

〔13〕使君：指州郡长官。汉代称州刺史为使君。胡床，一种可以折叠的轻便坐具。

〔14〕清管：凄清的管乐器声。

〔15〕三弄斜阳：用东晋桓伊的故事。《世说新语·任诞》记载：王子猷乘舟行路，途遇桓伊，时桓伊在岸上。王子猷与桓伊不相识，但已经听说桓伊善吹笛，便托人传话，邀桓伊吹奏。桓伊也素闻王子猷的名声，便下车踞胡床，"作三调"，奏罢，客主不交谈一句，分手离去。三弄：奏乐三曲。唐李郢《江上逢羽林王将军》："唯有桓伊江上笛，卧吹三弄送残阳。"

解读

此词为登临怀古之作。词人登上凌歊台，面对永远不变的滚滚流逝的长江和耸立江边的巍峨青山，对比足下荒凉破败的六朝古迹，古今盛衰兴亡之悲慨油然而生。当年，这里也曾经是"彩仗"招扬、"珠翠"满目、"千门"罗列、载歌载舞的寻欢作乐的场所，何曾几时已经变作眼前"岩花蹬蔓"的荒凉萧条和"舞闲歌悄"的寂寞冷清。"风流"已逝，繁华不再，古今沧桑，物是人非，这种巨大的历史更变引起了词人沉重的叹息。六朝至今，仿佛只有匆匆的顷刻时间，词人伫立在凌歊台上，思绪纷纷。"寄一笑"，由叹古转入自身，与其说是咏史的顿悟，还不如说是平日失意郁愤蓄积的借题发挥。词人故作超脱，既然古今如梦，变化无常，自己又何苦执著追求？历史的沧桑巨变与己身功业未就的悲伤，只化作淡淡的"一笑"。所以，词人想超拔出去，过那种"量船载酒"的潇洒自在生活，与友人知音相对，清管三弄，寄托情怀。“昔人咏古咏物，隐然只是咏怀”。贺铸咏叹古迹，立足点却是现实与自身。六朝的盛衰更变为现实提供了一些什么？自己于其间又能有何作为？是词人所关心与焦虑的问题。在“惊俄顷”之余，词人当然更加为自己的岁月流逝、事业无成而焦急。这一切却都隐含在字里行间，由读者自己去品味，作品在豪迈奔放中不失含蓄沉着。焦虑之余，却化作无奈，变为故作超脱，全词也从历史悲剧转入到个人悲剧。全词从古到今，从历史到个人，一气贯注，连转而下，其行文气势深沉刚健。词中不乏秾丽的色彩，凄楚的色调，却全部被行文的气势熔铸到苍凉悲慨的基调中，组成一个浑然整体。

横塘路

凌波不过横塘路[1]，但目送、芳尘去[2]。锦瑟华年谁与度[3]？月桥花榭，琐窗朱户，只有春知处[4]。　飞云冉冉蘅皋暮，彩笔新题断肠句[5]。试问闲愁都几许[6]？一川烟草，满城风絮，梅子黄时雨[7]。

注释

〔1〕横塘：在苏州城外。龚明之《中吴纪闻》卷三称：贺铸“有小筑在盘门之南十余里，地名横塘，方回往来其间，尝作《青玉案》词。”《姑苏志》卷十八《乡都》载：“横塘：去（吴）县十三里有横塘桥，风景特胜，宋贺铸有别墅在焉。”

〔2〕凌波：形容美人的步履轻盈。曹植《洛神赋》：“凌波微步，罗袜生尘。”时常用来代指美人。芳尘：美人经过时所扬起的尘土。此处依然用来代指美人。

〔3〕锦瑟华年：指大好的青春年华。李商隐《无题》：“锦瑟无端五十弦，一弦一柱思华年。”语本此处。

〔4〕花榭：花木掩映的厅堂。榭，台上的屋子。琐窗：雕花的窗子。朱户：朱红的大门。琐窗朱户，指富贵人家的深宅大院。

〔5〕冉冉（rǎn染）：缓慢流动的样子。蘅皋：长满香草的水边高地。蘅，香草名。彩笔：生花的妙笔。《南史·江淹传》载：江淹年轻时便以文章出

众闻名天下，到了晚年的时候才思逐渐枯竭。据说江淹曾留宿冶亭，梦见一人自称郭璞，此人对江淹说："吾有笔在卿处多年，可以见还。"江淹于是从怀中取出五色彩笔一枝还他。从此，江淹作诗再也没有佳句，人称"江郎才尽"。断肠句，令人痛苦断肠的诗句。

〔6〕都几许：共有多少。

〔7〕一川：满地，一片。梅子黄时雨：即梅雨，或称黄梅雨。江南古历四、五月间，阴雨连绵，此时正值梅子成熟季节，故称。

解读

《横塘路》是追恋理想中的美人、可望而不可及的那种怅惘凄愁的心灵怨歌。这首词是仅仅抒发因追求美人而不可得的失恋的痛苦，还是运用比兴手法，以美人为喻托，寄托自己因仕途坎坷、功业未立而郁积的深沉苦痛，历来有两种不同的意见。结合贺铸的生平与他的写作表达习惯，以及词中所构织的那种若实若虚、似远似近、缥缈不可捉摸的场景与情景，多数学者认为词人依然是在运用《离骚》式的深邃的比兴手法，用以喻托自己的"心志"。全词由两个相互表里的层次组成：表层次揭示美人离开词人渐渐远去，乃至完全消逝过程中词人情感的波折起伏；纵深层次则显现词人追求政治理想而终不可得只幻灭的苦痛心灵。对美人缠绵往复的情感经历了三个阶段：目送美人远去的惆怅（首二句），眷恋美人幽寂的感伤（上阕后部分），设想美人迟暮的凄苦（下阕首二句）。结处化情入景，用"怨而不怒"的微婉笔调，将难言的凄苦化解成笼天罩地的迷朦秋怨（下阕后部分）。这一连串的情感演化，还只是词人表层次的心绪纠葛。最令人目眩神迷的是表层次背后的纵深结构，它也由三个层次组成：政治理想难以实施的怅惘，制止理想不可追求的哀怨，政治理想即将幻灭的苦痛。贺铸未到中年，已经备尝了仕途坎坷的磨难、官场碰壁的辛酸，心情意绪乃至性格起了很大变化，身心两个方面都已十分疲倦。《横塘路》就是在这样的心情意绪支配下创作出来的。全词结尾处用"博喻"描述"闲愁"：化解不了的愁绪，似满地轻烟缭绕的无边青草，像满城到处随风乱舞的柳絮，如同梅雨季节无休无止的阴雨。这一连串新颖恰当的比喻，十分形象有力地刻画出词人的心态，受到时人与后人的一致高度评价。贺铸因此得名"贺梅子"，这首词也被推举为

《东山词》中的压卷之作。

子夜歌[1]

忆秦娥

三更月，中庭恰照梨花雪。梨花雪，不胜凄断，杜鹃啼血[2]。　王孙何许音尘绝？柔桑陌上吞声别[3]。吞声别，垄头流水，替人呜咽[4]。

注释

〔1〕子夜歌：东晋时流行的民歌，声情哀苦。这里借用其题。

〔2〕杜鹃啼血：杜鹃鸟，又名子规，产自蜀地。据说“日夜号深林中，口为流血。”(《尔雅·翼》卷十四《释鸟》)

〔3〕王孙：泛指离人。《楚辞·招隐士》：“王孙游兮不归。”音尘绝：音信断绝。柔桑：稚嫩的桑条。吞声：哭泣不成声。

〔4〕“垄头”二句：《三秦记》载：“陇坂，其坂九回，不知高几许，欲上者七日乃越。”关中人士登上陇坂者，往往还望故乡，悲思而歌，歌曰：“陇头流水，其声呜咽。遥望秦川，肝肠断绝。”这首民歌在南朝时流行一时。垄头，这里泛指边塞。

解读

这是一首凄苦断肠的思别词，声情的悲苦，令人不堪卒读。三更时刻，月明如昼，离人辗转难以入眠，只得步出室中，来到庭院。岂知，所见到的是如雪片般纷纷飘落的梨花，所听到的是凄厉哀绝的杜鹃啼叫。此情此景，将离人推向痛苦的颠峰。抒情主人公内心这种极度的痛苦因何而来，上阙并没有明确交代。下阙便揭示这种痛苦的根源。原来是“王孙”离去，音信毫无，叫人牵肠挂肚，思恋不已。离人的眼前，不禁闪现出送别时那最难堪的一刻。那是一个春日“柔桑”的大好季节，离人却不得不饮泣“吞声”，无语告别。在那无声的告别画面中，只有潺潺的“陇头流水”声，仿佛在替人呜咽，替人诉说离情。那一刻的痛苦，铭刻在心中，不知多少次折磨得闺人中夜起床，绕庭徘徊。今夜，又是如此一个不眠的痛苦之夜。这首词从题材到表达方式都符合传统作风：代闺中人言离情别思。但情感的抒发方式依然有所不同。宋人恋情词注重含蓄委婉，怨而不怒。贺铸却是痛快淋漓，感情喷泻而出，表现为率情自然的风貌。全词注重视听效果的描写，以此为主要手段衬托离愁，使相同的题材表现出不同的风貌。

台城游〔1〕

水调歌头

南国本潇洒，六代浸豪奢〔2〕。台城游冶，襞笺能赋属宫娃〔3〕。云观登临清夏，璧月留连长夜，吟醉送年华〔4〕。回首飞鸳瓦，却羡井中蛙〔5〕。　访乌衣，成白社，不容车〔6〕。旧时王谢，堂前双燕过谁家〔7〕？楼外河横斗挂，淮上潮平霜下，樯影落寒沙〔8〕。商女篷窗罅，犹唱后庭花〔9〕。

注释

〔1〕台城：金陵城的代称，今南京市。这里是六朝故都。《太平寰宇记》卷九十《江宁县》："台城，在钟山侧，即晋建康宫城，一名苑城。"

〔2〕南国：指江南。六代：东吴、东晋、南朝宋、齐、梁、陈，皆建都金陵。浸，逐渐。刘禹锡《金陵五题》之三《台城》："台城六代竞豪华，结绮临春事最奢。"

〔3〕游冶：沉迷于男女荒淫游乐之事。"襞笺"句：《南史·陈后主本纪》载：陈后主荒于酒色，不理政事。选宫女中美貌有文学才能者，与狎臣江总、孔范等十人，饮酒作乐。"先令八妇人襞采笺，制五言诗，十客一时继和，迟则罚酒，君臣酣饮，从夕达旦，以此为常。"襞笺：折叠笺纸。宫娃：宫女。

〔4〕璧月：圆月。喻妇人美色。《南史·张贵妃传》载：陈后主等游宴时所创制的新诗，有《玉树后庭花》、《临春乐》等，其略曰："璧月夜夜满，琼树朝朝新。"都是用来形容张贵妃等美色的。

〔5〕飞鸳瓦：喻宫殿化为灰烬。鸳瓦，宫殿上的瓦片。《三国志·魏书·方技传》：魏文帝"梦殿屋两瓦堕地，化为双鸳鸯。"这里代指宫殿。"却羡"句：

杜牧《台城曲》之一："谁怜容足地，却羡井中蛙。"《南史·陈后主本纪》载：隋军攻破陈宫城后，陈后主与张贵妃等逃入井中，被活捉。

〔6〕乌衣：即金陵乌衣巷。《景定建康志》卷十六《街巷》："乌衣巷，在秦淮南。晋南渡，王谢诸名族居此，时谓其子弟为'乌衣诸郎'。今城南长干寺北有小巷曰乌衣，去朱雀桥不远。"白社：喻贫寒者居住的地方。《晋书·董京传》载：董京至洛阳，"常宿白社中，时乞于市。"不容车：指街巷狭窄。

〔7〕"旧时王谢"二句：刘禹锡《金陵五题》之二《乌衣巷》："旧时王谢堂前燕，飞入寻常百姓家。"

〔8〕河横斗挂：银河横斜，北斗下垂。秋日夜深时，银河自东南至西北横斜于天，北斗之柄指北，下垂若挂。淮：指秦淮河。寒沙：杜牧《夜泊秦淮》："烟笼寒水夜笼沙，夜泊秦淮近酒家。"樯（qiáng墙）：帆船上挂风帆的桅杆。

〔9〕"商女"二句：杜牧《夜泊秦淮》："商女不知亡国恨，隔江犹唱后庭花。"后庭花，《玉树后庭花》曲，陈后主等制，辞曰："玉树后庭花，花开不复久。"时人以为不祥之兆。罅（xià下），缝隙。

解读

吟咏六朝古迹，是唐宋人诗歌中经常出现的一个题材，但在北宋词中并不多见。贺铸之前只有张昇《离亭燕》、王安石《桂枝香》等寥寥几首，贺铸此词可与张昇、王安石鼎足而三。六朝走马灯似的朝代更换，给后人留下了许多值得思索的问题。总结历史经验教训，后人一致认为六代帝王都是由于荒淫奢侈亡国。唐宋人的诗词，也都是从这个角度入手，怀古感今的。贺铸此词上阕以陈后主奢靡生活为吟咏对象，将他豪华奢丽的生活与沦为阶下囚的悲惨结局作对比，警示后人。下阕从怀古回到现实。眼前古迹历历可寻，然六朝沉痛的教训似乎已经完全被时人所忘记，秦淮河旁，商女再度唱起了《玉树后庭花》之类的亡国靡靡之音。这正是词人所关注与焦虑的，也是此词创作的意图之所在。北宋后期，帝王生活愈益奢华，贺铸咏史，便是对现实有感而发。《凌歊》怀古，因登临流览引起，故重在写景。《台城游》怀古则因故都引发，故重在写事。侧重点不同，却有异曲同工之妙。

清平乐

厌厌别酒[1]，更执纤纤手。指似归期庭下柳[2]，一叶西风前后[3]。　无端不系孤舟[4]，载将多少离愁[5]。又是十分明月[6]，照人两处登楼。

注释

〔1〕厌厌：烦恼、愁苦的样子，通“恹恹”。

〔2〕指似：指点，指示。归期：回家的日期。

〔3〕一叶西风：《淮南子·说山》：“以小明大，见一落叶，而知岁之将暮。”唐李子卿《听秋虫赋》：“时不与兮岁不留，一叶落兮天地秋。”

〔4〕无端：没有理由。

〔5〕“载将”句：郑文宝《柳枝词》：“不管烟波与风雨，载将离恨过江南。”

〔6〕十分明月：满月。十分，满。

解读

送别的一刹那，时间是十分短暂的，难舍难分的恋人却在此时有千百种感受、千万种回味。写好这将别未别的一瞬间，最能说明双方感情的纠葛和投入。情人离去，设宴相送，这是十分平常的，不平常的是被感情所折磨的双方在这特定环境中的情感体验。贺铸改变以往词人代对方抒情、“男子作闺音”的表达方式，直抒胸臆。饮酒是为了助兴，但送别的酒恐怕喝得一杯比一杯败兴，所谓“酒入愁肠，化作相思泪”。此时，不借此酒消愁，又有什么更好排遣愁苦的方式呢？被离愁所缠绕的恋人在送别之际，就处在这样一种矛盾的情景之中。默默地执手相送，抵得上千言万语，况且，即使开口说个不停，又能表达出多少离愁相思？“此时无声胜有声”的场面，更具艺术感染力。未分手先定归期，届时恐怕身不由己，依然是一句空言。用舟船载愁的形象比喻，用明月照应两地相思的双方，通过不同的抒情手段将内心的愁苦揭示出来，新颖别致。后来李清照说“只恐双溪舴艋舟，载不动，许多愁”，也是受到贺铸类似构思的启发。

减字浣溪沙

鼓动城头啼暮鸦[1]，过云时送雨些些[2]，嫩凉如水透窗纱。　弄影西厢侵户月，分香东畔拂墙花[3]，此时相望抵天涯[4]。

注释

〔1〕鼓动：躁动，骚动。

〔2〕些些：少量，一点。

〔3〕“弄影”二句：化用元稹《会真记》莺莺赠张生诗：“待月西厢下，迎风户半开。拂墙花影动，疑是玉人来。”

〔4〕“此时”句：李商隐《无题》(闻道阊门萼绿华)：“昔年相望抵天涯。”

解读

别离相思是宋词中的一个常见题材，能结合周围具体景物，刻画自己此时此刻的特定心情，同中求异，显示出词人独特的艺术个性，这样才是一首好词。贺铸的这首词就达到了这种境界。雨后日暮，寒鸦骚动，嫩凉如水，无论是从感觉还是从听觉，都加深了离人从表到里的层层寒意。苦痛的心灵，被特定的凄凉孤寂的环境所催动，就更加令人不堪。下阕成功地化用了脍炙人口的唐人传奇故事之内容与诗意，充分调动读者的想象能力，为写离愁开辟出一番新的天地。“此时相望”是写这一刻，那么离别之后其他的时间里离人的内心活动又怎么样呢？于是，“此时相望”就可以扩展为“昔日相望”、“今后相望”，一个固定单调的动作，就可以将离人所有的心态与活动串联在一起。小令由于篇幅短小，必须在有限的空间展现无限的情感内容，贺铸的这一类佳作，都能“含不尽之意见之于言外”。

天门谣

牛渚天门险[1]，限南北、七雄豪占[2]。清雾敛[3]，与闲人登览。　待月上潮平波滟滟[4]，塞管轻吹新阿滥[5]。风满槛，历历数、西州更点[6]。

注释

〔1〕牛渚天门：即安徽省当涂县的牛渚山与天门山。《太平寰宇记》卷一百零五《当涂县》："牛渚山，在县北三十五里，突出江中，谓为牛渚圻，古津渡处也。"又："天门山，在县西南三十里。有二山夹大江，东曰博望，西曰天门。"也有说两山隔江相对如门，古称天门山。

〔2〕七雄豪占：指历史上有众多英雄人物在此占据为王。

〔3〕敛：收敛，散开。

〔4〕滟滟：水光。

〔5〕塞管：笛子。阿滥：笛曲。王灼《碧鸡漫志》卷四《阿滥堆》："《中朝故事》：骊山多飞禽，明阿滥堆。明皇御玉笛采其声，翻为曲子名，左右皆传唱之，播于远近，人竞以笛吹之。故张祜诗云：'红树萧萧阁半开，玉皇曾幸此宫来。至今风俗骊山下，村笛犹吹阿滥堆。'"

〔6〕西州：地名，在今南京附近。更点：后半夜时间。古人计时，将一夜分成五更，点则是指计时器更漏所滴之水，古人又将每一更分成五点。

解读

这是贺铸登采石娥眉亭览景所作。贺铸另有《娥眉亭记》，言采石镇临江有牛渚矶，"矶上绝壁嵌空，与天门相直"，"状如娥眉"。当地太守吕公希于其上重修娥眉亭。竣工后，在此设宴待客，贺铸躬逢盛会，为之作记，并作此词。开篇写登临所见，突出牛渚、天门险峻无比的独特风光。长江天险，自古豪杰必争之地，词人以"七雄豪占"一笔带过，既为所咏之景灌注了厚实的历史内涵，又从侧面烘托了此地陡峭峥嵘的风貌。当轻雾散尽，游人从容不迫地登临游览，以极闲暇、极恬静的心境面对如此险峻且有过惊天动地历史的景色风物，其中蕴涵着一段斗转星移的历史沧桑更变，更衬托出今日的太平盛世及百姓的安居乐业。这是作为太守的座中客必须迎合的。不过，贺铸说来如此不露痕迹，又显示出高超的写作技巧。下阙沿着这种思路继续发展，写在这种极度闲暇的心境中的所见所闻。天堑长江也是波光粼粼，变得祥和宁静，衬托出一轮圆润的明月冉冉升起。塞管轻吹，更点遥闻，只能使今夜显得更加静谧安详。以这样的心态去观赏险峻的风光，并不随之心潮澎湃激荡，这在古人的览景之作中也比较少见。

六州歌头

少年侠气，交结五都雄[1]。肝胆洞，毛发耸[2]。立谈中，死生同。一诺千金重。推翘勇，矜豪纵[3]。轻盖拥，联飞鞚，斗城东[4]。轰饮酒垆，春色浮寒瓮，吸海垂虹[5]。间呼鹰嗾犬，白羽摘雕弓，狡穴俄空[6]。乐匆匆[7]。　似黄粱梦[8]。辞丹凤，明月共，漾孤篷[9]。官冗从，怀倥偬，落尘笼[10]。薄书丛[11]。鹖弁如云众，供粗用，忽奇功[12]。笳鼓动，渔阳弄，思悲翁[13]。不请长缨，系取天骄种，剑吼西风[14]。恨登山临水，手寄七弦桐，目送归鸿[15]！

注释

〔1〕五都：五个大都市。此处泛指北宋各大都市。

〔2〕肝胆洞：待人十分真诚，肝胆照人。洞，洞察，透彻可见。毛发耸：有血性，富于正义感。耸，耸立。

〔3〕推翘勇：公认特别勇敢。推，公认，推举。翘，突出于一般之中。矜豪纵：以豪放不羁自负。矜，自负。

〔4〕轻盖拥：车马随从很多。盖，车盖，代指车子。联飞鞚：联镳并驰。鞚（kòng控），有嚼口的马络头。飞鞚，指快马。斗城：汉代长安城的别称，这里代指北宋都城汴京。

〔5〕轰饮：狂饮。春色：指酒。唐吕岩《七言》：“杖头春色一壶酒。”瓮：这里指酒坛子。吸海垂虹：形容饮酒如同长鲸吸海，似垂虹深饮。

〔6〕呼鹰嗾犬：指打猎活动。鹰与犬都是打猎的助手。嗾（sǒu叟）：指使狗的声音。白羽摘雕弓：弯弓射箭。白羽，箭名。摘，取。狡穴俄空：狡

诈的猎物的巢穴，很快被猎取一空。俄，片刻。

〔7〕乐匆匆：极一时之乐。匆匆，急遽的样子。

〔8〕黄粱梦：指过去的美好生活似一枕黄粱美梦。唐沈既济《枕中记》载：卢生居邯郸旅舍，遇一道士，授其枕头，卢生倚枕入睡。睡梦中经历了荣华富贵，直至老死。梦醒，店主人所煮的黄粱饭还未熟。

〔9〕丹凤：指京城，唐代长安有丹凤门。漾孤篷：孤舟漂泊。漾，漂浮。篷，篷舟。

〔10〕冗从：闲散的侍卫官。倥偬（kōng zǒng 恐总）：匆忙，急迫。尘笼：尘世庸俗的官场。

〔11〕簿书丛：指陷入繁重的文书事务。

〔12〕鹖弁（hé biàn 和变）：指低级武官。鹖弁，插有鹖鸟羽毛的武官的帽子。

〔13〕"笳鼓"二句：指边塞发生战争。用白居易《长恨歌》"渔阳鞞鼓动地来"诗意。笳鼓动，指战争爆发了。渔阳弄：古曲名。思悲翁：自伤年老体衰。汉乐府《铙歌》中有《思悲翁》曲。

〔14〕"不请"二句：《汉书·终军传》：终军"自请愿受长缨，必羁南越王而致之阙下"。后世称自己请求参军杀敌为请缨。系：捆缚。天骄种：指入侵之敌。《汉书·匈奴传》："胡者，天之骄子。"

〔15〕七弦桐：七弦琴。

解读

这是一首自叙身世的词作，词中抒发了词人积极用世之意志和热忱报国之激情，以及失意后的愤懑与牢骚。上阕回顾生平。词人少年时期侠气凌云，肝胆照人，热血沸腾，重然诺，轻生死，广泛结交英雄豪杰，在同辈中也是豪迈过人、骁勇著名的。那时所过的生活自在适意，狂放不羁，轰轰烈烈。友人们联辔奔驰，车马簇拥，开怀痛饮，追逐猎物。以此个性、胸怀、气度、才能、作为，用之于为国家建功立业，词人自信应该是成绩非凡、前程远大的。上阕反复烘托突出的、隐藏于字里行间的就是词人这种报国志向，词人对未来充满着希望。但是，词人无论如何也想象不到理想与现实有那么大的距离，少年的美好愿望只是一枕黄粱。下阕转而写今日的理想破灭。进入仕途后，词人只是一名低级武官，沉抑下僚，羁宦千里，到处漂泊，被繁杂无聊的事务所纠缠，供人驱使，庸碌无为，才能无所用，志向成为一句空话。当年满怀豪气的少年也蜕变为眼前自伤身世的“悲翁”。即使如此，词人依然心有不甘，将满腔的热情与愤恨，寄托于琴弦，在眺目鸿雁的翱翔中，遥想自己应有的风光，悲慨今日的沦落。贯穿于全词的是一种报国无门、含恨终生的愤恨与痛苦。《六州歌头》用赋体抒情。词人叙述了今昔两种不同的生活方式与态度，在反差强烈的对比中，内心的感情喷薄而出，转化为慷慨激昂的主旋律。《六州歌头》来自边地，其短促有力的句式、铿锵高昂的音调，都十分吻合贺铸之特殊心境与情绪的表达。全词气势磅礴，可与苏轼的豪放佳作臻美。与《横塘路》、《石州引》等相比，发现贺铸不仅创作风格多样，而且每类风格的作品中都有脍炙人口的上乘之作，这在两宋期间是极为罕见的。

石州引

薄雨初寒，斜照弄晴，春意空阔。长亭柳色才黄，远客一枝先折[1]。烟横水际，映带几点归鸦，东风销尽龙沙雪[2]。还记出关来，恰而今时节。　将发，画楼芳酒，红泪清歌，顿成轻别[3]。回首经年，杳杳音尘多绝[4]。欲知方寸，共有几许清愁[5]？芭蕉不展丁香结[6]。枉望断天涯，两厌厌风月[7]！

注释

〔1〕“长亭”二句：汉代长安城外霸桥多种柳树，离人送别至此，有折柳赠远的风俗。

〔2〕龙沙：泛指北方边塞的荒寒之地。《后汉书·班超传赞》：“咫尺龙沙。”李贤注：“白龙堆沙漠也。”

〔3〕红泪：女子所流悲伤的眼泪。晋王嘉《拾遗记》卷七载：魏文帝宫人薛灵芸，离家进宫时，泪别父母，“以玉唾壶承泪，壶则红色。既发常山，及至京师，壶中泪凝如血。”顿：突然间。轻别：轻易的离别。

〔4〕经年：过了一年又一年。

〔5〕方寸：寸心，心。几许：多少。

〔6〕“芭蕉”句：李商隐《代赠》：“芭蕉不展丁香结，同向春风各自愁。”这句喻愁眉不解，愁怀难开。

〔7〕厌厌：烦恼、愁苦的样子，通“恹恹”。风月：景色。

解读

赠妓送别，是一个普通的话题。贺铸这首词则通过情景的设置、氛围的渲染、细节的描述、典故的运用，给读者以新的艺术享受。初春季节，寒意袭人，夕阳黯淡，轻烟迷蒙，归鸦聒噪。就是在这样一个凄冷、阴暗、愁苦的傍晚，词人不得不踏上“出关”的旅途，再度奔波流离。与佳人分手时的悲悲切切，因环境与景物的烘托而更加令人难堪。临别时“红泪清歌”的依依不舍之细节，便让词人念念不忘、回味无穷。岂知分手之后，事与愿违，迟迟不得归来相聚，而且由于路途遥远，音信也无由寄达。满腹的思念苦痛，如芭蕉不展，丁香愁结。这种苦痛，是离别的双方所共同体验的。可以想象，离人天涯各一方，面对各自的景色，心境将完全是一样的。全词从结构上先写漂流天涯的己身，再过渡到在“画楼”中苦苦等待的佳人，结尾则一笔照应双方，依据时间的线索则又为今——昔——今。这种回环的慢词结构方式，是北宋后期词人对柳永以来的歌词的一种共同发展贡献。这首词又以极其雅丽的语言，渲染出一种极其凄清的氛围，描述一种极其悲苦的心境，卓立于同类作品之中。

小梅花〔1〕

思前别，记时节，美人颜色如花发。美人归，天一涯，娟娟姮娥，三五满还亏〔2〕。翠眉蝉鬓生离绝，遥望青楼心欲绝〔3〕。梦中寻，卧巫云，觉来珠泪，滴向湘水深〔4〕。　愁无已，奏绿绮，历历高山与流水〔5〕。妙通神，绝知音，不知暮雨朝云何山岑〔6〕？相思无计堪相比，珠箔雕阑几千里。漏将分，月窗明，一夜梅花忽开、疑是君〔7〕。

注释

〔1〕这首词隐括唐卢仝《有所思》：“当时我醉美人家，美人颜色娇如花。

今日美人弃我去，青楼朱箔天之涯。娟娟姮娥月，三五二八圆又缺。翠眉蝉鬓生别离，一望不见心断绝。心断绝，几千里。梦中醉卧巫山云，觉来泪滴湘江水。湘江两岸花木深，美人不见愁人心。含愁更奏绿绮琴，调高弦绝无知音。美人兮美人，不知为暮雨兮朝云？相思一夜梅花发，忽到窗前疑是君。”

〔2〕娟娟：明媚美好的样子。姮娥，嫦娥，代指月亮。《淮南子·览冥》：“羿请不死之药于西王母，姮娥窃以奔月。”三五：十五日。

〔3〕翠眉：《古今注》卷下《杂注》：“魏宫人好画长眉，今多作翠眉。”蝉鬓，《古今注》卷下《杂注》：“魏文帝宫人绝所爱者有莫琼树……乃制蝉鬓，缥缈如蝉。”青楼：女子居住的地方。后来常常用来指歌伎的居所。

〔4〕巫云：用《高唐赋》巫山神女故事。“觉来”二句：唐陈羽《湘妃怨》：“二妃哭处湘水深。”

〔5〕绿绮：古琴名。据说司马相如有琴名绿绮，后用作琴的通称。高山与流水：《吕氏春秋·本味》载：钟子期听伯牙鼓琴，能理解伯牙意在泰山或流水。后以此典形容知音。

〔6〕暮雨朝云：用《高唐赋》巫山神女故事。

〔7〕漏：古代计时器。

解读

隐括前人的诗意，化为己身所有，且显得自然妥帖，无斧凿痕迹，比自铸新词、自创新意还难，因为这是“戴着镣铐跳舞”，由不得作者随心所欲地发挥。贺铸这首词却完成了这样高难度的动作。词人用唐诗现成的诗意与诗语，重新组合排列，表现了自己与“美人”离别之后魂牵梦绕的思念之情。词人从刻骨铭心的分别那一刻说起，写到别后的不尽相思，或梦中几度相见，醒来更添苦痛；或将情思寄予琴声，又因身边没有知音而索然无味。经隐括改写，保持了原诗脱口而出、平易流畅的风格，又在长短节奏的更变中，增加了一种吞吐难言的含蓄，使作品的情感经过几度波折，更加令人回味。他人言艳情，风格都偏于柔弱委婉，贺铸此词则转为雄健激昂，与《六州歌头》有相通之处。联系词人有用“美人”比喻心志的写作习惯，这首词大约也有所喻指，故词中充溢着一股磊落不平之气。诗意虽然并不新鲜，但经过重新组织，语意与语气仍然一气贯注，且有一定新意，显示了词人写作的高超技巧。这种隐括的写作方法，是北宋后期词人喜欢化用前贤语意、语句的一个登峰造极的表现。

仲殊

仲殊，俗姓张，名挥，安州（今湖北安陆）人。曾举进士，后出家为僧，住苏州承天寺、杭州吴山宝月寺。与苏轼友善。崇宁中自缢。有《宝月集》，存词近五十首。

南歌子

十里青山远，潮平路带沙。数声啼鸟怨年华[1]，又是凄凉时候在天涯！

白露收残月，清风散晓霞[2]。绿杨堤畔问荷花：记得年时沽酒那人家[3]？

注释

〔1〕年华：时光。

〔2〕白露：二十四节气之一，在夏秋之交。

〔3〕沽：买酒。

解读

旅途奔波之作，仲殊有清新凄怨的独到表达。潮平路宽，青山送迎，本应该是赏心悦目的。然而，在漂泊天涯的凄苦的行人眼中，都化为怨恨。哪怕是春天里的啼鸟声，也在声声诉说内心的怨苦。其实，这是词人情感的外化。困顿劳累的行人，不禁回忆起当年沽酒行乐的人家。那一份温馨与眼前形成强烈对比。这首词景色鲜明清丽，语意流畅通达。因此也化解了离人的怨苦，使全词读来并不沉闷。作为和尚，仲殊一点也没有超脱尘俗世界。他所体会到的，是世俗的烦恼愁苦。这在僧侣诗作中是比较特殊的。

踏莎行

浓润侵衣，暗香飘砌。雨中花色添憔悴。凤鞋湿透立多时，不言不语恹恹地。　眉上新愁，手中文字，因何不倩鳞鸿寄[1]。想伊只诉薄情人，官中谁管闲公事[2]。

注释

〔1〕倩：请。鳞鸿：鱼雁。古代传说鱼雁能够传信。

〔2〕伊：第二人称代词。

解读

作为一位和尚，仲殊似乎并没有摆脱尘俗。他对男女艳情描写得如此细腻真切，其中恐怕有自己的一份切身体验。这首词写一位离别后苦苦相思的女子。她在落花缤纷、雨色蒙蒙的暮春时节，“不言不语”地伫立多时，呆呆出神。下片才回答了这位女子如此举动的原因。原来是思念“薄情人”所至，更令人不堪的是连片言只语的音信也没有。气愤之下，这位女子异想天开，准备将“薄情人”诉上公堂，当然没有官府会管此闲事。写艳情相思，构思新颖，使仲殊之作别具一格。前人说“僧仲殊好作艳词”（明陈霆《渚山堂词话》卷二），即指此而言。

诉衷情

宝月山作

清波门外拥轻衣[1]，杨花相送飞。西湖又还春晚，水树乱莺啼。　闲院宇，小帘帏，晚初归。钟声已过，篆香才点，月到门时[2]。

注释

〔1〕清波门：杭州古城门，在西湖边。

〔2〕篆香：制作成篆字形状的香。

解读

即使读者不曾到过杭州宝月山，但是，只要读过这首词，便不约而同地会认为这是天生的好言语，读之使人有身临其境般的亲切感受。词中的语言没有明确的情感指向性，没有直抒胸臆，只见静谧的庭院，小小的帷帘，晚霞照拂着归途，钟声在耳边飘逝远去，篆香刚刚点燃，月光照射着寺院的山门。还有什么？没有了。表面上，词中的情感很淡，不过是客观景物的描绘而已。但实际并不这么简单，词人对宝月山，对整个西湖及其周边所有一切都充满深深的爱恋，只是经过佛家排拒“执着”这一修养的过滤，因而在令人神往的美好境界中呈现出一种少有的澄爽空灵。

陈师道

陈师道（1052—1102），字无己（一字履常），号后山，徐州彭城（今江苏徐州）人。早年从曾巩学文，后见知于苏轼，名列“苏门六君子”。元祐中经苏轼等人推荐，起为徐州教授，改教授颍州。罢归。元符三年（1100）召为秘书省正字。存词49首。

菩萨蛮

七夕

行云过尽星河烂，炉烟未断蛛丝满。想得两眉颦，停针忆远人。　河桥知有路[1]，不解留郎住。天上隔年期，人间长别离[2]。

注释

〔1〕河桥：指银河上的鹊桥。

〔2〕隔年期：相隔一年的会面日期。

解读

这首词咏七夕牛郎与织女的故事，词中的“七夕”只不过是一个遥远的背景，只是触发词中“停针忆远人”的一个契机而已。“七夕”，主要是被用来贬斥人间的不幸：“天上隔年期，人间长别离。”尽管天上的牛郎、织女被分隔在银河两岸，但他们还可以隔年相会一次，而人间却连“隔年期”都难以得到。全词以抒情为主，几乎没有什么景物的描写。风格近似其诗，感情寓于理智的分析和判断之中。

菩萨蛮

清词丽句前朝曲，使君借与灯前读。读罢已三更，寒窗雨打声。　应怜诗客老，要使情怀好。犹有解歌人，尊前未得听。

解读

写阅读词曲的审美感受，在宋词里是罕见的。词人首先是对其“清词丽句”发生兴趣，这完全是一副审美的眼光。其次，“前朝曲”居然有如此深的魅力，吸引词人一直阅读到“三更”，可见其所抒发的真情实感也是十分动人的。词人没有直接写“前朝曲”的内容，“寒窗雨打声”，隐约道明词曲所抒发的一定是一种凄寒孤苦的情感。下片由此写对自身的怜惜。阅读“前朝曲”所引发的悲感，回荡到己身，对自己眼下的衰老、困顿感慨良多。词人并不明说，只是约略点出。这首词写得极其含蓄淡约。

晁补之

晁补之（1053—1110），字无咎，济州巨野（今山东巨野）人。年十七随父赴杭州，谒通判苏轼，自此受知于苏轼。宋神宗元丰二年（1079）进士，授澶州司户参军。元祐中曾任太学正、秘书省正字，迁校书郎，以秘阁校理出判扬州。苏轼由颍州移知扬州，晁补之“以门弟子佐守”。召还为著作佐郎。绍圣中坐元祐党贬监处州、信州酒税监。徽宗即位，召为吏部员外郎，礼部郎中。崇宁元年（1102）再入党籍，免官回乡闲居，建“归来园”，自号“归来子”。晚年再度起用，任泗州知州，到任不久病卒。有《晁氏琴趣外编》六卷。

摸鱼儿

东皋寓居〔1〕

买陂塘、旋栽杨柳，依稀淮岸江浦〔2〕。东皋喜雨新痕涨，沙嘴鹭来鸥聚〔3〕。堪爱处，最好是、一川夜月光流渚。无人独舞。任翠幄张天，柔茵藉地，酒尽未能去〔4〕。　　青绫被，莫忆金闺独步〔5〕。儒冠曾把身误〔6〕。弓刀千骑成何事？荒了邵平瓜圃〔7〕。君试觑，满青镜、星星鬓影今如许。功名浪语〔8〕。便似得班超，封侯万里，归计恐迟暮〔9〕。

注释

〔1〕东皋：晁补之被罢职后，于故里东山葺东皋归来园，以为隐居处所。

〔2〕陂塘：池塘。旋：立即。

〔3〕沙嘴：伸向水中的沙地。

〔4〕翠幄：像帏帐似的垂柳。茵：古代车子上的垫子。这里指绿草。

〔5〕青绫被：汉制，尚书郎入值，由公家供给青缣白绫被。这里借指当年为官生涯。金闺：即金马门，汉代学士起草文稿的地方。

〔6〕“儒冠”句：语本杜甫《奉赠韦左丞二十二韵》：“儒冠多误身。”

〔7〕邵平瓜圃：邵平为秦朝东陵侯，秦亡，隐居长安东城种瓜。传说其瓜有五色，味甜美，时称东陵瓜。

〔8〕浪语：空话。

〔9〕班超：东汉名将。少为书佣，投笔从戎。后使西域立功勋，封定远侯。从塞外回来时已71岁，不久死去。

解读

晁补之晚年隐居东皋，虽然偶尔还有“儒冠曾把身误”、“功名浪语”的愤激语，但是，总体上已经从仕途的失意中超脱出来，他是最能苏轼“旷达”真味的苏门弟子。所以，上阕以轻快流利的词笔描绘东皋景致的清新明丽、优美恬静。在江淮、陂堂的环绕之间，杨柳成荫，鸥鹭无猜，嘉雨新痕，夜月清光，“翠幄”“柔茵”上下辉映，一片澄澈。置身其间，宛如仙境般的美好。下阕是对往事的回顾叹息，用以反衬今日隐居之欢乐。词人用邵平瓜圃、班超封侯的典故做对比，自云“归计恐迟暮”，还是无奈语。不过，词人已经从被贬的悲苦中解脱出来，寄情于洁身自好的生活，悠然忘机。心胸之豁达坦荡，直逼东坡。《艺概》卷四《词曲概》评价说：“无咎词堂庑特大。人知辛稼轩《摸鱼儿》‘更能消几番风雨’一阕，为后来名家所竞效，其实辛词所本，即无咎《摸鱼儿》‘买陂塘旋栽杨柳’之波澜也。”

盐角儿

亳社观梅

开时似雪，谢时似雪，花中奇绝。香非在蕊，香非在萼，骨中香彻。
占溪风，留溪月，堪羞损、山桃如血。直饶更、疏疏淡淡，终有一般情别。

解读

这是一首咏梅词。词人重在写梅花的神韵、品格，以为自己所向往人格的写照。梅花的特点之一是傲雪开放，不怕苦寒，在恶劣的环境中独自生存；特点之二是幽香彻骨，而不是来自表面的花蕊或花萼，这是一种与生俱来的超尘脱俗，是无法被后天环境所浸染、改变的。面对艳丽的山桃，洁白的梅花以其坚贞、傲岸、清高、幽香而独领风骚，虽然开得“疏疏淡淡”，在词人的眼中却占尽风光，别具情致。

张　耒

张耒（1054—1114），字文潜，号柯山，祖籍亳州谯县（今安徽亳县），生长于楚州淮阴（今江苏淮阴）。“苏门四学士”之一。熙宁六年（1073）进士及第，授临淮主簿。元祐初召试学士院，授秘书省正字，累迁起居舍人。绍圣初谪监黄州酒税，再贬竟陵郡酒税。徽宗即位，起为黄州通判，历知兖州、颍州、汝州。崇宁初入元祐党籍，贬房州别驾，黄州安置。有《张右史文集》，存词六首。

风流子

木叶亭皋下[1]，重阳近，又是捣衣秋。奈愁入庾肠，老侵潘鬓，谩簪黄菊，花也应羞[2]。楚天晚，白苹烟尽处，红蓼水边头。芳草有情，夕阳无语，雁横南浦，人倚西楼。　　玉容知安否？香笺共锦字，两处悠悠[3]。空恨碧云离合，青鸟沉浮[4]。向风前懊恼，芳心一点；寸眉两叶，禁甚闲愁？情到不堪言处，分付东流。

注释

〔1〕亭皋：水边平地。

〔2〕庾肠：指庾信愁肠。南朝庾信初仕梁，使西魏被留北方，时常思念故乡，多在诗文中表达。后以此典泛指愁肠。潘鬓：西晋潘岳《秋兴赋序》：“余春秋三十有二，始见二毛。”二毛，指头发黑白二色相间。后以“潘鬓”指早生白发或早衰易老。谩：不经意。

〔3〕锦字：妻子或情人的书信。前秦秦州刺史窦滔被徙流沙，其妻苏氏思之，织锦为回文旋图诗寄之。

〔4〕青鸟：神话中西王母的使者，后人因称使者为青鸟。

解读

这首词写伤秋伤别之情。依据词中所叙述及其语调，应该作于词人失意之晚年。上片写悲秋。将近重阳，秋色已深，落叶萧萧。词人老而有病，即使强打精神，“簪黄菊”赏秋，容颜的衰颓、心情的萧条依然与此极不相衬。词人已经没有了赏花的兴致，然却转折一层表达，说“花也应羞”。无奈中词人眺望远景，水边“白苹”“红蓼”相映，应该还是一片诱人的景色。词人则由此再度牵引出对心上人的思恋之情。词人借落叶、重阳烘托晚秋气氛，借庾肠、潘鬓，叹年华已逝，进入衰年而一事无成。“芳草”四句又转现生机，托出一线乐观景象。失意困顿之时最容易回味当年的美好时光，对离人的思念就包含着往日的一段旖旎风光，一经牵动，就不可遏制。下片因此转为抒发对“玉容”的思恋之情。分手以后总是牵肠挂肚，只能靠“香笺共锦字”传递“两处悠悠”的恋情。然“青鸟沉浮”，时时音信无凭，叫人更难寄托愁思。况且情深“不堪言”，只得“分付东流”，滔滔不绝的河水带去悠悠不断的思念。这首词抒情细腻深婉，清人万树对此格外赏识，说：“此词抑扬尽致，不板不滞，用字流转，可法真名手也。”(《词律》卷二)

周邦彦

周邦彦（1056—1121），字美成，号清真居士，有堂名“顾曲”，钱塘（今浙江杭州）人。早年疏隽，博涉百家之书。宋神宗元丰初游汴京，为太学生，因献《汴京赋》七千言，称颂熙、丰新法，得神宗赏识，被擢升为太学正。元祐年间旧党执政时期很不得志，先被出为庐州（今安徽合肥）教授，秩满转荆州（今湖北江陵），迁任溧水（今属江苏）县令。哲宗亲政，新党复得势，回京城任国子监主簿，改授秘书省正字。徽宗即位，改除校书郎，历考功员外郎，卫尉宗正少卿兼议礼局检讨。政和二年（1112）出知隆德府（今山西长治），迁知明州（今浙江宁波）。政和六年（1116）回京，拜秘书监。进徽猷阁待制，提举大晟府。不到半年，出知真定府（今河北正定），改知顺昌府（今安徽阜阳）。徙知处州（今浙江丽水），未到任，又奉祠提举南京（今河南商丘）鸿庆宫。宣和三年（1121）卒于此。有《清真集》传世，又名《片玉词》，存词206首（本集127首，补遗79首）。

瑞龙吟

章台路〔1〕。还见褪粉梅梢，试花桃树。愔愔坊陌人家，定巢燕子，归来旧处〔2〕。　黯凝伫〔3〕。因念个人痴小，乍窥门户〔4〕。侵晨浅约宫黄，障风映袖，盈盈笑语〔5〕。　前度刘郎重到，访邻寻里，同时歌舞〔6〕。唯有旧家秋娘，声价如故〔7〕。吟笺赋笔，犹记燕台句〔8〕。知谁伴，名园饮露，东城闲步？事与孤鸿去〔9〕、探春尽是，伤离意绪。官柳低金缕。归骑晚，纤纤池塘飞雨。断肠院落，一帘风絮。

注释

〔1〕章台路：汉代长安有章台街，是妓女聚居的地方。

〔2〕愔愔（yīn音）：安静的样子。坊陌：街巷。

〔3〕黯：黯然神伤。凝伫：伫立出神。

〔4〕乍窥门户：指歌伎刚刚开始倚门卖笑。宋人称妓院为门户人家。

〔5〕宫黄：古代宫人以黄粉涂额，谓之“约黄”。后来民间也仿效这种化妆。

〔6〕前度刘郎：刘禹锡被贬回京，游玄都观，作诗嘲讽朝廷新贵，再度被贬出京。经过多年挫折，刘禹锡又回到京城，作《再游玄都观》，诗中自豪地说：“种桃道士知何处，前度刘郎今又来。”这里用此典，指旧地重游。

〔7〕秋娘：唐金陵歌伎，这里代指当年与自己有过一段恋情的那位歌伎。

〔8〕燕台句：唐李商隐曾作《燕台诗》四首，洛阳女子柳枝闻之生爱慕之心。这里指自己当年曾为那位歌伎所写的诗歌。

〔9〕“事与”句：语本杜牧《题安州浮云寺楼寄湖州张郎中》：“恨如春草多，事逐孤鸿去。”

解读

此词写故地重游之恋旧伤离之愁绪。男性抒情主人公故地重游时，清晰地回忆起当年在此地艳游的经历，尤其是那位与他曾经有过一段缠绵之情的青楼坊陌风尘女子。“个人痴小”，言其娇小天真，玲珑可爱，初度接客，未失淳朴，这是一位雏妓。“乍窥门户”，既指其初涉风月场，依然有清新之感；又指其半掩门户、欲藏还露之招徕嫖客的职业手段，给人以“犹抱琵琶半遮面”的羞涩感与朦胧美感，这是最能逗引嫖客神魂荡漾之处。“浅约宫黄”，写其薄施脂粉，不掩天生丽质。“障风映袖，盈盈笑语”，写其略解风情，倚门卖笑，这是职业训练的结果。“吟笺赋笔，犹记燕台句”，用典写这位女子的知音赏诗。这样一位既美丽又多情的歌伎，词人自然也是爱慕不已，别后则常常思恋，重来时就有了物是人非的“伤离意绪”。其实，“旧家秋娘，声价如故”，便透露了伊人移情别恋的现状，以及词人被冷落遗弃之后的辛酸苦涩。词人如果不是处在失意之中，就不会有这种辛酸苦涩的笔调。

风流子

新绿小池塘，风帘动、碎影舞斜阳。羡金屋去来[1]，旧时巢燕，土花缭绕，前度莓墙。绣阁里、凤帏深几许？听得理丝簧[2]。欲说又休，虑乖芳信，未歌先咽，愁近清觞[3]。　　遥知新妆了，开朱户，应自待月西厢[4]。最苦梦魂，今宵不到伊行[5]。问甚时说与，佳音密耗，寄将秦镜，偷换韩香[6]。天便教人，霎时厮见何妨[7]。

注释

〔1〕金屋：据《汉武故事》载：汉武帝幼时回答长公主问，说："若得阿娇作妇，当作金屋贮之。"土花：指苔藓。

〔2〕丝簧：指乐器。

〔3〕乖：违约，耽误。芳信：好消息。指两情相约的消息。

〔4〕待月西厢：化用元稹《会真记》莺莺赠张生诗："待月西厢下，迎风户半开。拂墙花影动，疑是玉人来。"

〔5〕伊行（háng 杭）：她那儿。当时口语。

〔6〕秦镜：汉代秦嘉妻徐淑赠秦嘉明镜，秦嘉赋诗答谢。后以此典写男女双方情深意重，互相思念体贴。韩香：据《世说新语·惑溺》载：韩寿姿容俊美，被贾充辟为掾。贾充女儿暗中喜欢上韩寿，遂与私通，且将外国进贡、皇帝转赐其父的异香偷送给韩寿。贾充闻韩寿身上的异香而起疑心，探知真实情况后就将女儿嫁给了韩寿。

〔7〕厮见：相见。

解读

这首词写与情人分手后的苦苦思恋之情。与柳永不同，词中虽然有口语的直接运用，但整体风貌清丽雅致，吞吐含蓄。上片写徘徊于当年两人相聚、相亲之地，愁绪无限。还是当年的新绿池塘，风帘、斜阳、金屋、巢燕依旧，然而，苔藓缭绕，莓墙斑驳，萧条冷清，无复旧时歌舞盛况。对旧情的无限依恋与难以排解的忧愁自然流露。下片设想所钟情的女子也应如此思念自己：她西厢月下，开朱门盼归。愁苦无以寄托，便渴望互通音信。当然，最好是祈祷老天，让有情人得到片刻的欢聚时光。况周颐评价词中所用的口语说："此等语愈朴愈厚，愈厚愈雅，至真之情，由性灵肺腑中流出，不妨说尽而愈无尽。"(《蕙风词话》卷二)。

满庭芳

夏日溧水无想山作〔1〕

风老莺雏，雨肥梅子，午阴嘉树清圆〔2〕。地卑山近，衣润费炉烟〔3〕。人静乌鸢自乐，小桥外、新绿溅溅〔4〕。凭栏久，黄芦苦竹，拟泛九江船〔5〕。

年年，如社燕，飘流瀚海，来寄修椽〔6〕。且莫思身外，长近尊前。憔悴江南倦客，不堪听、急管繁弦〔7〕。歌筵畔，先安簟枕，容我醉时眠〔8〕。

注释

〔1〕溧水：今属江苏。无想山：在溧水南十八里。

〔2〕清圆：树荫清凉又圆正。

〔3〕衣润费炉烟：江南空气潮湿，衣服上也都是潮气，需花费许多炉烟来熏烘。

〔4〕鸢（yuān 冤）：鸟名。

〔5〕"黄芦"二句：语本白居易《琵琶行》："住近湓江地低湿，黄芦苦竹绕宅生。"

〔6〕瀚海：原指沙漠，这里泛指遥远荒僻的地方。修椽（chuán 传）：长长的屋檐，是燕子筑巢的地方。

〔7〕急管繁弦：曲调激烈、音响繁复的音乐。

〔8〕簟（diàn 电）：竹席。

解读

词人于元祐末曾任溧水令，多少有受旧党排斥的意味，于是产生了厌倦在外地卑官微职的生活。这首词借溧水风光的描述，抒发了这种无法排遣的苦闷。上片用秀丽圆融的诗句把江南初夏的景物和低湿潮润的气候条件写得形象逼真而又细致入微。首三句点明时令，渲染初夏风光。“地卑山近”二句进一步刻画其地、其景、其事，江南梅雨季节的景色宛然入目。“人静乌鸢自乐，小桥外新绿溅溅”，加倍烘托心情的不佳。“乌鸢”的自乐与新绿的欢快，是乐者自乐、哀者自哀，与词人无法产生共鸣。末三句承此，直接爆发出近似贬谪的苦痛之情。下片写漂流之哀伤。换头以“社燕”自比，暗示生活无定，四处奔波，有寄人篱下之感。漂流身世，宦海浮沉，牢骚不平又怎能不油然而生？“且莫思身外，长近尊前”两句，笔意陡转，欲借酒驱愁。这是针对上述漂流失意而产生的无可奈何的办法，其中隐含难言之苦。然而“长近尊前”仍无济于事，原因是“憔悴江南倦客，不堪听、急管繁弦”。这三句又翻进一层，叙说饮酒听歌反而更增添心中郁闷。百般无奈，设想只有进入醉乡才能暂时忘却无尽的烦扰：“歌筵畔，先安簟枕，容我醉时眠。”难以排遣的忧愁经过几次转折，达到高潮便戛然收束。

苏幕遮

燎沉香，消溽暑[1]。鸟雀呼晴，侵晓窥檐语。叶上初阳干宿雨，水面清圆，一一风荷举。　故乡遥，何日去？家住吴门，久作长安旅[2]。五月渔郎相忆否？小楫轻舟，梦入芙蓉浦[3]。

注释

〔1〕燎：燃烧。沉香：香料名。溽暑：潮湿的暑天。

〔2〕吴门：古代吴地，包括今浙江北部与江苏南部。

〔3〕芙蓉浦：荷花塘。

解读

周邦彦早年仕途有过非常得意的时候，在太学读书之际就被破格任命为学官。这件事轰动京城，一时被传为美谈。此后，哲宗、徽宗亲政或登基以后，都曾经当面询问周邦彦，对周邦彦嘉奖不已。据此，周邦彦应该能够在仕途上很快脱颖而出。事实却不是这样。周邦彦进入官场以后，适逢新旧党争激烈，他身不由己地被卷入其中。然而，周邦彦的政治态度又不是那么鲜明，新党始终没有以他为核心人员。况且，周邦彦的才能偏于音乐与文学等艺术门类，在官场上没有太多作为。所以，他自然被排除到边缘。换句话说，周邦彦在官场中既没有大得意也没有大失意，他的心境还是比较平稳的。有一定的苦闷，但是不会太深沉；有对家乡的思念，但是不会太执着。这首咏物词表现出来的就是这样的一种心理状态。

这首词本是写作者久居汴京消夏思归之情，但却以描写荷花的风神而著称于世。上片写醒后所感、所闻、所见。“燎沉香，消溽暑”是从嗅觉和触觉两方面描述的，词人醒来时依稀闻到沉香气味依旧弥漫于室中，闷热潮湿的暑气已经消失，精神清爽。这是醒后的第一个感觉。“鸟雀呼晴”是醒后的第二个感觉，是从听觉方面来写的。溽暑消失，天气晴爽，所以鸟雀也十分活跃，从争噪的鸣声中透露出雨后新晴带来的喜悦。“侵晓窥檐语”是醒后的第三个感觉，这是从视觉方面来写的，对“呼晴”做进一步的补充。词人浏览窗外景色，首先看到的是欢快的鸟雀们映着晓色，在屋檐上望里窥视，嘈杂不停。夏日醒来，词人所有的感官感觉都格外爽朗。经过这样的铺垫，词人步出户外，看到的是“叶上初阳干宿雨，水面清圆，一一风荷举”的形象画面，赏心悦目。那一株株亭亭玉立的荷叶，仿佛是被高高地擎起，在晨风中摇曳生姿。这几句描写水荷极其生动，所以王国维在《人间词话》中赞美这几句说：“此真能得荷之神理者。”

下片写对故乡的怀念。换头两句故作推宕，词笔由实转虚，从面前的荷花想到遥远的故乡，牵引出乡愁。家乡西湖的“芙蓉浦”也将是如此秀丽宜人？“家住吴门，久作长安旅”，将空间的想象落实在两个点上：“吴门”与“长安”。“五月”三句写梦游，把孤立的空间两点进一步缩小并使之具体化。家乡的“渔郎”依稀有着自己未踏入仕途前那潇洒的身影？“梦入”一句，便把实景、梦境连成一片，眼前的“荷叶”便幻化成家乡的“芙蓉浦”。词人居住在汴京，虽然对家乡有丝丝缕缕的挂念，但词人同样看重在汴京的仕宦生涯，留恋此间的一切，所以，词中的乡愁是很清淡的。词的侧重点落实到荷花风神的描写上，传达出一种从容雅淡、自然清新的风貌。这首词也终以写景物之传神而负盛名。

齐天乐

绿芜凋尽台城路[1]，殊乡又逢秋晚。暮雨生寒，鸣蛩劝织，深阁时闻裁剪[2]。云窗静掩。叹重拂罗裀，顿疏花簟[3]。尚有練囊，露萤清夜照书卷[4]。

荆江留滞最久，故人相望处，离思何限？渭水西风，长安落叶，空忆诗情宛转[5]。凭高眺远。正玉液新篘，蟹螯初荐[6]。醉倒山翁，但愁斜照敛[7]。

注释

〔1〕绿芜：指长得多而乱的草。台城：金陵城的代称，今南京市。

〔2〕蛩（qióng 穷）：蟋蟀。

〔3〕裀：夹衣。簟：竹席。

〔4〕"尚有"二句：典出《晋书·车胤传》：车胤好学不倦，家贫，无油点灯，夏天则用練囊装数十萤火虫以照明，夜以继日苦读。練，一种稀疏的夏布。

〔5〕"渭水"二句：语本贾岛《忆江上吴处士》"秋风吹渭水，落叶满长安。"

〔6〕玉液：美酒。篘（chōu 抽）：竹制的滤酒器。蟹螯：《世说新语·任诞》载："毕茂世云：'一手持蟹螯，一手持酒杯，拍浮酒池中，便足了一生。'"螯：蟹的前足。

〔7〕醉倒山翁：晋朝山简每置酒饮辄醉，儿童歌曰："山公出何许？往至高阳池。日日倒载归，酩酊无所知。"

解读

仕途困顿，他乡逢秋，周邦彦属于感伤类词人，于是，不免悲悲凄凄起来。"绿芜凋尽"，"暮雨生寒"，周围的环境凄神寒骨，身处异乡的词人备感不适。清陈廷焯《云韶集》评云："起只二句，便觉黯然销魂。下字用意，无不精练。沉郁苍凉，太白'西风残照'后，有嗣音矣。"以下"裁剪"声传来，勾引出对家人的无限思念，反过来陪衬眼前流落的孤寂冷清。所以，词人才有此一"叹"。"露萤清夜照书卷"成为词人摆脱寂寞、消磨时光的最好手段。羁旅凄凉中，追忆往日的友情也是一种安慰。下片便转写对"故人"的"离思”。这种思绪与旧日“诗情”结合，清雅脱俗。“凭高眺远”无用，只好借酒浇愁，“醉倒山翁”了。

少年游

并刀如水，吴盐胜雪[1]，纤手破新橙。锦幄初温，兽香不断，相对坐调笙[2]。　　低声问：“向谁行宿，城上已三更[3]。马滑霜浓，不如休去，直是少人行[4]。”

注释

〔1〕并刀：并州（今山西太原）出产的刀，以锋利著称。吴盐：指淮盐，一种优质盐。

〔2〕幄：帐幕。兽：兽形香炉。

〔3〕谁行（háng 杭）：宋代方言，犹那边。

〔4〕直是：真是。

解读

这首词写旖旎风流的恋情。上片烘托室内气氛，渲染室内的安恬静谧、纯净闲雅；下片换头“低声问”三字直贯篇终，极写对恋人的温柔体贴和婉言劝留。这首词构思别致，这主要表现在场景的布置与细节的选择上。词人没有选取离别相思之类的场面，也没有选取别后重逢惊喜的一刹那，而只是通过“并刀”“吴盐”“新橙”“锦幄”“兽香”这样一些比较简单的道具布置出一个安恬静谧的环境，然后再通过“破新橙”、“坐调笙”和“低声问”的动作以及“不如休去”的对话，表现爱恋与体贴之情。这样，就洗脱了脂腻粉浓、市尘儇薄的低俗气味，境界较为高雅。这首词的精彩部分主要是靠动作和对话表现出来的。如果没有下片“低声问，向谁行宿”诸句，就不可能含蓄宛转地表现出旖旎风流与温柔体贴的恋情。正如清代谭献在《复堂词话》中评这首词所说：“丽极而清，清极而婉，然不可忽过‘马滑霜浓’四字。”正因为这首词是靠动作和对话来表情达意的，所以词的语言也有新的特点，即提炼口语，如话家常，纯用白描，到口即消。

大酺

春雨

对宿烟收，春禽静，飞雨时鸣高屋。墙头青玉旆[1]，洗铅霜都尽，嫩梢相触。润逼琴丝，寒侵枕障，虫网吹粘帘竹[2]。邮亭无人处，听檐声不断，困眠初熟[3]。奈愁极顿惊，梦轻难记，自怜幽独。　行人归意速。最先念、流潦妨车毂[4]。怎奈向、兰成憔悴，卫玠清羸，等闲时、易伤心目[5]。未怪平阳客，双泪落、笛中哀曲[6]。况萧索、青芜国，红糁铺地，门外荆桃如菽[7]。夜游共谁秉烛[8]？

注释

〔1〕青玉旆：喻青色竹枝。旆，旗。

〔2〕润逼琴丝：指因春雨而空气潮湿，使原来绷紧的琴弦也变得松弛。

〔3〕邮亭：驿馆旅舍。

〔4〕流潦：路上流淌的积水。毂（gǔ 古）：车轮中心可以插轴的部分，代指车轮。

〔5〕兰成：庾信的小字。南朝庾信初仕梁，使西魏被留北方，时常思念故乡，愁苦憔悴。卫玠：晋人。《世说新语·容止》载："卫玠从豫章下都，人久闻其名，观都如堵墙。玠先有羸疾，体不堪劳，遂成病而死。时人谓看杀卫玠。"

〔6〕平阳客：东汉马融性好音乐，能鼓琴吹笛。独卧平阳时，听客舍笛声，不觉悲从中来，遂作《长笛赋》。

〔7〕青芜国：指杂草丛生的地方。红糁（sǎn 散）：落花。荆桃：樱桃的别称。菽：豆类。

〔8〕"夜游"句：语本李商隐《夜雨寄北》："君问归期未有期，巴山夜雨涨秋池。何当共剪西窗烛？却话巴山夜雨时。"

解读

这首词通过咏春雨写旅愁。通篇围绕着春雨做文章。首三句点题：清晨起来，"宿烟"散去，"春禽"寂静，唯有春雨飞溅声显得格外刺耳。"墙头"

三句，随视野所及之雨中青竹，补足“春雨”情态：竹枝经春雨洗涤，箨粉尽去，青翠娇嫩，枝梢在微风中相互触摸“润逼”三句转写室内，细微到个人的点滴感受。已经被“春雨”牵引出来的愁苦意态此时渐渐泛滥。“邮亭”以下六句是追溯，点明愁绪之所由来。上片隐藏在“春雨”背后的羁旅情绪，成为下片的描写重点，而“春雨”则退居为一种背景衬托。羁旅念归是人之常情，偏偏“春雨”连绵，“流潦妨车毂”。“春雨”不能给人带来一丝安慰，却反而处处给人带来困窘。青草青青，落英缤纷，樱桃如菽，是时光无情地流逝，词人备感“萧索”。今日又能与谁“秉烛”共游、“却话夜雨”呢？歌词在不尽的凄苦思绪中结束，余音袅袅。

六丑〔1〕

蔷薇谢后作

正单衣试酒，怅客里、光阴虚掷。愿春暂留，春归如过翼，一去无迹〔2〕。为问花何在？夜来风雨，葬楚宫倾国〔3〕。钗钿堕处遗香泽，乱点桃蹊，轻翻柳陌〔4〕。多情为谁追惜？但蜂媒蝶使，时叩窗槅〔5〕。　东园岑寂，渐蒙笼暗碧。静绕珍丛底，成叹息。长条故惹行客，似牵衣待话，别情无极〔6〕。残英小、强簪巾帻〔7〕。终不似、一朵钗头颤袅，向人欹侧〔8〕。漂流处、莫趁潮汐。恐断红、尚有相思字，何由见得〔9〕？

注释

〔1〕六丑：周邦彦自度曲。据周密《浩然斋雅谈》卷下载：徽宗曾问“六丑”之义，周邦彦对曰：“此犯六调，皆声之美者，然绝难歌。昔高阳氏有子六人，才而丑，故以比。”

〔2〕过翼：飞鸟。

〔3〕楚宫、倾国：都是指美人，这里喻落花。

〔4〕钗钿：喻飘落的花瓣。

〔5〕窗槅：窗格子。

〔6〕“长条”句：语本唐储光羲《蔷薇歌》：“低边绿刺已牵衣。”

〔7〕巾帻（zé）：头巾。

〔8〕颤袅：摇曳摆动。欹侧：斜倾。

〔9〕“恐断红”句：典出唐范摅《云溪友议》卷十：卢渥到长安应试，路过御花园外水沟，见一红叶，取来时发现上面有宫人所题绝句一首，诗曰“流水何太急，深宫尽日闲。殷勤谢红叶，好去到人间。”卢渥后娶得宫中遣散的女子，正是此题诗人。

解读

词题标明是咏落花，全词惜花伤春，交织着作者对美好事物遭受摧残而产生的惋惜之情，同时夹杂着词人自我身世不幸的感伤、对旧情的眷恋等复杂情感。首三句为侧面交代。词人旅居他乡，孤寂无聊，一直没有心情赏春作乐。匆匆之间到了春夏交替、“单衣试酒”的时节，才觉得白白浪费了这许多大好春光，实在可惜，因而感到惆怅、若有所失。“试酒”还有把酒惜春之意，也是词人的强自安慰与自我排遣。首三句固然没有涉及到蔷薇花落，却交代了特定的时令、词人客居的环境和怅惘凄凉的心情，从侧面引出惜春情感。词人意识到春光的流逝，就特别爱惜残留的春色。于是，就与“春”好好商量。“愿春暂留”是词人的主观愿望，要求很低。词人想借此弥补自己对大好春光的耽搁。但这要求依然是无理的，时光的流逝怎能以个人的意志为转移呢？所以，“春”并不理睬词人的恳留，反而“如过翼，一去无迹”。“春”之绝情，正反衬词人之多情。歌词已从侧面惜春转为正面惜春。春既匆匆归去，蔷薇自然难以幸免。“为问花何在”始至篇末，词笔再也没有离开“蔷薇谢后”的正题。“楚宫”、“倾国”皆以绝色美人喻蔷薇。前六句情感发展层层推进，笔势舒缓，至此忽用设问句激起情感大波澜，痛快淋漓地倾吐内心的郁积。情感的跌荡正是为了配合正题的出现。词人仍以美人比拟，展开想象：蔷薇花瓣像美人的钗钿一样散落在地上，遗留着诱人的芬芳香味，它们飘零在桃柳成荫的小路上，飞飞扬扬。这是“葬楚宫倾国”的具体化。这里视觉、听觉、嗅觉相融合，越发似真似幻，似花非花。词人用这些细节勾画出一幅春去花落的衰飒景象。“多情为谁追惜”收束一笔，以又一个的设问句激起另一次的情感波澜激荡。“多情为谁追惜”的追问，也就清楚地表明了无人怜惜花飞花落，只有蜂与蝶时时扑打着窗槅，招呼词人一起凭吊落花。无人怜惜反衬词人之情深；蜂蝶知音又从正面烘托，一反一正，揭示了词人情感的深度。

上片转换多种角度写蔷薇花落，都是多愁善感的词人心灵所展开的丰富多彩的联想。词人在室中望着户外，有所思、有所感。由于这一股惜春伤花情绪的反复纠缠，词人终于走出房门，漫步到“东园”，在花丛旁留恋不舍。从时间上说，漫长的一天也即将过尽。“暗碧”色是草木茂盛所带来的，也是黄昏的阴影所“蒙笼”上的。步入“东园”，完全证实了刚才的所思所感。花已落尽，春天的喧闹也过去了，周围只是一片“岑寂”。过片屏却一切声响之环境描写，透露出词人无限的伤心。在这一片死寂中，唯有词人孤独地绕着花丛来回，留恋徘徊，声声叹息，显得格外刺耳。这是人对花的留恋。人多情，花也一样。“长条”三句反写花对人的留恋：蔷薇伸出长长的枝条，用它的尖刺钩住行人的衣裳，好像也有一番情致缠绵的话语要诉说无限的离情。花为人留恋、惋惜的又是什么呢？结合“行人”、“别情”，不难想象，或是惋惜词人流落他乡，终生困顿；或是惋惜词人与情人离别，旧情难觅等等。实际上，这是词人惜春伤花之情返回到自身，亦花亦人，亲密无间。其实，上文全部的惜春伤花之情，处处都是自我怜惜，词人所有的愁苦都是从“怅客里、光阴虚掷”引出，至此才明确点出。“残英”以下再返回到人对花的留恋。词人偶然瞥见枝头躲过风雨摧残的残花，顺手摘取插戴，以此表达惜花、惜春的情感。此时，词人再度无限伤心地想到：如果这朵花盛开时，折取过来戴在美人头上，颤颤袅袅，该是多么美妙的一番景色！男人戴残花，这是双重的不协调，因此也无法真正排解词人心中的愁绪。至此，一种时光流逝、华年不再、良辰美景已成陈迹的无可奈何之感，洋溢于言外。园中既然除了落花别无他物，词人只能寄情于此。结尾“漂流处”五句是对落花的殷勤嘱咐，用“红叶题诗”故事。词人生怕眼前被潮水飘卷而去的落花上也题有相思诗句，那么，将无人能见这些伤心的句子了。“相思字”的典故是否又牵引出词人对旧情的怀恋呢？这一切都留给读者继续回味。

兰陵王

柳

柳阴直，烟里丝丝弄碧。隋堤上，曾见几番，拂水飘绵送行色[1]。登临望故国，谁识京华倦客？长亭路，年去岁来，应折柔条过千尺[2]。　闲寻旧踪迹，又酒趁哀弦，灯照离席。梨花榆火催寒食[3]。愁一箭风快，半篙波暖，回头迢递便数驿[4]。望人在天北。　凄恻，恨堆积。渐别浦萦回，津堠岑寂[5]。斜阳冉冉春无极。念月榭携手，露桥闻笛。沉思前事，似梦里、泪暗滴。

注释

〔1〕飘绵：飞扬的柳絮。

〔2〕“应折”句：古人有折柳赠别的习俗。

〔3〕榆火：古代在清明节取榆柳作薪煮食，名曰“换薪火”，以取一年之利。

〔4〕迢递：遥远。

〔5〕别浦：离别的水边。津堠（hòu 候）：水边的土堡，为行人守望之所。

解读

这是一首送别词，名为咏柳，实写别情，其中还寄托了作者宦途失意与身世飘零的喟叹。全词分成三片。第一片是咏柳。开头五句写景，落笔第一个字便紧扣题面，点出“柳阴”，下面又缀以一个“直”字，这就是远景。“烟里丝丝弄碧”是近景。这句用动态和色彩来描写柳丝婀娜多姿与春色的缤纷灿烂，暗示阳春烟景中猝然分别所引起的惆怅。“隋堤上”，落实了分别的地点。“曾见几番”，写次数的众多。“拂水飘绵送行色”，是全词的关键句。它从咏柳转向别情，既交待了咏柳的原因，又交待了这首词的主旨是“送行”。所谓“送行色”，也就是送行时的所见所感。事实上，词里所有的文字几乎都没有离开“送行”二字。以上五句是第一层。“登临望故国，谁识京华倦客”两句，写出了由于送别而引起的故国之思，惜别之中又揉进了宦途失意与身世飘零之感，这就使一般的别情有了鲜明的个性，并由此深化了主题。“长亭路”三句又是一层。这三句回应“柳”字，补足“倦客”，又通过“应折柔条”引出下面送别的场面。第二片写饯行。这一片可分两层：前四句是“送”，写的是饯别的场面；后四句是“行”，写的是别时的情景。第三片写别恨。先总提一笔：“凄恻，恨堆积。”它对上是总结，对下是提示。下面接着从景、情两方面分别加以补充。“渐别浦萦回”三句是写景，“念月榭携手”五句是抒情。

西河

金陵怀古

佳丽地[1]，南朝盛事谁记？山围故国，绕清江、髻鬟对起[2]。怒涛寂寞打孤城，风樯遥度天际[3]。　断崖树，犹倒倚，莫愁艇子曾系[4]。空余旧迹郁苍苍，雾沉半垒。夜深月过女墙来，伤心东望淮水[5]。　酒旗戏鼓甚处市？想依稀、王谢邻里。燕子不知何世，向寻常、巷陌人家，相对如说兴亡，斜阳里[6]。

注释

〔1〕佳丽地：语本谢朓《入朝曲》：“江南佳丽地，金陵帝王州。”南朝：自公元420年刘裕代晋至公元589年隋文帝灭陈，我国长江以南地区经历了宋、齐、梁、陈四个朝代，史称南朝。

〔2〕山围故国：语本刘禹锡《石头城》“山围故国周遭在”。髻鬟：美人头上所盘结的发形，用来形容长江两岸的青山。

〔3〕“怒涛”句：语本刘禹锡《石头城》“潮打空城寂寞回”。

〔4〕莫愁艇子：语本南朝乐府《莫愁乐》：“莫愁在何许？莫愁石城西。艇子打两桨，催送莫愁来。”今南京有莫愁湖。

〔5〕“夜深”二句：语本刘禹锡《石头城》“淮水东边旧时月，夜深还过女墙来。”女墙：古城墙顶部呈凹凸形的小墙。淮水：指秦淮河。

〔6〕“想依稀”以下五句：语本刘禹锡《乌衣巷》“旧时王谢堂前燕，飞入寻常百姓家。”

解读

这首词写金陵怀古。全篇从刘禹锡两首诗歌中化出。其一是《金陵五题·石头城》:“山围故国周遭在，潮打空城寂寞回。淮水东边旧时月，夜深还过女墙来。”其二是《金陵五题·乌衣巷》:“朱雀桥边野草花，乌衣巷口夕阳斜。旧时王谢堂前燕，飞入寻常百姓家。”全词格调苍凉，气势开阔。以沧桑变化的景色，烘托古今盛衰之感，深沉含蓄。很好地将前人的诗意融化为己有，许昂霄《词综偶评》称其 :“隐括唐诗，浑然天成。”

菩萨蛮

梅雪

银河宛转三千曲，浴凫飞鹭澄波绿[1]。何处是归舟？夕阳江上楼。　天憎梅浪发，故下封枝雪[2]。深院卷帘看，应怜江上寒。

注释

〔1〕浴凫 : 戏水的野鸭子。

〔2〕浪发 : 滥开。

解读

这首词上片写旅途，从行人角度落笔 ; 下片写闺中，从居者角度设想。羁旅愁思、情思，以双方照应之笔来写，这是很平常的。唯此词造句用语极费功力。以“银河宛转三千曲”写旅途的漫长，且喻相思的绵绵悠长以及心事的曲折缅邈，新颖别致。“何处望归舟，夕阳江上楼”，其意境从温庭筠《梦江南》“梳洗罢，独倚望江楼。过尽千帆皆不是”化出，精练含蓄。过片突发奇想，将漫天“封枝”大雪的原因归结为“天憎梅浪发”。事实上是闺中人孤独而没有赏梅心情、且无法折梅赠远之苦痛的委婉表达。周济评此二句“造语奇险”(《宋四家词选》)，词人是以奇特的想象与“造语”来表达跌荡起伏的情绪。结尾“深院”两句再转为深情宛转，哀怨至深。

绕佛阁

暗尘四敛，楼观迥出，高映孤馆。清漏将短，厌闻夜久，签声动书幔[1]。

桂华又满，闲步露草，偏爱幽远。花气清婉，望中迤逦，城阴度河岸[2]。

倦客最萧索。醉倚斜桥穿柳线，还似汴堤，虹梁横水面[3]。看浪飐春灯，舟下如箭[4]。此行重见。叹故友难逢，羁思空乱。两眉愁、向谁舒展？

注释

〔1〕签：指书签，悬在卷轴一端的书名牙签。

〔2〕迤逦：连绵不断。

〔3〕虹梁：指曲拱桥。

〔4〕飐（zhǎn 展）：风吹颤动。

解读

这是一首“双拽头”。所谓“双拽头”，即凡是三叠词而前二叠字句相同者。这首词写的是词人宦途失意、流落他乡所引起的倦客之悲与对故友的思念。第一叠写入夜以后，飞尘静止下来，佛寺的影子与词人所寄居的孤馆轮廓分明地呈现出来。更漏声渐渐短了起来，长时间听诵经之声与书签掀动经页之声令人十分生厌。第二叠交待前面所写乃是在月光之下“闲步露草”之所见所感。由于倦客思归，所以最后免不了要向远处遥望，心也随之飞向远方。第三叠“倦客最萧索”：对“双头”加以总结，然后通过“舟下如箭”引出“故友难逢，羁思空乱”的感叹。就四声、韵脚与句式长短来看，前两叠完全相同，值得指出的一点是，周邦彦在《绕佛阁》这首词里还进一步讲求四声，并富于变化。夏承焘在《论唐宋词字声之演变》中说：“《绕佛阁》之双拽头，目四声多合。”

蝶恋花

月皎惊乌栖不定，更漏将阑，轳辘[1]牵金井。唤起两眸清炯炯，泪花落枕红绵冷[2]。　　执手霜风吹鬓影，去意徊徨，别语愁难听。楼上阑干横斗柄，露寒人远鸡相应[3]。

注释

〔1〕辘轳（lì lù 立路）：一种绞轮式的汲水器。

〔2〕炯炯：两眼明亮有神的样子。绵：装枕的丝绵。

〔3〕阑干：横斜的样子。斗柄：北斗七星中四星象斗，三星象柄，故称。

解读

本篇纯写离情，出现在词中的是行者在秋季离家时那种难舍难分的情景。上片写“早行”前的情景。“月皎”三句自成一段，描写了两个完整的画面。其一，“月皎惊乌栖不定”：月光分外明亮，巢中的乌鸦误以为天明故而飞叫不定。这是从视觉与听觉两方面来写的，暗示行者与留者都被离情所苦而整夜不曾合眼。其二，“更漏将阑，辘轳牵金井”：点明天将破晓，这是从听觉方面来写的。更漏声将要滴尽，远处传来辘轳的转动声，吊桶撞击井口声，已经有人起早汲水了。正因为通宵未眠，所以才能清晰地听到晨起人们的汲水声。以上三句交待由深夜到将晓这一时间进程里即将离别双方之难舍难分的情感煎熬。“唤起”两句转写女方的悲伤，联系下句“泪花落枕红绵冷”，可见这双眼睛已被泪水洗过，通宵不眠期间时时以泪洗面。“唤起”之后仍带有泪花，故一望而“清”，再望而“炯炯”然。“清炯炯”者，非睡足后的精神焕发，是离别时的情绪紧张与全神贯注。这一句还暗中交待出这位女子的美丽，烘托出伤别气氛。“冷”字还交待出这位女子更是一夜未眠，泪水早已把枕芯湿透，连“红绵”都感到心寒意冷了。王世贞在《艺苑卮言》中说这两句“形容睡起之妙，真能动人”。下片写别时、别后。前三句写别时依依难舍之状，曲折传神。“执手”是分别时双手紧握的镜头。“霜风吹鬓影”是行者凝视女方，刻印下别前最深刻的印象：鬓发在秋季晨风中微微卷动。“去意徊徨，别语愁难听”二句，看似写情，实则是写动作。“徊徨”，也就是徘徊。行者几度要走，却又几度转回来，相互倾吐离别的话语。这话语满是离愁。“难听”，不是不好听，而是令人心碎，难以忍听。终篇两句写别后的景象。行者已经离去，但他还恋恋不舍地回头遥望女子居住的高楼，然而这高楼已隐入地平线下面去了。眼中只见斗柄横斜，天光放亮，寒露袭人，鸡声四起，更衬出旅途的寂寞。人，也越走越远了。通过上述分析，可以看出，这首词每一句都由不同的画面组成，并配合着不同的音响。正是这一连串的画面与音响的完美组合，才充分体现出难分的离情别绪，形象地体现出时间的推移、场景的变换、人物的表情与动作的贯穿。词中还特别注意撷取某些具有特征性的事物来精心刻画，如“惊乌”、“更漏”、“轫辘”、“霜风”、“鬓影”、“斗柄”与“鸡鸣”等等。同时，作者还特别着意于某些动词与形容词的提炼。这一系列艺术手法的综合，不仅增强了词的表现力，而且还烘托出浓厚的时代气息与环境氛围，使读者有身临其境的真实感受。

玉楼春

桃溪不作从容住，秋藕绝来无续处[1]。当时相候赤栏桥，今日独寻黄叶路。　烟中列岫青无数，雁背夕阳红欲暮[2]。人如风后入江云，情似雨余粘地絮。

注释

〔1〕桃溪：据南朝刘义庆《幽明录》载：东汉时刘晨、阮肇入天台山采药，于桃花溪上遇仙女，留居半年，归乡时人世已过七世。这里借喻与女子的相恋。秋藕绝来：喻双方欢情已绝。

〔2〕列岫：原野上排列的山峦。

解读

这首词借刘晨、阮肇入天台山采药遇仙女事，写情人分手之后再无相见的绝望悲痛。以辞语的精雕细刻著称。结尾两句，备受后人称道。陈廷焯《白雨斋词话》卷一说：“美成词有似拙实工者。如《玉楼春》结句云：‘人如风后入江云，情似雨余沾地絮。’上言人不能留，下言情不能已，呆作两譬，别饶姿态，却不病其板，不病其纤，此中消息难言。”这两句对仗工整，取譬恰当，构思别出心裁，充分显示了周邦彦的语言功力。

解语花

风销绛蜡[1]，露浥红莲[2]，花市光相射。桂华流瓦[3]，纤云散，耿耿素娥欲下[4]。衣裳淡雅，看楚女、纤腰一把。箫鼓喧，人影参差，满路飘香麝[5]。

因念都城放夜[6]，望千门如昼，嬉笑游冶。钿车罗帕[7]，相逢处，自有暗尘随马[8]。年光是也，唯只见、旧情衰谢。清漏移[9]，飞盖归来[10]，从舞休歌罢。

注释

〔1〕绛蜡：红烛。

〔2〕红莲：花灯名。

〔3〕桂华：月光。旧言月宫中有桂树，故称。

〔4〕耿耿：微明的样子。素娥：仙女。

〔5〕香麝：即麝香。这里泛指妇女身上所带的香料。

〔6〕都城放夜：指京城在元宵节时开放夜禁。《太平御览》卷三十引韦述《西京新记》："西都京城街衢有执金吾，晓暝传呼以禁夜行。惟正月十五日夜，敕许弛禁前后各一日以看灯，谓之放夜。"

〔7〕钿车：以金花为装饰的华丽的车子。

〔8〕暗尘随马：语本唐苏味道《正月十五夜》："暗尘随马去，明月逐人来。"

〔9〕清漏移：指时光流逝。古代以漏壶计时，故称。

〔10〕飞盖：飞驰的车子。曹植《公宴》："清夜游西园，飞盖相追随。"

解读

吟咏节序，是宋词的一大类题材。歌舞升平、宴饮欢乐的都市生活是宋词产生的温床，都市在节日里又分外欢腾喧闹，颇有一点狂欢的意味，文人士大夫们四处寻欢作乐，大量的吟咏节序的歌词因此创作出来。周邦彦这首词是宋代写节序作品中的上乘之作。南宋张炎称赞说："不独措辞精粹，又且见时序风物之盛，人家宴乐之同。”（《词源》卷下）元宵灯节都城的繁华富丽，五光十色花灯的争奇斗艳，“都城放夜”“千门如昼”的盛况，看灯女子的清丽淡雅与馥郁袭人，沿途的嬉笑欢乐，箫鼓的喧腾，人影的参差，琳琅满目，让人目不暇接。这类节序词形象地表现了宋代都市生活的一个侧面。清周济《宋四家词选》:“此美成在荆南作，当与《齐天乐》同时。到处歌舞太平，京师尤为绝盛。”

解连环

怨怀无托，嗟情人断绝，信音辽邈[1]。纵妙手、能解连环[2]，似风散雨收，雾轻云薄。燕子楼空[3]，暗尘锁、一床弦索。想移根换叶，尽是旧时，手种红药。　汀洲渐生杜若[4]。料舟依岸曲，人在天角。谩记得、当日音书，把闲语闲言，待总烧却[5]。水驿春回，望寄我、江南梅萼[6]。拚今生，对花对酒，为伊泪落。

注释

〔1〕辽邈：渺茫。

〔2〕解连环：《战国策·齐策六》:“齐君王后当国，秦遣齐玉连环，使解之。君王后引椎碎之，而谢使者曰：‘谨以解矣。’”这里比喻解开纠缠的情感。

〔3〕燕子楼空：燕子楼：据白居易《燕子楼》诗并序载：唐张尚书为爱妾盼盼在彭城筑燕子楼。盼盼风姿绰约，擅长歌舞。张尚书死后，盼盼念旧情不嫁，居燕子楼十余年。

〔4〕杜若：水边生长的一种香草。

〔5〕总：虽然，作语助词。

〔6〕“望寄”句：据《荆州记》载：南朝时陆凯与范晔友情甚笃，陆凯自江南寄梅花给长安范晔，并赠诗说：“折梅逢驿使，寄与陇头人。江南无所有，聊赠一枝春。”

解读

词人替闺妇抒写离思哀情，意致缠绵，深情无限。以怨苦嗟叹的情调开篇，奠定全篇情感基调。闺妇的这种情怀已经持续了相当时间。她怨恨情人的一去不归与“信音辽邈”，叹息自己始终无法摆脱的情感的纠缠。只能独居楼中，面对着旧日的“红药”伤怀。独居之际，心思万千。闺妇料想情人的不归是因为移舟飘零、“人在天角”、身不由己。这样的解说并不能让闺妇满意，对着当年“闲语闲言”的“音书”，禁不住的凄苦。怨恨至极，便欲将这些书信全部烧掉。当然，最终还是舍不得下手。不但不烧旧书信，转折一层，甚至希望情人在条件许可的情况下能再寄来新的书信，以慰相思情怀。因为通过反复的内心矛盾纠葛，闺妇已经明白自己深陷情网，无法摆脱，无可救药。“拚今生，对花对酒，为伊泪落。”情深至此，无怨无悔。前面的怨恨、凄苦、意欲断绝，原来都是无奈的表达。

关河令

秋阴时晴渐向暝，变一庭凄冷。伫听寒声，云深无雁影。　　更深人去寂静，但照壁、孤灯相映。酒已都醒，如何消夜永？

解读

寂寞长夜，孤独难耐。秋日阴冷的黄昏，入夜后变的凄冷。拥被入睡，应该是躲避寒冷、消磨时光的好方法。词人却偏偏要久久伫立，倾听秋夜“寒声”。这似乎是在与自身过不去，内心一定有难以排解的苦痛。“云深无雁影”，真是寂寞到了极点，也就此断绝了鸿雁传书的念头。这样的悄然伫立，一直到“更深人去”，唯有“照壁孤灯”与自己为伴。当然，还有借酒浇愁。酒醒以后，依然没有睡意，依然摆脱不了愁绪的纠缠。这一次真是叫人无计可施了。“如何消夜永”？只能是一分一秒地煎熬愁苦的时光了。

绮寮怨

上马人扶残醉，晓风吹未醒。映水曲、翠瓦朱檐，垂杨里、乍见津亭[1]。当时曾题败壁，蛛丝罩、淡墨苔晕青。念去来、岁月如流，徘徊久、叹息愁思盈。　去去倦寻路程，江陵旧事，何曾再问杨琼[2]。旧曲凄清，敛愁黛、与谁听？尊前故人如在，想念我、最关情。何须渭城[3]，歌声未尽处，先泪零。

注释

〔1〕津亭：渡口的亭子，供行人休憩。

〔2〕“江陵”二句：白居易《问杨琼》：“古人唱歌兼唱情，今人唱歌唯唱声。欲说向君君不会，试将此语问杨琼。”元稹《和乐天示杨琼》：“我在江陵少年日，知有杨琼初唤出。腰身瘦小歌圆紧，依约年应十六七。去年十月过苏州，琼来拜问郎不识。……”自注：“杨琼本名播，少为江陵酒妓。去年姑苏过琼叙旧，及今见乐天此篇，因走笔追书此曲。”

〔3〕渭城：王维《送元二使安西》有“渭城朝雨浥轻尘”句，故又名《渭城曲》。这诗是送别曲中的名篇，后也以“渭城曲”代指送别的歌曲。

解读

行人的每次登程，意味着新的飘零的开始，总是那么不情愿，总是在“残醉”中被人扶上马强行离去。“晓风”吹醒，沿途的“朱檐”、“垂杨”、“津亭”、“败壁”题诗，都牵引出羁旅情思。柳永说：“今宵酒醒何处？杨柳岸、晓风残月。”此词开篇构思与之有异曲同工之妙。柳词写水上舟行，周词写陆地骑马。随处漂泊，时光飞逝，词人便欲从旧日歌伎处寻找安慰。旅途颠簸，劳顿辛苦，凄愁郁闷，能够回想起来的尽是与女子分手时的情景。对方唱着“凄清”的送别曲，在抑郁愁苦中分别。旅途的这些回忆只能增加此时的难堪。

应天长

条风布暖[1]，霏雾弄晴，池塘遍满春色。正是夜堂无月，沉沉暗寒食[2]。

梁间燕，前社客[3]，似笑我、闭门愁寂。乱花过、隔院芸香[4]，满地狼藉。长记那回时，邂逅相逢，郊外驻油壁[5]。又见汉宫传烛，飞烟五侯宅[6]。青青草，迷路陌。强载酒、细寻前迹。市桥远、柳下人家，犹自相识。

注释

〔1〕条风：春风。《淮南子·天文训》："距冬至四十五日条风至。"《史记》卷二十五《律书》："条风居东北，出主万物。条之言条治万物而出之，故曰条风。"

〔2〕寒食：《荆楚岁时记》载："去冬节一百五日，即有疾风甚雨，谓之寒食，禁火三日。"

〔3〕前社客：指飞回来的燕子。社，指古代祭祀社神（土地神）的日子，有春秋二次，称春社、秋社。燕子在春秋二社之间南北飞翔，故称。陈元龙注《片玉集》引欧阳獬《燕》诗："长到春秋社前后，为谁去了为谁来？"

〔4〕芸：香草名，这里用以泛指。

〔5〕油壁：车名，一种以油涂饰车壁的华丽车子。南朝《苏小小》诗："妾乘油壁车，郎骑青骢马。"后泛指女子所乘坐的车子。

〔6〕"汉宫传烛"二句：古代寒食节有禁火三日的习俗，朝廷特赐王侯家蜡烛，以示恩典。唐韩翃《寒食》："春城无处不飞花，寒食东风御柳斜。日暮汉宫传蜡烛，轻烟散入五侯家。"五侯：泛指朝廷王侯权贵。

解读

这首词记郊外的一次艳遇。那是一个清明寒食的时节，人们纷纷到郊外踏青游玩，词人却邂逅油壁车中的女子。这位女子给词人留下了深刻的印象，每到"条风布暖"、"池塘春色"的日子，便自然想起。一旦牵挂了那次铭心刻骨的艳遇，眼前就无心赏识春光。只是"闭门愁寂"，任乱花飘零，"满地浪藉"。牵挂到极点，就重新"载酒"，"细寻前迹"，企图能够再次"邂逅相逢"。这样的愿望当然落空，恍惚间词人觉得"柳下人家"便是旧日相识，这是思念到极端而产生的幻觉。

夜游宫

叶下斜阳照水，卷轻浪、沉沉千里。桥上酸风射眸子[1]，立多时，看黄昏灯市。　　古屋寒窗底，听几片、井桐飞坠。不恋单衾再三起，有谁知，为萧娘，书一纸[2]？

注释

〔1〕酸风：叫人酸鼻的冷风。眸子：瞳人。李贺《金铜仙人辞汉歌》："魏官牵车指千里，东关酸风射眸子。"

〔2〕萧娘：唐人泛称女子为萧娘。唐杨巨源《崔娘诗》："风流才子多春思，肠断萧娘一纸书。"

解读

因思恋而痴情伫立，因伫立而思绪分飞。上阕写一天久久地在桥上伫立眺望，直到黄昏时刻，"斜阳照水"。桥下流水卷起"轻浪"，沉沉远去，不知是否可以到千里之外自己所思念的人身边否？这是因伫立而不见所产生的无奈猜想。下阕写夜晚只得回到屋里，但仍然独坐无眠，听寒窗叶落。即使上床也无法入睡。被思恋折磨得不能再在床上煎熬下去时，便"不恋单衾再三起"，去填写小词排遣愁闷。"为萧娘，书一纸"，是词人这类词创作的动机。这首词平实朴素，用平常口语抒情，明白晓畅，代表了清真词趋俗的一面。

李 廌

李廌（1059—1109），字方叔，号济南，华州（今陕西华县）人。元丰中他曾以文章谒苏轼于黄州，以文章知名，苏轼说他的文章“笔墨澜翻”有“飞沙走石之势”。为“苏门六君子”之一。但屡试不取。存词仅四首。

虞美人

玉栏杆外清江浦，渺渺天涯雨。好风如扇雨如帘，时见岸花汀草涨痕添。

青林枕上关山路，卧想乘鸾处〔1〕。碧芜千里信悠悠，惟有霎时凉梦到南州〔2〕。

注释

〔1〕乘鸾：游仙。

〔2〕凉梦：夏日里的好梦。

解读

这首词通过雨中景色的描绘，寄托了离绪别情与翩然出世之想。词人凭栏眺望，风雨连江，远至天涯，千里一片。初夏时节有此“好风好雨”，词人感觉到爽朗畅快，心旷神怡。雨中的“岸花汀草”，更富有勃勃生机。风雨绵延，不禁牵引出词人的“千里思悠悠”。今夜天凉气爽，正好入眠，睡梦中可以凭借“霎时凉梦”到达所思的“南州”。思念远人是传统歌词所经常抒发的一种情感，李廌则以如此开阔清爽的景物作为背景衬托，思绪悠悠而又不低沉压抑，与苏轼词气质相似。清人况周颐在《蕙风词话》卷二中对这首词评价很高，他说："'好风如扇雨如帘，时见岸花汀草涨痕添'，春夏之交，近水楼台，确有此景。'好风'句绝新，似乎未经人道。歇拍云：'碧芜千里思悠悠，唯有霎时凉梦到南州。'尤极远淡清疏之致。"

谢逸

谢逸（？—1113），字无逸，号溪堂。临川（今江西抚州）人。少孤，多次参加科举考试，都未考中，一生未得为官，隐居以诗文自娱。有《溪堂词》，存词六十多首。

千秋岁

楝花飘砌，蔌蔌清香细[1]。梅雨过，苹风起[2]。情随湘水远，梦绕吴峰翠。琴书倦，鹧鸪唤起南窗睡。　　蜜意无人寄，幽恨凭谁洗。修竹畔，疏帘里。歌余尘拂扇，舞罢风掀袂。人散后，一钩淡月天如水。

注释

〔1〕楝（liàn 练）：树名，三四月开花。蔌蔌（sù 素）：落花纷纷的样子。

〔2〕苹风：语本宋玉《风赋》："夫风生于地，起于青苹之末。"

解读

这首词写的是一种"幽恨"与"蜜意"，这种情意是那样绵长、执着，直至无人可以叙写，无法可以解脱。歌，不能消除；舞，不能驱散。特别是酒阑人散之后，在"一钩淡月天如水"的画境中，更加使人感到空虚和寂寞。情寓景中，耐人咀嚼。《蓼园词选》评论说："笔墨潇洒，自饶一种幽俊之致。"

江城子

杏花村馆酒旗风[1]。水溶溶，飏残红。野渡舟横，杨柳绿阴浓[2]。望断江南山色远，人不见，草连空。　夕阳楼外晚烟笼。粉香融，淡眉峰。记得年时，相见画屏中。只有关山今夜月，千里外，素光同。

注释

〔1〕“杏花”句：语本杜牧《清明》：“借问酒家何处是？牧童遥指杏花村。”

〔2〕“野渡舟横”：语本韦应物《滁州西涧》：“野渡无人舟自横。”

解读

这首词写千里怀人，情意缠绵。杏花春水，村馆酒旗，绿柳阴浓，野渡舟横，自是一派春机。但词人却心向江南，怀人而生无限怅惘。情景的抒写中，自然融入唐人诗意，淡远高雅。下片回忆意中人，寄希望于共赏“素光”，以了此深微的心愿。平实写来，摇曳生姿。结拍三句，尤觉隽妙：“只有关山今夜月，千里外，素光同”，清新蕴藉，婉转多姿。据《复斋漫录》载：“无逸尝于黄州关山杏花村馆驿题《江神子》词，过者必索笔于馆卒，卒颇以为苦，因以泥涂之。”（《苕溪渔隐丛话后集》卷三十三）可见当年此词之受人爱赏了。

晁冲之

晁冲之，字叔用，初字用道，济州巨野（今属山东）人。举进士不第，授承务郎。曾废居具茨山下，人称具茨先生。政和间，任大晟府大乐令。是“江西诗派”中的著名诗人，然其歌词更负盛名。存词16首。

玉蝴蝶

目断江南千里，灞桥一望[1]，烟水微茫。尽锁重门，人去暗度流光。雨轻轻、梨花院落，风淡淡、杨柳池塘[2]。恨偏长。佩沉湘浦，云散高唐[3]。
清狂。重来一梦。手搓梅子，煮酒初尝。寂寞经春，小桥依旧燕飞忙。玉钩栏、凭多渐暖，金缕枕、别久犹香。最难忘，看花南陌，待月西厢[4]。

注释

〔1〕灞桥：在长安城外灞陵旁。

〔2〕“雨轻轻”二句：语本晏殊《无题》：“梨花院落溶溶月，柳絮池塘淡淡风。”

〔3〕佩沉湘浦：《文选》注引《韩诗内传》说：“郑交甫遵彼汉皋台下，遇二女，与言曰：‘愿请子之佩。’二女与交甫。交甫受而怀之，超然而去。十步循探之，即亡矣。回顾二女，亦即亡矣。”后以此典写男女相爱，赠物传情。云散高唐：用巫山神女的故事。

〔4〕待月西厢：化用元稹《会真记》莺莺赠张生诗：“待月西厢下，迎风户半开。拂墙花影动，疑是玉人来。”

解读

晁冲之是“江西诗派”中的著名诗人，然其歌词更负盛名。《苕溪渔隐丛话》后集卷三十六引《诗说隽永》曰：“晁冲之叔用乐府最知名，诗少见于世。”《玉胡蝶》从行人的角度抒写别思。“目断”三句统摄全篇，起势不凡。全词即写遥望“目断”的别离苦痛。自别江南，思恋不已，时而极目千里，以寄相思之情。所见唯渺茫烟水，重重阻隔。这三句同时为全词定下凄怨迷蒙的基调。虽然望而不见，却难禁思绪之飞扬。“尽锁”以下，是心绪的翻腾，是“目断”后的想象。为虚设之笔，与开篇的“千里一望”构成虚实相衬。“尽锁”二句，是眺望江南的动作与对别后江南之情景的设想之间的过渡。因为是虚设想象之辞，故不妨作夸张之笔。重门尽锁，江南之寂寞，仿佛都在为“人去暗度流光”而黯然魂伤。“雨轻轻”二句过渡到江南昔日风光的回想，词笔逆转，思绪飘忽，回到往日旖旎之中。晏殊曾以“梨花院落溶溶月，柳絮池塘淡淡风”句自豪，晁冲之用其入词，以回味雨丝轻柔、春暖花开、风和日丽、杨柳婀娜之大好季节里的两情相悦，与今日“尽锁重门”形成强烈反差。“恨偏长”三句跌落现实，收束上阕，照应开篇。词人用郑交甫汉皋佩亡、楚襄王高唐云散两个典故归纳上文，说明愁绪翻腾，皆因与情人分手导致。结处“恨偏长”是开篇“目断江南”情绪的连续发展，中间经往日旖旎风光的铺垫，转深一层，体味更细腻、真切。

过片陡转，“包袱”忽然抖开，原来上阕盘旋往复的种种思绪都是“清狂一梦”，都是梦中虚景，都是梦醒后的追忆。至此，我们才明白全词的结构轮廓，上阕依然用“逆挽”之笔，只是不易为人们觉察。上阕相对下阕是虚景，是逆笔，然上阕之中又自有虚实相生、顺逆结合，重构叠架，别有洞天。下阕实写梦醒后的惆怅。“手搓”二句写日常琐事，以消遣无聊时光。“寂寞”二句写风景依然，物是人非，淡淡说来，处处哀伤。这一切又都是“人去暗度流光”的具体感受。“玉钩”二句，词笔再转，从己身的感受出发设想对方：佳人亦应愁苦难堪。或登临凭栏送目，期待行人归来，凭久而玉栏生暖；或无聊回房，睹物思人，枕上余香又牵引出一缕相思、万种柔情。虽然是虚设之辞，却有真切的生活细节，让人虚实莫辨。“玉栏”、“金枕”，是词人“目断”处，却可以通过思绪将两地连结。“最难忘”三句，词笔再度逆入，以两情相聚时的美好场面作结，这是“目断江南”、心绪翻腾的原因，暗示着行人在今昔对比中将陷入无休止的痛苦，不断重复“目断江南”的动作和“清狂一梦”，相思之情将与日俱增，余音袅袅，意余言外。下阕实写时笔笔回应上阕的梦境，结构谨严。

毛　滂

毛滂（1060—1124？），字泽民，衢州江山（今属浙江）人。元祐初苏轼居翰苑时，毛滂由浙入京，以诗文自通，即深得苏轼赏识。元符初知武康县，改建官舍"尽心堂"，易名"东堂"，因以为号。徽宗年间改投门户，阿谀蔡京兄弟。有《东堂集》，存词200余首。

相见欢

十年湖海扁舟，几多愁。白发青灯，今夜不宜秋。　中庭树，空阶雨，思悠悠。寂寞一生心事，五更秋。

解读

从词中语气揣度，这首词作于后期。词人飘零一生，一事无成，"白发青灯"，秋愁不堪。词人将委婉诉说艳情相思的手法，运用于这种牢骚怨苦之表达，改变了以往直抒胸臆时喜用赋笔的做法，既有被传统审美观认可之"温柔敦厚"，又与歌词含蓄言情的特征相吻合，是对苏轼"诗化"词风的一种拓展。

雨中花

下汴月夜

寒浸东倾不定，更奈舻声催紧。堤树胧明孤月上，暗淡移船影。　旧事十年愁未醒，渐老可禁离恨。今夜谁知风露里，目断云空尽。

解读

这首词抒写受冷落时的凄苦与四处飘零的伤感。上阕借水浸冷月、咿呀舻声、迷蒙孤月、暗淡船影，写仕途坎坷、流落江湖的悲凉。下阕叹老嗟恨，无限伤心，今夜风露，又添不尽凄凉，愁绪表达得极其含蓄蕴藉。这首词应作于离京赴外任途中。毛滂在京师曾上十首谀词，奉承蔡京，指望能得重用。岂知最终仍不免离京去国，内心的凄苦怨恨可想而知。

司马槱

司马槱，字才仲，陕州夏县（今属山西）人，司马光重孙。元祐六年（1091）应苏轼荐，应试，赐同进士出身。曾为关中、杭州地方官幕僚。存词二首。

黄金缕

家在钱塘江上住。花落花开，不管年华度。燕子又将春色去。纱窗一阵黄昏雨。　　斜插犀梳云半吐[1]。檀板清歌，唱彻《黄金缕》[2]。望断云行无去处。梦回明月生春浦。

注释

〔1〕犀（xī 西）梳：犀牛角制成的梳子。

〔2〕檀板：檀木拍板。黄金缕：曲调名，即《蝶恋花》。因冯延巳《蝶恋花》："杨柳风轻，展尽黄金缕"而得名。

解读

据张耒《柯山集》卷四十四记载：司马槱这首词是为梦中的一位美艳歌伎而作。上片是这位歌伎的自述，写她早年自由自在的生活。明代王世贞最欣赏"燕子又将春色去。纱窗一阵黄昏雨"二句，以为"有天然之美，令斗字者退舍。"（《艺苑卮言》）下片是词人眼中现在的歌伎。她精心梳妆，"檀板清歌"，混迹于歌舞丛中。结尾两句写词人梦醒后的失落惆怅，其中包含着对梦中女子的向往与思恋。

唐庚

唐庚（1071—1121），字子西，元祐六年（1091）进士，为宗子博士。曾贬官惠州，时称“小东坡”。卒于宣和三年。主要文学活动都是在徽宗年间。存词一首。

诉衷情

平生不会敛眉头，诸事等闲休。元来却到愁处，须著与他愁。　残照外，大江流，去悠悠。风悲兰杜，烟淡沧波，何处扁舟？

解读

这首词写旅愁，是词人仕途坎坷、品尝到人生苦痛后的感慨。上阕直抒胸臆，写愁来时的难堪折磨。词人平生豁达，不知愁滋味，经受挫折后，方知愁苦的分量，这愁苦竟然无处不在，挥之不去，深沉抑郁。下阕以景衬情。傍晚的残照、悠悠的江流、淡淡的暮烟，以及漂泊其中的一叶孤舟，以极其宏大的背景反衬极度渺小的扁舟，渲染旅途之孤苦无依。词人颠倒宋词上阕写景、下阕抒情之一般结构模式，因为词人是在愁苦填满胸臆、不得不发之为文时落笔的，正是苏轼所谓“不择地而出”者。外景被强烈的主观情绪所渗透，所以，与词人这种人生挫折之大痛苦相映衬的就只有苍茫恢弘的景象。全词悲愤淋漓，苍劲高远。“残照外，大江流，去悠悠”的宏大景象，令人联想起南渡词人朱敦儒的名句：“万里夕阳垂地，大江流。”（《相见欢》）

谢克家

谢克家（？—1134），字任伯，上蔡（今属河南）人。绍圣四年（1097）进士。官至参知政事。

忆君王

依依宫柳拂宫墙，楼殿无人春昼长。燕子归来依旧忙。忆君王，月破黄昏人断肠。

解读

宫怨词在宋词中极为少见，这首词因此显得特殊。前二句渲染了宫中的寂寞、冷清。宫柳依依，楼殿无人，孤独无奈的宫人的形象呼之欲出。她只能空自羡慕忙碌的燕子，凄苦地渴望着君王的到来。每到“月破黄昏”，一天的期待都又落空，这是最令人断肠伤心的时刻。

沈　蔚

沈蔚，字会宗，吴兴（今浙江湖州）人。存词22首。

天仙子

景物因人成胜概，满目更无尘可碍[1]。等闲帘幕小栏干[2]。衣未解，心先快，明月清风如有待。谁信门前车马隘，别是人间闲世界。坐中无物不清凉。山一带，水一派，流水白云长自在。

注释

〔1〕胜概：美丽的景色，佳境。碍：遮挡。

〔2〕等闲：寻常，随便。

解读

这首词写浏览江山胜景而获得的赏心悦目的感受，抒发了超脱尘世、向往隐逸之情。凭栏眺望，满目开旷，更有明月清风相伴，身心俱觉爽朗。只要心地清凉，眼前景色无不悠闲。即使是门前车马拥挤的通道，也将成为“闲世界”。更何况置身于山水、白云之间，心境之愉悦可想而知，周围自然是“无物不清凉”了。

叶梦得

叶梦得（1077—1148），字少蕴，号石林居士，长洲（今江苏苏州）人。哲宗绍圣四年（1097）进士，授丹徒尉。崇宁初授婺州教授，累迁至翰林学士。历知汝州、蔡州、颖昌府。南渡以后仍得重用，官至尚书右丞，两镇建康，为江东安抚制置大使，兼知建康府、行宫留守。致仕后，隐居湖州卞山石林谷。有《石林词》。

永遇乐

天末山横〔1〕，半空箫鼓，楼观高起。指点栽成，东风满院，总是新桃李。纶巾羽扇，一尊饮罢，目送断鸿千里〔2〕。揽清歌，余音不断，缥缈尚萦流水〔3〕。　年来自笑无情。何事犹有，多情遗思。绿鬓朱颜，匆匆拼了，却记花前醉〔4〕。明年春到，重寻幽梦，应在乱莺声里。拍栏杆，斜阳转处，有谁共倚？

注释

〔1〕天末：天边。

〔2〕纶巾羽扇：有丝带的头巾和羽毛扇。这是古代儒雅的服饰。

〔3〕缥缈：隐约。

〔4〕绿鬓朱颜：指青春容颜。

解读

这首词起笔开阔。远处是天边的“横山”，近处是高耸的“楼观”，连接其间的是空中隐隐传来的“箫鼓”声。这一片气魄恢弘的背景所衬托起的就不是一般的“呢呢儿女语”，而是一种拿得起、放得下的爽快利落之友情。所以，面对“东风满院”、桃李新开之美好春季和即将分手的友人，唯有“一尊饮罢”，千万语祝福、千万种离情尽在其中。此情此意，皆随“清歌”余音，潺潺流水，袅袅不绝。词人“自笑无情”是表面现象，是自我解脱，“多情遗思”才是真实感受。大丈夫临别分手，不学儿女沾巾，看似无情却有情。这种深藏于内心的情谊，已将词人引向分手之后的设想：明年春来，“乱莺声里”，“斜阳转处”，大约只有孤独一人，倚栏对景了。思念及此，思别之情又转深一层。词人在送别之际，仍作洒脱之态，不失丈夫豪气，深情贯注其中。清脱疏旷之词风，摩近东坡之垒。

八声甘州

寿阳楼八公山作[1]

故都迷岸草，望长淮、依然绕孤城。想乌衣年少，芝兰秀发，戈戟云横[2]。坐看骄兵南渡，沸浪骇奔鲸[3]。转盼东流水，一顾功成[4]。　千载八公山下，尚断崖草木，遥拥峥嵘。漫云涛吞吐，无处问豪英[5]。信劳生、空成今古，笑我来、何事怆遗情[6]？东山老，可堪岁晚，独听桓筝[7]。

注释

〔1〕寿阳楼：寿春城楼。寿春县（今安徽寿县），东晋时名寿阳。八公山：在寿春北四里。东晋时，谢安在朝中主持大政，其弟谢石及其侄谢玄率军于此大破前秦苻坚的军队，取得“淝水之战”的胜利。以至苻坚遥望八公山，丧魂失魄，有“八公山下，草木皆兵”的恐惧。

〔2〕乌衣年少：指谢玄等谢家子弟。乌衣巷是谢家在金陵的居所。芝兰秀发：喻谢家子弟英才出众。《世说新语·言语》载：谢安曾问子侄：为何人人希望自家子弟出众？谢玄回答说：“譬如芝兰玉树，欲使其生于阶庭耳。”

〔3〕坐看：且看。骄兵：指苻坚的军队。

〔4〕转盼：转眼顾注。

〔5〕漫：空，徒。

〔6〕劳生：劳碌的人生。

〔7〕“东山老”三句：谢安晚年受人谗毁，见疏于孝武帝。一日，帝召群臣宴饮，桓伊弹筝歌曹植《怨歌行》：“为君既不易，为臣良独难。忠信事不显，乃有见疑患。”谢安闻之泣下。东山老：指谢安。谢安曾浙江上虞东山。

解读

南渡以后，叶梦得作为沿江前线的主帅，也是非常想有所作为。然而，北强南弱、南宋小朝廷普遍惧怕战争的心态，使得叶梦得无所作为。所以，叶梦得特别羡慕历史上抵御了北方外来民族的入侵、建立丰功伟绩的谢安。在他的作品中，多次出现对谢安的仰慕、赞赏之词。如《水调歌头》说：“谁似东山老，谈笑净胡沙。”这是一首咏史词。面对“淝水之战”的遗迹，遥想当年谢家子弟的俊拔和辉煌，词人感慨良多。东晋时淝水的“一顾功成”，稳定了南方的局势，从此形成南北对峙的格局。而南渡初年，金兵时而大举南侵，宋廷君臣仓皇逃窜，惊魂不定。叶梦得多么希望自己也能支撑起这“大厦欲倾”的危难局面。然而，即使功勋如此卓著的谢安，依然要受到皇帝的疑忌而被疏远。词人对现实的隐忧、畏谗忧讥的心态，皆借历史陈迹委婉流露。

汪藻

汪藻（1079—1154），字彦章，饶州德兴（今属江西）人。崇宁二年（1103）进士。官至翰林学士。有《浮溪集》。

点绛唇

新月娟娟[1]，夜寒江静山衔斗[2]。起来搔首，梅影横窗瘦。　好个霜天，闲却传杯手。君知否？乱鸦啼后，归兴浓于酒。

注释

〔1〕娟娟：明媚美好的样子。

〔2〕斗：北斗星。

解读

这首词写旅居他乡为官的孤寂情怀。新月美好，夜寒江静，远山与北斗相衔接，梅影横斜窗前，这本是一幅清幽寂静的环境。然而对独在异乡的人来说，就是一个有着无限寂寞、难以自慰的环境。所以，只能借酒浇愁。但最终也无法消解思家的“归兴”。据说作者曾借用这首词，婉转斥骂弹劾他的谏官。宋吴曾《能改斋漫录》卷十六：“汪彦章在翰苑屡致言者，尝作《点绛唇》云：（词略）或问曰：‘归梦浓于酒，何以在晓鸦啼后？’公曰：‘无奈这一队畜生聒噪何！’”

万俟咏

万俟咏，字雅言，号大梁词隐。徽宗朝曾任大晟府制撰。《碧鸡漫志》卷二称他“每一章出，信宿喧传都下”。存词27首（不包括残句）。

诉衷情

一鞭清晓喜还家，宿醉困流霞〔1〕。夜来小雨新霁，双燕舞风斜。　山不尽，水无涯，望中赊〔2〕。送春滋味，念远情怀，分付杨花。

注释

〔1〕流霞：美酒。

〔2〕赊（shē 奢）：遥远。

解读

这首词写还家途中的感受，虽然还有“山无尽，水无涯”的跋涉辛苦和“念远情怀”的缕缕思愁，但是，即将到家的前景给了词人许多好心情。所以，夜来小雨、双燕起舞，都给人以清新、生机盎然的欣喜感。全词语言圆美如珠，画面清新淡远，香奁泛语吐弃殆尽。南宋黄升《花庵词选》卷七评论说：“雅言之词，词之圣者也。发妙旨于律吕之中，运巧思于斧凿之外，工而平，和而雅。比诸刻琢句意，而求精丽者远矣。”

春草碧

又随芳绪生，看翠霁连空，愁遍征路。东风里，谁望断西塞，恨迷南浦[1]？天涯地角，意不尽，消沉万古。曾是送别长亭下，细绿暗烟雨。　何处，乱红铺绣茵？有醉眠荡子，拾翠游女。王孙远，柳外共残照，断云无语。池塘梦生，谢公后、还能断否[2]？独上画楼，春山暝、雁飞去。

注释

〔1〕南浦：泛指送别的处所。江淹《别赋》："送君南浦，伤如之何？"

〔2〕"池塘"二句：语本谢灵运《登池上楼》："池塘生春草，园柳变鸣禽。"

解读

这是一首咏春草之词。千里萋萋、漫无边际、"春风吹又生"的碧草，"行人"春日里自别离启程，及至整个漫长孤寂的旅程，随处能见，迁客骚人频频以之入诗入词，以寄托别离情思和身世感伤。词中佳句便有李煜《清平乐》"离恨恰如春草，更行更远还生"，秦观《八六子》"恨如芳草，萋萋刬尽还生"等等。万俟咏《忆秦娥》也有佳句云："千里草，萋萋尽处遥山小。遥山小，行人远似，此山多少。"以这样读者熟悉的、有相对固定涵义的意象为所咏之对象，本来就很容易引起人们的喻托联想。开篇以"愁遍征路"点明咏物之题外意，以下表层咏春草，深层处处写旅愁。这种愁苦在空间上弥漫"天涯地角"，在时间上横亘"万古"，人生无可逃避地被笼罩在愁苦之中，真可谓"出亦愁，入亦愁"。这样蓄积沉郁的"愁苦"，就不仅仅是"别思"所能解释，它融合进作者人生的经验和无限的感慨。万俟咏为"元祐诗赋科老手"，考场屡屡失意，"三舍法行，不复进取，放意歌酒，自称大梁词隐。"（王灼《碧鸡漫志》卷二）后以谀圣，得入大晟府，始终是一名粉饰太平、点缀朝廷的御用文人，且一直沉抑下僚，至绍兴五年（1135）方补下州文学。词人内心那种"不得时"的隐痛可想而知。这首词就是用比兴喻托手法，将内心的愁苦渲泄出来。李调元《雨村词话》卷三称万俟咏"长篇多流丽瑰伟"，这首词就很有代表性。全词或用典，或化用前人诗意，咏物而不触及题面，造成极蕴藉含蓄的艺术氛围，给读者以无限的想象空间。这正是南宋雅词作家推崇的咏物词的上乘境界。

田　为

田为，字不伐。精通音乐，政和末，得徽宗幸臣蔡攸欢心，任大晟府典乐。存词6首。

南柯子

梦怕愁时断，春从醉里回。凄凉怀抱向谁开？些子清明时候[1]、被莺催。

柳外都成絮，栏边半是苔。多情帘燕独徘徊，依旧满身花雨、又归来。

注释

〔1〕些子：片刻。

解读

这首词写凄凉情思。分别之后，总是醉入梦乡，梦因愁醒。清明暮春时节，更加愁苦无告。然词人却擅长借助景物说话。“多情”的是词人，但他却隐身于景物之后。柳絮纷飞，春将凋残；栏边苔生，人去寂寞。这“满身花雨”、依旧“归来”、独自徘徊的帘燕，成了词人的替身，在诉说孤寂无奈的愁苦。

江神子慢

玉台挂秋月[1]。铅素浅，梅花傅香雪。冰姿洁，金莲衬，小小凌波罗袜[2]。雨初歇，楼外孤鸿声渐远，远山外、行人音信绝。此恨对语犹难，那堪更寄书说[3]。　教人红销翠减。觉衣宽金缕，都为轻别。太情切。销魂处、画角黄昏时节[4]，声呜咽。落尽庭花春去也[5]。银蟾迥，无情圆又缺[6]。恨伊不似余香，惹鸳鸯结。

注释

〔1〕玉台：指梳妆的玉镜台。秋月：指梳妆台上的圆镜。

〔2〕金莲：形容女子步态的优美。《南史·齐废帝东昏侯纪》："又凿金为莲花以帖地，令潘妃行其上，曰：'此步步生莲花也。'"凌波罗袜：形容女子步态轻盈优美。曹植《洛神赋》："凌步微步，罗袜生尘。"

〔3〕对语：当面诉说。

〔4〕销魂：神伤，愁苦。

〔5〕"落尽"句：语本李煜《浪淘沙》："流水落花春去也。"

〔6〕银蟾：月亮。传说月亮中有蟾蜍，故称。

解读

《江神子慢》（又称《江城子慢》）是从小令《江神子》增演而来，《全宋词》只存二首。此词抒闺中别思，开篇便用"逆挽"法，回溯到分手之前。闺人日日精心梳妆打扮，淡施脂粉，冰清玉洁，以"颜"事人，以"颜"留人。其中也包含着分别时的刻意修饰，期望自己的美貌给"行人"留下不可磨灭的印象，使其早早归来。"雨初歇"以下陡转，以气候的骤变喻人事的难测。掀起情感上的第一次波澜激荡。此所谓用笔"顿挫"之处，"顿挫则有姿态"（陈廷焯《白雨斋词话》卷一）。词人将笔墨跌回现实，以孤鸿渐远、音书断绝、行人更在远山外的三层递进，写独守空闺孤寂煎熬的况味。"此恨"二句转进一层，此情此恨，"对语犹难"，恐怕也只能是一幅"执手相看泪眼"的无声场面，所以，即使鸿雁能到、音书可通，仍然是无从下笔、无由诉说。这其中包含闺人盼音书、怨音书、对音书绝念的一个心理转变过程。而且，自别后这种矛盾复杂的心理活动就要一直周而复始地重复下去。词情越转越悲苦，格调越转越呜咽。末二句又隐含分手之际"对语犹难"的凄苦场面，隐隐照应前文，对上阕起收束作用。

过片对应开篇，写不堪别思折磨之今日闺人的"红销翠减"、"衣宽金缕"，与"铅素冰姿"、"梅花香雪"的艳光照人形成鲜明对比。有了章法结构上的对比，方能明白上阕的"逆挽"笔法，此所谓"勾勒"之笔，即在作品的关键处，以一二语描绘出结构的大致轮廓，交代清楚来龙去脉，指明词意和意象演变的方向与轨迹。歌词"或发端，或结尾，或换头，以一二语勾勒提缀，有千钧之力。"（周济《宋四家词选》）以下紧承点题之笔：今日"情切"，"都为轻别"，掀起情感上的第二次波澜激荡。"销魂处"至篇末，用周围的景物分三层渲染"轻别"后之"情切"。其一是听觉："黄昏时节"，"画角呜咽"，声情悲切；其二是视觉：春光老去，"落尽庭花"，画面凄暗；其三是嗅觉："不惹余香"，了无踪迹，一片死寂。调动一切感官感觉写别恨，这是柳永词最擅长的铺叙之中的"点染"笔法，大晟词人同样有出色的运用。以视觉、嗅觉结尾，再度照应开篇的"梅花香雪"之类视、嗅觉。圆融回环，浑然一体，此所谓"环型结构"。

朱敦儒

朱敦儒（1081—1159），字希真，号岩壑，人称伊川老人、洛川先生、洛阳遗民、少室山人等，河南（今河南洛阳）人。早岁隐居故里，过着自由自在、放纵不羁的生活。南渡初，流寓两广。绍兴五年（1135），始赴临安，赐进士出身。因支持李光抗战主张，遭弹劾罢官。晚年屈从秦桧，除鸿胪少卿。桧死，亦罢废。有《樵歌》，存词240余首。

水龙吟

放船千里凌波去，略为吴山留顾。云屯水府，涛随神女，九江东注。北客翩然，壮心偏感，年华将暮。念伊嵩旧隐，巢由故友，南柯梦、遽如许〔1〕。

回首妖氛未扫，问人间、英雄何处？奇谋报国，可怜无用，尘昏白羽〔2〕。铁锁横江，锦帆冲浪，孙郎良苦〔3〕。但愁敲桂棹，悲吟《梁父》，泪流如雨〔4〕。

注释

〔1〕伊嵩旧隐：指南渡前隐居洛阳的生活。伊，伊阙山，又名龙门山，在洛阳西南伊水西岸。嵩，嵩山，在河南登封县北。巢由：巢父和许由。二人都是传说中上古唐尧时的著名隐士。南柯梦：唐李公佐《南柯太守传》载：淳于棼梦至槐安国，娶公主，做南柯太守，备极富贵。醒后方知是一场美梦。

〔2〕尘昏白羽：喻英才不被重用。白羽：白羽箭。

〔3〕"铁锁"三句：三国东吴为了抵抗晋军，在长江要害处布上铁锁，以阻拦船舰的通过。王浚于是以大火烧之，铁锁被烧断，晋军战舰直抵金陵。

孙郎：指东吴末主孙皓。

〔4〕梁父：乐府古曲《梁父吟》。据说诸葛亮好为《梁父吟》。

解读

南渡以前，朱敦儒少有长调。南渡以后，内心的情感澎湃起伏，有时非波澜壮阔的长调不足以表达。江南的吴山、水府、神女，本来是一幕幕赏心悦目的风光，然此时的“北客”再也没有了早年悠闲自得地浏览景色的时间与心情，所引发的都是流离逃难的国破家亡的感受。他也追忆当年宁静的隐居生涯与友人，对照眼前的动荡颠簸，恍如南柯一梦。下片直抒胸怀，写对兵乱未定、国事未宁的忧虑，写自己“奇谋报国”、不被所用的忧愤。词人拿诸葛亮等历史人物自况，深切流露对国事的关切及急切有所作为的心态。

临江仙

直自凤凰城破后〔1〕，擘钗破镜分飞。天涯海角信音稀。梦回辽海北，魂断玉关西〔2〕。　　月解重圆星解聚，如何不见人归？今春还听杜鹃啼。年年看塞雁，一十四番回。

注释

〔1〕凤凰城：指京城汴梁。擘（bò 簸）钗破镜：喻夫妻在变乱中离散。破镜：据孟棨《本事诗》载：南朝徐德言娶陈后主妹乐昌公主。陈将亡，德言谓其妻曰：“以君之才容，国亡必入权豪之家。”乃破镜各留一半，约某年某月某日在市场上卖破镜相会。陈亡，公主为杨素所得。徐德言依约到京都，见有人出卖破镜，便以自己的破镜与其相合，题《破镜诗》一绝。杨素见诗后还其妻。

〔2〕辽海、玉关：泛指边地。

解读

这是一首咏史词。词人借古人之酒杯，浇自我之块垒，所抒发的是现实的感慨。历史上的战乱、乃至改朝换代，给多少家庭带来骨肉分离、四处飘荡的惨痛经历。南朝末年如此，词人当下所处的环境也是如此。沦亡之后，思念故土，思念亲人，梦萦魂牵。然而，辽海玉关遥远，终无重聚、再见之时。甚至年年回归的“塞雁”也无法带来人们所期盼的消息。今春必须忍受杜鹃的凄悲的啼叫声，相见却是没有时日的。

鹧鸪天

西都作[1]

我是清都山水郎，天教懒慢带疏狂[2]。曾批给露支风敕，累奏留云借月章。　诗万首，酒千觞，几曾着眼看侯王？玉楼金阙慵归去，且插梅花醉洛阳[3]。

注释

〔1〕西都：即洛阳。宋代以汴京为东都，以洛阳为西都。

〔2〕清都：天帝的宫殿。《列子·周穆王》：“清都紫薇，钧天广乐，帝之所居。”

〔3〕玉楼金阙：喻指朝廷。

解读

词人在这首词里表明自己的生活态度、夸耀自己的生活方式。开篇便自称是神仙般的清闲自在人物，而且是专门管理山水、风露、云月等清幽飘逸景物的神仙，品位高雅。词人是在宣称自己狂放不羁的个性是在这种悠闲的环境中养成的，也是老天赐予的；他终老山水之间的生活方式，也是上天为他规定好了的。下片夸耀自己诗酒风流的生活方式。词人鄙视王侯，不愿混迹官场，只愿在洛阳天天过着赏花醉酒的生活。全词清新自然，是词人烂漫天真个性的纯真表现。词人晚年屈从秦桧被罢后，有人因此写诗讽刺他说：“少室山人久挂冠，不知何事到长安？如今纵插梅花醉，未必侯王着眼看。”

朝中措

先生筇杖是生涯[1]，挑月更担花。把住都无憎爱，放行总是烟霞[2]。飘然携去，旗亭问酒，萧寺寻茶[3]。恰似黄鹂无定，不知飞到谁家。

注释

〔1〕筇（qióng 穷）杖：筇竹杖。

〔2〕把住：稳住，坚持。放行：任意行游。

〔3〕旗亭：酒楼。萧寺：佛寺。相传梁武帝（萧衍）造佛寺，命萧子云飞白大书“萧寺”。后代因称佛寺为萧寺。

解读

这首词具体描述了自己神仙般的隐逸生活。词人月下赏花，寄情林泉烟霞，或者在旗亭饮酒，或者在寺庙品茶。这样的生活就像是飞翔自由的黄莺一样，愿意飞到何处就是何处。黄莺的无忧无虑、自由自在，确实是词人前期生活的最好写照。

好事近

渔父词

摇首出红尘，醒醉更无时节。活计绿蓑青笠，惯披霜冲雪[1]。 晚来风定钓丝闲，上下是新月。千里水天一色，看孤鸿明灭[2]。

注释

〔1〕“活计”句：语本张志和《渔歌子》：“青箬笠，绿蓑衣，斜风细雨不须归。”活计，生计。

〔2〕“千里”句：语本王勃《滕王阁序》：“秋水共长天一色。”明灭，时隐时现。

解读

南渡以后，词人一度曾热衷国事，改变态度，出仕朝廷。然数次遭受挫折，最终还是被罢官回家。隐居是词人所熟悉、喜爱的生活，但是，经过南北奔波、家乡沦亡、仕途打击，词人的心境毕竟不能与早年的无忧无虑、自由自在一样。他不顾一切地“摇首”离开尘世，醉了再醒，醒了又醉，不管人世间的时节更换。这种表白方式就说明内心有隐痛，“摇首”之态、醉乡之举，都带有夸张与做作的成分，与前期的自然洒脱已经是两个境界。隐逸生活中渗透进丝丝凄凉苦味。

相见欢

金陵城上西楼，倚清秋。万里夕阳垂地，大江流。　中原乱，簪缨散[1]，几时收？试倩悲风吹泪、过扬州[2]。

注释

〔1〕簪缨：本为达官贵人帽子上的装饰，代指达官贵人。

〔2〕倩：请。

解读

词人登上金陵西楼，俯视辽阔长江，隔岸是沦于异族铁蹄下的大好河山，是词人当年过潇洒自在生活的故乡。万里夕阳染红了大地与江水，仿佛是背井离乡逃难的百姓日夜流淌的血泪。即使是江南，也有因金兵入侵而留下来的残破的扬州城。词人的词风已经由前期的清新飘逸转变为沉重悲凉。陈廷焯评价这首词“慷慨激烈，发欲上指”（《白雨斋词话》卷六），正说明朱敦儒这时候的词已经融入了抗金的洪流。

赵　佶

赵佶（1082—1135），即宋徽宗，神宗第十一子。元符三年（1100）哲宗死，无嗣，佶以弟继位。在位时昏庸无能，荒淫奢侈，直接导致了北宋的灭亡。北宋亡，被俘北去，卒于五国城（今黑龙江依兰）。然徽宗擅长诗词，精通绘画、音乐、书法，是一位才气横溢的艺术家。存词十二首。

燕山亭

裁翦冰绡，打叠数重，淡着燕脂匀注[1]。新样靓妆，艳溢香融，羞杀蕊珠宫女[2]。易得凋零，更多少、无情风雨？愁苦。问院落凄凉，几番春暮？　凭寄离恨重重，这双燕，何曾会人言语？天遥地远，万水千山，知他故宫何处？怎不思量，除梦里、有时曾去。无据。和梦也、有时不做[3]。

注释

〔1〕冰绡：洁白的薄丝绸。

〔2〕靓妆：粉黛盛装。蕊珠宫：道家所说的神仙宫阙。

〔3〕和：连。

解读

这首词是咏杏花的，作于词人被俘北上途中。词人借盛开之后便不得不凋零的杏花，寄寓了自己国破家亡的哀思，以及对故国的凄苦追恋。词人用拟人法，先将杏花比作神仙女子，盛开时冰清玉洁，靓妆艳香。这令人联想起赵佶在位时的无限风光。很快地，杏花遭受风吹雨打，春暮季节，凋零而去，这又是词人目前悲苦处境的写照。下片便直接转为对故国的思恋。被俘北去，“天遥地远，万水千山”，离故国越来越远。只有在梦里才可以暂时重温往日风光。梁启勋《词学》下篇评曰：“下半阕愈含忍，愈闻哽咽之声，极蕴藉之能事。”

刘一止

刘一止（1078—1160），字行简，号苕溪，湖州归安（今浙江湖州）人，宣和三年（1121）进士。绍兴年间官至给事中，封驳不避权贵。忤秦桧，罢职，被迫致仕。有《苕溪词》一卷。

喜迁莺

晓行

晓光催角，听宿鸟未惊，邻鸡先觉。迤逦烟村[1]，马嘶人起，残月尚穿林薄[2]。泪痕带霜微凝，酒力冲寒犹弱。叹倦客，悄不禁重染，风尘京洛。

追念人别后，心事万重，难觅孤鸿托。翠幌娇深[3]，曲屏香暖，争念岁华飘泊[4]？怨月恨花烦恼，不是不曾经著。者情味、望一成消减，新来还恶。

注释

〔1〕迤逦：曲折连绵。

〔2〕林薄：林梢，树杪。

〔3〕幌：窗帘，帷幔。

〔4〕争：怎。

解读

古代交通落后，行人登程，经常需要拂晓赶路，所以古人诗词中就有许多写“晓行”的名篇，如唐温庭筠的《商山早行》、周邦彦的《蝶恋花》（月皎惊乌栖不定）等。刘一止这首词又是其中的一个名篇。歌词抓住“晓行”的景物特征，写出行人拂晓出发的独特感受。这时候“晓光”淡微，“残月”尚在，“宿鸟”未起，唯有晨鸡啼鸣。眼前的“迤逦烟村”表明已经有早起的人家在准备晨炊。词人则不得冒早寒，风尘仆仆，兼程赶路。而脸上犹带惜别的“泪痕”。登程之后，便以思恋来消磨时光，排遣旅途的孤寂。可是，“万重心事”又怎能寄达“翠幌”、“曲屏”之深闺？词人以平常语缓缓诉说，情真意切。清许昂霄《词综偶评》说：“‘宿鸟’以下七句，字字真切。觉晓行情景，宛在目前。宜当时以此得名。近代唯秀水先生‘寒孤’一阕足与方驾耳。”

李清照

李清照（1084—1155），号易安居士，济南章丘（今属山东）人。父李格非，为苏轼门人。丈夫赵明诚是宰相赵挺之之子，以父荫，历任州郡地方官，是著名金石收藏家。她18岁与当时还是太学生的赵明诚结婚，夫妻志趣相投。金灭北宋，李清照举家南渡。两年之后，赵明诚在赴任湖州途中中暑病故。其后，李清照曾改嫁，很快又离异，晚景凄凉。著有《漱玉词》，存词四十七首。

渔家傲

天接云涛连晓雾，星河欲转千帆舞。仿佛梦魂归帝所〔1〕，闻天语，殷勤问我归何处。　我报路长嗟日暮，学诗谩有惊人句〔2〕。九万里风鹏正举〔3〕。风休住，蓬舟吹取三山去〔4〕。

注释

〔1〕帝所：天帝居住的地方。

〔2〕报：回答。谩有：空有，徒有。

〔3〕“九万里”句：《庄子·逍遥游》载：“鹏之徙于南冥也，水击三千里，抟扶摇而上者九万里，去以六月息者也。”鹏是传说中的神鸟，只有上升到九万里高空，才能飞行。

〔4〕三山：指蓬莱、方丈、瀛洲，传说中东海上神仙居住的地方。

解读

李清照通过写梦游太虚、谒见天帝来抒写现实中的内心苦闷，并表露出自我的倔强追求。词中的梦境是奇特的，天空中弥漫着云涛与晓雾，变成了云雾缭绕的朦胧世界。在恍惚之中，词人已经置身于天上银河，如此一个虚无飘渺的神话世界里，迷蒙的银河中闪烁的群星如同挂满蓬帆的航船，点点片片飞舞。词人的梦魂似乎就是乘此"星帆"进入天帝的居所，受到天帝的热情接待。天帝的殷勤问语，表明词人是天上"谪仙"似的人物，是天之骄子。事实上，这还是李清照自信、自强个性的流露。李清照自视甚高，人称李白为"谪仙"，李清照就是以此自拟。"归何处"的问语，又流露出李清照在现实世界中的迷惘彷徨。今夜星河弥漫浓浓云雾，似乎又成为现实世界的一种投影。现实人生路途漫漫，暮色沉沉，云雾重重。李清照在庞大的现实阴影下奋力地挣扎，但世乏知音，"学诗谩有惊人句"，孤独寂寞感油然而生。这是脱落了少女、少妇时代的天真无邪、单纯幼稚之后的人生感受，其中凝聚着词人丰富的人生阅历，充满着现实生活中频遭挫折的悲剧感。李清照34岁以前，多数时间都与赵明诚生活在一起，夫妻恩爱，相依相偎，心头没有如此多的愁苦，也不会有这样的挫折感产生。这首词应该作于此后。倔强的李清照并不甘心在这种寂苦中沉默，而是依恃天帝的鼓励，如鲲鹏展翅，欲乘风高飞远举，奔向理想中的"三山"仙境。李白说："大鹏一日同风起，抟摇直上九万里。"(《上李邕》)李清照就是有李白那样开阔的胸襟、强烈的自信，以及卓然于世俗之上的优越感。后人以李清照比拟李白，两者之间在个性方面也有极其相似的地方。梦境中的天帝，其实就是李清照自强不息的个性，支撑着她永不向命运之神低头。南渡之后的李清照，国破家亡，丈夫去世，孤独一身，晚景凄凉。又受到再婚与离婚的打击，频频遭受世人冷眼，心境趋于灰冷。再也没有"九万里风鹏正举"的豪情和自信。所以，这首词也不可能作于南渡之后。有学者将这首词的创作日期定为青州屏居之后与赵明诚长期离别、乃至产生猜疑矛盾这一时期，如此在理解上就顺理成章了。李清照既感受到现实挫折的压力，有了愁苦难言之意，又充满了自信，对未来仍然抱有很高的期望。这正是年近不惑的李清照所特有的心态。

如梦令

常记溪亭日暮[1]，沉醉不知归路。兴尽晚回舟，误入藕花深处。争渡，争渡，惊起一滩鸥鹭。

注释

〔1〕溪亭：徐北文《济南风情》："溪亭，固然可做泛指溪边的亭子，但宋时济南确实有'溪亭'的地名。苏辙在济南时有《题徐正权秀才城西溪亭》。徐正权为著名学者石介女婿，当时名医。"

解读

这里的"溪亭"、"藕花"、"鸥鹭"都是泛指，是李清照某次出游时的所见所闻。这时，李清照应该已经来到汴京父亲的身边，歌词所写的是汴京周围某处的景色。这首词记载了李清照自在浪漫的闺中少女生活。词写自己由于醉酒贪玩而高兴忘归，最后误入"藕花深处"。不期而来的划船少女，已经栖息下来的"一滩鸥鹭"吓得四下飞起。小词的笔调极其轻松、欢快、活跃，语言朴素、自然、流畅。令人诧异的是一位大家闺秀，居然可以外出游玩到天色昏黑，而且喝得酩酊大醉，以致"不辨归路"，"误入藕花深处"。迷路之后，没有迷途的惊慌，没有归家唯恐父母责怪的惧怕，反而又兴致勃勃地发现了"鸥鹭"惊起后的另一幅色彩鲜明、生机昂然的画面，欢乐的气氛洋溢始终。这样自由放纵的生活对少女李清照来说显然并不陌生，也是充分地获得父母家长的许可的。否则，只要一次严厉的责骂，美好的经历就可能化作痛苦的记忆。这首词显示出少女李清照的任性、真率、大胆和对自然风光的喜爱，这样的作为及个性与李格非自由的家教、家庭环境的宽松密切相关。

如梦令

昨夜雨疏风骤[1]，浓睡不消残酒[2]。试问卷帘人，却道"海棠依旧"。"知否？知否？应是绿肥红瘦！”

注释

〔1〕雨疏风骤：雨点稀落，风势迅猛。

〔2〕残酒：残留的醉意。

解读

昨夜一场“雨疏风骤”，摧残海棠，催送春天归去，敏感的词人不用到户外观察，用细腻的心灵去感觉，就能知道肯定是一幅“绿肥红瘦”的狼藉景象。以淡淡的愁怀去体察自然景致的细微变化，也是由词人的特定心境决定的。昨夜的饮酒入睡，是否有什么宽慰不了的私人情怀呢？结合下文对春日景色渐渐离去的焦急，不难体会出少女对自己虚度闺中光阴的焦虑。“伤彼蕙兰花，含英扬光辉。过时而不采，将随秋草萎。”（《古诗十九首·冉冉孤生竹》）这一份对青春美好年华的珍惜，是古往今来的感情敏锐细腻的女子所共有的。古代女子的唯一好出路就是寻觅到一位如意郎君，嫁一位好丈夫。所以，少女珍惜青春年华之时，就抑制不住内心的丝丝缕缕的“思春”情怀，李清照也不例外。日后，李清照对自己的婚姻有如此深沉的一份情感投入，在早期这些伤春伤怀的作品里已经可以看出端倪来了。这首词的构思也十分巧妙，词人用对话构成情感的递进深入，用粗心的“卷帘人”来反衬自己的敏感细腻，将少女幽隐不可明说的情怀含蓄展示在读者的面前。

词中所表达的意境，前人、今人诗词中也屡屡涉及。盛唐时期孟浩然《春晓》说：“春眠不觉晓，处处闻啼鸟。夜来风雨声，花落知多少？”春眠是舒适的，酣恬沉睡的诗人不知拂晓已到，是处处啼鸟声惊醒了诗人，春天清晨的勃勃生机透过“啼鸟声”显露出来。醒来后，诗人立即想起昨夜的风雨，于是便关心有多少花瓣被吹落。诗人听闻啼鸟声的欣喜，对落花的关心，都表现了对大自然的热爱。这首五言绝句着重表现的是抒情主人公春晓之际的舒适甜畅，语意缓缓，对“花落”的担忧也是淡淡而来，渐见深情的。晚唐韩偓将这一番诗意改用问句表达，《懒起》说：“昨夜三更雨，临明一阵寒。海棠花在否？侧卧卷帘看。”对落花投以更多的关注，但“侧卧”的从容姿势说明诗人的心情并不那么紧张迫切。与李清照同时的大词人周邦彦也有过类似的艺术构思，其《六丑》说："为问花何在？夜来风雨，葬楚宫倾国。"吐辞典雅的词人，将落花比拟作"楚宫倾国"般的美人，语意又婉转一层。李清照的词显然直接从韩偓作品中变化而来。这种被他人反复表述过的诗意，李清照出之以全新的构思。对话的双方身份明确了，反衬的作用更加明显。"绿肥红瘦"的比拟，令人耳目一新。小词用语浅近平白，语意却深沉含蓄，表现了花季少女朦胧淡约的愁思。宋人对这首词就非常赏识，《苕溪渔隐丛话》前集卷六十说："近时妇人能文词如李易安，颇多佳句。小词云：(词略)，'绿肥红瘦'，此语甚新。"《藏一话腴》甲集卷一则说："李易安工造语，如《如梦令》'绿肥红瘦'之句，天下称之。"

凤凰台上忆吹箫

香冷金猊，被翻红浪[1]，起来慵自梳头。任宝奁闲尘满，日上帘钩[2]。生怕闲愁暗恨，多少事、欲说还休。今年瘦，非干病酒，不是悲秋。 休休！这回去也，千万遍《阳关》，也即难留[3]。念武陵人远，烟锁秦楼[4]。惟有楼前绿水，应念我、终日凝眸[5]。凝眸处，从今又添，一段新愁。

注释

〔1〕金猊（ní 泥）：狮形的铜香炉。被翻红浪：红锦被呈波浪状堆积在床上，无心叠起之意。

〔2〕宝奁（lián 帘）：精美珍贵的梳妆盒。

〔3〕阳关：曲名，送别时所唱。王维《渭城曲》："渭城朝雨浥轻尘，客舍青青柳色新。劝君更进一杯酒，西出阳关无故人。"后翻入乐曲，唐人盛唱，又称《阳关三叠》。阳关，地名，在今甘肃敦煌西南。

〔4〕武陵：地名，在今湖南常德境内。喻指隐居处所。陶渊明《桃花源记》："武陵人，捕鱼为业。缘溪行，忘路之远近。忽逢桃花林夹岸，数百步中无杂树，芳草鲜美，落英缤纷。" 秦楼：用秦穆公女秦娥的典故，代指自己的居所。

〔5〕凝眸（móu 谋）：聚精会神地看。

解读

这首词还是写闺中的离别相思之苦。词中蕴涵的愁苦意绪之浓郁，心情之悲苦，又超过了上面的几首词。上片写闺人慵懒的神态和憔悴的外表。到了“日上帘钩”的时候了，闺中“金猊”香炉中的熏香早就燃尽，且已冰冷。经过一夜的不眠或噩梦折腾，起床之后竟然让红色的被子随意堆叠。无心整理床铺，就更没有心情梳妆打扮了。而且，这种慵懒无力、兴意阑珊的情景，已经延续了许多日子了，以至于精美的梳妆盒上布满了灰尘。《诗经·伯兮》说：“自伯之东，首如飞蓬。岂无膏沐，谁适为容？”“女为悦己者容”已经成为一种固定思维与行为模式，也成为诗词里表现闺中思妇不堪相思折磨的特定手段。温庭筠《菩萨蛮》说：“小山重叠金明灭，鬓云欲度香腮雪。懒起画娥眉，弄妆梳洗迟。”柳永《定风波》说：“日上花梢，莺穿柳带，犹压香衾卧。暖酥消，腻云亸，终日厌厌倦梳裹。”都是在写这样一位处于相思痛苦中而慵懒不愿起床、不愿梳妆的女子。李清照的自我叙述，立即令人联想到她的这种特殊处境。不堪“闲愁暗恨”的折磨，李清照欲采取躲避的方式，将“多少事”都故意压下不提，强迫自己忘记。但是，这种一厢情愿、自欺欺人的方式毕竟是无用的。嘴上可以不说，心里却不会忘记，痛苦则不会减轻丝毫。尤其是在形体上已经有了明显的表现：“今年瘦”，词人告诉我们：“非干病酒，不是悲秋”。原因具体而落实，就是丈夫离家日子的久远，相思痛苦蓄积的厚重。从前，李清照或许经常用“病酒”、“悲秋”之类的借口自我安慰、自我排遣，而将思念丈夫的真正原因忽略不提。到此时，词人知道这些排解方式都是无效的，包括前面的“欲说还休”，这些都不能真正摆脱愁苦，所以干脆将内心痛苦点明了。

下片词人尽情倾诉相思之情。过片“休休”，倾吐了离别的痛苦以及长期等待丈夫不归之绝望。万事皆休，这次离别，李清照在感情上与内心中，当然有过无数次的挽留，然而，在言语和行动方面必定是无所作为。怎么能阻拦丈夫出仕，自毁前程呢？这种内心情感与言行的矛盾，只能通过“千万遍《阳关》”曲来表达。缠绵留恋至深，别后痛苦更切，而久盼的不归，又使得郁积的愁苦意绪渐渐转变为隐隐的怨恨。以下李清照用典故含蓄描写自己的复杂情感。南朝宋刘义庆《幽明录》记载：汉明帝时，刘晨、阮肇入天台山采药，沿武陵溪而上，得遇两位美貌仙女，共同生活半年。刘、阮回家之后，见到的居然是第七代子孙了。又西汉刘向《列仙传》记载：秦穆公女弄玉，喜欢善吹箫的萧史，结为夫妻，后夫妻吹箫技能皆出神入化，遂一起登仙而去。弄玉所居后人称之为“秦楼”。“萧史弄玉”的故事，后人又赋予一层离别的悲苦情思，李白《忆秦娥》说：“箫声咽，秦娥梦断秦楼月。秦楼月，年年柳色，灞陵伤别。”这两个典故中，相恋的男女彼此都是非常恩爱的，情感都是十分真挚的。李清照借此表达她与赵明诚之间的伉俪情深。同时，这两个典故本身具有或后人赋予了离别的凄悲情调，李清照用来表达自己眼前的心境。人间、仙境的隔绝，又使词人有了“从此一别两渺茫”的隐隐绝望，这正是李清照长期独守空闺期间一丝一丝蓄积起来的怨恨情绪的表达。理解词人、永远记得词人这一番深情的“惟有楼前流水”，每天见证词人的倚楼“终日凝眸”。“凝眸处，从今又添，一段新愁”，已经成为词人必须承受、无法回避的痛苦。“凝眸”之际，虽然还有一种期待，但是，希望变得越来越渺茫，悲苦怨恨之意也就难以遏制。所以，唐圭璋先生评价说：“此首述别情，哀伤殊甚。”(《唐宋词简释》)与前面几首作品相比，应该是离别有一段日子以后的作品了。

这首词感情绵密细致，音调哀怨低婉，语言清新流畅。以平常言语诉说内心深情是这首词的一大特色，如“欲说还休”、“这回去也”等等。这些普通词汇经词人精心提炼、巧妙安排，便具有无穷的艺术魅力，堪称“点铁成金”。再辅之以“武陵”、“秦楼”的典故运用，使作品显得雅俗相称，雅俗共赏。

一剪梅

红藕香残玉簟秋。轻解罗裳，独上兰舟〔1〕。云中谁寄锦书来〔2〕？雁字回时，月满西楼〔3〕。　花自飘零水自流，一种相思，两处闲愁。此情无计可消除，才下眉头，却上心头。

注释

〔1〕红藕：红色的荷花。玉簟：光洁如玉的竹席。兰舟：用木兰制成的

华美小舟。后用作小舟的美称。

〔2〕锦书：指夫妻间的书信。前秦秦州刺史窦滔被徙流沙，其妻苏氏思之，织锦为回文旋图诗寄之。

〔3〕雁字：大雁飞行时，排成“一”或“人”字行，故称。相传大雁能够传递书信。

解读

李清照与赵明诚结婚后的前六年时间，两人共同居住在汴京，后来近十年时间又一起屏居山东青州，一直到李清照34岁左右，赵明诚起复再次出来做官，两人才有了离别的时候，这首词应该作于这一段时间。

婚后，李清照与赵明诚志趣相投，相互爱慕，多年的婚姻生活使他们之间建立起深厚的夫妻感情。丈夫外出做官，分离是无可奈何的事情。但是，李清照还是无法忍受离别所带来的相思痛苦折磨，她将这种情感淋漓尽致地倾吐到这首作品之中。起句“红藕香残玉簟秋”，就为相思怀人设置了一个凄艳哀婉的场景：色彩鲜艳、气味芳香的红色荷花已经凋零殆尽，坐在精美的竹席上可以感觉到秋的凉意。秋的萧瑟枯萎，叫离人更难以抵御相思愁绪的侵袭，这秋凉，甚至一直穿透离人的心扉。“秋风萧瑟天气凉，草木摇落露为霜，群燕辞归雁南翔，念君客游思断肠”（曹丕《燕歌行》），自古以来，冷落的秋天就是一个典型的悲伤怀人的环境。在这样的季节里，丈夫只身赴任，将自己留在家中，离别的愁苦意绪就时时涌上心头。“轻解罗裳，独上兰舟”，暗含对轻易别离、独自登程的怨苦之意。为生计、前程奔波，离家为官，这在普通夫妻之间都是十分平常的事情，而且还是一件为家庭带来光明前景的令人高兴的事情。对丈夫一腔深情的李清照却并不注重光宗耀祖或丈夫的前程，在乎的只是夫妻的恩爱。所以，她才会埋怨丈夫的轻易离别，将自己独自留在家中。这种埋怨是没有道理的，正是词人这无理的埋怨，才透露出夫妻之间的深厚情感。既然离别已经是必须面对的现实，李清照只能盼望着早日重聚。“云中谁寄锦书来？雁字回时，月满西楼”三句，充满着热切的期待之情。自从夫妻分手之后，李清照经常翘首遥望“云中”。其间，或许也有“误几回、天际识归舟”之类的误会，有满怀的希望和时时的失望，但是，李清照坚信丈夫对自己的爱情，坚信丈夫牵挂自己如同自己对他的思念。当“雁字回时，月满西楼”的时候，大雁会捎来丈夫的书信，夫妻团圆的日子便指日可待。这种期待与自信，是对丈夫的深情眷恋，是对美满婚姻的最好回味，是对未来生活的无限希望。李清照在古代社会里是幸运的，她有了一位心爱的丈夫，有了一段美满的婚姻。甚至是分手之后牵肠挂肚的思恋，也令人羡慕不已。

下片写别后的相思，脱口而出，自然感人。“花自飘零水自流”，写别离已成事实，令人深感无奈，就像春花不由自主地飘零、随着流水消逝而去一样。如花美眷，似水流年，词人感觉到一种“长恨此身非我有”的无法把握自己命运的悲苦。况且，舜华转眼即逝，人生又有多少如春花一般的美好时光呢？词人不禁为此长长叹息。李清照深深懂得丈夫对自己的思念也是相同的，所谓“一种相思，两处闲愁”。对丈夫的理解，更增添了思念之情。于是，这种恋情别思就再也没有办法排解了。“此情无计可消除，才下眉头，却上心头”，说明词人不堪相思的折磨，也曾做过多种努力，想把自己从痛苦中摆脱出来。然而，所有的努力都归于失败，表面上眉头虽然舒展开来了，但心头的愁结依然如故。相思之情从外在的“眉头”深入到内心的深处，无论如何也是无法解脱了。李清照注定要在相思愁苦中煎熬下去，一直等到丈夫归来的那一天。

这首词集中抒发了作者对丈夫的深挚情感，吐露了不忍离别之情以及别后的相思之苦，将一位沉湎于夫妻恩爱中独守空闺备受相思折磨的妻子的心理刻画得细腻入微。作品的语言自然流畅，清丽俊爽，明白的叙述中包蕴了无尽的情思。

怨王孙

湖上风来波浩渺，秋已暮、红稀香少。水光山色与人亲，说不尽、无穷好。

莲子已成荷叶老，青露洗、苹花汀草。眠沙鸥鹭不回头，似也恨、人归早。

解读

文人墨客向来有“悲秋”的传统，所谓“悲哉秋之为气也”。面对秋天枯萎憔悴的花草，萧条冷落的景色，人生不如意之事就会涌上心头，多愁善感的文人不免就凄凄惨惨、唏嘘感涕、伤心不已。宋代之前，只有极个别心胸开阔的诗人跳出“悲秋”的传统，以欣喜的眼光赏识着秋天的美景。中唐诗人刘禹锡一生频遭挫折，却始终不改倔强刚硬的个性，他对秋天的景色就有另外一副眼光，《秋词》说：“自古逢秋悲寂寥，我言秋日胜春朝。晴空一鹤排云上，便引诗情到碧霄。”诗歌否定了历来“逢秋悲寂寥”的陈词滥调，独标“秋日胜春朝”的观点。请看：秋高气爽，晴空万里，一鹤排云而上，是多么的高扬豪迈。诗人的诗情也因此给引向了碧霄，变得视野开阔，心胸爽朗。晚唐诗人杜牧出身名门，才华出众，自视甚高，一生积极想有所作为，他对秋日景色也有另一番赏识，《山行》说：“远上寒山石径斜，白云生处有人家。停车坐爱枫林晚，霜叶红于二月花。”秋日远上寒山，诗人不着眼于冷落萧条的景色，依然兴趣勃勃。当他遥望发现“白云生处有人家”时，一种欣慰喜悦的情感涌上心头。诗人浏览景色，发现了“霜叶红于二月花”的秋日别致景色，火红的色彩中充满了生机，诗歌也因此具有一种高朗爽健、意气风发、俊逸明丽的特色。

李清照作为女子世界中的豪俊，其豁达的胸襟、爽朗的个性、开阔的视野，毫不逊色于前辈优秀诗人。面对“红稀香少”的暮秋季节，词人不是在为荷花稀落、荷叶枯萎等流逝的风光景色而惋惜感伤，而是兴趣盎然地与“水光山色”相亲，品尝大自然“无穷”的美妙，以充满诗意的画笔勾勒出一幅优美动人的深秋湖面风景图。这里，湖水浩渺，波光粼粼，清澈的绿波与岸边的“苹花汀草”掩映成辉。整个画面的色调清新秀丽，景物疏落有致。少女的欢欣，使得“莲子已成荷叶老”的深秋湖面也透露出勃勃生机。词人是这样地喜爱自然山水的美好风光，以至留连徘徊，依依难舍。然而，词人却转折一层表达，不直接写自己留连忘返的情思，而是写“眠沙鸥鹭”对早早归去游人的埋怨，以表述自身对“水光山色”的无限依恋之情。可以设想，词人今天又是一次“兴尽晚回舟”，临别之际却再度留恋，词人完全陶醉于迷人的风光景色之中。只有感觉到现实生活的美好灿烂，对现实生活充满了热情，对未来充满了信心，词人才会用如此轻灵欢快的笔调去描绘暮秋景色，以如此爽朗开阔的胸襟去拥抱自然。

醉花阴

薄雾浓云愁永昼，瑞脑消金兽[1]。佳节又重阳，玉枕纱厨，半夜凉初透[2]。

东篱把酒黄昏后，有暗香盈袖[3]。莫道不消魂，帘卷西风，人比黄花瘦[4]！

注释

〔1〕永昼：漫长的白天。瑞脑：香料名，又称龙脑，入药为冰片。金兽：兽形的铜香炉。

〔2〕玉枕：瓷枕。纱厨：碧纱厨。用木料做厨架，蒙以轻纱，中间安放床位，以避蚊蝇。

〔3〕东篱：种菊花的地方。陶渊明《饮酒》："采菊东篱下，悠然见南山。"暗香：幽香。

〔4〕消魂：神伤。

解读

伊世珍的《琅嬛记》卷中也记载了这首词的一段故事："易安以重阳《醉花阴》词函致明诚。明诚叹赏，自愧弗逮，务欲胜之。一切谢客，忘食忘寝者三日夜，得五十阕，杂易安作，以示友人陆德夫。德夫玩之再三，曰：'只三句绝佳。'明诚诘之，答曰：'莫道不消魂，帘卷西风，人比黄花瘦。'政易安作也。"不论这一故事的可信程度如何，单从这一故事的流传，就足以说明，李清照的生活体验不是一般文人所能有的。这一故事所传达的李清照对赵明诚的相思之情，以及两人之间的才华差异，也都是非常真实的。

这首词同样是早期李清照与丈夫分别之后所写，也是通过悲秋的环境设置来抒写自己的寂寞愁苦。然而，词人选定了一个特定的日期来写自己铭心刻骨的相思情怀。"每逢佳节倍思亲"，人同此心，心同此理。以往的重阳佳节，一定是夫妻共同登高赋诗，或者是把酒赏菊。所以，离别以后，再逢重阳，千万种思绪涌上心头，词人就难以自我把持了。词的上片先写重阳秋日凄凉冷落的情景。虽然说是节日，但今天的气候实在恶劣，"薄雾浓云"布满了整个天宇，整整延续了一天，始终没有见到晴朗的阳光。在这种暗淡阴冷的日子里，愁云布满心头的词人，只能枯坐闺中，点燃"瑞脑"，凄苦地消磨时光。她不敢跨出房门，怕经受不住室外的寒冷，经受不住“物是人非”的刺激。开篇，词人就借助气候、景物的描写，传达出离人浓浓的愁苦意绪。“瑞脑消金兽”一句，写出时间的漫长无聊，同时又烘托出环境的凄寂。这是在写白天，一下转写夜晚。词人以一句“佳节又重阳”作为过渡，点明节令，也点明佳节思亲的愁苦。接着，就从“玉枕纱厨”这样一些具有特征性的事物与词人的特殊的感受中写出了透人肌肤的秋寒，暗示词中女主人公寂苦的心境。词人完全可以通过加厚被铺之类的措施抵御秋寒，之所以没有如此做，根本原因在于这种寒冷实际上是从内心冒出的，无法排除，无法抵挡。词人故意借外界的秋夜凄寒来掩饰自己的真实心境，抒情婉转曲折。上片依照时间的顺序，一一说来，贯穿于“永昼”与“半夜”的，是“愁”与“凉”二字。在这个重阳节日，无论是白昼还是黑夜，李清照都深深地纠缠在愁苦意绪之中。上片已经陆续写出深秋的节候、物态、人情，这是构成“人比黄花瘦”的原因。

下片补叙白天的其他活动。到了黄昏时候，词人觉得不能让节日如此轻易过去，何况自己也需要转移注意力，从愁苦中解脱出来。于是，便步入花园，赏菊饮酒。这举动是随众随俗的，也是特意安排以转移视线的。这次“东篱把酒”，一直饮到“黄昏后”，词人想摆脱愁苦的心情是比较迫切的。“东篱把酒”的举动，还令人联想起“采菊东篱下，悠然见南山”的潇洒自在的陶渊明。屏居青州时期，一定是夫妻两人共同的行为。李清照是在极力模仿古人，希望自己能够洒脱一点。重阳日菊花的幽香盛满了词人的衣袖，环境还是与陶渊明时代相仿，也与当年丈夫陪伴在自己身旁的时候相仿，然而词人却哪里还有往日的情怀：“莫道不消魂，帘卷西风，人比黄花瘦。”前后对比，物是人非，今昔异趣。相思离情，油然而生。作为闺阁妇女，由于封建社会的种种束缚，她们的活动范围有限，生活阅历也受到种种约束，即使像李清照这样上层知识妇女，也毫无例外。因此，相对说来，她们对爱情的要求就比一般男子高些，体验也更细腻一些。所以，当作者与丈夫分别之后，面对孤寂单调的生活，便禁不住要借春恨秋愁来抒写自己的相思情怀了。从字面上看，这首词并未直接写独居的痛苦与相思之情，但这种感情却渗透在词的字里行间，无处而不在。

值得指出的是，比喻的巧妙也是这首词广泛传诵的重要原因。古诗词中以他物喻人瘦的作品屡见不鲜，如无名氏之《如梦令》“人与绿杨俱瘦”、程垓之《摊破江城子》“人瘦也，比梅花，瘦几分”、秦观之《水龙吟》“天还知道，和天也瘦”等等，但却不及李清照“人比黄花瘦”生动感人。原因是，这个比喻与词的整体形象结合得十分紧密，切合女主人的身份和情致，读之使人感到亲切。词中还适当地运用了烘云托月的手法，有藏而不露的韵味。例如，下片写菊，并以菊喻人，却始终不见一“菊”字。词人用“东篱把酒”这样的典故与“暗香盈袖”的描写，突出咏菊的话题，“菊”的色、香、形态，俱现笔端。清代陈廷焯《云韶集》评价说：“无一字不秀雅，深情苦调，元人词曲往往宗之。”

添字丑奴儿

窗前谁种芭蕉树？阴满中庭，阴满中庭。叶叶心心，舒卷有余情。 伤心枕上三更雨，点滴霖霪[1]，点滴霖霪。愁损北人，不惯起来听[2]。

注释

〔1〕霖霪：指雨点连绵不断，滴滴答答下个不停。

〔2〕愁损：因过度愁苦而损伤身体和精神。北人：作者自指。

解读

这是一首咏芭蕉的词，写出失去家乡、流亡到南方的“北人”的心态。叶子肥大的芭蕉树，在江南随处可见。黄梅季节，阴雨连绵，雨声不停地敲打着芭蕉，这种淅淅沥沥的声响“北人”何曾听过。对于渡江南来的“北人”来说，无论漂泊到南方的何地，无论在此地居住多长时间，始终没有家乡的认同感，居无定所的惶恐不安永远追随着词人。面对窗前的芭蕉树，眼看“阴满中庭”的梅雨气候，词人已经预感到今夜可能又是一个无眠的长夜煎熬。这样的情形，词人南渡之后肯定经历过无数次。于是，眼前“叶叶心心，舒卷有余情”的芭蕉，便成了愁眉紧锁、愁怀不开之词人的反衬物。芭蕉的舒展与无知，衬托了词人的一腔深情。所以，当词人三更半夜，辗转难眠，听到如此“点滴霖霪”的雨点敲打着芭蕉时，就特别引起了“北人不惯”的感觉，不免增添失去故土的伤痛与复国无望的深愁。这雨滴居然会如此的无休无尽，仿佛存心与来自干旱地区的“北人”作对，提醒“北人”背井离乡的现实悲惨处境。这叫卧床的“北人”实在无法忍受下去了，只得披衣“起来听”。“起来听”难道就能够缓解愁痛的程度吗？这当然是不可能的，这只是词人真的没有办法应付漫漫长夜的折磨而采取的一个不可能产生效果的无奈动作，今夜的痛苦将持续下去。整首词通过“北人”对异乡风物的感受，写出自己流落江南、国破家亡的难堪愁苦，也写出千千万万“北人”的故国之思，唱出他们的苦难心声。

好事近

风定落花深，帘外拥红堆雪。长记海棠开后，正是伤春时节。酒阑歌罢玉尊空[1]，青缸暗明灭。魂梦不堪幽怨，更一声啼鴂。

注释

〔1〕酒阑：酒将尽。

解读

这首词写伤春思别情绪，淡淡说来，渐见深情。词人对春天美景的留恋和闺中孤寂的幽怨，都在画面中得到含蓄展示。春末时节，窗外风已停止，而这一场无情的风所摧残的花瓣，飘零大地，堆满帘外，叫人分外怜惜。一年一次，就是这样的“海棠开后”的“伤春时节”，每每都要引起词人无限的伤感，无限的悲悼，让人“长记”而难忘。风的停息，使闺中闺外一片静谧，词人的思念愁绪也仿佛随之沉寂。然而，仔细品味每一句话，发现这种思愁深入到词人的内心，永远无法磨灭。词人虽然也喝酒、也听歌，但“酒阑歌罢玉尊空”的时候，面对着“青缸”光线的或明或暗的跳跃变化，独自忍受着长夜的寂寞与无奈，深埋在心底的愁怨就会一丝丝地翻搅上来。即使在蒙眬中睡去，梦魂也自然会停留在那种“幽怨”的状态之中，也非常容易被那

“一声啼鴂”所唤回。整首词没有特别剧烈的感情喷发，没有出人意表的比喻夸张，没有声嘶力竭的痛苦诉说，在从容平静中，缓缓揭示内心的离别愁思。这是李清照表达离情别思的又一种方式。

念奴娇

萧条庭院，又斜风细雨，重门须闭。宠柳娇花寒食近[1]，种种恼人天气。险韵诗成，扶头酒醒，别是闲滋味[2]。征鸿过尽，万千心事难寄[3]。 楼上几日春寒，帘垂四面，玉阑干慵倚。被冷香消新梦觉，不许愁人不起。清露晨流，新桐初引，多少游春意[4]！日高烟敛，更看今日晴未？

注释

〔1〕宠柳娇花：形容春日里柳、花的娇媚。恼人：让人心烦意乱。

〔2〕险韵：作诗用韵部很窄的难押之字或不常见的僻字押韵，称用“险韵”。这可以表现诗人作诗的熟练技巧。扶头酒：酒性浓烈、使人易醉的酒。因酒后头晕，故称。

〔3〕征鸿：飞雁。据说能传递书信。

〔4〕“清露”二句：用《世说新语·赏誉》成句。初引：枝叶才生长。

解读

晚年李清照身处的环境，永远是冷冷清清的“萧条庭院”，欢乐已经永远离词人而去。即使“斜风细雨”的侵袭，也让脆弱的词人不堪忍受，只得“重门须闭”，躲避可能会有的外界的伤害。这时候，大约连“向帘儿底下，听人笑语”的勇气也不复存在了。庭院以外，是“宠柳娇花”千姿百态的烂漫春天，词人所关注的却是接近寒食时节的细雨霏霏、点滴霖淫的黄梅天气。词人南渡以后的词作里，已经一再表示自己对这种“点点滴滴”连绵细雨的厌倦乃至恐惧的情感，这里寄托着浓浓的乡思，寄托着深深的家国之愁。一句“种种恼人天气”，将诸多愁苦的感受与情绪涵括无遗。剩余的生命都是多余的，每天里都有不知道怎样消磨的漫长无聊的时光，词人只能依赖“险韵诗”、“扶头酒”来打发寸寸光阴。作诗用韵部很窄的难押之字或不常见的僻字押韵，称为用险韵，这样可以表现出诗人作诗的熟练技巧。寻常的创作，对才能过人的李清照来说已经变得轻而易举，她必须寻找更加艰深困难的创作方式，转移自己的心思，消耗自己的精力，消磨自己的时光。杜牧《醉题五绝》说："醉头扶不起，三丈日还高。"贺铸《南乡子》说："易醉扶头酒，难逢敌手棋。"常年以酒浇愁，寻常的酒也就不足以令词人昏醉，词人只好用烈性的“扶头酒”寻醉了。当“诗成酒醒”之后，就再也没有什么可以消遣的，只留下一番无言诉说的“闲滋味”，让词人苦涩地、无休尽地咀嚼。眼前“征鸿”过尽，“万千心事”却难寄。家乡已经沦落，丈夫已经去世，词人的一腔情思、一腔哀思还能寄到哪里、寄给谁呢？只怕引起的仍然是“雁过也，正伤心，却是旧时相识”的感伤。

在日常平淡的生活中，几日春寒，帘垂四面，阑干慵依，词人将自己深深地躲藏在楼上帘后，与外界远远隔离。这是词人白天所身处的环境。下阕首三句同时是对上阕的一笔总束。紧接着写夜晚。睡梦中被惊醒过来，依然是白天愁苦的延续。“被冷香消”，表明夜已深，词人始终没有睡安稳，睡梦中的来回翻腾才能导致“被冷”，这当然是一场令人辗转反侧的噩梦。当“愁人”被迫起床，新的一天新的一轮折磨又将开始。清晨时刻，露水晶莹闪亮，梧桐枝叶新生，春回大地，这样的景色赏心悦目，颇值得外出一游，这也是消愁的一种方法。随即，词人又开始担心“次第岂无风雨”。当朝阳升起，烟雾散尽，词人还要进一步观察今日是晴天还是雨日。最终，词人依然表达了对外界的恐惧心理，为将自己紧锁在屋里寻找借口。这是李清照南渡以后的典型心态。从白天到夜晚、再到清晨，展望又一个白天，周而复始，痛苦的折磨是没有尽头的。词人完整地叙述了一整天的光阴是如何慢慢消遣打发的，虽然不是一种剧烈的爆发，但是这样伴随始终的痛苦，是任何人都难以承受的。《金粟词话》称许说："李易安‘被冷香销新梦觉，不许愁人不起’，‘守着窗儿，独自怎生得黑’，皆用浅俗之语，发清新之思，词意并工，闺情绝调。"

永遇乐

落日熔金，暮云合璧[1]，人在何处？染柳烟浓，吹梅笛怨，春意知几许[2]？元宵佳节，融和天气，次第岂无风雨[3]？来相召、香车宝马，谢他酒朋诗侣[4]。中州盛日，闺门多暇，记得偏重三五[5]。铺翠冠儿，捻金雪柳，簇带争济楚[6]。如今憔悴，风鬟霜鬓，怕见夜间出去[7]。不如向、帘儿底下，听人笑语。

注释

〔1〕熔金：形容落日的辉光呈现出赤黄的颜色。合璧：形容暮云连成一片，像碧玉一般。

〔2〕吹梅笛怨：笛中有《梅花落》曲，声情哀怨。

〔3〕次第：转眼。

〔4〕香车宝马：华美的车马。

〔5〕中州：代指北宋汴京。三五：指正月十五元宵节。

〔6〕铺翠冠儿：装饰着翡翠的帽子。捻金：以金线捻丝。雪柳：绢或纸做的花。捻金雪柳都是宋时元宵节妇女应时的装饰。簇带：头上插戴着许多装饰物。簇：丛聚。带：通“戴”。济楚：齐整，漂亮。

〔7〕怕见：犹言懒得。

解读

这首词写元宵佳节“试灯无意思，踏雪没心情”的恶劣情绪，这是词人饱经忧患离乱的中年生活的真实写照。历史上的兴衰巨变与个人身世沉浮之感，隐现于字里行间。

上片写元宵时的景物与矛盾心态。今年的元宵节是一个晴朗的好日子，从傍晚时刻“落日熔金”的余辉灿烂中，可以知道这一天的阳光明媚。晴爽暖和的天气，为元宵节入夜游玩赏灯，提供了良好的环境。有了这一伏笔，才有了以下的“元宵佳节，融和天气”，有了“来相召、香车宝马，谢他酒朋诗侣”。天色渐渐昏暗，暮色连成一片的时候，元宵节欢乐的序幕也应该缓缓拉开。此时，词人突然插入“人在何处”的冷冷一问，终止了对元宵节可能到来的欢乐的描写，扭转了全词的格调气氛。国破家亡，心情悲苦，神志恍惚，一时间竟不知自己置身何处。这是词人南渡之后心灵遭受重创的具体表现。于是，前文的“暮云合璧”就成为一种黑压压的环境逼迫，全词低沉悲苦的格调也因此奠定。周围的景物，依然在表示着春天脚步的临近。烟雾弥漫在新绿的柳条之间，四处又传来“吹梅笛怨”的声响，那是在告诉人们梅花已经盛开绽放，节日的气氛越来越浓郁了。当词人的情绪有可能因此走向欢快之际，词人第二次插入冷冷的一问：“春意知几许？”到底酝酿了多少“春意”？“春意”又能持续多长时间？个人还能享受多少“春意”的快乐？这都是面对春天美景词人所要担心的。具体地说，今天果然是“元宵佳节，融和天气”，难道谁能保证转眼之间不会有狂风暴雨？词人提出第三个疑问时，将自己的担忧就全盘托出了。因为这都是词人亲身所经历的。南渡之前，她有过安定宁静、幸福快乐的生活，那时候，李清照又怎么会预料到后来有这样一场国破家亡、背井离乡的灾难呢？生活中有过这么一次翻天覆地的变化，词人对眼前的快乐还能抱有多少的信心？情绪的跌宕起伏，昭示了词人精神遭受磨难的过程。眼前的生活虽然渐趋稳定，但是词人精神上背负着如此重负，自然再也没有心情寻欢作乐了，“来相召、香车宝马，谢他酒朋诗侣”，就是理所当然的了。与这些“酒朋诗侣”比较，词人不是如此的肤浅，容易忘记苦难。上片，词人恰当地使用了反衬法，在应该欢乐的节日里，融和晴丽的气候中，词人满目愁苦，事事忧虑，人物的心情与节日的环境形成鲜明对衬。

下片回顾南渡之前的快乐生活，点明心情如此悲苦的真实原因，抒写南渡后今昔盛衰之感。过片，李清照回忆了“中州盛日”。中州，代指汴京，代指南渡前的欢乐时光。当时，闺中有的是闲暇时间，于是，在“三五”元宵的时候，心情格外放松，不放过所有的寻求快乐的机会。李清照生活的北宋后期，元宵佳节热闹非凡，“上元节烧灯盛于前代，为彩山峻极而对峙于端门”（《铁围山丛谈》卷一）。“灯山上彩，金碧相射，锦绣交辉。”“奇术异能，歌舞百戏，鳞鳞相切，乐声嘈杂十余里，击丸蹴鞠，踏索上竿。”（《东京梦华录》卷六）平民百姓，以至王公贵族家的少女闺妇，都成群结队，拥挤于喧腾的人群中，花团锦簇，“锦绣匝道”，目不暇给。中间杂以鼓乐声唱、杂耍表演、呼卢赌博，欢笑声沸天盈地。李清照当年同样是精心化妆打扮。“铺翠冠儿”和“捻金雪柳”都是宋时元宵节妇女应时妆饰物，穿戴得如此整齐盛丽，李清照簇拥在欢快沸腾的人群中，那是何等的快乐啊！相对南渡之后的凄凉情景，人已憔悴，“风鬟霜鬓”，哪有心情夜间出去赏识花灯。不但没有心情出去，而且还“怕”提起夜间出去。灯市如果一如南渡之前繁盛，便叫人愤慨经历了亡国苦痛的同胞的没有心肝，只知苟且偷安，图得眼前的一时欢乐；灯市如果已经萧条不如往昔，更引起词人今昔不同、故国沦亡的悲伤。无论哪种情况，都是此时此刻李清照所“怕”见到的。受到伤害的心灵，对现实社会有了一种难言的恐惧。“不如向帘儿底下，听人笑语。”是在婉转地告诉读者，词人再也没有“笑语”，也没有“笑语”的心情。“听人笑语”，大约还是为了排解自己的寂寞愁苦，但最终恐怕依然因为无心“笑语”而倍增苦痛。南宋灭亡之后，作为亡国遗民的张炎呻吟道：“无心再续笙歌梦，掩重门、浅醉闲眠。莫开帘，怕见飞花，怕听啼鹃。”(《高阳台》)张炎此时的心态及所流露的情绪，都与李清照相似。李清照前面两首《临江仙》用“庭院深深深几许”开篇，所表现的也是这样一种遭受苦难之后的心灵恐惧和精神创伤。

李清照这首《永遇乐》，曾深深感动了南宋爱国志士。遗民词人刘辰翁《永遇乐序》说：“余自乙亥（宋恭帝德祐元年，1275年）上元，诵李易安《永遇乐》，为之涕下。今三年矣。每闻此词，辄不自堪。遂依其声，又托之易安自喻。虽辞情不及，而悲苦过之。”德祐元年，正是蒙古大军入侵、南宋政权颠覆的年月，情景又与李清照南渡初年相似，所以，刘辰翁读李清照词才感慨颇深。刘辰翁词中说：“宣和旧日，临安南渡，芳景犹自如故。缃帙流离，风鬟三五，能赋词最苦。”就是深入地体会了李清照南渡之后的遭遇和心境，熔铸成悲苦之辞。所以说，这时候李清照的词虽然写“私人化”的情感，却与广大百姓的苦难、整个社会的普遍情感息息相关。

武陵春

风住尘香花已尽，日晚倦梳头。物是人非事事休。欲语泪先流。闻说双溪春尚好，也拟泛轻舟。只恐双溪舴艋舟[1]，载不动许多愁[2]。

注释

〔1〕双溪：水名，在今浙江金华。

〔2〕舴艋舟：小船。

解读

转眼到了暮春季节，虽然群花凋残，春色阑珊，但是气候渐暖，鸟语花香，大自然仍然充满着蓬勃生机。不过，在心境悲苦的李清照眼中，则完全是一幅"风住尘香花已尽"之死气沉沉、寂寞萧条的凄凉景象。风停了，花谢了，春天的芳香也已散尽了，大自然陷入一派令人恐惧的死寂之中。这幅景象是词人特殊眼光观察的结果，实际上是词人强烈主观情绪之外露。在这样的孤独凄苦中，词人就无心梳妆打扮，一直在房中呆呆地坐着，到了"日晚"黄昏的时候。按照常理，梳头是清晨起床时应该完成的工作，这里却是到了"日晚"时刻还懒得梳头，词人一天都是这样心灰意懒地坐着发呆？枯坐一天要忍受多少痛苦的折磨？一再的颠簸流离，婚变的残酷打击，晚年的凄凉无依，已经将词人的精神摧残到麻木的状态。一天的怔怔不知所为，终于让麻木中的词人清醒地意识到一件事情："物是人非事事休。"其实，春天并没有变得如此枯索，外界的景物依旧，只是人事已非，丈夫辞世也有五六年之久，李清照心境非常灰颓，自然界才在她的眼中黯然失色。"事事休"，是极端绝望之话语，人世间已经没有什么事情能够引起词人的兴趣了。内心的悲苦，只能用眼泪来诉说。"欲语泪先流"是痛苦已极、无语倾诉的表达。这时候，连"向帘儿底下，听人笑语"的心情都没有了。明人李攀龙评云："未语先泪，此怨莫能载矣。"（《草堂诗余隽》）

极度愁苦之余，词人还是想到要外出游览，以消遣心事。双溪是金华著名的风景秀丽的游览胜地，因为有东港、南港两条水流汇聚于金华城南，故名"双溪"。每到春暖花开的季节，双溪上游人如云，热闹非凡。唐代严维《送人入金华》说："明月双溪水，清风八咏楼。"李清照暂时定居金华后，曾登临八咏楼，也多次听说过双溪的湖光山色，这里的春色更加烂漫美丽。于是，词人有了"轻舟"出游的打算，让自己置身于美好的春光之中，让灿烂的春色来抚慰自己受伤的心灵。过片"闻说双溪春尚好，也拟泛轻舟"，照应开篇的"风住尘香花已尽"，可见春天完全已经消失只是词人悲苦之中的虚拟想象。下片词人的情绪似乎有所松动，然而很快就被新涌上来的愁绪所淹没："只恐双溪舴艋舟，载不动、许多愁。"词人将抽象的"愁"作了形象的比喻，"愁"在这里变得有体积、有重量了。内心积蓄的愁苦太多了，太沉甸甸了，词人担心"舴艋"小舟，无法承受这一份沉重，比喻十分新颖贴切。李煜《虞美人》将"愁"比作"一江春水向东流"，秦观《千秋岁》则说："飞红万点愁如海"，都对"愁"作了形象生动的比喻。李清照之作，可以与他们并美。其后，王实甫《西厢记·长亭送别·收尾》说："遍人间烦恼填胸臆，量这些大小车儿如何载得起？"也是善写"愁"者。李清照擅长用平常的语言，作传神的描写，这首词的结尾就是一个范例。

很明显，这首词所抒发的"愁"绪已不仅仅是因为伤春引起的，字面上词人似乎只是扣住"伤春"的题目，实际上则是国破家亡、亲人永逝、婚变风波、四处逃亡与文物丧失等杂揉在一起的深悲巨痛。上片伤春伤逝，点季节与特殊情境。下片欲摆脱愁苦，却将国恨家愁提升到一个无尽无休、无法排遣的更高层次。与南渡初年比较，词人更加恨重愁深，一发不可摆脱了。

声声慢

寻寻觅觅，冷冷清清，凄凄惨惨戚戚。乍暖还寒时候，最难将息[1]。三杯两盏淡酒，怎敌他、晚来风急。雁过也，正伤心，却是旧时相识。 满地黄花堆积。憔悴损，如今有谁堪摘[2]？守著窗儿，独自怎生得黑[3]？梧桐更兼细雨，到黄昏、点点滴滴。这次第，怎一个、愁字了得[4]？

注释

〔1〕乍：突然，骤然。将息：唐宋时方言，休息、保养之意。

〔2〕损：憔悴到了极点。

〔3〕怎生：怎么。生，语助词。

〔4〕次第：犹言光景，情形。了得：概括完毕。

解读

这首词形象地描绘出残秋的萧瑟景象，抒发了词人饱经忧患、家破人亡之后的悲痛。这里，既有词人与当时人们所共同感受到的国破家亡之恨、离乡背井之愁，又有个人所独具的晚年丧夫、没有儿女、孤苦寂寞、辛酸艰难的生活体验。全词调动一切艺术手段，形象地再现了词人南渡后寂苦无依、走投无路的处境和百计难解、欲说还休的国难家愁，低沉的调子中微露愤激的情感。首三句由七组叠字构成，大胆新奇。不仅显示了高超的遣词组句的技巧，而且，有层次地表现了词人精神恍惚的状态和凄苦愁怨的心灵。“寻寻觅觅”，劈空而来，似乎难以理解。细加玩索，才知道所表现的是一种若有所失的精神状态。环境孤寂，心情空虚，无可排遣，没有寄托，就像有什么东西丢掉了一样。所以，在下意识中开始寻觅。这遗失的东西，可能是流亡逃难以前安定充实的生活，是丈夫在世时美满幸福的爱情婚姻。这些抽象的环境与情感，却不是能够实实在在地寻觅把握的。起句就将李清照由于金兵的入侵、北宋的崩溃、流亡的经历、孤独的晚景所带来的经受了长期消磨而依然留存心底的悲哀，充分地显示了出来。若有所失，便想抓住一点什么，结果还是两手空空。词人这才如梦初醒，从精神恍惚中回到了现实世界，感觉到周围的“冷冷清清”。于是，内心的“凄凄惨惨戚戚”的悲苦意绪便汹涌而来。这组叠字，由动作到环境、到心情，由浅入深，由表及里，由外到内，声情并茂。

“乍暖还寒”是九、十月之交的暮秋季节，此时人们特别容易得病。其实这是词人情绪恶劣的曲折表现。词人此时的“贫病”完全是因为环境的变化带来的。环境不佳，心情恶劣，气候又很坏，所以词人特别敏感，身体觉得很难适应。词人不说环境之冷清，心情之凄惨，而将身体不适的一切原因都归之外界的“乍暖还寒”的气候。词人故意避开现实环境和内心深愁，想借口外界原因而自我安慰。其作用是更深刻地表现了词人内心的哀愁。既然归之外界，词人就用“三杯两盏淡酒”来抵寒，事实上还是在借酒浇愁。然愁绪依然解不开，词人不愿直说，婉言推之淡酒难敌外界急风。否则的话，词人不是可以五六杯、七八杯地喝下去吗？一直到浑身发热为止。总之，词人百般设法，却总是无法摆脱。这两句是上文写环境与心情的延伸，词人故意将心情的恶劣隐藏在字里行间，而把环境的难堪推到表面，以做解释。恶劣的情绪终究难以回避，所以，词人借“雁过也”，将上文含情未说之事略加点明。正在这时候，一群征雁，掠过高空，在急风、淡酒、愁绪难消的情景中，在周围一片沉寂的冷漠中，大雁蓦然闯入，使人有“空谷足音”的感受。但这感受不是喜悦，而是“伤心”。因为大雁到了秋天，由北而南，躲避寒冷。李清照也是北方人，避乱南下，与大雁似乎是“旧时相识”，于是就有了“同是天涯沦落人”的悲伤。

过片紧承上文，仍写词人所见。词人仰望则见辽天过雁，俯视则满地残菊。菊花虽然开得极其茂盛，然眼前又已憔悴。在往年，一定要在它盛开的时候，摘来戴到头上，如今谁会有这种兴致呢？李清照喜欢以“傲霜”的菊花自比，南渡前有“帘卷秋风，人比黄花瘦”之名句。这里满地憔悴，无人赏识的菊花，也不象征着词人晚年孤独无依、寂寞忧愁的处境吗？无论是“旧时相识”的大雁，还是“满地黄花”的新知，引起的都是物是人非的感觉，光景今昔不同的愁苦。因此，词人感觉到度日如年了：“守着窗儿，独自怎生得黑？”至此，读者才发现前文的“雁过也”、“满地黄花”原来都是“守着窗儿”时候的所见所闻。“守着窗儿”，最初目的大概是为了浏览景物，排遣愁闷，岂知所见所闻反而处处触动内心的怨苦，万般无奈中被逼出一句：“独自怎生得黑。”白天凄苦无聊，夜晚总可以在睡梦中忘却，词人于是盼望着黑夜的到来。其实，这是李清照的一相情愿。在愁苦煎熬中的词人，到夜晚真的就能入睡吗？李清照的《念奴娇》说：“被冷香消新梦觉，不许愁人不起！”《南歌子》说：“起解罗衣聊问夜何其？”到夜晚，面对长夜寂寞无眠，只怕又要加倍渴望白天的到来。白天盼黑夜，黑夜盼白天，每时每刻，痛苦都在绞噬着词人的心灵。好不容易熬到黄昏，“梧桐更兼细雨”，越发叫人难受。这里用白居易《长恨歌》“春风桃李花开日，秋雨梧桐叶落时”诗意。黄昏时“点点滴滴”的细雨，只发出“沙沙”的轻声。只有在极其寂静的环境中“守着窗儿”，才能听到。这细雨声，不仅听在耳里，还敲打在心头。整个黄昏就这样“点点滴滴”过去，什么时候才有一个了结？多久才能滴到天黑？天黑以后是否还是要“点滴”下去呢？北方人特别不习惯南方的连绵细雨，李清照《添字丑奴儿》说：“伤心枕上三更雨，点滴霖淫，点滴霖淫。愁损北人不惯起来听。”异乡独特的环境景物，提醒着词人背井离乡的难堪。可见，细雨连绵不断下去，今夜又将是一个失眠的夜晚。

结句是全词各种描写的总束。面对急风欺人、淡酒无用、雁逢旧识、菊惹新愁、黄昏细雨、梧桐声响，这一连串的光景，以及在这种光景中的万般滋味，就非一个“愁”字所能概括。如果就用一个“愁”字，未免太单一、太浅薄了。结句看似简单，实际上恰如其分地写出了词人“守着窗儿”，越想安宁越得不到安宁，越想摆脱越无法摆脱，思绪万千、心潮翻滚的特定心境。

词人采用层层铺叙的手法，线索分明。开篇以七组叠字领起，中间有六种可伤心的事情：气候冷暖不定，难以保养身体，一可伤也；秋风凄厉，淡酒不能御寒，二可伤也；一见归雁，触动内心隐痛，三可伤也；身心憔悴，无心赏菊，四可伤也；守着窗儿，满眼愁苦，日长难熬，五可伤也；雨打梧桐，心烦意乱，六可伤也。词人的伤心愁苦逐渐揭示，结句归纳一笔，层次非常清楚。

同时代读者，便对这首词推崇备至。罗大经诧异这首词“起头连叠七字，以一妇人，能创意出奇如此”。(《鹤林玉露》卷十二)张端义则称赞说：“此乃公孙大娘舞剑手，本朝非无能词之士，未曾有一下十四叠字者，用《文选》诸赋格。后叠又云：‘梧桐更兼细雨，到黄昏、点点滴滴。’又使叠字，俱无斧凿痕。更有一奇字云：‘守着窗儿，独自怎生得黑？’‘黑’字不许第二人押。”(《贵耳集》卷上)。这首词，堪称《漱玉集》中的压卷之作。

吕本中

吕本中（1084—1145），初名大中，字居仁，开封（今属河南）人。曾祖吕公著、父吕好问皆为名臣。绍兴六年（1136）赐进士出身。后因忤秦桧而被罢官。卒谥文清，学者称东莱先生。有《东莱诗集》等，存词27首。

采桑子

恨君不似江楼月，南北东西。南北东西，只有相随无别离。　恨君却似江楼月，暂满还亏。暂满还亏，待得团团是几时？

解读

抒写离别之情十分常见，关键在于这首词的构思非常新颖。词以“江楼月”这个特殊意象为中心。明月总是与相思、离别、欢聚联系在一起，人们埋怨月有“南北东西”之行踪不定，人有天涯海角漂泊流离；渴望月圆人也圆。然而，圆月之时又是短暂的，就与人世间少欢聚多离别一样。上下片就将人们对月亮的这两种最常见心态典型地表达出来，清新自然，令人耳目一新。

南歌子

驿路侵斜月[1]，溪桥度晓霜。短篱残菊一枝黄。正是乱山深处过重阳。　旅枕元无梦，寒更每自长[2]。只言江左好风光，不道中原归思转凄凉[3]。

注释

〔1〕驿路：旅途。古代在交通要道相隔一段距离都建有驿站。

〔2〕元：通“原”。

〔3〕江左：即江东，长江下游以东地区。泛指江南。

解读

奔波于旅途中的行人，“每逢佳节倍思亲”，何况此时的家乡已在异族的铁蹄之下，思乡情绪中更渗透进去一层哀苦无告的惨痛。上片只是借景抒情，斜月、晓霜、残菊、乱山，处处荒凉残破，旅人睹物思情，心情难以平静。下片直抒亡国哀思，缓缓地说出对中原故土的无限眷恋，深切动人。

长相思

要相忘，不相忘，玉树郎君月艳娘[1]。几回曾断肠？　　欲下床，却上床，上得床来思旧乡。北风吹梦长。

注释

〔1〕玉树郎君：指英姿俊爽的青年男子。《世说新语·言语》载：谢安曾问子侄：为何人人希望自家子弟出众？谢玄回答说：“譬如芝兰玉树，欲使其生于阶庭耳。”月艳娘：指美艳的女子。

解读

这里好像依然是在写一对容貌俊秀美丽的男女青年的相恋之情，以至分手以后，不能相忘，几回思念，痛断人肠。但下片思念“旧乡”的凄凉中显然又融入了故国之思。“北风吹梦”也隐约有所指。所以，这首词虽然渗透了词人对旧情的眷恋，更多的是亡国后的哀思。

蒋兴祖女

蒋兴祖女，宜兴（今属江苏）人。父兴祖，靖康时阳武令，金人入侵，死节，其女在被掳北去途中题此词。

减字木兰花

题雄州驿[1]

朝云横度，辘辘车声如水去[2]。白草黄沙，月照孤村三两家。　飞鸿过也，万结愁肠无昼夜。渐近燕山，回首乡关归路难[3]。

注释

〔1〕雄州：今河北雄县。

〔2〕辘辘：车轮转动的声音。

〔3〕燕山：在今河北蓟县东南。乡关：故乡。

解读

金兵入侵，给多少中原百姓带来家破人亡、颠沛流离的灾难。蒋祖兴女的经历很具有典型性。所以，她在被掳北去途中题写的这首词，沉痛悲咽，很能写出一种时代的苦难。词的上片写被掳北去，朝行暮宿，百般困苦。所经之地，经战火洗劫，荒凉破败，凄凉满目。行人更是难得歇息之地。过片以“飞鸿”南飞之自由，反衬被掳北去之痛苦。在身不由己的无奈中，离家乡越来越远。结句因此抒发了欲归不得的愁苦。

蔡 伸

蔡伸（1088—1156），字伸道，自号友古居士，莆田（今属福建）人。政和五年（1115）进士。曾官浙东安抚使参谋官等。有《友古居士词》，存词175首。

生查子

霜寒月满窗，夜永人无寐。绛蜡有余情，偏照鸳鸯被。 看尽旧时书，洒尽今生泪。衙鼓已三更，还是和衣睡。

解读

这首词写一个相思无眠的长夜。面对冷霜、寒月，离人无奈地睁着双眼，迟迟难以入眠。红蜡垂泪，仿佛替人伤感。苦苦煎熬之下，只得起床，翻检情人的所有旧时书信，以抚慰自己苦痛的心灵。然而，书信的重读一再地引发相思愁苦，离人几乎是和泪读完。“看尽旧时书，洒尽今生泪”，写出思念之深切。最终还是无法消磨漫漫长夜，只得上床重新入睡。不知道这次能否如愿入睡，在睡梦中忘却所有痛苦。有了上次辗转的折磨，离人这次干脆“和衣睡”了，万一无眠，还可以再度起床。

苍梧谣

天，休使圆蟾照客眠〔1〕。人何在？桂影自婵娟〔2〕。

注释

〔1〕圆蟾：月亮。月亮中的阴影部分状似蟾蜍，故传说月中有蟾蜍。

〔2〕桂影：月光影。传说月中有桂树。婵娟：美好的样子。

解读

这首词以十分含蓄凝练的语言写出离人的特定心境。词不是直抒离情，而是通过对天上月亮的呼吁间接表达内心的痛苦。月圆人不圆是一层刺激；月光明亮，照得离人无法入眠，又是一层痛苦。这种刺激与痛苦化为“休使圆蟾照客眠”的呼叫，就分外沉重深切。当然，月亮并不理会词人的无理要求，“桂影自婵娟”，再度将离人抛入愁苦的深渊。

王灼

王灼，字晦叔，号颐堂，遂宁（今属四川）人。绍兴年间曾为幕官。所撰《碧鸡漫志》，是南宋较早的论词专著。有《颐堂词》，存词21首。

长相思

来匆匆，去匆匆，短梦无凭春又空。难随郎马踪。　山重重，水重重，飞絮流云西复东。音书何处通？

解读

王灼是出色的词论家，对词的特质有深入的理解。这首词所写的离情含蓄精练，流畅自然，颇有北宋风味。情人最痛苦的是来去匆匆，离多聚少。春天里的期盼，凭"短梦"的去追踪情人，最终都落空。山水遥远，连书信也无由寄达。

李重元

李重元，生平不详，存词4首。

忆王孙

春词

萋萋芳草忆王孙，柳外楼高空断魂。杜宇声声不忍闻。欲黄昏，雨打梨花深闭门。

解读

芳草萋萋，漫天遍地，像离人的愁苦一样，无休无尽。再加上凄厉的杜鹃啼叫声，使凭高远眺的闺人更加无法忍受。黄昏时候，雨打梨花，忍痛回房，深闭闺门。闺中的寂寞孤独尽在不言之中。

陈与义

陈与义（1090—1138），字去非，号简斋，洛阳（今属河南）人。登政和三年（1113）上舍甲科，授开德府教授。宣和年间，历官太学博士，秘书省著作郎，谪监陈留酒税。南渡后，官至参知政事。是“江西诗派”的著名诗人。有《无住词》，存词18首。

虞美人

大光祖席醉中赋长短句[1]

张帆欲去仍搔首，更醉君家酒。吟诗日日待春风，及至桃花开后、却匆匆。

歌声频为行人咽，记著尊前雪。明朝酒醒大江流，满载一船离恨、向衡州[2]。

注释

〔1〕大光：席益，字大光。作者友人。祖席：饯别的宴席。

〔2〕衡州：今湖南衡阳。

解读

这首词写友人之间的一次送别。“张帆欲去”之时，友人席益又设饯别宴，这一番情谊令词人感动，当然要一醉方休了。于是，情不自禁地回忆起相聚时的日日吟诗，及至桃花开后，春天也转眼即逝，友人间的离别也在眼前。下片想象别后思念的愁苦。苏轼送别秦观，有《虞美人》词说：“无情汴水日东流，只载一船离恨向西州。”陈与义南渡以后的词作，深受东坡影响。这首词下片的用语，明显从苏轼词中化出。

临江仙

夜登小阁忆洛中旧游〔1〕

忆昔午桥桥上饮，坐中多是豪英〔2〕。长沟流月去无声，杏花疏影里，吹笛到天明。　二十余年如一梦，此身虽在堪惊。闲登小阁看新晴。古今多少事，渔唱起三更。

注释

〔1〕洛中：指词人家乡洛阳。

〔2〕午桥：在洛阳城东南。

解读

对已经沦落敌国之手的家乡以及早年自在快乐生活的回顾，是如此的温婉含蓄，内心的悲苦凄凉则是丝丝地渗透出来，强烈地感染着读者。陈与义早年在洛阳，人称“诗俊”，生活风流潇洒，往来者尽一时俊杰“豪英”。时光如同“长沟流月”，在不知不觉中流逝。词人以“杏花疏影里，吹笛到天明”二句清新明净的画面概括当年的生活，俊爽奇丽。下片回到现实，“二十余年”恍如一梦，词人仅仅用“堪惊”将内心悲苦微微揭示。结句将古今悲慨、国恨家愁，都融入“渔唱”之中留给读者无限的思索余地。

张元幹

张元幹（1091—约1170），字仲宗，号芦川居士、真隐山人，永福（今福建永泰）人。政和初，为太学上舍生。靖康元年（1126），金人围汴，入亲征行营使李纲幕府，奋战在抗敌第一线。北宋灭亡，沿淮逃难，漂泊吴越。被朝廷召用，官将作监等。因李纲罢相，抗战无望，遂辞官隐居。后秦桧以他事追赴大理寺，除名削籍。有《芦川归来集》，存词185首。

贺新郎

寄李伯纪丞相〔1〕

曳杖危楼去〔2〕，斗垂天，沧波万顷，月流烟渚〔3〕。扫尽浮云风不定，未放扁舟夜渡。宿雁落、寒芦深处。怅望关河空吊影，正人间、鼻息鸣鼍鼓〔4〕。谁伴我，醉中舞〔5〕？ 十年一梦扬州路〔6〕。倚高寒，愁生故国，气吞骄虏〔7〕。要斩楼兰三尺剑，遗恨琵琶旧语〔8〕。谩暗涩、铜华尘土〔9〕。唤取谪仙平章看，过苕溪尚许垂纶否〔10〕？风浩荡，欲飞举。

注释

〔1〕伯纪：李纲，字伯纪。

〔2〕曳杖：拖着手杖。危楼：高楼。

〔3〕斗：指北斗星座。顷：百亩为顷。

〔4〕吊影：形影相吊，意指孤独。鼍（tuó 驼）：即扬子鳄，通称猪婆龙。其性贪睡，皮可制鼓。故以其形容沉睡的鼾声。

〔5〕“谁伴”二句：用东晋祖狄与刘琨闻鸡起舞的故事。《晋书·祖狄传》载：祖狄与刘琨友情甚笃，“同寝，中夜，闻荒鸡鸣，蹴琨觉曰‘此非恶声也。’因起舞。”后以此典写壮怀抱负。

〔6〕“十年”句：建炎三年（1129）末，金兵大举南侵，曾攻陷扬州，扬州城毁于兵火。词人写此词时，相距已有十年。

〔7〕故国：指中原沦陷地区。骄虏：指入侵的金兵。

〔8〕“要斩”句：《汉书·傅介子传》载：汉昭帝时，楼兰王勾结匈奴，屡杀汉使。后傅介子出使楼兰，在宴席上设计刺杀了楼兰王。后用此典指为国立功、平定外患。“遗恨”句：汉元帝时，宫女王昭君出塞嫁于匈奴以和亲。相传昭君善弹琵琶，后有乐曲《昭君怨》。

〔9〕谩：徒然。暗涩：指宝剑蒙尘后暗淡无光。铜华：铜锈。

〔10〕谪仙：贺知章一见李白，即呼其为谪仙。此处代指李纲。平章：评论。苕溪：在今浙江省北部，源出天目山，经湖州流入太湖。纶：钓鱼的丝线。

解读

南渡以后，李纲只是被短暂地起用，很快又被废弃。词人与李纲志同道合，对李纲的遭遇便寄予深切的同情，并表示了极大的愤慨。词人思念友人，夜不能寐，登上高楼，放目远眺。所见虽然开阔空旷，却看不见友人、同志，人世间一片鼾睡，词人便油然而生“独醒”的寂寞。因此才有了无人相伴，醉中独舞的痛苦。这是对当时众人沉湎于“和约”带来的一时和平而忘记强敌窥伺于外的忧虑和愤恨。下片转而直接抒发报国志向。他们所难以忘怀的是金兵入侵带来的灾难，当年的扬州曾毁于金人入侵的兵火之中；他们难以忘怀的是“气吞骄虏”的壮举，词人当年与李纲曾一同战斗在抗金前线；他们最难忘怀的是“腰斩楼兰”的壮志，这是今天登楼眺望、悲愤不已的根源所在；当然，他们也难以忘怀“遗恨琵琶”的报国无门的悲愤。作为爱国志士，词人永远不会丧失斗志和信心，所以，结句鼓励友人，等待“飞举”的时机，充满着昂扬的斗志。

前调

送胡邦衡待制赴新州〔1〕

梦绕神州路〔2〕。怅秋风、连营画角，故宫《离黍》〔3〕。底事昆仑倾砥柱，九地黄流乱注〔4〕？聚万落千村狐兔。天意从来高难问，况人情老易悲难诉〔5〕。更南浦、送君去。 凉生岸柳催残暑。耿斜河，疏星淡月，断云微度〔6〕。万里江山知何处？回首对床夜语。雁不到，书成谁与？目尽青天怀今古，肯儿曹恩怨相尔汝〔7〕。举大白，听《金缕》〔8〕。

注释

〔1〕胡邦衡：胡铨，字邦衡。

〔2〕神州：指中原沦陷区。

〔3〕故宫：指北宋故都的宫殿。离黍：语本《诗·黍离》“彼黍离离”，写周平王东迁后，西周故都荒芜，宫殿旧址长满了黍稷。后以表现故国之思与家国的残破。

〔4〕底事：何事，为什么。昆仑，山名，传说中的天柱。倾：倒塌。此句喻北宋的崩溃。九地：遍地。黄流乱注：黄河水乱流泛滥。此句喻金兵猖狂。

〔5〕“天意”二句：语本杜甫《暮春江陵送马大卿公恩命追赴阙下》：“天意高难问，人情老易悲。”

〔6〕耿：明亮。斜河：天河斜转，表示夜已深。

〔7〕儿曹：小儿女辈。恩怨相尔汝：语本韩愈《听颖师弹琴》：“昵昵儿女语，恩怨相尔汝。”

〔8〕大白：大杯。金缕：曲名，即《贺新郎》。

解读

绍兴年间，秦桧秉高宗旨意主持议和。胡铨愤然上书，要求斩秦桧之头以谢天下。因此遭受迫害，连连遭贬。“平生亲党避嫌畏祸，惟恐去之不速。公（张元幹）作长短句送之。微而显，哀而不伤，深得《百篇》讽刺之义。”（蔡戡《芦川居士词序》）上片回顾中原神州沦落他族之手的悲剧。开篇点题，词人和胡铨等爱国志士魂牵梦萦的是沦陷的“神州”大好江山，这才有了胡铨的上书和被贬，也有了词人毅然送别。词人回顾金人入侵给国家所带来的巨大灾难，如天柱倾倒，如“黄流”泛滥。直接导致了“聚万落千村狐兔”的荒凉。对此，人神共愤，南宋朝廷尤其应该负起北伐恢复的重任。然而，让人不可理解的是，朝廷居然不思恢复，反而醉心“和议”。词人痛呼：“天意从来高难问”，以愤激语表达对朝廷决策的强烈不满。主战的爱国志士被贬远方，现实中，演出了一幕幕“南浦送君”的悲剧。现实之不可为，词人的愤慨、无奈、伤心、痛苦、失望等诸多情感都蕴含其中。下片抒发对友人的留恋。当此凉夜，“疏星淡月”微明，夜色朦胧，使人难以望见友人的去处。不尽的思念和牵挂，由此生发。胡铨远去，友人之间再也没有机会亲密“对床夜语”。即使写成书信也无法寄达。然而，词人依然没有彻底丧失信心，结句鼓励友人饮酒听歌，不要消沉下去，要在恶劣的环境中保持良好的精神状态。这样的鼓励，暗含等待机遇、东山再起的期盼。张元幹本来已经退休在家，却因创作这两首《贺新郎》而被追赴大理寺除名削籍。

石州慢

己酉秋吴兴舟中〔1〕

雨急云飞，瞥然惊散，暮天凉月。谁家疏柳低迷，几点流萤明灭〔2〕。夜帆风驶，满湖烟水苍茫，菰蒲零乱秋声咽〔3〕。梦断酒醒时，倚危樯清绝〔4〕。　心折〔5〕，长庚光怒：群盗纵横，逆胡猖獗〔6〕。欲挽天河，一洗中原膏血〔7〕。两宫何处〔8〕？塞垣只隔长江，唾壶空击悲歌缺〔9〕。万里想龙沙，泣孤臣吴越〔10〕。

注释

〔1〕己酉：高宗建炎三年（1129）。吴兴：今浙江湖州。

〔2〕低迷：模糊迷茫。

〔3〕菰：俗称茭白，可食用。蒲：蒲柳，即水杨。

〔4〕桅樯：高高的桅杆。

〔5〕心折：喻伤心之极。

〔6〕长庚：即金星，又名太白星。逆胡：指金兵。

〔7〕"欲挽"二句：语本杜甫《洗兵马》："安得壮士挽天河，净洗甲兵长不用。"指领兵北伐，平定中原。天河：银河。

〔8〕两宫：指徽宗和钦宗。

〔9〕塞垣：边界。"唾壶"句：《世说新语·豪爽》载：王敦每次喝酒后，就诵读曹操的诗句："老骥伏枥，志在千里。烈士暮年，壮心不已。"并以铁如意击打唾壶为节拍，壶口全被打缺。

〔10〕龙沙：沙漠，指塞外。此指金人囚禁徽宗、钦宗之地。

解读

北宋灭亡，徽宗与钦宗被俘而去，是赵宋君臣的奇耻大辱。这首词通过纪事抒情。上片写沿途所见。薄暮时候，雨急云飞，杨柳稀疏。入夜之后，凉月渐生，流萤或明或灭，烟水苍茫，一片秋日黯淡凄凉的画面。这是家破国亡的流浪者的特殊感受。中夜梦断酒醒，无限的心事涌上心头。下片转为叙事，追叙这场国难的经过，这正是梦醒时涌上心头的诸多心事。南渡初年，天下大乱，盗贼蜂起，掳掠地方，与入侵的"逆胡"相互兴风作浪，猖獗一时。在这多事之秋，词人心欲有所作为，想在"一洗中原膏血"的战争中做出自己的贡献。"两宫"以后写对被俘两位帝王的怀恋，其中蕴涵的是故国之思。词人以极其沉痛悲愤的口气抒情，有很强的艺术感染力。歌词在极其强烈的悲愤情感中结束，余音震撼，可以想见词人当时的愤慨激昂。

眼儿媚

萧萧疏雨滴梧桐，人在绮窗中。离愁遍绕，天涯不尽，却在眉峰。 娇波暗落相思泪，流破脸边红。可怜瘦似，一枝春柳，不奈东风。

解读

写艳情是宋词创作的主流倾向，任何一位宋代较为出色的作家在这方面都有优秀之作。张元幹以南渡以后书写爱国心志的作品闻名，然而这首艳情词同样别具魅力。“绮窗”之内的佳人，面对雨打梧桐的凄凉晚景，不禁思念起远在天涯的离人。这段离愁都聚集在“眉峰”，紧锁的眉头说明了一切。思念之极，就抑制不住相思泪，以至将脸上的红色化妆都流“破”了。结句的比喻，与“人比黄花瘦”有异曲同工之妙。

岳　飞

岳飞（1103—1142），字鹏举，汤阴（今属河南）人。出身农家，宣和中应募入伍。南渡后，屡立战功，官至枢密副使。为秦桧所陷，被害于大理寺狱。孝宗时追谥武穆，宁宗朝追封鄂王，改谥忠武。存词三首。

小重山

昨夜寒蛩不住鸣，惊回千里梦，已三更。起来独自绕阶行，人悄悄，帘外月胧明。　　白首为功名，旧山松竹老，阻归程。欲将心事付瑶琴，知音少，弦断有谁听？

解读

岳飞的“功名”有特定的含义，那就是率军北伐，直捣黄龙，统一南北。这一抱负日夜难忘，魂牵梦萦。三更梦醒，“千里”江山犹在眼前。“独自绕阶”之时，外界是“人悄悄”，词人则是心潮起伏。这种“功名”心阻止词人归隐“旧山松竹”，国难未平，何以为家？这是一个英雄的胸怀。可恨的是现实中阻力重重，少有“知音”。悲凉的语调里，含蓄展露了抗金志士的心胸与愤慨。宋代真是歌词盛行，连岳飞这样的一介武夫也有如此出色的委婉抒情的创作，肯定是平日耳濡目染的结果。南宋初年另一大帅韩世忠，也有两首词流传至今。如《临江仙》说：“冬看山林萧疏净，春来地润花浓。少年衰老与山同。世间争名利，富贵与贫穷。　荣贵非干长生药，清闲是不死门风。劝君识取主人公。单方只一味，尽在不言中。”

满江红

怒发冲冠，凭栏处、潇潇雨歇[1]。抬望眼、仰天长啸，壮怀激烈。三十功名尘与土，八千里路云和月。莫等闲、白了少年头，空悲切[2]。 靖康耻，犹未雪；臣子恨，何时灭[3]？驾长车踏破，贺兰山缺[4]。壮志饥餐胡虏肉，笑谈渴饮匈奴血。待从头、收拾旧山河，朝天阙[5]。

注释

〔1〕怒发冲冠：愤怒得头发竖立，上冲冠帽。

〔2〕等闲：轻易。

〔3〕靖康：宋钦宗年号。

〔4〕长车：一种山地战车。贺兰山：在宁夏回族自治区。此借指金国，缺：山口。姚嗣宗诗："踏破贺兰石，扫空西海尘。布衣能办此，可惜作穷鳞。"（《西塘集耆旧续闻》卷六）

〔5〕朝天阙：朝见皇帝。天阙：指皇帝的宫殿。

解读

英雄自有英雄的胸怀。当词人凭栏仰望时，内心的磊落不平之气喷薄而出，化为冲冠的怒发，化为锐利的长啸。回顾三十生涯，北伐志向始终未得实现，祖国的"八千里路"大好河山依旧沦陷金人之手。词人为此悲切。下片直抒报国之远大志向：雪靖康之耻，破灭骄虏，收拾旧河山，使南北重为一家。词人以最壮烈慷慨的语言抒写志向，陈廷焯称赞说："何等气概！何等志向！千载下读之，凛凛有生气焉。"（《云韶集》）岳飞流传至今还有一首《满江红·登黄鹤楼有感》，可以与此词对照阅读。词说："遥望中原，荒烟外、许多城郭。想当年、花遮柳护，凤楼龙阁。万岁山前珠翠绕，蓬壶殿里笙歌作。到而今、铁骑满郊畿，风尘恶。 兵安在，膏锋锷；民安在，填沟壑。叹江山如故，千村寥落。何日请缨提锐旅，一鞭直渡清河洛。却归来，再续汉阳游，骑黄鹤。"

韩元吉

韩元吉（1118—1187），字无咎，开封雍丘人（或谓许昌人）。晚居上饶，号南涧翁。以荫为龙泉县主薄。乾道九年（1173）权礼部尚书。出使金国。著有《南涧甲乙集》，存词82首。

霜天晓角

蛾眉亭[1]

倚天绝壁，直下江千尺。天际两蛾凝黛，愁与恨、几时极[2]？　怒潮风正急，酒醒闻塞笛。试问谪仙何处[3]？青山外、远烟碧。

注释

〔1〕娥眉亭：在安徽当涂县北三十里，依半渚矶（采石矶）绝壁而建，面对长江。

〔2〕两蛾：据《安徽通志》载：蛾眉亭前有二梁山（即东、西梁山，又名天门山），“夹江对峙，如娥眉然。”

〔3〕谪仙：即李白。相传李白在当涂采石乘醉泛舟，溺水身亡。采石矶有李白衣冠冢、捉月台。

解读

登临眺望，面对浩荡长江，此时已经成为南北的疆界，词人的咏景抒情中便有了新的含义。蛾眉亭地势险要，隔岸青山对锁，本来应该是南北混一，此时却分为两国。“两蛾凝黛”，用拟人法写青山的愁与恨，寄托了词人对故国的思念，及对南北分裂的愤恨。下片遥想古人，李白当年在此有多么豪爽奔放的举动？词人也是在引李白为同调，企图在痛饮中忘却愁恨？或寄目于“青山”、“远烟”以解愁怀？结尾戛然而止，留给读者继续思索。

好事近

汴京赐宴闻教坊乐有感[1]

凝碧旧池头，一听管弦凄切[2]。多少梨园声在，总不堪华发。 杏花无处避春愁，也傍野烟发。惟有御沟声断，似知人呜咽。

注释

〔1〕汴京：北宋京城，在今河南开封。此词当为词人出使金国，路过故都汴京时所作。

〔2〕凝碧池：在唐洛阳禁苑内。这里借汴京故宫。计有功《唐诗纪事》载：天宝十五年（756）六月，安禄山入长安，诗人王维被俘，拘于菩提寺。一日好友裴迪来访，谓安禄山在凝碧池大宴，命原宫廷梨园乐工演唱，梨园子弟发声泪下，乐工雷海青掷乐器面向帝所而泣，被肢解于试马殿。王维大恸，吟成七绝《菩提寺禁私成口号诵示裴迪》：“万户伤心生野烟，百官何日再朝天。秋槐叶落空宫里，凝碧池头奏管弦。”韩词语本王维诗。

,解读

词人曾为朝廷出使金国，金人赐宴，闻教坊旧乐，引起无限伤心。词人巧妙地用了“凝碧池”的典故，写出国破家亡的愁苦，悲凉凄咽。梨园依旧，杏花还在，唯有主人已经更变，江山已经易手。御沟流水不断，在伤心人听来自然是一片呜咽之声了。唐圭璋评此词“用笔空灵，意亦沉痛。”（《唐宋词简释》）。

朱淑真

朱淑真，生卒年不祥，号幽栖居士，钱塘（今浙江杭州）人。所嫁非偶，抑郁而终。著有《断肠集》。宋魏仲恭为其作序，称其词“清新婉丽，能道人意中事”。存词二十余首。

谒金门

春半

春已半，触目此情无限[1]。十二阑干闲倚遍，愁来天不管。 好是风和日暖，输与莺莺燕燕[2]。满院落花帘不卷，断肠芳草远。

注释

〔1〕“春已半”二句：语本李煜《清平乐》：“别来春半，触目愁肠断。”

〔2〕好是：虽是，表示反问语气。输与：比不上，还不如。

解读

这首词写词人目睹新春过半，离人却杳无音信、不知归期，因而引发出的伤春之情。词人倚遍阑干，是为了惜春、伤春。作为一个敏感的女词人，又正被离愁别绪所折磨，惜春就是自惜，伤春就是自伤。眼见青春年华流逝而情人不在身旁，真是“愁来天不管”。在这样情绪的支配下，就是在“风和日暖”的大好春光里，词人也无心再卷帘欣赏春景，因为触目“芳草”，只能再度引起相思之愁苦。春日里“莺莺燕燕”成双成对，反衬出闺人的孤单寂寞。词人无精打采，愁肠百转，思绪被牵引向远方。

江城子

赏春

斜风细雨作春寒，对尊前，忆前欢。曾把梨花，寂寞泪阑干[1]。芳草断烟南浦路，和别泪，看青山。昨宵结得梦夤缘，水云间，悄无言[2]。争奈醒来，愁恨又依然[3]。展转衾裯空懊恼，天易见，见伊难。

注释

〔1〕“曾把”二句：语本白居易《长恨歌》：“玉容寂寞泪阑干，梨花一枝春带雨。”阑干：纵横交错的样子。

〔2〕夤（yín 银）缘：即因缘。

〔3〕争奈：怎奈，无奈。

解读

这首词题为赏春，实际上是在品味和春天纠缠在一起的恋情相思。在“春寒”时节，词人“对尊前”是为了排遣“忆前欢”的苦恼。梨花寂寞，芳草萋萋，青山迢迢，春天的景色都成为离情的陪衬与烘托。下片写梦境。梦中虽然见到日夜思念的爱人，但是，转眼醒来，好梦化为虚有，愁恨依旧，这恐怕对离人是更深一层的折磨。最终懊恼之情爆发为“天易见，见伊难”的强烈感慨。个人情感蓄积到这种地步，已经转化为对扼杀婚恋自由制度的一种控诉，表现出词人的叛逆性格。作为封建时代的一位弱女子，朱淑真如此坦率地倾诉自己对情人的铭心刻骨的相思之情，真可谓胆大妄为了。一定是词人的痛苦积累到极限，再也无法压抑的自然喷发。这时候，词人已经全然无所顾忌，甚至已经到了置生死于度外的程度。

眼儿媚

迟迟春日弄轻柔，花径暗香流。清明过了，不堪回首，云锁朱楼。　午窗睡起莺声巧，何处唤春愁？绿杨影里，海棠亭畔，红杏梢头。

解读

这首词上片在“云锁朱楼”的阴霾季节里回忆早春弄柔流香的美好时光，下片从午睡后的莺声中唤起无限愁情。“打起黄莺儿，莫教枝上啼”，自然叫人联想起唐人的诗意。“何处唤春愁”的设问是全词抒情的关键所在，这种春愁蕴涵的丰富，凭读者自己去补充。结尾三句回答，就告诉读者春愁无所不在。这就是所谓“以乐景写哀，一倍增其哀乐”的手法。究竟为何“春愁”，词人并不点明。联系朱淑真平日的情感，揣测古代闺中女子的心情，那就一定是对爱情的渴望而落空，或对情人的思念而不得见，由此带来愁绪无限。

蝶恋花

送春

楼外垂杨千万缕，欲系青春，少住春还去。犹自风前飘柳絮，随春且看归何处？　绿满山川闻杜宇，便做无情，莫也愁人意。把酒送春春不语。黄昏却下潇潇雨。

解读

这首词题为“送春”，实乃留春、惜春。“楼外”三句极富诗情，词人突发奇想：那千万条柔丝般的嫩柳，不可以当作丝绳将春天系留在身旁吗？柳絮随风起舞，不是可以跟随春天的脚步看它去往何方？过片三句再作起伏，转用杜鹃的哀鸣来烘托送春之情。结拍以酒送春，但春却默然无语，直到黄昏，暮雨潇潇。全篇一共用五个“春”字，反复唱叹，将惜春情感表达得淋漓尽致。词人似乎没有快乐的时光，在大好春光里，无论是初春、春半，还是暮春，词人永远被愁苦所缠绕。这是古代女子的共同悲剧，她们对异性的感情一旦落空，生活就变得毫无意义。以朱淑真的细腻敏感，体会就更加深切。

清平乐

夏日游湖

恼烟撩露，留我须臾住[1]。携手藕花湖上路，一霎黄梅细雨。 娇痴不怕人猜，和衣睡倒人怀。最是分携时候，归来懒傍妆台[2]。

注释

〔1〕恼烟撩露：恼人的烟雾，撩拨人的水露。欧阳修《少年游》："恼烟撩雾，拼醉倚西风。"须臾：片刻。

〔2〕分携：分手。

解读

这首词写词人与情人游湖欢会的过程。当一阵黄梅细雨片刻飘洒而至时，她反而得到了"和衣睡倒人怀"的借口和机遇。女子欲盖弥彰的恋情与羞涩、娇慵，得到了恰如其分的表述。词中描绘出依依不舍的别情和"归来懒傍妆台"的细微心理变化。作为女词人，毫无顾忌地将幽会时的情景与内心活动公之于众，反映了她对爱情的热烈渴望与追求。当她投入情人怀抱之际，也就是公开向封建礼教宣战并与之决裂。如果这是一段真实情事的记录，真叫人大开眼界。或者只是一种揣摩描写，因寄寓了自己急切的情感和平日诸多的幻想而显得真切感人。

陆游

陆游（1125—1210），字务观，号放翁，山阴（今浙江绍兴）人。以荫补登仕郎。绍兴二十三年（1153），应进士第，忤秦桧被黜。孝宗时，赐进士出身。乾道八年（1172），四川宣抚使王炎辟为干办公事，身临前线。后为四川制置使范成大幕僚，因人讥其颓放，便自号放翁。受人攻击，闲居山阴十余年。临终不忘北伐大业。著有《剑南诗稿》、《渭南文集》等，刘克庄《后村诗话续编》称其词“激昂慷慨”、“飘逸高妙”、“流丽绵密”。

鹧鸪天

家住苍烟落照间，丝毫尘事不相关。斟残玉瀣行穿竹，卷罢黄庭卧看山[1]。贪啸傲，任衰残，不妨随处一开颜。元知造物心肠别，老却英雄似等闲[2]。

注释

〔1〕玉瀣（xiè谢）：美酒名，据说为隋炀帝所酿造。后用来泛指美酒。黄庭：道家经典，是一种养生之道的著作。

〔2〕元知：即原知。造物：大自然，上天，上苍。似等闲：似乎不当一回事。

解读

陆游的隐居是被迫的，朝中政敌罗织罪名，陆游后期因此完全被闲置。作为一位爱国志士，陆游非常不甘心，内心充满着愤恨。但他也不得不以隐居来自我安慰。上片描写了一位完全超脱红尘之外的隐士形象。他居住在“苍烟落照”之间，丝毫不关心“尘事”，唯以美酒、黄庭经相伴。但是，这位隐士“贪啸傲，任衰残”以及随处开颜的举动中，有着故意的做作。结句才告诉读者“老却英雄”的悲愤。原来上面所写的一切都是无奈中的自我解脱。事实上，词人志不在此。陆游临终的《示儿》诗说：“死去乃知万事空，但悲不见九州同。王师北定中原日，家祭无忘告乃翁。”可见，陆游永远不会选择隐居，写隐逸的快乐就一定是牢骚语、愤懑语。

钗头凤

红酥手，黄滕酒[1]，满城春色宫墙柳。东风恶，欢情薄。一怀愁绪，几年离索。错，错，错！　春如旧，人空瘦，泪痕红浥鲛绡透[2]。桃花落，闲池阁。山盟虽在，锦书难托[3]。莫！莫！莫！

注释

〔1〕黄滕（téng疼）酒：俗称黄封酒，黄酒的一个种类。离索：离群索居。

〔2〕浥：湿润。鲛绡：指手帕。

〔3〕锦书：指夫妻间的书信。前秦秦州刺史窦滔被徙流沙，其妻苏氏思之，织锦为回文旋图诗寄之。

解读

这首词记载了一个爱情悲剧。陆游最初娶唐琬，夫妻恩爱。因其母亲不喜唐琬，被迫出之。某次春日游沈园，不期而遇，两人各有一首《钗头凤》之作。婚恋爱情不自由带来的心灵创伤，深埋心底，今日被牵引出来。于是，悲苦意绪汹涌而来。词人埋怨东风，埋怨春色，更埋怨“山盟”与“锦书”，唯独不敢涉及母亲。强烈的感叹中蓄积着火山式的情感。封建礼教真是人性的绞索。

秋波媚

七月十六日晚，登高兴亭，望长安南山〔1〕

秋到边城角声哀，烽火照高台〔2〕。悲歌击筑，凭高酹酒，此兴悠哉〔3〕！多情谁似南山月，特地暮云开。灞桥烟柳，曲江池馆，应待人来〔4〕。

注释

〔1〕高兴亭：在今陕西汉中市南郑县北郊。南山：终南山，主峰在长安南面。

〔2〕边城：当时汉中在宋、金分界线附近。

〔3〕筑：古时乐器。《战国策·燕策》载：燕太子丹遣荆轲刺秦王，至易水上，其友高渐离击筑，悲歌慷慨，荆轲和而歌之。酹：以酒洒地为祭。

〔4〕灞桥：在陕西长安东，古人多于此折柳送别。曲江：池名，在长安东南，有许多名胜古迹。

解读

宋孝宗乾道八年（1172），陆游时在汉中前线，登高眺远，长安古城依然在目，一腔报国热情澎湃激昂。角声哀鸣，烽火照耀，这是一个典型的战争环境。词人的报国激情因此再度被激发出来。下片以极其乐观的态度写沦陷区的景物都在等待着南师北伐，其实，这是词人自己的热望，也是沦陷区百姓的渴望。转用景物诉说，语意婉转。下片所写，正是陆游今日登高眺望的目的。但陆游不可能看到这么遥远的景象，词人充分发挥了想象，或者说是词人用心在眺望，而不是用眼睛。

卜算子

咏梅

驿外断桥边，寂寞开无主。已是黄昏独自愁，更著风和雨。 无意苦争春，一任群芳妒。零落成泥碾作尘，只有香如故。

解读

这是一首咏物词，词人借梅花写自己的心胸怀抱。一生坚持抗金主张，词人是孤独的，如同寂寞地开放在“断桥”边的梅花一样。而且，一生中还经受过多少风雨的摧残。梅花在忍受着黄昏的愁苦，就是词人现实处境的写照。下片词人通过梅花之口直接表白心迹。梅花无意争春，词人同样不想在仕途上争得个人利益，百折不挠的追求都是为了抗金大业。所以，无论“群芳”如何妒忌猜疑，梅花与词人都处之坦然。即使经受了百般折磨，“零落成泥碾作尘”，出自本质的芳香是不会改变的。词人的刚直、高洁于此可见。

夜游宫

记梦寄师伯浑[1]

雪晓清笳乱起，梦游处、不知何地[2]，铁骑无声望似水。想关河：雁门西，青海际[3]。　睡觉寒灯里，漏声断，月斜窗纸。自许封侯在万里[4]。有谁知，鬓虽残，心未死！

注释

〔1〕师伯浑：字浑甫，四川眉山人，擅诗文，隐居不仕。

〔2〕清笳：清凉的胡笳声。

〔3〕雁门：关名，在山西代县西北，古时边塞要地之一。青海：湖名，在今青海省。

〔4〕自许：自信。

解读

现实中难以实现的愿望，却在梦境中无数次地重复。词的上片记梦。大雪夜，清笳声此起彼伏，正是行军夜袭的好时机。词人仿佛随同“铁骑”一起出战，军容整齐肃默，训练有素。目标直指“雁门西，青海际”的入侵之敌。下片写梦醒。一觉醒来，原来是面对寒灯、斜月，重新回到冰冷、孤独、无所作为的现实世界。词人内心的痛苦再也无法压抑，结尾“鬓虽残，心未死”的沉痛诉说，道出了南宋爱国志士的共同悲剧。

鹊桥仙

华灯纵博，雕鞍驰射，谁记当年豪举？酒徒一一取封侯，独去作江边渔父。　轻舟八尺，低篷三扇，占断[1]蘋洲烟雨。镜湖元自属闲人，又何必官家赐与[2]？

注释

〔1〕占断：占尽。

〔2〕“镜湖”二句：《新唐书·隐逸传》载：贺知章还乡里为道士，“求周宫湖数顷为放生池，有诏赐镜湖剡川一曲。”

解读

回顾生平，词人抑制不住地牢骚满腹。少年时候，也曾经有过“华灯纵博，雕鞍驰射”的恣意欢快生活。那时候，以为功名唾手可取，报国愿望最终可以实现。岂知，年龄老大之后才发现，真正在现实社会中得意的都是一无可取的“酒徒”，而像词人那样有远大抱负的却被迫隐居，“独去作江边渔父”。退一步，词人只得与“轻舟”、“低篷”为伍，生活在“蘋洲烟雨”中间。实现功名抱负需要皇帝给予机会，而隐逸则完全是个人的事，所以，就不需要皇帝赐予隐逸场所了。结句的牢骚，是对当朝皇帝不满的充分流露。

前调

夜闻杜鹃

茅檐人静，蓬窗灯暗[1]，春晚连江风雨。林莺巢燕总无声，但月夜常啼杜宇。　催成清泪，惊残孤梦，又拣深枝飞去。故山犹自不堪听，况半世飘然羁旅[2]！

注释

〔1〕蓬窗：船窗。蓬，蓬舟。

〔2〕羁旅：客居异乡。

解读

杜鹃的啼鸣声凄厉哀婉，令旁听者为之悲苦不已。词人显然是以此写自己的羁旅漂泊愁绪，渗透其中的又有难以忘怀的家国之愁恨。夜深人静、蓬舟灯暗之时，莺燕无声，无眠的词人静听风雨声，已有凄苦难耐之意，更何况是那令人凄神寒骨的杜鹃声。下片点明为何不忍听杜鹃声。关键在于飘离“故山”，天涯流落，羁旅不定。词人的家乡虽在南方，但始终以报国为怀的词人对北方故土也有一份割舍不了的情思。这里寄托的就是这样的情感。

诉衷情

当年万里觅封侯，匹马戍梁州[1]。关河梦断何处？尘暗旧貂裘[2]。 胡未灭，鬓先秋，泪空流。此生谁料，心在天山，身老沧洲。

注释

〔1〕梁州：今陕西汉中市一带。

〔2〕“尘暗”句：据《战国策·秦策》载：苏秦劝说秦王，失意而归，“黑貂之裘弊，黄金百斤尽。”后以此典写落魄失意。

解读

词人的一生是悲剧英雄的一生。受家庭与环境的影响，词人早年是以参军北伐、统一南北、为国立功、博取王侯为个人的宏大志愿。中年时，词人也因此“匹马”到过四川等前线。然而，奔波一生，却一事无成，只落得貂裘弊破，满身尘土，一脸憔悴。词人永远不能忘怀“灭胡”大业，眼见自己岁月蹉跎，便抑制不住泪流满面。“此生”三句，道出了词人的不甘心，俞平伯认为有“老骥伏枥，志在千里”意（《唐宋词选释》下卷）。一首词，极其凝练地概括了词人的一生，在南宋时期具有典型代表意义。

唐　琬

唐琬，陆游前妻，陆游舅父唐闳之女。不被陆游母所喜，被迫离异。再嫁赵士程，怏怏而卒。存词一首。

钗头凤

世情薄，人情恶[1]，雨送黄昏花易落。晓风干，泪痕残。欲笺心事，独语斜阑[2]。难！难！难！　　人成各，今非昨，病魂尝似秋千索[3]。角声寒，夜阑珊[4]。怕人寻问，咽泪装欢。瞒！瞒！瞒！

注释

〔1〕薄：不厚道，冷酷。

〔2〕笺：用纸笔表露、倾吐。

〔3〕各：独自。

〔4〕阑珊：夜深将尽。

解读

不幸的婚姻对古代女子的打击是致命的，唐琬为此而抑郁去世。这首词所流露的悲苦情调，已经让人感觉到她的不久人世。全词抒写了她被遗弃后内心深处的创伤与无法排解的痛苦。“世情薄，人情恶”，是对封建礼教的直接控诉。自己则在其摧残之下如同黄昏飘落的花瓣。在人前还需要掩饰这一段情感，这是多么难做人呀。“病魂”悠悠，痛苦到了这种地步，作为一名弱女子，唯有以死抗争了。

蜀妓

蜀妓，陆游客自蜀地携归。存词一首。

鹊桥仙

说盟说誓，说情说意，动便春愁满纸。多应念得脱空经[1]，是那个、先生教底。　　不茶不饭，不言不语，一味供他憔悴[2]。相思已是不曾闲，又那得、工夫咒你。

注释

〔1〕脱空经：弄虚作假、自食其言的书。

〔2〕供：为。

解读

据周密《齐东野语》卷十一载："放翁客自蜀地挟一妓归，蓄之别室，率数日一往。偶以病疏，妓颇疑之。客作词自解，妓即韵答之。"这首词揭穿了封建穷酸文人玩弄歌伎情感的真面目，痛快淋漓。歌伎在欢场的日常生活中，早已对他们的本质有透彻的认识。歌伎们完全不相信男子的山盟海誓，或者酸味十足的"春愁满纸"。这是歌伎从自己切身体验中归纳出的经验，是血泪的教训。这首词把秦楼楚馆里男人虚伪的面具一把扯下。她们当然明白自己仅仅是男性的寻欢的对象，对男性世界不抱任何幻想。元杂剧《救风尘》中歌伎赵盼儿劝姐妹时说："你道这子弟情肠甜似蜜，但娶到他家里，多无半载周年相弃掷，早努牙突嘴，拳椎脚踢，打的你哭啼啼。”（《胜葫芦》）可以与此词参照阅读。全词纯用口语，生动活泼，正是歌伎的口吻。

严　蕊

严蕊，字幼芳，天台（今属浙江）营妓。擅长琴棋歌舞、丝竹书画、吟诗赋词，色艺冠绝一时。后从良。存词三首。

卜算子

不是爱风尘[1]，似被前缘误。花落花开自有时，总赖东君主[2]。　去也终须去，住也如何住！若得山花插满头，莫问奴归处。

注释

〔1〕风尘：指沦落为妓女。
〔2〕东君：本来指春神，此借喻为主司岳霖。

解读

据周密《齐东野语》卷二十载：严蕊曾得地方长官唐仲友的赏赐。后来朱熹为了陷害唐仲友，便指唐与严有私情，严刑拷打严蕊，严蕊终不肯屈招。后岳霖至此为官，怜严蕊无辜，命其作词自陈。严即口占《卜算子》，岳霖因此判其出狱，脱籍从良。这首词充分反映了严蕊正直无私、气骨刚正以及人格的尊严，同时还透露出她对自由的向往，处处闪烁着女性的智慧。这是一首女性尊严的颂歌，是对封建社会迫害妇女的控诉。在男性词人的心目中，歌伎从良后最大的愿望就是觅得一位如意郎君，相伴终身。柳永《迷仙引》说："已受君恩顾，好与花为主。万里丹霄，何妨携手归去。永弃却，烟花伴侣。免教人见妾，朝云暮雨。”《集贤宾》说：“争似和鸣偕老，免教敛翠啼红。”读严蕊词才可以明白歌伎的真实心态。她们如果能够从良，早看透了男人世界的虚情假意，只要求去过无拘无束、自由自在的生活。“若得山花插满头，莫问奴归处。”这才是歌伎从良后的真实生活诉求。

张孝祥

张孝祥（1132—1169），字安国，历阳乌江（今安徽和县人）。寓居芜湖，因号于湖居士。绍兴二十四年（1154）进士第一。历知静江，广西西路经略安抚使等。著有《于湖居士文集》。

六州歌头

长淮望断，关塞莽然平[1]。征尘暗，霜风劲，悄边声，黯销凝。追想当年事，殆天数，非人力，洙泗上，弦歌地，亦膻腥[2]。隔水毡乡，落日牛羊下，区脱纵横[3]。看名王宵猎，骑火一川明。笳鼓悲鸣。遣人惊。 念腰间箭，匣中剑，空埃蠹，竟何成[4]！时易失，心徒壮，岁将零。渺神京[5]。干羽方怀远，静烽燧，且休兵[6]。冠盖使，纷驰骛，若为情[7]？闻道中原遗老，常南望、羽葆霓旌[8]。使行人到此，忠愤气填膺，有泪如倾。

注释

〔1〕莽然：草木茂盛的样子。

〔2〕殆：大概。洙泗：两条河流经山东曲阜，孔子曾在这里讲学，培养了许多弟子。弦歌地：指礼乐之邦。膻腥：牛羊的腥臊气。

〔3〕毡乡：北方少数民族住在毡帐里，故称。区（ōu欧）脱：土室，汉时匈奴用以侦察敌情，此指金人屯兵的据点。

〔4〕埃蠹：沾满尘埃，被蠹虫侵蚀。

〔5〕神京：指北宋旧都汴京。

〔6〕干羽方怀远：用礼乐文化怀柔远方。干羽：盾牌和雉尾。《尚书·大禹谟》载：大禹用干羽之舞使苗人归顺。这里是反语讽刺。烽燧：烽火，边塞用以报警。

〔7〕冠盖使：使臣。冠盖：使臣的服装和车马。驰鹜（wù务）：急忙奔走。若为情：难为情。

〔8〕翠葆霓旌：用鸟羽装饰的车盖和虹霓似的旗帜，均为帝王的仪仗。此指宋朝的北伐军。

解读

孝宗隆兴元年（1163），张浚主持北伐，大败而归，朝廷中主和势力再占上风。张孝祥一日于张浚所设的宴席上作此词，由于声情悲慨，据说张浚为之罢席而入。词人遥望关塞，只看到南宋小朝廷偃兵息鼓，没有一点振作北伐的准备。追想当年中原沦陷、金兵猖獗的历史，词人不禁为现实担忧。下片抒发自己壮志难酬的悲愤。抗金志士，都是在被压抑中空耗岁月。南宋小朝廷卑躬屈膝，纷纷派使者到北方阿谀金人，有志之士为之脸红。“闻道中原遗老”以下，转从沦陷区的父老百姓盼望恢复入手，与投降派的妥协相对比，内心的愤恨同时流露。

前调

泛湘江

濯足夜滩急，晞发北风凉〔1〕。吴山楚泽行遍，只欠到潇湘。买得扁舟归去，此事天公付我，六月下沧浪〔2〕。蝉蜕尘埃外，蝶梦水云乡〔3〕。　制荷衣，纫兰佩，把琼芳〔4〕。湘妃起舞一笑，抚瑟奏清商〔5〕。唤起《九歌》忠愤，拂拭三闾文字，还与日争光〔6〕。莫遣儿辈觉，此乐未渠央。

注释

〔1〕濯足：洗脚。晞（xī西）发：晒干头发。

〔2〕沧浪：水名，此指湘江。

〔3〕蝉蜕尘埃外：《史记·屈原贾生列传》："蝉蜕于浊秽，以浮游尘埃之外。"比喻不同流合污。蝶梦：庄子自言曾梦中化为蝴蝶。

〔4〕"制荷衣"三句：用荷叶制成衣服，把兰草贯穿起来为佩带，手里拿着美丽的花草。语皆出自屈原的《离骚》和《九歌》，以象征个人品格的芬芳高洁。

〔5〕湘妃：湘水女神。传说舜的二妃自沉湘江而死，为湘妃。清商：曲调名，泛指悲哀的曲调。

〔6〕九歌：屈原依据民间歌曲改写的一组歌曲。三闾：屈原曾为三闾大夫。

〔7〕未渠央：未尽。

解读

南宋政治局面越到后来越黑暗，抗金志士几乎在现实中都没有出路，都被迫隐居。在这样不自愿的隐居生活中，牢骚愤懑是主要的情绪，而不是恬静淡漠。乾道二年（1166），词人遭谗落职，从桂林北归，路过湘江。想起历史上的屈原，不由得感慨无限，气愤填膺。词人行遍"吴山楚泽"，只是为了实现自己报国的抱负。此时被罢归来，以后只得买舟隐逸。词人自我解嘲说"此事天公付我"，流露出无奈的辛酸。下片融入《楚辞》意境，追念屈原，实际上是以屈原的高洁、坚贞自我勉励，表现出对现实的不屈姿态。

念奴娇

过洞庭

洞庭青草〔1〕，近中秋、更无一点风色。玉鉴琼田三万顷，著我扁舟一叶〔2〕。素月分辉，明河共影，表里俱澄澈。悠然心会，妙处难与君说。　应念岭海经年，孤光自照，肝肺皆冰雪〔3〕。短发萧骚襟袖冷，稳泛沧浪空阔〔4〕。尽挹西江，细斟北斗，万象为宾客〔5〕。扣舷独啸，不知今夕何夕？

注释

〔1〕洞庭青草：洞庭湖在湖南岳阳县西南，青草湖与洞庭湖相通，总称

洞庭湖。

〔2〕玉鉴琼田：形容湖面像玉镜和白玉田。

〔3〕岭海经年：指作者在五岭以南的静江府（桂林）做官一年多。

〔4〕萧骚：萧疏，指头发稀疏。沧浪：大水弥漫的样子。

〔5〕细斟北斗：以北斗为酒器，慢慢斟酒。

解读

这首词也是作于乾道二年（1166）被罢北归途中。词人经过洞庭湖，为景色的壮丽开阔所吸引，同时也借此表明心志。上片写月光下洞庭湖静谧、皎洁的迷人夜景。这是一个接近中秋、风平浪静的洞庭湖之夜，月光素洁，湖水明澈，上下交辉。词人置身期间，不觉心胸开朗，表里一片光明。词人转念自己的为官生涯，便以眼前景"孤光自照"来比喻自己的"肝肺皆冰雪"，象征自己的纯正无私和洁身自好。词人渐渐将自身融入明净的洞庭湖，逸兴壮思由此生发。词人欲以长江为酒，北斗为杯，天地万物为宾客，共同享受这美妙的大自然。此时，物我两忘，功名富贵、荣辱得失都已被抛到九霄云外。

前调

问讯湖边春色〔1〕，重来又是三年。东风吹我过湖船，杨柳丝丝拂面。世路如今已惯，此心到处悠然。寒光亭下水如天，飞起沙鸥一片〔2〕。

注释

〔1〕问讯：探访。

〔2〕寒光亭：在江苏溧阳三塔寺内。

解读

词人出仕后，屡经风波挫折。这次路过溧阳，词人借所见之景写自己对官海风波处之坦然的恬淡胸怀。词人这次重游三塔湖，春色昂然，杨柳婀娜，东风和熙，湖水连天，沙鸥翔舞。置身于这样美好的景物之间，有什么个人得失抛弃不了得呢？这里所出现的景物安静恬美，清新明丽，与词人力求的心境安宁、心胸淡泊相映衬。然而，这并不是忘却世事的真正超脱或宁静，而是世事不可为之后的被迫淡泊。“世路如今已惯，此心到处悠然”的诉说中，透露出来的是无奈，还有潜伏的愤恨情绪。

辛弃疾

辛弃疾（1140—1207），初字坦夫，后改幼安，号稼轩，济南历城（今属山东）人。绍兴三十一年（1161）聚众两千参加耿京抗金义军，为掌书记。耿京遇害，率五十骑直冲金人大营，生缚叛徒张安国，献俘行在。历任江阴签判、建康通判、江西提点刑狱、湖北转运副使，及湖南、江西安抚使等。曾上《美芹十论》、《九议》，规划北伐，议论英伟。为政敌攻击，从四十三岁起，落职闲居江西上饶、铅山二十年之久。临终不忘渡江北伐。德祐元年（1275）追谥忠敏。著有《稼轩集》，存词626首。

摸鱼儿

淳熙己亥，自湖北漕移湖南，同官王正之置酒小山亭〔1〕，为赋

更能消几番风雨，匆匆春又归去〔2〕。惜春长恨花开早，何况落红无数〔3〕。春且住，见说道、天涯芳草无归路〔4〕。怨春不语。算只有殷勤，画檐蛛网，尽日惹飞絮〔5〕。　长门事，准拟佳期又误〔6〕。蛾眉曾有人妒〔7〕。千金纵买相如赋，脉脉此情谁诉〔8〕？君莫舞，君不见、玉环飞燕皆尘土〔9〕！闲愁最苦。休去倚危楼，斜阳正在，烟柳断肠处。

注释

〔1〕淳熙己亥：即宋孝宗淳熙六年（1179）。漕：漕司的简称，宋代称转运使为漕司，管理钱粮转运等事务。移：调任。这一年辛弃疾四十岁，由湖北转运副使调任湖南转运副使。同官：同僚。王正之：名特起，字正之，作

者的朋友。小山亭：在漕司衙内。

〔2〕更：岂，再。消：经得起。

〔3〕长恨：总恨。

〔4〕且：姑且，还是。见说道：听说。

〔5〕算：料想，看来。惹：牵，沾住。

〔6〕长门事：用西汉陈阿娇故事。据《汉武故事》载：汉武帝幼时回答长公主问，说："若得阿娇作妇，当作金屋贮之。"后陈阿娇宠衰，被令别居长门宫。准拟：约定。

〔7〕娥眉：指美女，这里指陈阿娇。

〔8〕"千金"二句：陈阿娇曾奉黄金百斤，买司马相如为《长门赋》，一度感动汉武帝，夫妻重归于好。

〔9〕君：指忌妒小人。莫舞：不要得意忘形而手舞足蹈。不见：不闻，不曾听见。玉环：唐玄宗贵妃杨玉环。"安史之乱"爆发，在马嵬坡被逼自缢。飞燕：汉成帝后赵飞燕，宠极一时，后废为平民，自杀而死。杨玉环与赵飞燕都善歌舞，以妒忌著称。

解读

词人渡江南来以后，在朝廷中形势孤独，处境危急，动辄得咎，自言"年来不为众人所容，恐言未脱口而祸不旋踵。"(《论盗贼札子》)这种"孤危"的处境促使词人在创作时也注意用比兴手法，将内心的愁苦、愤恨婉转地表达出来。这首词上片写惜春、怨春、留春的情感，春天似乎成了国家大好形势、抗金大好局面的象征。春天的无情离去，则又让人感觉到国事衰微、恢复中原无望。下片用陈皇后故事，诉说自己忠而见疑、屡遭谗毁、壮志难酬的悲苦处境。又用杨玉环、赵飞燕的故事正告得志小人不要太猖狂，历史将自有结论。"斜阳"的意象叫人联想到南宋日薄西山、气息奄奄的衰颓景象。宋罗大经《鹤林玉露》甲编卷一记载说："辛幼安《晚春》词云：(词略)词意殊怨。'斜阳'、'烟柳'之句，其与'未须愁日暮，天际乍轻阴'者异矣。使在汉唐时，宁不贾种豆种桃之祸哉！愚闻寿皇见此词，颇不悦。然终不加罪，可谓至德也已。"可见，辛弃疾此词的讽喻意义非常明显，连孝宗皇帝都读懂了词的深层含义。孝宗确实是南宋一位比较有胸怀的皇帝，况且孝宗也与辛弃疾一样，以恢复为己任。所以，不会过分责怪辛弃疾。清陈廷焯对这首词有类似的评价，《白雨斋词话》卷一说："稼轩'更能消风雨'一章，词意殊怨。然姿态飞动，极沉郁顿挫之致。起处'更能消'三字，是从千转万转后倒折出来，真是有力如虎。"

沁园春

带湖新居将成[1]

三径初成，鹤怨猿惊，稼轩未来[2]。甚云山自许，平生意气；衣冠人笑，抵死尘埃[3]。意倦须还，身闲贵早，岂为莼羹鲈脍哉[4]！秋江上，看惊弦雁避，骇浪船回[5]。东冈更葺茅斋，好都把轩窗临水开[6]。要小舟行钓，先应种柳；疏篱护竹，莫碍观梅。秋菊堪餐，春兰可佩，留待先生手自栽[7]。沉吟久，怕君恩未许，此意徘徊。

注释

〔1〕带湖：在信州府（今江西上饶）城北灵山下。词人在此建造一幢别墅，题名"稼轩"，并以为自己的号。

〔2〕三径：指隐居庭院内的小路。汉代蒋诩隐居时在舍前竹下开辟三径，与志同道合者游。鹤怨猿惊：语本孔稚圭《北山移文》："蕙帐空兮夜鹤怨，山人去兮晓猿惊。"后以此典写隐居者离去或未归来。

〔3〕甚：为什么。抵死：执迷不悟。尘埃：喻污浊官场。

〔4〕莼羹鲈脍：《世说新语·识鉴》载：张翰在洛阳为官，见秋风起，便思念起家乡的莼菜羹、鲈鱼脍，说："人生贵得适意尔，何能羁宦数千里以要名爵？"于是就辞官归隐。

〔5〕惊弦雁避：用惊弓之鸟的典故。《战国策·楚策》载：更羸与魏王在高台之下，见有雁从东方来，更羸引弓虚发，射落一只孤雁。魏王询问原因，回答说："其飞徐而鸣悲。飞徐者，故疮痛也；鸣悲者，久失群也。故疮未息而惊心未至也，闻弦音引而高飞，故疮陨也。"

〔6〕葺（qì气）：用茅草盖屋。

〔7〕“秋菊”二句：自喻高洁。语本屈原《离骚》：“夕餐秋菊之落英”。

解读

淳熙八年（1181），辛弃疾被弹劾落职，退居江西上饶的带湖，并在这里修筑了居所。词人似乎是打算以隐逸来消除被排挤出官场的隐痛。“三径”三句写自己与隐居环境的久违，以表示对这种生活的向往。“云山自许”以下说明隐逸是自己的素志，在官场倦怠之后当然要回到喜爱的生活中来。词人故意掩盖被迫隐居的真实原因，而“惊弦雁避，骇浪船回”二句，却透露出官场的险恶，略略揭示出退居的真正理由。下片纵笔描写隐居清幽的环境：水边修葺茅屋，竹柳掩映，梅菊环绕。春可赏梅，秋可餐菊，逍遥自得，人生快乐，莫过于此。词人好像完全沉醉在隐逸的快乐之中。然“沉吟久”三句，最终表明词人不忘国事、不愿归隐的真实心态。辛弃疾这次被弹劾罢官，闲居了十年时间。“怕君恩未许”云云，可以推测：当时词人罢官不久，还期待皇帝很快召他出山。当然，词人的愿望落空了，南宋朝廷也因此浪费了一个国家栋梁人才。

水龙吟

登建康赏心亭[1]

楚天千里清秋，水随天去秋无际。遥岑远目，献愁供恨，玉簪螺髻[2]。落日楼头，断鸿声里，江南游子，把吴钩看了，栏干拍遍，无人会，登临意[3]。休说鲈鱼堪脍，尽西风、季鹰归未[4]？求田问舍，怕应羞见，刘郎才气[5]。可惜流年，忧愁风雨，树犹如此[6]。倩何人，唤取红巾翠袖，揾英雄泪[7]。

注释

〔1〕建康：今南京市。赏心亭：在建康城西，北宋丁谓所建。

〔2〕遥岑：远山。玉簪螺髻：用女子头上的碧玉簪和螺形发髻喻各种姿态的山峦。

〔3〕吴钩：宝剑名。

〔4〕“休说”二句：《世说新语·识鉴》载：张翰在洛阳为官，见秋风起，便思念起家乡的莼菜羹、鲈鱼脍，于是就辞官归隐。张翰，字季鹰。

〔5〕“求田”三句：《三国志·魏志·陈登传》载：许汜对刘备说陈登是“湖海之士，豪气不除”。刘备问为何如此评价，许汜说：他去见陈登，陈登不与他说话，且让他睡下床，自己上大床睡。刘备说：“君有国士之名。今天下大乱，帝王失所，望君忧国忘家，有救世之意。而君求田问舍，言无可采。是元龙所讳也，何缘当与君语？如小人，欲卧百尺楼上，卧君于地，何但上下床之间耶？”

〔6〕“可惜”三句：《世说新语·言语》载：“桓公（温）北征，经金城，见前为琅邪时种柳，皆已十围。慨然曰：‘木犹如此，人何以堪！’攀枝折条，泫然流涕。”后以此典写岁月易逝、功业难成。

〔7〕揾：揩掉。

解读

这首词是登临游览之作，表现了词人渴望报国而又志不得酬的苦闷，同时批判了南宋小朝廷的苟且偷安，不思进取。“楚天”二句写词人登高望远，一目千里，极写秋色的无边、江天的辽阔、气氛的爽朗，对下文所抒发的深广忧愤起有力的烘托作用。遥望长江对岸，天水连接处，青山耸立，尽收眼底。那就是词人的北方故乡，是沦陷敌手的大好山河。山河虽美，如美人碧玉簪，如美人青螺髻发型，但是，只能给词人提供愁与恨了。这三句，结合了拟人、倒装、反衬等多种修辞方式，写登临所见而带来的苦痛。沦陷区起伏的群山，似乎在诉说着愁恨，山犹如此，人何以堪？其中自然就包含了沦陷区百姓的愁恨。于是，“落日楼头”以下七句，一气贯注，倾泻出词人壮志难酬的牢骚、郁愤与不平。词人空怀报国之志，而今只能悲愤地站在赏心亭旁，看着落日西沉，听着孤雁哀鸣。这几句渲染了一种苍凉悲壮的气氛，以景语抒情。夕阳西下，是否暗喻着南宋小朝廷日薄西山、摇摇欲坠的危险局面？孤雁哀鸣，是否让人联想起词人渡江南来、身世飘零的处境？词人的悲愤情绪不可压抑，又不得痛快倾诉，最终化作带有强烈情感的动作。“把吴钩看了，栏干拍遍”，词人“报国欲死无战场”的悲愤已跃然纸上。然而，在苟且偷安的南宋朝廷里，又有谁能理解词人登临眺望的复杂感受？这就逼迫词人喊出了“无人会，登临意”了。

下片用三个典故，迂回说明自己的志向。第一个典故是潇洒弃官归家的张翰，张翰是一位备受后人羡慕景仰的隐者典范，词人明确表示自己不愿意像张翰那样贪恋家乡美味而弃官还乡。第二个典故是只知道为自己规划打算的许汜，许汜是一位历史上受人们鄙视的典型人物，词人再度表态，当然不愿意学许汜那样不顾家国安危而追逐个人私利。第三个典故是北伐的桓温，这正是辛弃疾学习的榜样。词人表示，只愿意学习桓温率师北伐。不过，南渡以来，何曾有机会施展这一抱负？词人只能像桓温一样发出叹息：“木犹如此，人何以堪！”词人的大好年华、报国雄心都在这“忧愁风雨”中流逝。语意苍凉，催人泪下。末三句抒发词人“时不遇兮”的无可奈何感叹。词人无法在男性世界中寻觅知音，只能请酒宴之间的美人为自己一揾英雄之泪。这一笔，骂尽当时的男儿世界。此时，一种知音难觅的痛苦、孤独寂寞的怅惘，油然而生。这是一位胸怀大志而沉沦下僚的英雄人物，面临国事艰危，不免热泪盈眶，深感报国无路的慨叹。这一把“英雄泪”，使全词笼罩上一层悲苦情调。

丑奴儿近

博山道中效李易安体[1]

千峰云起，骤雨一霎儿价[2]。更远树斜阳，风景怎生图画？青旗卖酒，山那畔、别有人家。只消山水光中，无事过这一夏。　午醉醒时，松窗竹户，万千潇洒。野鸟飞来，又是一般闲暇。却怪白鸥，觑着人、欲下未下[3]。旧盟都在，新来莫是，别有说话。

注释

〔1〕博山：在江西广丰西南约二十余里，远望如庐山香炉峰，故称。博山，原来是古代一种香炉的名称。李易安：李清照，号易安居士。

〔2〕价：助词，同“地”。

〔3〕“却怪”二句：据《列子·黄帝》载：海上有人喜欢鸥鸟，与鸥鸟嬉

戏相亲，没有嫌猜。其父便教唆他捕捉鸥鸟。第二天，鸥鸟见此人只是在空中飞舞，不愿停下来。这里写旧日隐居盟友对自己产生了怀疑。

解读

宋孝宗淳熙八年（1181）十一月，辛弃疾从江西安抚使任上被弹劾落职，退居江西上饶带湖，开始了长达十余年的闲居生活。其间，他也曾外出游玩，途径博山，并在此有过一段时间的停留。他游历了博山王氏庵、博山寺、雨岩等风景名胜，且时而召唤友人同游，有许多游览之作，流传到今天的还有十七首之多。这首词写自己畅游博山途中心情的愉悦，词人陶醉于博山秀丽如画的山水风景之中，情愿隐逸于此，终老一生。

辛弃疾是一位壮怀激烈的英雄志士，他的毕生愿望是率军北伐、光复家乡、统一南北。渡江到了南方之后，却一直不得施展抱负的机会，空有一腔热情。词人只能感慨说："江南游子，把吴钩看了，栏干拍遍，无人会，登临意。"（《水龙吟》）事情到此并没有结束，正当辛弃疾42岁壮年的时候，居然遭弹劾被迫离开官场，词人内心是非常抑郁痛苦的。他无法忘怀平生的万里凌云壮志，他独宿博山王氏庵时作的《清平乐》说："平生塞北江南，归来华发苍颜。布被秋宵梦觉，眼前万里江山。"另外一首书写在"博山道中壁"的《丑奴儿》也感慨说："而今识尽愁滋味，欲说还休，欲说还休。"辛弃疾在一首《鹧鸪天》中对自己被逼退隐的痛苦无奈诉说得十分清楚，他说："追往事，叹今吾，春风不染白髭须。都将万字平戎策，换得东家种树书。"

然而，既然必须离开官场，词人便只得借助山光水色抚慰自身。他陶醉于山水风景，是为了忘却现实的痛苦，隐隐还是对朝廷摒弃他的抗议。他作于博山道中的《江神子》说："旗亭有酒径须赊，晚寒些，怎禁他！醉里匆匆、归骑自随车。白发苍颜吾老矣，只此地，是生涯。"另一首作于博山寺的《鹧鸪天》说："一松一竹真朋友，山鸟山花好弟兄。"有时候，词人是借山水故作狂放；有时候，词人也有真正陶醉于景物之中。不过，陶醉的深层，依然是无法忘怀的苦痛。

这首词辛弃疾有意模仿李清照的词作风格，写得清新流畅，明丽自然，音韵美听。词人确实一度醉心于博山的风光景色。全词用铺叙手法，极力描摹环境的清丽宜人。词人行走于博山道中，忽然千峰云聚，骤雨突至。骤雨来得快，去得也快，雨后，空气爽朗，清新宜人，给行人带来了更多的愉悦。雨后天晴，斜阳映照着远树，晚霞满天。词人被这一幅如画的景观迷恋住了。一路经行，山中风景移步换形，光景常新，叫人目不暇接。遥望山的那边，青旗飘舞，点缀着酒家。对游人来说，这是一个小憩歇脚的好地方。山中景色固然迷人，但长时间的行走也会使游人感到劳累。这时候，如果能有一乡野酒家，以供歇息，让人悠然自得地面对山中美景，那就更加赏心悦目了。酒家未到，青旗遥见，词人的喜悦已经不可遏制。山水秀丽如此，词人当然要感慨说："只消山水光中，无事过这一夏。"

山间的清新舒畅、悠闲自在，还不仅仅如此而已。下阕词人继续铺设笔墨，向人们展示自己的欢欣愉快。闲暇无事，可以放心畅饮，午醉醒来，映入眼帘的就是这样清丽的山间景色。户外，松竹错落有致，野鸟闲暇飞翔。松竹的潇洒与野鸟的闲暇，实际上是词人此刻心境的一种投射，是词人借外物写性情。这样的优美景色，让词人陶醉，身心都融入了大自然。但是，结尾的用典，又牵引出内心的隐痛。词人对"白鸥"的责怪，事实上是责怪自己没有早日归来隐居，白白耽误了这秀美景色。词人对自己真的会如此责怪吗？在中年以后的隐居期间，一经朝廷召唤，辛弃疾总是立即精神抖擞地上任。直到临死，辛弃疾还是大呼渡江杀敌。终其一生，辛弃疾是不甘心隐逸避世的。因此，这里的自我责怪，依然是一种牢骚语，是反语，牵动的是内心的隐痛。

菩萨蛮

书江西造口壁[1]

郁孤台下清江水，中间多少行人泪[2]！西北望长安，可怜无数山。 青山遮不住，毕竟东流去。江晚正愁予，山深闻鹧鸪[3]。

注释

〔1〕造口：即皂口，在今江西万安县西南六十里。

〔2〕郁孤台：在今江西赣州市东南。清江：指赣江。

〔3〕愁予：使我发愁。

解读

宋高宗建炎三年（1129），金兵南侵，一路从湖北大冶间道袭洪州（今江西南昌），追击隆祐太后到江西皂口，无功而返，给这里带来毁灭性的灾难。江西皂口，成为宋人灾难、屈辱的又一见证。词人今日登台眺望，所见的哪里仅仅是奔腾不息的江水呢？中间流淌着多少家破人亡、背井离乡逃难者的血泪？关汉卿《单刀会》中有句著名唱词，主人公关羽独白“这也不是江水”，而后唱道：“二十年流不尽的英雄泪！”遣词构句，显然受辛词影响。江水依旧滔滔流淌，南北分裂的局面也没有改变，流亡者依然还乡无望。“西北望长安，可怜无数山！”是南渡以后辛弃疾经常重复的一个动作。稼轩词中频频出现“西北”、“长安”、“神州”等，用以指代北方故土。如《满江红》说“长安正在天西北”；《水龙吟》说“长安父老，新亭风景，可怜依旧。夷甫诸人，神州沉陆，几曾回首”；《贺新郎》说“问渠侬，神州毕竟，几番离合”；《水调歌头》说“西北有神州”，等等。这是辛弃疾内心解不开的一个情结，不屈不挠的抗金斗志由此生发。长江遮挡不住，毕竟东流而去，滔滔江水连接了南北双方。辛弃疾在这里似乎在暗示：北方领土是不可分割的！以此来表达自己北伐的坚定信念。回到现实，还是叫词人感到沮丧，北伐前景难以预见，故乡回归无望。所以，听到鹧鸪声，词人不禁感慨实现恢复大计的艰难，对现实流露出深深的忧虑。

祝英台令

晚春

宝钗分[1]，桃叶渡，烟柳暗南浦。怕上层楼，十日九风雨。断肠片片飞红，都无人管，更谁劝、流莺声住？　　鬓边觑，试把花卜归期，才簪又重数[2]。罗帐灯昏，哽咽梦中语：“是他春带愁来，春归何处，却不解、带将愁去。”

注释

〔1〕宝钗：古代妇女簪在发髻上的一种首饰，由两股合成。夫妻（或情人）分别时，各拿一股，表示纪念。白居易《长恨歌》："钗留一股合一扇，钗擘黄金合分钿。"桃叶渡：渡口名，在南京秦淮河与清溪合流处。相传因王献之于此送别其妾而得名。王献之于此地作《桃叶歌》云："桃叶复桃叶，渡江不用楫。但渡无所苦，我自迎接汝。"

〔2〕觑（qù去）：斜视。花卜归期：用花的瓣数来占卜情人归来的日期。

解读

"词为艳科"，以词写艳情最是得心应手。辛弃疾同样能写艳情，在这方面也有优秀之作，此词就是一个例证。词中代闺人抒写别离的怨恨、青春流逝的悲苦，通过对暮春的留恋、惋惜来表达。闺人不敢登楼览景，因为暮春时节风雨连绵，摧残花木，飞红片片。花落春亦去。春天，已经成为闺人青春美好年华的象征，成为恋人相聚美好时光的象征。今年的春天肯定无法挽回，闺人就渴望着下一个春天的早日到来。她拿花瓣反复卜算，流露出情深无限。最终，也摆脱不了愁苦，于是，又转为对春天的埋怨。前人理解此词有政治象征意义，认为词中所思念者实际上指北方故土，有点过于牵强。应该承认词人的情感是丰富复杂的，他会有多种多样的情感需求及其抒情需要。清沈谦《填词杂说》说："稼轩词以激扬奋厉为工，至'宝钗分，桃叶渡'一曲，昵狎温柔，魂消意尽。才人伎俩，真不可测。"词人感情的丰富带来了作品风格的多样。宋张端义《贵耳集》卷下记载："吕婆，即吕正己之妻，淳熙间，姓名亦达天听……吕婆有女事辛幼安，因以微事触其怒，竟逐之。今稼轩《桃叶渡》词，因此而作。"这段记载比较真实可信。

青玉案

元夕

东风夜放花千树〔1〕，更吹落、星如雨。宝马雕车香满路。凤箫声动，玉壶光转，一夜鱼龙舞〔2〕。　蛾儿雪柳黄金缕，笑语盈盈暗香去〔3〕。众里寻他千百度；蓦然回首，那人却在，灯火阑珊处[4]。

注释

〔1〕花千树：形容挂在树上的元夕灯火非常多。苏味道《观灯》："火树银花合，星桥铁锁开。"

〔2〕玉壶：喻月亮。鱼龙：指鱼灯、龙灯等各种各样的花灯。

〔3〕蛾儿、雪柳、黄金缕：这三样东西都是古代妇女的首饰。周密《武林旧事》卷二载："元夕节物，妇人皆戴珠翠、闹蛾、雪柳。"

〔4〕蓦然：忽然。阑珊：冷落，冷清。

解读

这首词表层写对一位理想美人的追觅，实际上是用象征手法写自己的理想人格。元宵佳节，花灯齐放，人头簇拥，喧哗热闹。辛弃疾在此佳节里，不是在观赏花灯，而是在寻觅一位意中女子。上片用夸张比喻等手法，描写元夕之夜的满街游人、火树银花、彻夜歌舞的热闹场景。下片先写观赏灯景的盛装妇女的喜笑颜开、追逐热闹。上片至此其实都是为理想美人的推出做铺垫。词人真正爱慕、追求的是一位自甘寂寞、远离尘嚣、沉思娴静的女子。这位理想女性，不就是词人不慕荣华富贵、超众脱俗、清高孤独人格的写照吗？词人并不是真的要在人群中寻找这么一位女子，否则，根据辛弃疾在此词中所表现出来的审美趣好，他应该到冷僻幽静处寻找自己的意中人才合理，为什么要到喧闹的元宵灯节来呢？词人不过是借用特定情景，表达自己的心胸怀抱。因此，这首词的比兴寄托寓意非常清晰。

清平乐

茅檐低小，溪上青青草。醉里吴音相媚好[1]，白发谁家翁媪？　大儿锄豆溪东，中儿正织鸡笼；最喜小儿无赖，溪头卧剥莲蓬[2]。

注释

〔1〕蛮音：南方吴越一带口音。古称南方为南蛮。

〔2〕无赖：天真调皮。

解读

这是一首写农村景色人情的词。词人是在用农村的淳朴真率、恬淡宁静，来反衬官场的钩心斗角、龌龊卑下，所以，农村风情在词人笔下就被诗情画意化了。那质朴的茅屋，青青的溪草，都令官场中退隐出来的词人耳目一新。即使是江南“白发翁媪”的蛮音，也显得如此妩媚动听。农家没有什么纷争，各自忙碌，和熙欢快。农家小孩“溪头卧剥莲蓬”的天真无邪，更为画面增添了一份纯真。辛弃疾的农村词，表现出与唐人田园诗的共同审美倾向，都是通过美化乡村田野的景色或人情，用来安慰自己仕途的失意和心灵的失落。这与苏轼比较真实地描写农村风貌的歌词，有了明显不同。

清平乐

独宿博山王氏庵〔1〕

绕床饥鼠，蝙蝠翻灯舞。屋上松风吹急雨，破纸窗间自语。　平生塞北江南，归来华发苍颜。布被秋宵梦觉，眼前万里江山。

注释

〔1〕博山：在江西广丰西南约二十余里。远望状如庐山香炉峰，故称。博山，是古代的一种香炉名称。

解读

这首词是词人闲居上饶游博山时所作。《丑奴儿近》（千峰云起）也作于博山道中，词人仿佛已经被自然美景所陶醉。事实上，这是故作旷达，心底的隐痛消除不了。因此，当他夜晚独宿时，被故意掩盖的凄痛就翻腾上来。

词人所处的环境阴冷凄凉，饥鼠绕床奔走，蝙蝠翻飞起舞，松风急雨透过窗间破纸，吹打着茅屋。词人被迫归隐的心理困苦，通过景物形象地表达出来。下片就触及心理创伤的成因。词人平生走遍“塞北江南”，是为了实现抗金的理想。岂知到了“华发苍颜”的年纪，不但一事无成，反而被逼“归来”。今夜梦中惊醒，难怪忘记不了“万里江山”了。其实，词人在闲居时始终没有忘记北伐大业，所有的隐逸潇洒都是故意的做作，以遮掩内心的苦痛。将两首词对照阅读，就可以理解白天游览景色的辛弃疾，其实在故作潇洒，内心的痛苦永远磨灭不了。

前调

暮春

家住江南，又过了、清明寒食。花径里，一番风雨，一番狼藉。红粉暗随流水去〔1〕，园林渐觉清阴密。算年年，落尽刺桐花，寒无力。 庭院静，空相忆。无说处，闲愁极。怕流莺乳燕，得知消息。尺素如今何处也，彩云依旧无踪迹〔2〕。谩教人、羞去上层楼，平芜碧〔3〕。

注释

〔1〕红粉：落花。

〔2〕彩云：喻离去的美人。

〔3〕谩：空，徒。

解读

在词人许多首作品中，“春”都有了特定的象征意义。“春”的流逝，仿佛代表着一种美好理想的破灭。这首词写女子暮春时节怀念离人，容易引起人们的丰富联想。上片写清明寒食过去之后，风雨摧残园林花木，春天无可奈何地离去了。“一番风雨，一番狼藉”的景象，是这样叫人无奈，是这样引人悲苦。这与辛弃疾南渡后对现实的情感有些类似。下片递进一层，写春暮的离愁别思。相思无益，故“羞去上层楼”。然而，“怕流莺乳燕，得知消息”

的诉说中，含有对现实的隐忧，是词人频受挫折后的心理恐惧。这首词因此有了另一种比兴意蕴，而非仅仅写艳情。从恋情词的角度阅读，辛弃疾揣摩女子口吻，写得细腻委婉，英雄别有一番儿女柔肠。

水龙吟

过南剑双溪楼[1]

举头西北浮云，倚天万里须长剑。人言此地，夜深长见，斗牛光焰[2]。我觉山高，潭空水冷，月明星淡。待燃犀下看，凭栏却怕，风雷怒，鱼龙惨[3]。

峡束苍江对起，过危楼、欲飞还敛[4]。元龙老矣，不妨高卧，冰壶凉簟[5]。千古兴亡，百年悲笑，一时登览。问何人、又卸片帆沙岸，系斜阳缆？

注释

〔1〕南剑：宋时州名，治所在延平（今福建南平）。《南平县志》载：“双溪楼在府城东，又有双溪阁在剑津上。”剑津：即流经南平的剑溪。双溪，指剑溪和樵川。

〔2〕斗牛光焰：据《晋书·张华传》载：张华见斗牛（二十八宿中的斗宿和牛宿，是相邻的两个星座）间常有紫气，问雷焕是何缘故，雷焕答是“宝剑之精上彻于天。”丰城（今江西丰城）正应斗牛星座地区之内。后雷焕任丰城县令，在监狱的屋基下，掘地四丈，得一石函，内有宝剑两把，一名龙泉，一名太阿（在王嘉《拾遗记》中又作干将、莫邪）。张华、雷焕各分得一把，紫气从此消失。张华死时，宝剑突然失踪。雷焕死后，其子雷华佩剑过延平津（即剑溪），剑从腰间跃入水中，派人入水寻觅，只见两条数丈长的纹龙，光彩照水，波浪惊腾，不敢往取。

〔3〕燃犀（xī西）：《晋书·温峤传》载：温峤奉命平乱，至采石矶，人云水下多怪物，温峤点燃犀角照之，见水中怪物形状怪异。惨：凶恶，狠毒。

〔4〕飞：飞泻。敛：收束。

〔5〕“元龙”二句：三国时豪杰陈登，字元龙。

解读

这首词登临眺望，悲古叹今，抒发“千古兴亡”的悲慨，流露出对现实的忧虑。词人登楼举头北望，沦陷的神州大地尽收眼底，完成北伐大业，就需要有“倚天长剑”。于是，词人自然联想起此地有关宝剑的历史传说。词人渴望能得此宝剑，有一番作为。“潭空水冷，月明星淡”的惨淡景象，“风雷怒，鱼龙惨”的莫测变化，折射出现实环境的险恶和词人当时处境的恶劣，给歌词笼罩上一层阴影。这是词人南渡以来多年的现实生活体验。下片咏古，回想起历史上仁人志士也是悲愤满腔，无所事事。“百年悲笑”中蕴涵着对历史的叹息，对己身无所作为的悲愤。“问何人”三句，是词人转眼看见了归去的隐士，仿佛心有所动。这是极度苦闷中的情绪转移，永远不会是辛弃疾的真正想法。陈廷焯《云韶集》卷五称赞此词说：“词直气盛，宝光焰焰，笔阵横扫千军。雄奇之景，非此雄奇之笔不能写得如此精神。”

鹧鸪天

代人赋

陌上柔桑破嫩芽，东邻蚕种已生些。平冈细草鸣黄犊，斜日寒林点暮鸦。　山远近，路横斜，青旗沽酒有人家[1]。城中桃李愁风雨，春在溪头野荠花[2]。

注释

〔1〕“青旗”句：语本白居易《杭州春望》：“青旗沽酒趁梨花。”

〔2〕野荠：两年生草本植物，茎叶嫩时可食用。

解读

这首词再次写出词人对田野风光的热爱。桑条开始吐芽，家蚕已经生长，平冈上细草柔茵，寒林里点点归鸦，野外充满着自然的生趣。词人为景色所陶醉，忘记了“山远近，路横斜”的旅途辛劳。眼看有快到了“青旗沽酒人家”，又可以获得旅途暂时的歇息，又可以有片刻闲暇去悠然欣赏田野风景，词人是多么欢欣鼓舞呀。“城中”二句补充说明，对田野风光的喜爱，原来是与“城中”的情景对比而言的。城中生活，风雨摧人，好像是官场龌龊争斗的写照，真正自由自在的春天，应该到溪头野外去寻找。

西江月

夜行黄沙道中[1]

明月别枝惊鹊，清风半夜鸣蝉[2]。稻花香里说丰年，听取蛙声一片。七八个星天外，两三点雨山前[3]。旧时茅店社林边，路转溪桥忽见[4]。

注释

〔1〕黄沙：黄沙岭，在江西上饶西。道中：道上。

〔2〕别枝：斜伸的树枝。又可理解为夜鹊受惊后，飞到另一个树枝上。惊鹊：月光照射卧在树枝上的喜鹊，使它惊飞不定。

〔3〕天外：很远的天空。外：上。

〔4〕茅店：小客店。社林：围绕土地庙栽植的树林。转：拐个弯儿。

解读

这首词写夜行道中的具体感受，描绘出农村夏夜的幽美景色，对农村的丰收怀有极大的喜悦之情。明月当空，别枝横斜，清风徐来，蝉鸣一片。行走于这样清新幽静的田野中，稻花香传来，蛙声在耳，预示这今年的好年成，词人的心情也变得格外轻松愉悦。即使途中遇到一阵夜雨，词人也并不焦急，因为这条路词人十分熟悉，知道前头就有一个旅店茅舍。果然不出词人的所料，欣喜之情洋溢言外。热爱生活的词人，对乡村田野的一切景色都抱有相当的热情。词人确实是在借田园风光排解仕途失意情绪，不过，其中依然有词人对农村生活和景色的一份真实喜爱。

木兰花慢

中秋饮酒将旦，客谓前人诗词有赋待月无送月者，因用天问体赋[1]

可怜今夕月，向何处、去悠悠[2]？是别有人间，那边才见，光影东头？是天外空汗漫，但长风、浩浩送中秋[3]？飞镜无根谁系？姮娥不嫁谁留[4]？

谓经海底问无由，恍惚使人愁。怕万里长鲸，纵横触破，玉殿琼楼[5]。虾蟆故堪浴水，问云何、玉兔解沉浮[6]？若道都齐无恙，云何渐渐如钩[7]？

注释

〔1〕将旦：天将破晓。《天问》体：采用屈原所作《天问》的形式。《天问》由一百七十多个对“天”提出的问题组成。

〔2〕可怜：可爱。

〔3〕汗漫：广阔无边，渺茫难知。《淮南子·道应训》：“吾于汗漫期于九垓之上。”

〔4〕飞镜：指月亮。姮娥：即嫦娥，月中仙子。

〔5〕玉殿琼楼：传说月中有玉宇琼楼。

〔6〕虾蟆：即蛤蟆。古代神话传说，月中有蛤蟆（蟾蜍）。玉兔：古代神话传说，月中有白兔捣药。

〔7〕无恙（yàng样）：完好无缺。

解读

这首词奇思壮彩，想落天外。中秋之夜，词人对高挂于浩瀚天空的一轮圆月发生了浓厚兴趣，接连提出了七个问题，表现了词人探索宇宙奥秘的好奇心，也表达了对明月的由衷赞美之情。词人首先追问中秋之夜以后明月去向何方？是否另有人间，这里明月下沉，那边月亮就升起？那么，驱使明月运转的动力是浩浩长风吗？月亮如同一轮明镜，它又没有根，是如何系挂在空中的？据说月中嫦娥至今未嫁，那又是谁的主张？据说月亮来自海底，词人因此为它发愁。他怕长鲸触破月宫，怕月中玉兔不懂得游泳，怕明月受到损坏“渐渐如钩”。整首词糅合神话传说，充分表现自己的好奇。想象奇特，在辛弃疾词中别具一格。

贺新郎

别茂嘉十二弟，鹈鴂、杜鹃实两种，见《离骚补注》[1]

绿树听鹈鴂。更那堪、鹧鸪声住，杜鹃声切！啼到春归无寻处，苦恨芳菲都歇。算未抵人间离别：马上琵琶关塞黑，更长门、翠辇辞金阙[2]。看燕燕，送归妾[3]。 将军百战声名裂，向河梁、回头万里，故人长绝[4]。易水萧萧西风冷，满座衣冠似雪[5]。正壮士悲歌未彻。啼鸟还知如许恨，料不啼清泪长啼血[6]。谁共我，醉明月！

注释

〔1〕茂嘉：辛茂嘉，作者族弟，因事贬官桂林。《离骚补注》：宋人洪兴祖所著。

〔2〕“马上”二句：用王昭君出塞的故事。《西京杂记·琴操》载：汉元帝以宫人王昭君和亲，戎服乘马，提琵琶出塞。

〔3〕“看燕燕”二句：《诗经·燕燕》：“燕燕于飞，差池其羽。之子于归，远送于野。”汉代毛苌传云：“《燕燕》，卫庄姜送归妾也。”

〔4〕“将军”三句：写汉代李陵。李陵多次与匈奴战，有功。然而最后一次战败投降。身败名裂。

〔5〕“易水”二句：荆轲入秦刺秦王，燕太子丹及好友共同送至易水，高渐离击筑，荆轲悲歌道：“风萧萧兮易水寒，壮士一去兮不复返。”

〔6〕如许：这么多。

解读

这首词为送别之作，词人借题发挥，抒发的是辞家去国的悲愤。先写春天的归去。鹈鴂、鹧鸪、杜鹃的啼叫声，都有一种悲凄的意味，在这一连串的鸟鸣声中，春天渐渐归去。然而，更令人悲苦的是人间的离别。昭君出塞，李陵陷敌，荆轲入秦，或令人悲伤欲绝，或叫人扼腕叹息，或使人怒发冲冠。这一系列的典故，都与家国之愁有关，词的政治寓意也就显得十分明确。这么多典故的运用，组织得却非常自然流畅。全词悲慨苍凉，深沉抑郁。后人对此词推崇备至，清陈廷焯《白雨斋词话》卷一说："稼轩词自以《贺新郎·别茂嘉十二弟》一篇为冠。沉郁苍凉，跳跃动荡，古今无此笔力。"这样的推许，还是过分了。至于清周济认为这首词"上片北都旧恨，下片南都新恨"（《宋四家词选》），则过于落实。

前调

将止酒、戒酒杯使勿近

杯，汝来前。老子今朝，点检形骸[1]：甚长年抱渴，咽如焦釜；于今喜睡，气似奔雷[2]？汝说，刘伶，古今达者，醉后何妨死便埋[3]。浑如此，叹汝于知己，真少恩哉[4]！　更凭歌舞为媒，算合作人间鸩毒猜[5]。况怨无大小，生于所爱；物无美恶，过则为灾。与汝成言："勿留亟退，吾力犹能肆汝杯[6]。"杯再拜，道："麾之即去，招则须来[7]。"

注释

〔1〕点检形骸：检查身体。

〔2〕抱渴：患酒渴病。咽如焦釜：喉咙干得像烧焦了的锅。釜（fǔ府）：锅。

〔3〕"汝说"三句：《世说新语·文学》注引《名士传》："（刘）伶字伯伦，沛郡人。肆意放荡，以宇宙为狭。常乘鹿车，携一壶酒，使人荷锸随之，云：'死便掘地以埋'。"

〔4〕浑如此：竟然如此。

〔5〕"更凭"二句：屈原《离骚》："吾令鸩为媒兮，鸩告余以不好。"鸩，鸟名。羽毛有毒，蘸酒喝了人就死。

〔6〕亟（jí及）：急切，赶快。"吾力"句：语出《论语》："吾力犹能肆诸市朝"。肆：对付。

〔7〕"麾之"二句：语出《汉书·汲黯传》："招之不来，麾之不去。"麾，同"挥"，引申为驱赶。

解读

这是词人戒酒的游戏之作。词人中年被迫退居，壮志难酬，内心所蓄积的愤恨可想而知。于是，词人自然会以酒浇愁，在醉梦中忘却。但是，一段时间以后，词人发现醉酒消磨意志，摧残身心，与他不甘颓放的个性格格不入。所以，他下决心戒酒了。词中将酒作为一位对话的对象，列举了酒对人们的危害，批判得对方哑口无言。道理既明，对于意志坚强的词人来说，戒酒也就不难了。词人化用经史，为己所用，词中多散文化的句式，自由通脱，充分体现了"以文为词"的创作特征。"以文为词"是辛词的一大特征，辛弃疾广泛运用经史子集文句、词汇入词，改变了词的气质风貌。宋词喜化用前贤成语，但大都从诗词中来，旧作新创气质相通，这是歌词"雅化"对语言运用所提出的一个要求。辛弃疾则化用经史子集，且不避口语、俗语，促成歌词主体风格的变异。这首词某些句子甚至仅仅略微改动或干脆不加改动地使用经史子集语句。所以，散文化倾向非常突出。

丑奴儿

书博山道中壁

少年不识愁滋味，爱上层楼，爱上层楼。为赋新词强说愁。 而今识尽愁滋味，欲说还休，欲说还休。却道天凉好个秋。

解读

少年与中年，人生阅历不同，对"愁"的理解也完全不一样。这种人生不同阶段的不同感触，人人都能经历，词人却以强烈对比的手法将其富有诗意地表现出来，最易引起普遍的共鸣。词人前后期生活变化太大了，期望与现实的反差也太大了，对"愁"的体味前后之变化词人感受更加深切，因此才有如此真切的表现。少年登楼，或是游览，或是聚宴。其间少不了朋辈相从、歌舞相伴，时而也有即兴创作的应酬。依照歌词填写的传统，无非是春恨秋愁、离愁别怨。这就是"为赋新词强说愁”。南渡以后，壮志难酬，且被迫赋闲家居。仕途的风雨，北伐的无望，给词人带来过多的痛苦和折磨，却不可明说。“却道天凉好个秋”，也写出现实政治的黑暗。

太常引

建康中秋为吕叔潜赋[1]

一轮秋影转金波，飞镜又重磨。把酒问姮娥：被白发欺人奈何？　乘风好去，长空万里，直下看山河。斫去桂婆娑，人道是清光更多[2]。

注释

〔1〕吕叔潜：名大，生平不详。

〔2〕“斫去”：语本杜甫《一百五日夜对月》：“斫却月中桂，清光应更多。”斫，砍。婆娑，枝叶摇曳的样子。

解读

中秋望月，情景、心境不同，感受就不一样。词人在现实中频遭挫折，目睹了朝廷政敌的龌龊伎俩，体验到叫人窒息的黑暗。今夜赏月，词人就期望明月能将更多的清辉洒向人间，使尘世变得明亮净洁。词人想象力丰富，自许为天上神仙人物。“把酒问姮娥”，是因为这样的问题在现实中已经找不到解答了，换句话说，词人在现实中备受压抑，已经到了无路可走的地步，才寄托情感于天上世界。下片想象自己“乘风”归去，回到清明的天上世界。但是，词人永远牵挂着现实人间，希望自己对现实人间有所作为。“斫去桂婆娑，人道是清光更多”，透露出词人的不甘心和倔强。这是南宋爱国志士最可贵的精神财富，在辛弃疾身上有典型体现。词用比兴手法，意余言外，令人回味无穷。

念奴娇

书东流村壁[1]

野棠花落，又匆匆、过了清明时节。刬地东风欺客梦[2]，一夜云屏寒怯。曲岸持觞，垂杨系马，此地曾轻别。楼空人去，旧游飞燕能说[3]。　闻道绮陌东头[4]，行人曾见，帘底纤纤月[5]。旧恨春江流不尽，新恨云山千叠。料得明朝，尊前重见，镜里花难折。也应惊问，近来多少华发[6]?

注释

〔1〕东流：地名，在今安徽东至县，临近长江。

〔2〕刬（chàn 颤）地：平白无故地，无端地。

〔3〕“楼空”二句：用苏轼《永遇乐》词意。苏词写唐代关盼盼事，云：“燕子楼空，佳人何在？空锁楼中燕。”

〔4〕绮陌：繁华盛丽的街衢。

〔5〕纤纤月：喻指女子纤柔的小脚。

〔6〕华发：白发。

解读

长江是南北双方的分界线，辛弃疾渡江南来，家乡被阻隔在江的那一边。所以，途经靠近长江的小村落，词人对故土的思恋之情就难以遏止。这首词却采用歌词传统的写法，写对往日一位如“纤纤月”的佳人的思念，寄托故乡之思。词人是在“清明时节”路过此地，但无心赏识春日沿途的风景，立即陷入对往事的回忆之中。旧情难觅，回到现实，便只是“旧恨春江流不尽，新恨云山千叠”。结尾词人惊叹华发早生，岁月蹉跎，这是急于有所作为意志的曲折表述。清陈廷焯《云韶集》卷五评价说：“起笔愈直愈妙。不减清真，而俊快过之。‘旧恨’二句，矫首高歌，淋漓悲壮。悲而壮，是陈其年之祖。”

沁园春

灵山齐庵赋，时筑偃湖未成[1]

叠嶂西驰，万马回旋，众山欲东。正惊湍直下，跳珠倒溅；小桥横截，缺月初弓。老合投闲，天教多事，检校长身十万松[2]。吾庐小，在龙蛇影外，风雨声中。　争先见面重重，看爽气朝来三数峰[3]。似谢家子弟，衣冠磊落；相如庭户，车骑雍容[4]。我觉其间，雄深雅健，如对文章太史公[5]。新堤路，问偃湖何日，烟水濛濛？

注释

〔1〕灵山：在上饶境内。

〔2〕检校：检查管理。龙蛇：指松树，因其枝干屈曲如龙蛇。

〔3〕爽气朝来：语出《世说新语·简傲》："王子猷……以手版拄颊云：'西山朝来，致有爽气。'"

〔4〕"谢家"二句：以东晋大族谢家子弟服饰之庄重大方、美丽鲜明比喻山的仪容。"相如"二句：语出《史记·司马相如列传》："相如之临邛，从车骑，雍容闲雅甚都。"这里以司马相如的车骑来比拟群山的壮丽气派。

〔5〕"雄深"二句：语出《新唐书·柳宗元传》："韩愈评其文曰：'雄深雅健，似司马子长（迁）。'"这里以司马迁的文章风格比拟群山的气概。司马迁曾为太史令，称太史公。

解读

这首词作于词人再度被罢官以后，此时已进入晚年。词人只能从周围山水中寻求安慰。然而，以一英雄磊落的心胸与眼光去看待山水，山水也就不再是一片恬静。词的上片写灵山雄伟峭拔的气势，以及齐庵周围小桥流水、苍松翠柏的优美环境，词人所选取的是种种奇丽险峻的景物，隐隐透露出词人不满意"投闲"置散的愤慨。下片以议论的方式评说周围风景，写灵山给词人的种种欣慰的感受，展望偃湖筑成后的良辰美景，表明词人旷达开朗的胸怀。也只有山水才能给词人受伤的心灵以抚慰。全词像一篇优美的山水游记，是“以文为词”的范例。

破阵子

为陈同甫赋壮语以寄[1]

醉里挑灯看剑，梦回吹角连营。八百里分麾下炙，五十弦翻塞外声[2]，沙场秋点兵。　马作的卢飞快，弓如霹雳弦惊[3]。了却君王天下事，赢得生前身后名，可怜白发生！

注释

〔1〕陈同甫：陈亮。

〔2〕八百里：本指牛。语出《世说新语·汰侈》：“王君夫有牛，名八百里駮。”麾下：部下。炙：烧烤的肉。五十弦：本指瑟，这里泛指乐器。翻：演奏。原指按照旧曲谱制作新词。

〔3〕的卢：名马。刘备所骑的马就叫的卢。霹雳：响雷声。

解读

陈亮与词人志同道合，相聚之时，议论时事，慷慨激昂，同时也掩饰不住壮志难酬的悲凉。这首词结构奇特，上下片浑融一气，都是在极力描摹自己生平的壮举与胸中远大的志向。今夜“醉里挑灯看剑”，当年的壮举一一浮现在眼前。作为统率千军万马的主帅，词人曾经有过“沙场秋点兵”的生活。词人的愿望是为君王平定天下。但是，结尾轻易的一句“可怜白发生”就将前面所说的一切都否定了。岁月老去、壮志难酬的悲愤，由此流露。一般词作，都以上、下片构成匀称结构。这首词是一种“头重脚轻”的结构，暗示着词人心理的失衡。北伐无望，词人永远无法释怀。这便是词人选择这种结构方式的心理成因。

鹧鸪天

有客慨然谈功名，因追念少年时事，戏作。

壮岁旌旗拥万夫，锦襜突骑渡江初[1]。燕兵夜娖银胡𩨋，汉箭朝飞金仆姑[2]。　追往事，叹今吾，春风不染白髭须。都将万字平戎策，换得东家种树书[3]。

注释

〔1〕锦襜（chān搀）突骑（jì计）：穿锦衣的精锐骑兵。

〔2〕燕兵：指词人所率部队。娖（chuò绰）：整理。胡𩨋：箭袋。金仆姑：箭名。

〔3〕平戎策：指词人屡次上书朝廷的论抗战救国、统一南北的奏书策论。

解读

这首词回顾平生，将前期的壮志有为与后期的被迫隐居做了鲜明的对比，愤慨之情不言而喻。当年词人率乡亲起义，冲入金兵大营，领导二万多大军浩荡南渡，在枪林弹雨中度过了有意义的青年、壮年时期。南渡后，曾向朝廷献“万字平戎策”，期望有更大的作为。但是，词人在43岁以后，大部分时间都在被迫隐逸中浪费。而今鬓发已白，春风对此也无能为力。春天可以让百花重新开放，却不能唤回词人的青春年华。词人的隐居，“将万字平戎策”去“换得东家种树书”，都是十分无奈的，是被逼如此的。英雄穷途的悲凉，深寓字里行间。

粉蝶儿

和赵晋臣敷文赋落梅[1]

昨日春如十三女儿学绣，一枝枝不教花瘦。甚无情、便下得雨僝风僽[2]。向园林、铺作地衣红绉。　而今春似轻薄荡子难久。记前时送春归后，把春波、都酿作一江醇酎[3]。约清愁、杨柳岸边相候。

注释

〔1〕赵晋臣：赵不迂，字晋臣，官至敷文阁学士。

〔2〕甚：真。下得：忍得，忍使。僝僽（chán zhòu）：折磨。

〔3〕醇酎：浓酒。

解读

辛弃疾的婉约词，依然写得柔婉动人。赋落花，也就是赋春天的归去，花是春天的象征。春景之艳丽，如十三女儿精心绣出，饱满开放，姹紫嫣红，一片烂漫。风雨送春归，风雨催落的首先是枝头的花卉，落英满地，似铺了一层地衣。花瓣凋零到如此地步，春天也就消失在风雨之中了。下阕写春归之后的清愁，只能以酒消愁了。词人出色之处在于用了系列新颖生动的比喻，将匆匆归去的春天比作"轻薄荡子难久"，将"春波"比作"一江醇酎"。对春天留恋之情深情苦，皆在不言中。又隐含"一江春水向东流"的无尽愁苦。

西江月

遣兴

醉里且贪欢笑，要愁那得工夫。近来始觉古人书，信著全无是处[1]。 昨夜松边醉倒，问松我醉何如？只疑松动要来扶，以手推松曰去。

注释

〔1〕"近来"二句：语本《孟子·尽心》下："尽信书，则不如无书。"

解读

这首词写醉酒的心态、情态，显示出词人与众不同的性格。醉里的欢笑其实是表面的，要愁没有工夫那是欲盖弥彰，只因为愁苦过于深重才借助醉酒。词人从读书中悟出不迷信书本的道理，有普遍的启迪意义。词人用在这里，恐怕有着对朝廷、皇帝、历史的怀疑。下片以松树陪衬自己昨夜的醉态。以手推松的动作固然是醉酒时的神志模糊，但依然表现了词人倔强的性格，自强不息，不被困难压倒。

鹧鸪天

鹅湖归。病起作[1]

枕簟溪堂冷欲秋，断云依水晚来收。红莲相倚浑如醉，白鸟无言定自愁。

书咄咄[2]，且休休[3]，一丘一壑也风流。不知筋力衰多少，但觉新来懒上楼。

注释

〔1〕鹅湖：地名，在江西铅山县东北鹅湖山上。晋人龚氏曾在此养鹅，故名。下有鹅湖寺，辛弃疾闲居铅山时经常来这里游玩。

〔2〕书咄咄：表示抒写胸中的郁闷与愤恨。语出《晋书·殷浩传》："浩虽被黜放，口无怨言，夷神委命，谈咏不辍，虽家人不见其有流放之戚。但终日书空，作'咄咄怪事'四字而已。"

〔3〕休休：闲适休闲的样子。唐末司空图隐居中条山王官谷，建"休休亭"，作《休休亭记》。

解读

正当盛年而被迫在家闲居，对胸怀大志且诸事无成的辛弃疾来说，是绝对不可以接受的现实。但是，词人又是无奈的，他以一己之力无法左右朝廷的形势与南宋的局势。词人由此试图在湖光山色中消遣愁闷，劝慰自己"且休休"，大自然"一丘一壑也风流"。这种企图在现实中则往往落空。秋天气候转冷，所见的"红莲"、"白鸟"也被愁苦意绪所笼罩着，环境与景色带给词人的是不舒适的感受。书空咄咄，郁闷情绪有时就是这样难以遏止地宣泄出来。结尾宕开一笔，写自己的身体感受。"不知筋力衰多少？但觉新来懒上楼"的疲惫与衰老，是精神备受折磨的身体表现。辛弃疾另有《鹧鸪天·鹅湖归病起作》，可以参照阅读。词说："著意寻春懒便回，何如信步两三杯。山才好处行还倦，诗未成时雨早催。携竹杖，更芒鞋，朱朱粉粉野蒿开。谁家寒食归宁女？笑语柔桑陌上来。"

永遇乐

京口北固亭怀古[1]

千古江山，英雄无觅、孙仲谋处[2]。舞榭歌台，风流总被、雨打风吹去[3]。斜阳草树，寻常巷陌，人道寄奴曾住[4]。想当年、金戈铁马，气吞万里如虎[5]。元嘉草草，封狼居胥，赢得仓皇北顾[6]。四十三年，望中犹记、烽火扬州路[7]。可堪回首，佛狸祠下，一片神鸦社鼓[8]！凭谁问：廉颇老矣，尚能饭否[9]？

注释

〔1〕京口：今江苏镇江市。北固亭，一名北固楼，在今镇江市东北北固山上，下临长江，形势险要。

〔2〕孙仲谋：即孙权，字仲谋，三国时吴的君主。他继承父兄遗业据有东南，时方十九岁。

〔3〕舞榭歌台：指供歌舞的楼台。风流：指英雄事业的风流余韵。

〔4〕寻常巷陌：普通的街道。寄奴：南朝宋武帝刘裕，小名寄奴。他生长在京口，并在这里起兵，率兵北伐，后推翻东晋做了皇帝。

〔5〕当年：指刘裕北伐当年事。东晋安帝义熙五年（409）与十二年（416），刘裕曾两次率晋军北伐，先后灭掉南燕、后燕、后秦，收复洛阳、长安。金戈铁马：形容北伐部队兵强马壮。金戈，金属制成的武器。铁马，披着铁甲的战马。气吞万里如虎：形容刘裕北伐的气势很大，像是要把盘踞中原的敌人一口气吞下去。

〔6〕元嘉：南朝宋文帝刘义隆的年号。草草：草率，马马乎乎。元嘉二十七年（450），刘义隆在没有认真准备的情况下，草率地派王玄谟出兵北伐，结果大败而回。封：在山上筑坛祭天，是封建统治者为夸耀所谓文治武功而举行的祭神仪式。狼居胥：山名，在今内蒙古西北部。据《史记·霍去

病传》载：汉武帝时，霍去病追单于至狼居胥山，封山而归。这里指刘义隆想北伐立功。赢得：落得。北顾：一面向南逃跑，一面向北张望追来的敌人。

〔7〕四十三年：辛弃疾于宋高宗绍兴三十三年（1163）南归，到写此词时（1205）正好四十三年了。烽火：战火。扬州路：指今江苏扬州一带。辛弃疾在南归以前曾参加过扬州以北地区人民的抗金斗争。

〔8〕可堪：哪堪，哪里忍受得了。佛狸祠：佛狸是北魏太武帝拓跋焘的小名。拓跋焘在打败王玄谟北伐军队以后，曾追击到长江北岸的瓜步山（今江苏六合县东南二十里处），在山上建立行宫，即后来的佛狸祠。神鸦：飞集在庙里吃祭神果品的乌鸦。社鼓：社日祭神时的鼓声。

〔9〕凭谁问：有谁来问。廉颇：战国时赵国的名将。他因遭受陷害而去魏避难。后来秦国攻打赵国，赵王想再用廉颇，怕他衰老，派使者去探望他。廉颇在使者面前吃下一斗米饭，十斤肉，并披甲上马，以示自己尚有勇气，可以作战。但使臣回报说："廉将军虽老，尚善饭；然与臣坐顷之，三遗矢矣。"赵王以为太老，未能召用。

解读

嘉泰三年（1203）夏，辛弃疾再度被朝廷起用。次年四月知镇江府，时已65岁。当时朝廷主政的韩侂胄，只是企图利用北伐来树立个人名声，并不做认真积极的作战准备。辛弃疾一方面主张坚决抗战北伐，另一方面却为当时仓促的军事局面担忧。当他登上北固亭眺望北方时，想起历史上的英雄与其他北伐的成败经验，既有向往之情，又心生警惕。词人向往的是孙权、刘裕这样建立了丰功伟业的英雄，当年他们率师作战或北伐，金戈铁马，气势恢弘，所向披靡。词人担忧的是元嘉年间的草草准备，匆匆出兵，败北而归。回想起四十三年前扬州所遭受的那场兵乱，词人犹自愤怒不已。结尾用廉颇的典故，表现了自己老当益壮的雄心。明杨慎认为："辛词当以京口北固亭怀古《永遇乐》为第一。"(《词苑粹编》卷五《品藻》引《升庵词话》)这首词多用典故，自然流畅，词风苍劲悲凉，代表了辛弃疾成熟期的创作成就。确实可以被推许为辛词的"压卷之作"。

南乡子

登京口北固亭有怀[1]

何处望神州？满眼风光北固楼[2]。千古兴亡多少事？悠悠。不尽长江滚滚流。　年少万兜鍪，坐断东南战未休[3]。天下英雄谁敌手？曹刘[4]。生子当如孙仲谋[5]。

注释

〔1〕京口北固亭：在今镇江市东北北固山上。

〔2〕神州：指金人占领的中原地区。

〔3〕兜鍪（móu 牟）：头盔。这里代指士兵。坐断：占据。这里写孙权占据江东，与曹、刘鼎足三立。

〔4〕"天下"二句：语本《三国志·先主传》："曹公（操）从容谓先主曰：'今天下英雄，唯使君与操耳。本初之徒，不足数也。'"

〔5〕"生子"句：《三国志·吴主传》注引《吴历》载：汉献帝建安十八年（213），曹操攻濡须（今安徽巢湖市），孙权亲自提兵迎敌。曹操见孙权麾下军伍整肃，叹息说："生子当如孙仲谋。刘景升（刘表）儿子若豚犬耳！"

解读

词人暮年被起用，这是最后一次有作为的机会了，词人登上北固亭时的感慨也就特别复杂。这首词以自我问答的方式写成。第一问说明了京口军事地理位置的重要，词人镇守此处，应该大有作为。第二问极其概括，将长江两岸千古征战、兴亡的史实都包含在里面。第三问表达了自己对当年在此地有所作为的英雄人物的景仰，期望自己也能像他们那样建立功勋。陈廷焯认为此词"魄力雄大，虎视千古"，"极英雄之气"（《云韶集》卷五）。

陈 亮

陈亮（1143—1194），字同甫，号龙川。初名汝能，改名亮，婺州永康（今属浙江）人。乾道五年（1169）试吏部，被黜。曾多次上书朝廷，议论恢复，人以为狂怪。遭人嫉恨，二度被诬入狱。绍熙四年（1193），策进士第一，未之官而卒。端平初，追谥文毅。有《龙川文集》，存词74首。

水调歌头

送章德茂大卿使虏〔1〕

不见南师久，谩说北群空〔2〕。当场只手，毕竟还我万夫雄〔3〕。自笑堂堂汉使，得似洋洋河水，依旧只流东〔4〕。且复穹庐拜，向向藁街逢〔5〕。　尧之都，舜之壤，禹之封〔6〕。于中应有、一个半个耻臣戎〔7〕。万里腥膻如许，千古英灵安在，磅礴几时通〔8〕？胡运何须问，赫日自当中。

注释

〔1〕章德茂：章森，字德茂，广汉（今四川县名）人，绍兴三十年进士，于孝宗淳熙十一年（1184）八月、十二年（1185）十一月两度出使金国。大卿：是尚书的代称。当时章德茂的实职是大理少卿，出使时给他“尚书”衔。

〔2〕南师：指南宋北伐的军队。谩说：胡乱说，不要以为。北群空：原意是没有良马，这里指没有人才。韩愈《送温初士赴和阳军序》：“伯乐一过冀北之野，而马群遂空。”

〔3〕只手：独当一面的好手。万夫雄：力敌万夫的英雄。

〔4〕自笑：自喜，自豪之意。得似：岂得似，还很像。洋洋：形容水势很大。这里用以比喻人的才气很大。流东：指百川归海，用以比喻忠于祖国。

〔5〕且复：姑且再一次。穹庐：北方游牧民族居住的圆形毡帐，即今俗称蒙古包。拜：指前往祝贺金主万春节。藁（gǎo稿）街：汉代长安街名，是当时外国和少数民族政权使臣居住的地方。汉元帝时陈汤斩匈奴郅支单于，上疏请“悬头藁街蛮夷邸间。”

〔6〕都：都城。

〔7〕耻臣戎：以向敌人俯首称臣为耻辱。戎，古代对西方少数民族的鄙称，这里代指金国贵族统治者。

〔8〕腥膻：牛羊身上的腥膻气味。因金人喜食牛羊肉，故借此代指女真族统治集团对中原地区的占领和统治。如许：这个样子。

解读

陈亮的词学习辛弃疾，议论纵横，意气风发，雄肆激昂。这首词为送友人出使金国而作，句式散文化，构成排山倒海而来的气势，可作议论文章来读。“不见”二句是否定句，正告人们，南宋依然人材济济。“当场”二句称颂友人毅然出使敌国的大无畏气概，充满了民族自豪感。“自笑”三句，为现实悲哀，正是这样的现实促使词人更加发奋作为。“且复”二句，流露出必胜的信念，这种信念支持着词人，他也以此鼓励友人。过片用排比句、反问句直抒胸臆，呼唤抗金英雄，既是自许，也是对友人的期望。结尾用感叹句，坚信南宋朝廷一定取得最后胜利。

念奴娇

登多景楼[1]

危楼还望，叹此意、今古几人曾会[2]？鬼设神施，浑认作、天限南疆北界[3]。一水横陈，连岗三面，做出争雄势[4]。六朝何事，只成门户私计[5]？　因笑王谢诸人，登高怀远，也学英雄涕[6]。凭却江山，管不到、河洛腥膻无际。正好长驱，不须反顾，寻取中流誓[7]。小儿破贼，势成宁问强对[8]？

注释

〔1〕多景楼：在京口（今江苏镇江市）北固山上甘露寺内，北临长江，登楼可极目远望。

〔2〕危楼：高楼。还，通“环”。还望：向周围回环眺望。叹此意：感叹环望后所产生的意想，即天地设险的用意。会：领会，理解。

〔3〕鬼设神施：比喻天然地势的险要，非人工之所能为。浑：简直。天限南疆北界：地势是天然划分南北的疆界。

〔4〕一水：指长江。连岗三面：京口（镇江）北对长江，东、南、西三面都被山峦环绕。做出争雄势：由于具有上述的自然条件，所以京口是收复中原的有利地势。

〔5〕门户私计：指南宋统治集团依靠长江天险，苟且偷安，不图进取，只从狭隘的家族私利出发，你争我夺。门户，门户之见。

〔6〕王谢：指东晋王导、谢安等人。王、谢两家是东晋的豪门贵族，这里泛指南宋士大夫。英雄涕：据《世说新语·言语》载，晋士大夫渡江以后，经常在新亭聚会，相顾流泪。王导斥责他们说：“当共戮力王室，克复神州，何至作楚囚相对？”

〔7〕中流誓：《晋书·祖逖传》载，东晋祖逖北伐渡江，中流楫而誓：“祖逖不能清中原而复济者，有如大江。”

〔8〕小儿破贼：《资治通鉴》卷一百零五载“淝水之战”：“谢安得驿书，知秦兵已败。时方围棋，摄书置床上，了无喜色，围棋如故。客问之，徐答曰：‘小儿辈遂已破贼。’”宁问：岂问。

解读

陈亮填词有服务现实的明确目的，据说他写歌词时经常要感慨说：“经济之怀略已陈矣。”他曾经亲自到长江沿线考察地形，写成经营南方、北取中原的策略上书孝宗皇帝。讨论到京口形势时说：“京口连冈三面，而大江横陈，江旁极目千里，其势大略如虎之出穴，而非若虎之藏穴也。”这首词就是他系列抗金主张的形象化表述。上片讨论了京口险要的地势，感慨南朝诸人不思进取，最终一事无成。下片在议论古人、汲取历史教训的基础上，要求学习祖狄、谢玄等有作为的历史英雄，完成北伐大业，统一祖国。

水龙吟

闹花深处层楼，画帘半卷东风软。春归翠陌，平莎茸嫩，垂杨金浅。迟日催花[1]，淡云阁雨，轻寒轻暖。恨芳菲世界，游人未赏，都付与，莺和燕。

寂寞凭高念远，向南楼一声归雁。金钗斗草[2]，青丝勒马，风流云散。罗绶分香[3]，翠绡对泪，几多幽怨！正销魂、又是疏烟淡月，子规声断[4]。

注释

〔1〕迟日：春日。

〔2〕斗草：古代妇女用采摘的野草来做比赛的一种游戏

〔3〕罗绶：罗带。

〔4〕子规：即杜鹃。相传是古代蜀帝杜宇的魂魄所化，鸣叫声凄厉悲切。

解读

这首词通过惜春来婉转表达自己对政局见解，这样的作品在《龙川词》中并不多见。但这首词的作风比较吻合传统的婉约词风，后人严诗与词文体之辨，这首词因此更得青睐。读者都可以体会到，陈亮并不是单一的惜春，也不是通过惜春表达离愁别怨，而是以之折射现实世界。“恨芳菲世界，游人未赏，都付与莺和燕。”是写北方河山的沦陷敌手？还是写大好抗金局面的付诸东流？其中之象征意蕴，值得读者好好回味。清刘熙载《艺概》卷四评价说：“同甫《水龙吟》云：‘恨芳菲世界，游人未赏，都付与莺和燕。’言近指远，直有宗留守大呼渡河之意。”

刘 过

刘过（1154—1206），字改之，号龙洲道人，吉州太和（今江西泰和县）人。力主北伐，布衣终身，流转江湖，与辛弃疾友善。词风近辛，有《龙洲集》。部分词作转向怪诞。

沁园春

寄稼轩承旨[1]

斗酒彘肩，风雨渡江，岂不快哉[2]！被香山居士，约林和靖，与坡仙老，驾勒吾回[3]。坡谓："西湖正如西子，浓抹淡妆临镜台[4]。"二公者，皆掉头不顾，只管传杯[5]。　白言："天竺去来，图画里峥嵘楼阁开[6]。爱纵横二涧，东西水绕，两峰南北，高下云堆[7]。"逋曰："不然，暗香浮动，不若孤山先访梅[8]。须晴去，访稼轩未晚，且此徘徊。"

注释

〔1〕稼轩承旨：辛弃疾曾任枢密院都承旨。

〔2〕斗酒彘（zhì质）肩《史记·项羽本纪》载：鸿门宴上，项羽以生彘肩（猪肘子）赐樊哙，哙置盾上拔剑切而啖之。比喻友人间聚宴的痛快淋漓。渡江：渡过钱塘江。时辛弃疾帅浙东，刘过在临安（杭州），故云。

〔3〕香山居士：白居易的号。白居易曾任杭州刺史。林和靖：北宋诗人，隐居杭州西湖孤山。坡仙老：苏轼号东坡，后人称为坡仙，曾知杭州府。驾勒吾回：即"勒吾驾回"的倒装句，意为"强拉我回去"。

〔4〕“坡谓”三句：苏轼《饮湖上初晴后雨》：“欲把西湖比西子，浓妆淡抹总相宜。”

〔5〕传杯：饮酒。

〔6〕天竺：在杭州灵隐寺南山中。

〔7〕“爱纵横”四句：白居易《寄韬光禅师》：“东涧水流西涧水，南山云起北山云。”二涧：指灵隐寺附近的两股水，二水汇合于飞来峰下。两峰：指西湖西面的南高峰和北高峰。

〔8〕暗香浮动：林逋《山园小梅》：“疏影横斜水清浅，暗香浮动月黄昏。”争似：怎如，不如。

解读

这首词是词人打算继续留在杭州，用来婉言谢绝辛弃疾的宴席邀请的。全词构思想象奇特，恣意放纵，完全用对话构成，充分显示了散文化的倾向。词人以历史上三位曾经在杭州生活或为官过的风雅名人竞相夸耀，挽留自己，作为自己拒绝辛弃疾的理由。这三位高雅之士都强调杭州风景的秀丽宜人，实际上是词人对杭州风景的流连不舍。白居易、林逋、苏轼三人的挽留语言，又是有根有据地从他们的名篇名句中化出，巧妙自然。敢如此夸口，可见刘过的狂放自任。据说辛弃疾得此词后大喜，宴请刘过数月，馈赠无数。刘过也以此词自夸，岳珂曾当面戏云：“词句固佳，然恨无刀圭药，疗君白日见鬼症耳。”（岳珂《桯史》卷二）回味岳珂之言，其中也有对刘过狂态的讥讽之意。刘熙载《艺概·词曲概》以“狂逸”二字来归纳刘过词作风，便一语中的。

唐多令

安远楼小集，侑觞歌板之姬黄其姓者，乞词于龙洲道人，为赋此《唐多令》。同柳阜之、刘去非、石民瞻、周嘉仲、陈孟参、孟容，时八月五日也〔1〕。

芦叶满汀洲，寒沙带浅流。二十年重过南楼〔2〕。柳下系船犹未稳，能几日。又中秋。　　黄鹤断矶头，故人曾到否〔3〕？旧江山、浑是新愁。欲买桂花同载酒，终不是、少年游？

注释

〔1〕安远楼：又名南楼，在武昌（今湖北武汉市）黄鹤山（即今蛇山）上。据姜夔《翠楼吟》词题中说："淳熙丙午（十三年,1186）冬，武昌安远楼成。"小集：小型的宴集。侑（yòu 右）觞：劝酒。龙洲道人：作者自号。

〔2〕南楼：即安远楼。

〔3〕黄鹤断矶头：即长江南岸蛇山的黄鹤矶，上有黄鹤楼。

解读

这是一首登临之作。词人借重过武昌南楼之机，感慨时事，抒写昔是今非和怀才不遇的情感。上片写景。汀洲上长满芦苇，浅浅江流蜿蜒如带，从寒冷的沙滩上流过，到处是一派凄凉的景象。"二十年"句包含无限昔是今非的感慨，包括时事与个人两方面的变化。"柳下"三句就季节与时间落笔，象征着国家与个人都已进入中秋时节，晚景无多了。下片抒情，极写物是人非，今非昔比。过片二句化用唐人崔颢《黄鹤楼》诗意，对故人、故事深表怀念。"旧江山浑是新愁"是全词的主旨所在。只要半壁河山未收复，旧江山触目皆能引发新愁。"欲买桂花"三句：紧扣中秋，写如今心境的衰变。这首词含蓄委婉，极其耐人寻味。读这首词可以明白，"辛派词人"的粗旷豪迈是一种有意识的审美追求，是内心抑郁苦闷的狂态宣泄。他们并不是不会创作风情婉娈的婉约之作，这首词就是一个明证。

醉太平

闺情

情高意真，眉长鬓青。小楼明月调筝[1]，写春风数声。　思君忆君，魂牵梦萦。翠销香暖云屏，更那堪酒醒！

注释

〔1〕调筝：弹筝。写：演奏。

〔2〕翠销：指画屏上的彩绘褪色。

解读

这是一首赠妓词，词中所写，是宋人典型的青楼应酬词。宋代男人眼中的歌伎，或者说写入歌词的歌伎，必须具备两点：美丽与多情。如果增加一点，就是歌喉婉转动听或演奏技艺出众，此所谓色艺双绝，又情意无限。刘克庄就写了这位一位惹人喜爱的歌伎。她“眉长鬓青”，容颜秀丽；她“情深意真”，深情绵绵；她“小楼调筝”，能够出色地演奏出“春风”里的情思与情意。这样的女子，当然令人“魂牵梦萦”。词人却不写男人的思恋，而是写这位歌伎的难以忘情，这正是宋代男性词人所指望歌伎的，也是宋词写歌伎恋情的一般模式。结尾的酒醒凄凉孤独，便是相思无用的结果，带有一丝哀怨与凄苦。

姜夔

姜夔（约1155—1209），字尧章，饶州鄱阳（今江西波阳）人。早岁孤贫。萧德藻嫁以侄女，随萧归湖州，卜居苕溪，与弁山之白石洞天为邻，永嘉潘柽号其为白石道人。中年流落江湖，依达官贵人范成大、张鉴等为生。后迁移杭州，上论雅乐。进《大乐议》一卷，《琴瑟考古图》一卷。曾试礼部，不第，布衣终生。有《白石道人歌曲》。

鬲溪梅令

丙辰冬自无锡归[1]，作此寓意

好花不与殢香人，浪粼粼[2]。又恐春风归去绿成阴，玉钿何处寻[3]？ 木兰双桨梦中云，小横陈[4]。漫向孤山山下觅盈盈，翠禽啼一春[5]。

注释

〔1〕丙辰：庆元二年（1196）。

〔2〕殢（tì替）香：留恋芳香。殢，留恋。

〔3〕玉钿（diàn店）：女子的首饰，此处喻花。

〔4〕小横陈：语本李商隐《北齐》："小怜渔体横陈夜。"

〔5〕孤山：在杭州西湖。北宋林逋隐居于此，多种梅花。翠禽：《龙城录》载：隋赵师雄遇一美人，同至酒店对饮；又有一绿衣童子出而笑歌戏舞。赵师雄醉醒后，发现自己睡在大梅花树下，上有翠鸟啼鸣。原来他遇到了梅花神，童子是翠鸟幻化。

解读

这是一首咏梅词，通过咏物写惜花惜春的心情。上片写好花不待人，不及时赏花就会转瞬无处可寻，只剩绿叶满枝。下片写摇桨寻花，舟行碧波如梦中乘云。词中“绿阴”、“翠禽”二典，均人花关合之事；“玉钿”、“盈盈”写花又似写人。含蓄委婉地借惜花怀人，心中情人若隐若现。姜夔于花卉中最喜梅花，其咏梅之作有《一萼红》、《小重山》、《玉梅令》等17首，其中以《暗香》、《疏影》最为驰名。前人多认为姜夔咏梅之作寓有家国兴亡之慨。张炎《词源》卷下云：“诗难于咏梅，词为尤难。体认稍真，则拘而不畅；模写差远，则晦而不明。”姜夔的咏梅词，“皆全章精粹，所咏了然在目，且不留滞于物。”

点绛唇

丁未冬过吴松作[1]

燕雁无心，太湖西畔随云去。数峰清苦，商略黄昏雨[2]。　第四桥边，拟共天随住[3]。今何许[4]？凭栏怀古，残柳参差舞。

注释

〔1〕丁未：宋孝宗淳熙十四年（1187）。吴松：即吴淞江，南接太湖。

〔2〕清苦：清寂寥落。商略：商讨，酝酿。

〔3〕第四桥：吴江城外的甘泉桥。天随：晚唐诗人陆龟蒙，自号天随子。晚年隐居松江（吴江）上甫里。

〔4〕何许：何处。

解读

这首词写路过吴淞时的见闻。“燕雁无心”，随云逍遥，无心人间，既写范成大，也是指自己。随之笔锋一转，“数峰清苦”，正酿就一天雨意。在此凄风苦雨的环境中，燕雁的无心，只能是无可奈何，或是被迫的。下片推出自己崇尚的古人陆龟蒙，这是“燕雁无心”的典型。但环境不同，词人终难超脱。凭栏怀古，面对暮色苍茫中随风飘舞的参差残柳，又不知何以为怀。这首词外旷达，内忧惧，始终掩饰不住内心的凄凉、孤苦、落寞、哀伤。陈廷焯《白雨斋词话》卷二评论说：“通首只写眼前景物，到结处云‘今何许？凭栏怀古，残柳参差舞’，感时伤事。只用‘今何许’三字提唱，‘凭栏怀古’下仅以残柳五字咏叹了之，无穷哀感，都在虚处，令读者吊古伤今，不能自止，洵推绝调。”

鹧鸪天

元夕有所梦

肥水东流无尽期[1]，当初不合种相思。梦中未比丹青见，暗里忽惊山鸟啼。春未绿，鬓先丝，人间别久不成悲。谁教岁岁红莲夜，两处沉吟各自知[2]。

注释

〔1〕肥水：河流名，源出安徽合肥西南紫蓬山，北流三十里分为二：其一东流经合肥入巢湖；其一西北流至寿州入淮。此指东流一支。不合：不该。

〔2〕红莲：指莲花灯。

解读

据夏承焘先生《姜白石编年笺校》考证，作者年轻时在合肥与恋人相识相爱，此后为生计四处飘泊，与恋人离多聚少。但词人终生思念情人，词中时有所涉。这首词是透露恋人信息和相恋时地最为显豁的一首。上片写因思而梦，醒来慨叹梦境依稀，识认恋人面貌不清；又梦境短暂，才相遇却被山鸟啼醒。下片由元夕春至换意，写出岁月蹉跎之叹。“人间别久不成悲”又出新意，反折而出。结尾两句，可以看出所恋的情人身处异乡，相思而不得相见。这段恋情没有对方回应的相关文献资料流传下来，不知“两处沉吟”是否又是词人的一意揣摩想象。全词空灵蕴藉，耐人咀嚼。

踏莎行

自沔东来，丁未元日至金陵，江上感梦而作[1]

燕燕轻盈，莺莺娇软，分明又向华胥见[2]。夜长争得薄情知？春初早被相思染[3]。　别后书辞，别时针线，离魂暗逐郎行远。淮南皓月冷千山，冥冥归去无人管[4]。

注释

〔1〕沔：沔州（今湖北汉阳）。姜夔自幼随父宦居于此，先后约二十年。丁未：淳熙十四年（1187）。元日：正月初一。金陵：今江苏南京。

〔2〕华胥：梦境。《列子》载："黄帝昼寝而梦游于华胥氏之国。"

〔3〕争得：怎得。薄情：昵称情人。

〔4〕淮南：指安徽合肥，宋时合肥属淮南路。白石恋人正在合肥。冥冥：幽暗。

解读

据夏承焘先生考证，姜夔在合肥有过一位恋人，他的许多词都是写给这位恋人的。这首词是其中的名篇。词一开始写"燕燕"、"莺莺"的亲昵欢洽之情，然后一折，原来只是梦中见闻。顿挫之后再来一折，不说自己思念对方，却说是对方思念自己，为了让"薄情"了解相思之苦，灵魂出窍，不远千里前来追随自己，并且托梦显现。说情人前来托梦，这是词人认为情人一定刻骨思恋自已，异地同心，彼此有此信念。接着词人又体贴而怜惜地感叹离魂托完梦回去时的孤单、冷清。千山苍冷，月光溶溶，离魂独自赶路，无人照料。词人痛惜情人的深情洋溢于字里行间，感人至深。王国维称："白石之词，余所最爱者亦仅二语，曰'淮南皓月冷千山，冥冥归去无人管'。"（《人间词话》删稿）。

齐天乐

丙辰岁，与张功父会饮张达可之堂，闻屋壁间蟋蟀有声，功父约予同赋，以授歌者[1]。功父先成，辞甚美。予徘徊茉莉花间，仰见秋月，顿起幽思，寻亦得此[2]。蟋蟀，中都呼为促织，善斗[3]。好事者或以三二十万钱致一枚，镂象齿为楼观以贮之[4]。

庾郎先自吟《愁赋》，凄凄更闻私语[5]。露湿铜铺，苔侵石井，都是曾听伊处[6]。哀音似诉。正思妇无眠，起寻机杼[7]。曲曲屏山，夜凉独自甚情绪？　西窗又吹暗雨，为谁频断续，相和砧杵[8]？候馆迎秋，离宫吊月，别有伤心无数[9]。豳诗漫与[10]。笑篱落呼灯，世间儿女[11]。写入琴丝，一声声更苦[12]。

注释

〔1〕丙辰：宋宁宗庆元二年（1196）。张功父：张镃，字功父，张俊孙，作者挚友张鉴之兄，有《南湖集》。会饮：共同饮酒。张达可：张镃兄弟辈族人。

〔2〕寻：不久。

〔3〕中都：都中，指南宋都城临安（今杭州）。

〔4〕镂（lòu漏）象齿：用象牙雕刻。楼观：楼台。此指楼台形的笼子。

〔5〕庾郎：庾信，南北朝时文学家，有《哀江南赋》、《伤心赋》。愁赋：庾信曾作《愁赋》，今只传片断。

〔6〕铜铺：铜铸的铺首，大门铜环的底座。伊：它，指蟋蟀。

〔7〕机杼（zhù住）：织机。

〔8〕砧杵（zhēn chǔ针楚）：捣衣石和捶衣棒。古代妇女秋季常连夜捣洗寒衣以寄征人。

〔9〕候馆：驿馆。离宫：帝王出巡时的行宫。

〔10〕豳（bīn宾）诗：指《诗经·豳风》中《七月》篇，其写蟋蟀："七月在野，八月在宇，九月在户，十月蟋蟀入我床下。"漫与：率意而成。

〔11〕"笑篱落呼灯"两句：感叹天真儿童夜间篱笆间捉蟋蟀，浑不知忧。

〔12〕"写入"两句：此处词人自注："宣政间，有士大夫制《蟋蟀吟》。"宣政，指宋徽宗宣和、政和年间。

解读

这首词为咏蟋蟀而作，但正面写蟋蟀形态的笔墨极少，却从蟋蟀的鸣声入笔，从这如泣如诉的“哀音”，写到听蟋蟀叫声的不同场景、不同人物与不同心境，用这些象征着人间悲愁的不同场景，层层烘托，互相映照，描写出一种哀怨凄凉的艺术境界。“庾郎先自吟愁赋”，自然而又语意双关，庾郎既可意会到骚客词人，又可意会到蟋蟀鸣愁，与下文“凄凄更闻私语”衔接紧密，引起下文大量蟋蟀之声的描写。“露湿”三句，场景扩大，鸣声不仅在诗窗下，还在大门外，后院井栏旁。下片曲意不断，寒夜机杼，雨窗砧杵，均为思妇念远，均与蟋蟀哀鸣相伴。“候馆”、“离宫”几句，场景又更扩大，不仅家庭聚散之愁，还要加上谪臣迁客、游子帝王、宫嫔后妃之愁，扩大到各种飘泊失意之愁。蟋蟀之声无处不在，伤心人听来别有伤心怀抱。“笑篱落呼灯”二句，用反衬笔法。清陈廷焯《白雨斋词话》卷二说：“白石《齐天乐》一阕，全篇皆写怨情。独后半云：‘笑篱落呼灯，世间儿女。’以无知儿女之乐，反衬出有心人之苦，最为入妙。用笔亦别具神味，难以言传。”词最后两句有词人自注，有一定的警示提醒之意，针对现实的创作意图非常明显。

念奴娇

余客武陵，湖北宪治在焉[1]。古城野水，乔木参天，余与二三友，日荡舟其间，薄荷花而饮[2]。意象幽闲，不类人境。秋水且涸，荷叶出地寻丈。因列坐其下，上不见日，清风徐来，绿云自动。间于疏处，窥见游人画船，亦一乐也。朅来吴兴，数得相羊荷花中[3]。又夜泛西湖，光景奇绝。故以此句写之。

闹红一舸，记来时、尝与鸳鸯为侣[4]。三十六陂人未到，水佩风裳无数[5]。翠叶吹凉，玉容消酒，更洒菰蒲雨[6]。嫣然摇动，冷香飞上诗句。　日暮，青盖亭亭，情人不见，争忍凌波去[7]？只恐舞衣寒易落，愁入西风南浦[8]。高柳垂阴，老鱼吹浪，留我花间住。田田多少，几回沙际归路[9]？

注释

〔1〕武陵：今湖南常德。宪治：宋荆南荆湖北路提点刑狱的官署在武陵。

〔2〕薄：靠近。

〔3〕朅（qiè 怯）来：来到。朅，发语词。相羊：徜徉。

〔4〕闹红：红荷盛开。

〔5〕陂（bēi 杯）：池塘。水佩风裳：李贺《苏小小墓》："风为裳，水为佩。"这里形容荷叶荷花。

〔6〕玉容销酒：红荷颜色如美女酒后红晕。菰蒲：水草。

〔7〕青盖亭亭：形容荷叶如绿伞亭亭玉立。凌波：曹植《洛神赋》："凌波微步，罗袜生尘。"

〔8〕舞衣：指荷叶。南浦：分别之地。江淹《别赋》："送君南浦，伤之如何？"

〔9〕田田：形容荷叶飘浮水面相连茂盛的样子。

解读

词的小序记叙了作者爱荷赏荷的经历，写得清丽俊逸，人花合一。在荷花盛开的时候，词人乘小船缓缓驶入池塘深处，沿途有鸳鸯相戏。这是一个人迹罕到的荷花世界，周围水声激荡，如佩环鸣响，风吹荷叶，翩翩如绿色衣裳。荷花"出淤泥而不染，濯清涟而不妖"，文人学士向来视荷花为花中君子。白石一生飘泊，布衣清客以终老，襟怀清旷。他喜爱荷花，可谓人花神理相通。开篇措辞即妙。"闹"字写花，又写人。以下将荷花写得仿佛凌波而去的仙子，"水佩风裳"、"玉容消酒"，"情人不见，争忍凌波去。"词人心驰神往，处处追随，人恋花，花留人。词中警句，最数"嫣然摇动，冷香飞上诗句"，及"高柳垂阴，老鱼吹浪"。前者想象新奇，诗句亦染荷香，美而富诗意。后者炼句生动传神。

玲珑四犯

越中岁暮[1]，闻箫鼓感怀

叠鼓夜寒，垂灯春浅，匆匆时事如许[2]。倦游欢意少，俯仰悲今古。江淹又吟《恨赋》，记当时、送君南浦[3]。万里乾坤，百年身世，唯有此情苦。

扬州柳垂官路，有轻盈换马，端正窥户[4]。酒醒明月下，梦逐潮声去。信美知何用，漫赢得天涯羁旅。教说与，春来要寻花伴侣。

注释

〔1〕越中：指今浙江绍兴。

〔2〕叠鼓：接连不断的击鼓声。垂灯：挂灯。春浅：春意尚少。

〔3〕江淹：南朝文学家，作有《别赋》、《恨赋》，"送君南浦，伤如之何"是《别赋》中语。

〔4〕轻盈：形容女子体态，此代指女子。换马：据《钗小志》：后魏曹彰性倜傥，偶逢骏马爱之，竟以美妾换马。端正：形容女子容貌端正，此代指美女。窥户：从门缝中向外偷看。

解读

这首词写于宋光宗绍熙四年（1193）岁末，当时作者旅居绍兴。又逢岁暮，客中寂寥，回首平生，年近不惑仍天涯羁旅，感慨良多。先写岁暮气象，箫鼓频频敲响，户户张彩垂灯，而在"倦游"人眼中却无欢乐气氛，反而深感"夜寒"、"春浅"。以下承以客中心绪的描述，进而引起别情痛苦。下片由回忆旧旅往事开始，"有轻盈换马，端正窥户"两句概括当年风流情事，难得的豪纵倜傥。如今"酒醒"、"梦去"。"文章信美知何用，漫赢得天涯羁旅"两句极沉痛，道尽古今文士怀才不遇的辛酸。"教说与"两句，寄希望于来春，权作宽解而已。

扬州慢

淳熙丙申至日，予过维扬[1]。夜雪初霁，荠麦弥望[2]。入其城则四顾萧条，寒水自碧，暮色渐起，戍角悲吟[3]。予怀怆然，感慨今昔，因自度此曲。千岩老人以为有黍离之悲也[4]。

淮左名都，竹西佳处，解鞍少驻初程[5]。过春风十里，尽荠麦青青[6]。自胡马窥江去后，废池乔木，犹厌言兵[7]。渐黄昏，清角吹寒，都在空城。

杜郎俊赏，算而今、重到须惊[8]。纵豆蔻词工，青楼梦好，难赋深情[9]。二十四桥仍在，波心荡、冷月无声[10]。念桥边红药，年年知为谁生[11]！

注释

〔1〕淳熙丙申：宋孝宗淳熙三年（1176）。至日：冬至日。维扬：扬州别称。

〔2〕荠（jì寄）麦：荠菜和麦子。

〔3〕戍（shù术）角：军营的号角。

〔4〕千岩老人：诗人萧德藻，自号千岩老人。白石为其侄女婿。黍离之悲：语本《诗·离黍》："彼黍离离"，写周平王东迁后，西周故都荒芜，宫殿日址长满了黍稷。后以表现故国之思与家国的残破。

〔5〕淮左：淮南东路。宋时扬州是淮南东路的大都市。竹西：代指扬州。扬州有名胜竹西亭，杜牧《题扬州禅智寺》说："谁知竹西路，歌吹是扬州。"少驻：暂时停留。初程：长途旅行的开始阶段。

〔6〕春风十里：指扬州昔日繁华的景象。化用杜牧《赠别》诗："春风十里扬州路，卷上珠帘总不如。"

〔7〕胡马窥江：南宋高宗建炎三年（1129）金人初犯扬州。其后绍兴三十一年（1161）、隆兴二年（1164）扬州均遭兵劫。

〔8〕杜郎俊赏：指杜牧风流英俊，善于游赏。

〔9〕豆蔻词工：杜牧《赠别》："娉娉袅袅十三余，豆蔻梢头二月初。"青楼梦好：杜牧《遣怀》："十年一觉扬州梦，赢得青楼薄幸名。"

〔10〕二十四桥：据称唐代扬州有二十四座名桥（沈括《补笔谈》）。杜牧《寄扬州韩绰判官》诗云："二十四桥明月夜，玉人何处教吹箫？"又说二十四桥即吴家砖桥，又名红药桥，桥边盛产红芍药（李斗《扬州画舫录》）。

〔11〕红药：芍药花。扬州芍药，名扬天下。

解读

词人路过扬州，目睹其荒芜残破，百感交集，自度此曲，以抒故国黍离之悲。“淮左”三句点明扬州昔日名满国中的繁华景象，以及自己对传闻中扬州的深情向往。解鞍驻马之后，映入眼帘的只是丛生的野草，无边的荠麦，与昔日“春风十里扬州路”的盛况截然不同。在昔日诗人杜牧的笔下，“春风十里扬州路”，这在词人脑海里留下了深刻的美好印象。词人今天亲临其地，往日的美景已经荡然无存，对此怎不生出“黍离之悲”？“青青”之色，为画面涂抹上一层凄艳的色彩，增强了青山故国之情。“自胡马”三句，言明眼前的残败荒凉完全是金兵南侵造成的，而且，更深一层的是在人们心灵上留下不可磨灭的创伤。“废池乔木，犹厌言兵”，人更是如此。这又是转折一层的表达法。“厌”字，既包含着对战争的厌恶，也透露出对战争的恐惧，同时渗透了对金兵入侵的痛恨和对南宋朝廷懦弱无能的不满等诸多复杂情绪。这是经历了战争之后人们的真实心态。清陈廷焯《白雨斋词话》卷二评价这几句说：“写兵燹后情景逼真。‘犹厌言兵’四字，包括无限伤乱语。他人累千百言，亦无此韵味。”“渐黄昏”二句，以回荡于整座空城之上的凄凉呜咽的号角声，进一步烘托今日扬州的荒凉落寞。“空城”是写实景，同时已化作词人的一片情思。其中包含词人眼看为金兵破坏后留下这一座空城所引起的愤慨；南宋朝廷无能，竟将一座名城轻轻断送的痛心；今日空城防边所带来的忧心，内涵十分丰富。

下片化用杜牧系列诗意，抒写自己哀时伤乱、怀昔感今的情怀。词人到了扬州，不能不想起杜牧。于是，便化实为虚，将自己初临扬州所见所闻而引起的内心巨大颤动，推到杜牧身上。“杜郎”成为词人的化身，词的表面是咏史、写古人，更深一层是写己与叹今。“纵豆蔻”三句，将虚拟推进一层，具体写出内心的巨大震颤。“杜郎”即使诗才再出众，对扬州怀有更多的美好回忆，此时也难以找到适当的词语来表达内心的沉痛。事实上，是姜夔无语诉说自己内心的深愁。所见所闻引起的悲戚实在太深长太复杂，词人即使具有杜牧般的才华，恐怕也难以表达。扬州城昔日之风流繁华，今日之荒凉残败，尽在数语之中。“二十四桥”二句转写景物，寓情于景。二十四桥虽然得以幸存，但是，如今只有一弯“冷月”倒映在碧波中，随波无声地、微微地荡漾着。昔日玉人已不知去向，笛声也杳无音踪。这幅波荡冷月的夜景，透露出繁华衰歇、触目伤怀的悲凉情调，是对前文种种今昔感慨的收束。“念桥边”二句，从景语生发开来。词人在桥边留恋徘徊，一时又瞥见桥边的红芍药花，不禁生出新的感慨：桥边红药年年生长，年年开放，如今谁还会有悠闲的心情来欣赏呢？杜甫《哀江头》说：“江头宫殿锁千门，细柳新蒲为谁绿？”语意沉痛，哀时伤乱，姜夔词意与之相同。眼前寂寞空城、萧条无人的乱后景象，皆在不言之中。全词洗尽铅华，用雅洁洗练的语言，描绘出凄淡空蒙的画面，笔法空灵，寄寓深长，声调低婉。具有清刚峭拔之气势，冷僻幽独之情怀。

长亭怨慢

予颇喜自制曲，初率意为长短句，然后协以律，故前后阕多不同。桓大司马云[1]：“昔年种柳，依依汉南。今看摇落，凄怆江潭。树犹如此，人何以堪？”此语予深爱之。

渐吹尽、枝头香絮，是处人家，绿深门户。远浦萦回，暮帆零乱向何许？阅人多矣，谁得似、长亭树？树若有情时，不会得，青青如此。　日暮，望高城不见，只见乱山无数[2]。韦郎去也，怎忘得、玉环分付[3]？第一是早早归来，怕红萼、无人为主[4]。算空有并刀，难剪离愁千缕[5]。

注释

〔1〕桓大司马：东晋桓温。《世说新语·言语》载：“桓公（温）北征，经金城，见前为琅邪时种柳，皆已十围。慨然曰：‘木犹如此，人何以堪！’攀枝折条，泫然流涕。”“昔年种柳”六句所引实为庾信《枯树赋》中句，词人误记。

〔2〕望高城不见：语本欧阳詹《初发太原途中寄太原所思》：“高城已不见，况复城中人。”

〔3〕“韦郎”二句：唐韦皋游江夏，与女子玉箫有情，别时留玉指环，约

以少则五载，多则七载来取。后八载不至，玉箫绝食而死（范摅《云溪友议》）。

〔4〕红萼：红花。此借喻女子。

〔5〕并刀：并州（今太原）剪刀以锋利著名。

解读

这首词作于宋光宗绍熙二年（1191）春，词人自合肥东归后追忆恋人，抒发惜别之情。词的上片咏柳，下片才诉恋情。缪越先生论析此词："不多写正面，而借物寄兴（如梅、柳），旁敲侧击，有回环宕折之妙，无沾滞浅露之弊，"可谓的论。词人明明心系恋人，序中却顾左右而言他，引《枯树赋》而叹年华流逝。叹岁月空流本意还在哀情人难聚，但词人欲说还休，只吞不吐。"阅人多矣，谁得似、长亭树？树若有情时，不会得，青青如此。"这是词中名句，清陈廷焯认为："白石诸词惟此数语最沉痛迫切。"（《白雨斋词话》卷八）下片的恋情之诉，也是借唐诗，借韦皋之典含蓄而出。但不知情者只能作泛指理解。所以白石词极骚雅，极含蓄，绝无庸俗浅露，这是白石情词得文人雅士激赏的原因。

淡黄柳

客居合肥南城赤阑桥之西，巷陌凄凉，与江左异[1]。唯柳色夹道，依依可怜。因度此阕，以纾客怀

空城晓角，吹入垂杨陌。马上单衣寒恻恻，看尽鹅黄嫩绿，都是江南旧相识[2]。　正岑寂，明朝又寒食[3]。强携酒、小桥宅，怕梨花落尽成秋色[4]。燕燕飞来，问春何在，唯有池塘自碧。

注释

〔1〕赤阑桥：词人《送范仲讷往合肥》三首之一："我家曾住赤阑桥，邻里相过不寂寥。"江左：江东。

〔2〕恻恻：凄愁的样子。

〔3〕岑寂：冷清，寂寥。

〔4〕小桥宅：大乔、小乔均东吴美女，“乔”姓本作“桥”。此处代指恋人居处。“怕梨花”句：语本李贺《河南府试十二月乐词》：“梨花落尽成秋苑。”

解读

这首词作于词人客居合肥赤阑桥之时。合肥地处江淮边区，多历战事，民生凋敝，景物荒凉。寒食清明时节，春光正好，却一派凄凉。词人感慨良多。以生机勃勃，夹道依依的杨柳来反衬空城巷陌的荒凉，引发种种慨叹。夏承焘先生评云：“此词以柳色起兴。作者客居合肥，柳色由鹅黄变嫩绿，时序已从早春度入暮春，‘明朝又寒食，’正面点明暮春。下片词以惜春为主题。因为‘怕梨花落尽成秋色’，所以才‘强携酒，小桥宅’。结句‘池塘自碧’，只寥寥四字，概括出‘暮春三月，江南草长’的景色。综观全词，上片‘马上单衣寒恻恻’，寓飘零之感；下片‘怕梨花落尽成秋色’，寓迟暮之悲。”（《姜白石词校注》）这飘零与迟暮是在特定的地点和时代中生发的，也就暗中寓含了一种家国之痛。只是不露痕迹，耐人咀嚼。

暗香

辛亥之冬，予载雪诣石湖〔1〕。止既月，授简索句，且征新声〔2〕。作此两曲，石湖把玩不已，使工妓隶习之，音节谐婉，乃名之曰《暗香》、《疏影》〔3〕。

旧时月色，算几番照我，梅边吹笛？唤起玉人，不管清寒与攀摘。何逊而今渐老，都忘却、春风词笔〔4〕。但怪得、竹外疏花，香冷入瑶席。江国，正寂寂。叹寄与路遥，夜雪初积〔5〕。翠尊易泣，红萼无言耿相忆〔6〕。长记曾携手处，千树压，西湖寒碧。又片片吹尽也，几时见得？

注释

〔1〕辛亥：宋光宗绍熙二年（1191）。载雪：冒雪乘船。诣（yì艺）：往，拜访。石湖：范成大，他居住苏州石湖，自号石湖居士。

〔2〕止既月：住满一个月。既：尽。征新声：要求创作新的词调。

〔3〕把玩不已：反复吟味欣赏。工妓：乐工与歌伎。隶习：学习，练习。

《暗香》、《疏影》: 调名出自林逋《山园小梅》:“疏影横斜水清浅，暗香浮动月黄昏。”

〔4〕何逊：南朝梁代诗人，曾官扬州法曹，有著名的《咏早梅》诗。春风词笔：何逊有《咏春风》诗。此处词人以何逊自比。

〔5〕“叹寄”两句：南朝宋陆凯曾折梅赠长安友人范晔，附诗云：“折梅逢驿使，寄与陇头人。江南无所有，聊赠一枝春”。

〔6〕翠尊：绿酒杯。红萼：红梅。

解读

这首词通过咏梅写今昔感慨。开篇“旧时”便奠定了回忆的基调，所忆及的往事都与梅花相关，唯有“梅边吹笛”最为清新高雅。今昔之月色、笛声、花香、人影，俱现眼前，境界优美。“唤起玉人”二句，画面上引入一位美人，人与花相映衬，熠熠生辉，可能也是词人念念不忘往事的重要原因。“何逊”二句：笔锋陡转，词人以何逊自比，年华已逝，诗情锐减，已经没有当年的“春风”诗笔了。“但怪得”二句转为一种无理的埋怨，怪花木无知，多情依旧，仍把清冷之幽香送入室内，牵动往日的思绪与悲哀。过片写旧情难忘，必然相思不已，故又有缠绵之寄情。但由于“路遥”、“夜雪”之阻隔，折梅也无法寄赠，一腔思恋之情当然也就无由寄托。只得以酒浇愁，对酒落泪。“长记”以下概括一笔，当年西湖携手同游梅林，今日片片吹落，无限伤痛溢于言外。许多学者还是将这首词与当时的南北形势联系起来。清周济《宋四家词选》说：“前半阕言盛时如此，衰时如此；后半阕想其盛时，想其衰时。”认为这首词抒发了一种今昔盛衰之感。可备一说。

疏影

苔枝缀玉，有翠禽小小[1]，枝上同宿。客里相逢，篱角黄昏，无言自倚修竹[2]。昭君不惯胡沙远，但暗忆江南江北[3]。想佩环、月夜归来，化作此花幽独[4]。 犹记深宫旧事，那人正睡里，飞近蛾绿[5]。莫似春风，不管盈盈，早与安排金屋[6]。还教一片随波去，又却怨玉龙哀曲[7]。等恁时、重觅幽香，已入小窗横幅[8]。

注释

〔1〕翠禽：隋代赵师雄在罗浮山遇一美人，淡装素服，同至酒店对饮，又有一绿衣童子，出而笑歌戏舞，尽欢大醉而眠。酒醒后，发现自己睡在大梅花树下，上有翠鸟啼鸣。原来他遇到的是梅花神，童子便是翠鸟化成。（见《龙城录》）

〔2〕倚修竹：化用杜甫《佳人》“绝代有佳人，幽居在空谷。天寒翠袖薄，日暮倚修竹”诗意形容梅花。

〔3〕“昭君”二句：用西汉王嫱远嫁匈奴，在荒寒漠北想念故乡之事。

〔4〕“想佩环”二句：语本杜甫《咏怀古迹》之三“画图省识春风面，环佩空归月夜魂”。想象幽怨孤独的梅花是昭君之魂月夜归来幻化而成。

〔5〕“犹记”三句：南朝寿阳公主日卧含章殿檐下，梅花落额上，拂之不去，成五出花，后宫女仿效，兴“梅花妆”事（见《太平御览·时序部》）。

〔6〕盈盈：本指仪态美好的女子，此指梅花。金屋：汉武帝幼时对姑母说：“若得阿娇作妇，当作金屋贮之也。”（《汉武故事》）

〔7〕玉龙哀曲：指笛曲《梅花落》。玉龙：笛名。

〔8〕横幅：画幅。

解读

这首词接连铺排五个典故，用五位女性人物来比喻映衬梅花，将梅花人格化。“翠禽小小”包含着一段往事的回忆、往日情感的追恋。第二个典故化用杜诗，显示梅花孤傲高洁的品格。再将梅花与昭君相连，写其红颜薄命，突出其漂泊与思乡的情绪。再用寿阳公主事，喻梅花当年盛开时的娇艳美丽，略作顿笔，引起情感的再度跌宕。“金屋”的典故，隐含着对现实的斥责不满。生命已逝，只能对画图凭吊。惋惜留恋之伤感，袅袅不绝。这首词与《疏影》为姐妹篇，应该连在一起理解。清陈廷焯《白雨斋词话》卷二说：“南渡以后，国势日非。白石目击心伤，多于词中寄慨。不独《暗香》、《疏影》二章发二帝之幽愤，伤在位之无人也。特感慨全在虚处，无迹可寻，人自不察耳。感慨时事，发为诗歌，便已力据上游，特不宜说破，只可用比兴体。

即比兴中，亦须含蓄不露，斯为沉郁，斯为忠厚。”

翠楼吟

淳熙丙午冬[1]，武昌安远楼成[2]，与刘去非诸友落之[3]，度曲见志。予去武昌十年，故人有泊舟鹦鹉洲者[4]，闻小姬歌此词，问之，颇能道其事，还吴为予言之[5]。兴怀昔游，且伤今之离索也[6]

月冷龙沙[7]，尘清虎落[8]，今年汉酺初赐[9]。新翻胡部曲，听毡幕、元戎歌吹[10]。层楼高峙，看槛曲萦红，檐牙飞翠。人姝丽，粉香吹下，夜寒风细。

此地，宜有词仙，拥素云黄鹤[11]，与君游戏。玉梯凝望久[12]，叹芳草、萋萋千里[13]。天涯情味，仗酒祓清愁[14]，花消英气[15]。西山外，晚来还卷，一帘秋霁[16]。

注释

〔1〕淳熙丙午：宋孝宗淳熙十三年（1186）。这一年姜夔居住在汉阳其姊家。

〔2〕安远楼：既武昌南楼，在武昌西南黄鹤山上，又称白云楼。

〔3〕刘去非：与姜夔、刘过等游，事迹不详。

〔4〕鹦鹉洲：在武汉市汉阳江边。

〔5〕吴：吴兴，今浙江湖州。

〔6〕离索：离群独居。

〔7〕龙沙：泛指边境。《后汉书·班超传赞》：“咫尺龙沙。”李贤注：“白龙堆沙漠也。”

〔8〕虎落：护卫城堡或营寨的围墙。

〔9〕汉酺（pú莆）：指汉文帝时朝廷特许的盛大聚饮。《宋史·孝宗纪》载：是年正月，孝宗为太上皇（高宗）八十寿辰举行庆典，犒赐内外诸军共160万缗。

〔10〕元戎：本指军中主帅，这里指帅府。

〔11〕黄鹤：传说仙人王子安曾乘黄鹤经过此地；一说三国蜀费文祎曾在

此楼乘黄鹤登仙。崔颢《黄鹤楼》:“昔人已乘黄鹤去，此地空余黄鹤楼。”

〔12〕玉梯：高楼。

〔13〕萋萋：草茂盛的样子。《楚辞·招隐士》:“王孙游兮不归，芳草生兮萋萋。”

〔14〕祓（fú富）：古代为除灾驱邪举行的仪式。这里指“消除”。

〔15〕英气：志气。

〔16〕“西山外”三句：化用王勃《滕王阁序》:“珠帘暮卷西山雨”。

解读

武昌面临长江，在南宋时期也是抗金的第一线。姜夔这一年与友人登上长江边上的安远楼，放眼远眺，引发的感慨非常复杂。所吟咏的内容，亦隐隐与时局相关，所以，陈廷焯认为“应有所刺”。开篇三句，写眼前所见边防与军营的冷落清净，仿佛已经没有了北方强敌的威胁。朝廷的庆典，应该更增加一种喜庆的气氛。下文更渲染歌舞升平的局面。帅府里传出“歌吹”声，新落成的安远楼巍峨壮丽，美丽的女子点缀其间，一幅安乐太平景象。下阕写到今日与友人登临，“拥素云黄鹤”，本应该也是赏心悦目的。然而，词人引出的是“芳草千里萋萋”的感叹，是“天涯情味”的愁苦，是“仗酒祓清愁”的排遣，是“花消英气”的颓丧，是“晚来秋霁”的落寞，与现实格格不入。词人对现实的不满与殷忧，因此得以表达。

霓裳中序第一

丙午岁〔1〕，留长沙，登祝融〔2〕，因得其祠神之曲，曰《黄帝盐》、《苏合香》〔3〕。又于乐工故书中得商调《霓裳》曲十八阕〔4〕，皆虚谱无辞。按沈氏乐律〔5〕，《霓裳》道调，此乃商调。乐天诗云：“散序六阕”〔6〕，此特两阕，未知孰是？然音节闲雅，不类今曲。予不暇尽作，作《中序》一阕传于世〔7〕。予方羁游，感此古音，不自知其辞之怨抑也。

亭皋正望极〔8〕，乱落江莲归未得。多病却无气力。况纨扇渐疏〔9〕，罗衣初素。流光过隙，叹杏梁、双燕如客[10]。人何在？一帘淡月，仿佛照颜色[11]。　幽寂，乱蛩吟壁[12]，动庾信、清愁似织[13]。沉思年少浪迹，笛里关山，柳下坊陌。坠红无信息，漫暗水、涓涓溜碧。飘零久，而今何意，醉卧酒垆侧[14]。

注释

〔1〕丙午岁：宋孝宗淳熙十三年（1186）。

〔2〕祝融：山峰名，衡山七十二峰之最高峰。

〔3〕祠神：祭神。黄帝盐、苏合香：祭神的古曲。前者又称“黄帝炎”。

〔4〕霓裳：霓裳羽衣曲，相传开元年间唐玄宗所作。

〔5〕沈氏乐律：指沈括《梦溪笔谈》中论乐律章。

〔6〕“乐天”句：白居易《和元微之霓裳羽衣歌》：“散序六奏未动衣。”

〔7〕中序：《霓裳》分为散序、中序、破三部分。

〔8〕亭皋：水边平地。

〔9〕纨扇：细绢制成的团扇。古人以团扇被弃喻男女情爱的衰竭与转移。班婕妤《怨歌行》：“新裂齐纨素，鲜洁如霜雪。裁为合欢扇，团团似明月。出入君怀袖，动摇微风发。常恐秋节至，凉飙夺炎热。弃捐箧笥中，恩情中道绝。”

〔10〕杏梁：文杏制成的房梁，代指华丽的屋宇。

〔11〕“一帘”两句：化用杜甫《梦李白二首》之一：“落月满屋梁，犹疑照颜色。”

〔12〕蛩：蟋蟀。

〔13〕庾信：南朝庾信初仕梁，使西魏被留北方，时常思念故乡，多在诗文中表达，有《哀江南赋》、《伤心赋》、《愁赋》等。

〔14〕酒垆：安置酒瓮的土台，代指酒店。《世说新语·伤逝》载：王戎“经黄公酒垆下过，顾谓后车客：‘吾昔与嵇叔夜、阮嗣宗共酣饮于此垆。竹林之游，亦预其末。自嵇生夭、阮公亡以来，便为时所羁绁。今日视此虽近，邈若山河。’”

解读

词人为所发现的古曲填词，抒发的是离别的愁思与流落的悲苦。登上江边平地遥望，“乱落江莲”是自身的写照。身体感觉也非常不舒适，“多病”衰疲，都因“羁游”所导致。姜夔化用前人诗句，往往结合诗意的化用，用典也是自然畅达，空灵圆融。词中写羁旅愁苦，化用了汉乐府《怨歌行》、杜甫诗、庾信清愁、《世说新语》等，然而不了解这些作品同样可以理解姜夔的词意，因为词人已经将前人诗意与语词化作自己的语言与情感，作流畅明了的抒写。这是姜夔词的一个共同特征。

易祓妻

易祓，字彦章，号山斋，宁乡（今属河南）人。淳熙十一年（1184）上舍释褐。久任馆职。其妻因此有思夫之作《一剪梅》寄之。

一剪梅

染泪修书寄彦章，贪做前廊，忘却回廊[1]。功名成就不还乡，铁做心肠，石做心肠。　红日三竿懒画妆，虚度韶光，瘦损容光。不知何日得成双，羞对鸳鸯，懒对鸳鸯。

注释

〔1〕前廊：即前廊学录，宋太学职事名。其职责为协助学正执行学规，参与校考学生工作。南宋太学职事学录居前廊，故称。回廊：闺中曲廊，代指家中。

解读

这是妻子思念丈夫之作。上片是对丈夫的埋怨，这种埋怨由极度的思恋转化而来。闺中的独居是寂苦无聊的，每日的相思则更加折磨人。痛苦到了忍耐的极限，就转为怨恨。怨恨丈夫贪图功名富贵，铁石心肠，忘记了家中的妻子。下片写自己因相思而憔悴。平日"红日三竿"，懒得起床，懒得化妆，"女为悦己者容"，她已经失去了打扮的意义。在这种特殊情景下，她就特别害怕引起对比的"鸳鸯"之类的景物。词中巧用叠句、叠字，音节动听，突出了抒情效果。

史达祖

史达祖，字邦卿，号梅溪，汴（今河南开封）人。曾为权宦韩侂胄堂吏，为韩依重。开禧元年（1205），随李璧使金。韩侂胄被杀，遂贬死，有《梅溪词》，存词112首。

绮罗香
咏春雨

做冷欺花，将烟困柳，千里偷催春暮[1]。尽日冥迷，愁里欲飞还住[2]。惊粉重、蝶宿西园；喜泥润，燕归南浦[3]。最妨他佳约风流，钿车不到杜陵路[4]。　沉沉江上望极，还被春潮晚急，难寻官渡[5]。隐约遥峰，和泪谢娘眉妩[6]。临断岸、新绿生时，是落红、带愁流处。记当日、门掩梨花，剪灯深夜语。

注释

〔1〕做：制造，使。将：与、带。偷：悄悄地。

〔2〕愁里：愁云密布之中。

〔3〕粉重：蝴蝶身上的花粉，经春雨淋湿，故重。西园：指一般的园林。

〔4〕钿车：车的美称，即以金和宝石为饰的车子。杜陵：汉代县名，在长安（今西安）城南。汉宣帝元康元年（前65年）在此地筑陵，故名。

〔5〕官渡：公用的渡船。

〔6〕谢娘：唐时的歌伎名，这里代指美人。眉妩：指眉妆，有妩媚之意。

解读

史达祖以擅长咏物著称。他的咏物词没有太多的喻托新意，突出的成就就是对所咏之物做描写勾勒，尽态极妍。这首咏春雨词，题面上始终没有出现“雨”字，却紧紧围绕着春雨。先写春雨给春天带来的凄冷迷蒙景象，它摧残花柳，迎来春暮。其中还隐约包含着一段旧情难觅的苦痛。下片就转到这段旧情眷恋的描写上。所用的典故依然处处在写春雨，然这春雨都与离情相思发生了关系。这就是史达祖词所要传递的喻托之意。当然，词人将咏物与旧情结合得十分巧妙。对于史达祖的咏物技巧，后人钦佩之至。以此词为例，明李攀龙说：“语语淋漓，在在润泽。读此将诗声彻夜雨声寒，非笔能兴云乎！”(《草堂诗余隽引》)

双双燕

咏燕

过春社了[1]，度帘幕中间，去年尘冷。差池欲住，试入旧巢相并[2]。还相雕梁藻井，又软语商量不定[3]。飘然快拂花梢，翠尾分开红影[4]。芳径，芹泥雨润[5]。爱贴地争飞，竞夸轻俊[6]。红楼归晚，看足柳昏花暝[7]。应自栖香正稳。便忘了天涯芳信[8]。愁损翠黛双蛾，日日画阑独凭。

注释

〔1〕春社：春天祭祀土地神的节日。

〔2〕差（cī疵）池：燕子飞行时尾翼舒张不齐的样子。《诗经·邶风·燕燕》：“燕燕于飞，差池其羽。”

〔3〕相：(xiàng向)：看。藻井，即承尘，俗称天花板，用木方架成井形，上面绘有水草，故名。

〔4〕红影：花影。

〔5〕芳径：有花香的小路。芹泥：水边种植芹菜一类的泥土。

〔6〕轻俊：轻快、俊俏。

〔7〕归晚：晚上归来。

〔8〕芳信：指闺阁中的书信。王仁裕《开元天宝遗事》载有燕子为思妇传递书信的故事：唐长安女子绍兰，丈夫经商于湘中。绍兰托双燕寄书，吟诗一首，细书其字，系在燕足上，竟送到丈夫那里。丈夫见书，感动归来。

解读

这首词刻画春天双双燕的体态，神形逼肖，活灵活现。上片写双燕归来。“过春社了”三句，写双双燕初归。“春社”点时令，“帘幕”点地点，“去年”点别期和现状。暗写红楼冷清，为下文伏笔。“差池欲住”四句，写双燕飞入旧巢的神态和活动。春社刚过，帘幕间又飞来去年的旧燕，它们寻觅旧巢，商量补窝，一片“软语”声。“飘然”二句，写双燕定居后便开始繁忙紧张的新生活。它们衔泥补巢，轻快地从花梢飞掠而过，翠尾像张开的剪子把花影剪开。下片承此，继续写双燕的日常生活和旧巢双栖。“芳径”是燕子“贴地争飞”的地方，它们在旖旎的春光中各显身手，把繁忙的劳动变成一场欢快的游戏。燕子飞翔时的轻盈俊俏，被描绘得唯妙唯肖。“红楼”四句，写双燕饱览一天景色，傍晚归来，双栖自息，其乐无穷，却忘记了为远在天涯的游子向闺阁中的佳人传递音信。这首词始终有明暗两条结构线索。开篇明写双双燕的诸多活动，然而，这一切都是红楼佳人的旁观，这时红楼佳人是潜伏的线索。到双燕归来，“栖香正稳”，一天活动结束，明的线索转暗。红楼佳人的心情被凸现出来，暗的线索转明。于是，咏双双燕之外，就有了更深一层的含义：写红楼佳人的孤独相思之情。双双燕因此成了佳人寂寞孤单的反衬。史达祖词以咏物精巧著名，其寄托意无非是离情别思，落入俗套，乏善可陈。

东风第一枝

春雪

巧沁兰心〔1〕，偷粘草甲〔2〕，东风欲障新暖〔3〕。漫疑碧瓦难留〔4〕，信知暮寒轻浅。行天入镜〔5〕，做弄出、轻松纤软。料故园、不卷重帘，误了乍来双燕。

青未了、柳回白眼，红欲断、杏开素面。旧游忆着山阴〔6〕，后盟遂妨上苑[7]。寒炉重熨，便放慢春衫针线。恐凤靴[8]，挑菜归来[9]，万一灞桥相见。

注释

〔1〕沁：渗入。

〔2〕草甲：草皮。

〔3〕新暖：初暖。

〔4〕漫：徒然，空自。碧瓦：琉璃瓦。

〔5〕行天入镜：语本韩愈《春雪》："入镜鸾窥沼，行天马渡桥。"

〔6〕"旧游"句：《世说新语·任诞门》载：山阴王子猷大雪夜思念剡溪友人戴逵，乘舟前去拜访，经宿方至戴逵门前，未入门而返。他人询问原因，子猷回答说："吾本乘兴而行，兴尽而反，何必见戴？" 山阴：今浙江绍兴。

〔7〕"厚盟"句：据谢惠连《雪赋》载：梁王在兔园设宴赏雪，司马相如迟到。厚，同"后"。

〔8〕凤靴：装饰以凤纹的靴子，妇人所穿。

〔9〕挑菜：农历二月二日为挑菜节，又称"踏青节"。

〔10〕灞桥：在长安城外灞陵旁。孙光宪《北梦琐言》卷七："(郑綮)对曰'诗思在灞桥风雪中驴子上'"。

解读

咏春雪细腻入微，且调动了诸多与咏雪相关的典故，精致工巧。春雪降临，渗入兰花，粘连草皮，琉璃瓦上难留。春雪湿润，便有了"轻松纤软"的模样。春雪也再度改变了初春开始转暖的气候，是处人家应该重帘垂挂以遮挡"暮寒"。春雪与初春萌芽生长的草木相衬，又别具神采。刚泛绿的柳芽，新绽放的红杏，遮盖上一层白雪，红妆素裹，嫩绿映衬。古人赏雪是何等高雅，或"雪夜访戴"，或兔园设宴，或"灞桥风雪"中觅诗。词人的咏春雪，便是追随前贤，再现风骚。

临江仙

闺思

愁与西风应有约，年年同赴清秋。旧游帘幕记扬州。一灯人著梦，双燕月当楼。　　罗带鸳鸯尘暗淡，更须整顿风流。天涯万一见温柔。瘦应因此瘦，羞亦为郎羞。

解读

这首闺中相思词纯用清新流畅的语言，自然明白而又深情委婉地抒发了闺中离情，是南宋难得的相思佳作。词的构思也别有韵味，不说悲秋，而是说“愁与西风应有约”，转折一层写每到秋日自己都要被悲苦情绪所缠绕。下文才说明原因，关键在于“旧游帘幕记扬州”，这一段旧情的永难忘怀。下片写苦苦相思的后果。一是罗带尘暗，无心打扮；二是瘦损肌肤，憔悴困苦。“瘦应因此瘦，羞亦为郎羞”，真是为情而生，为情而死。

夜合花

柳锁莺魂，花翻蝶梦〔1〕，自知愁染潘郎〔2〕。轻衫未揽，犹将泪点偷藏。念前事，怯流光。早春窥、酥雨池塘。向消凝里〔3〕，梅开半面，情满徐妆〔4〕。

风丝一寸柔肠，曾在歌边惹恨，烛底萦香。芳机瑞锦，如何未织鸳鸯〔5〕？人扶醉，月依墙。是当初、谁敢疏狂！把闲言语，花房夜久，各自思量。

注释

〔1〕蝶梦：指梦境。《庄子·齐物论》：“昔者庄周梦为蝴蝶，栩栩然蝴蝶也。”

〔2〕潘郎：西晋诗人潘岳。潘岳姿容秀美，乘车外出，妇女掷果满车。后借指为女子所爱慕的男子。

〔3〕消凝：消魂，感伤出神之义。

〔4〕“梅开”二句：《南史·梁元帝徐妃传》：“妃无容质，不见礼，帝

三二年一入房。妃以帝眇一目，每知帝将至，必为半面妆以俟，帝见则大怒而出。”后以此典形容女子妆饰。

〔5〕“芳机”二句：用回文锦书故事。前秦秦州刺史窦滔被徙流沙，其妻苏氏思之，织锦为回文旋图诗寄之。

解读

史达祖刻意斟酌字句，其句法与字面生新精巧，这首词的开篇就有这样的特色。“柳锁莺魂，花翻蝶梦”，结构方式未经人道，以此写出魂牵梦萦的思恋之情。词人写别情，颇有跳跃性，或景或情，来往穿插，而不是遵循由景及情的习惯做法。上阕写早春时节引发的对旧日情人的思恋之情。先写景，次写“泪点偷藏”之情；再写早春“酥雨池塘”之景，以追忆“梅开半面”徐娘之情作结。下阕深入写离人的心态与日常行为，男女双方照应对比。女方是柔肠寸断，懒织“鸳鸯”，只在回味当年的“歌边惹恨，烛底萦香”。男方则饮酒图醉，不再疏狂。结句“各自思量”同时写双方，两情相似，故难以释怀。

秋霁

江水苍苍，望倦柳愁荷，共感秋色。废阁先凉，古帘空暮，雁程最嫌风力[1]。故园信息，爱渠入眼南山碧。念上国，谁是、脍鲈江汉未归客[2]。

还又岁晚，瘦骨临风，夜闻秋声，吹动岑寂[3]。露蛩悲、清灯冷屋，翻书愁上鬓毛白[4]。年少俊游浑断得。但可怜处，无奈苒苒魂惊，采香南浦，剪梅烟驿[5]。

注释

〔1〕雁程：雁飞的旅程。

〔2〕脍鲈：《世说新语·识鉴》载：张翰在洛阳为官，见秋风起，便思念起家乡的莼菜羹、鲈鱼脍，于是就辞官归隐。

〔3〕岑寂：冷清，寂寞。

〔4〕露蛩：指秋露来时悲鸣的蟋蟀。

〔5〕苒苒：柔弱的样子。翦梅：据《荆州记》载：南朝时陆凯与范晔友情甚笃，陆凯自江南寄梅花给长安范晔，并赠诗说："折梅逢驿使，寄与陇头人。江南无所有，聊赠一枝春。"

解读

这首词抒发的是人生遭受挫折的沉重感慨，境界阔大，沉郁悲凉。此时，史达祖客居江汉，故词以伤秋怀归为题材，抒发落魄文人的凄凉情怀。开篇就是秋日辽阔空旷、愁苦凄怨的景色，"废阁"三句写其贫寒清苦的居所环境，照应下片的"清灯冷屋"之描写。于是，词人将注意力转向"雁程"，自然引出"故园信息"。"念上国"将故园具体化，即指当时的京城临安。其间，显然夹杂着仕途失意的悲凉，仿佛在自怜、自叹、自怨、自恨。过片四句是对上片的一个小结。且此际霜露降下，蟋蟀悲鸣，仅有冷屋孤灯与人为伴，故只能以"翻书"来打发这漫漫长夜。《宋词举》评价"露蛩"二句说："寥寥十四字，可抵一篇《秋声赋》读。""年少"句宕开一笔，遥接过去，这是对眼前愁苦徒唤无奈的结果。结句便是此无奈自怜的叹息。词人化用典故，写客中思念，在惊恐不安中结束全篇。

八归

秋江带雨，寒沙萦水，人瞰画阁愁独[1]。烟蓑散响惊诗思，还被乱鸥飞去，秀句难续。冷眼尽归图画上，认隔岸、微茫云屋。想半属、渔市樵村，欲暮竞然竹[2]。　　须信风流未老，凭持尊酒、慰此凄凉心目。一鞭南陌，几篙官渡，赖有歌眉舒绿。只匆匆眺远，早觉闲愁挂乔木[3]。应难奈，故人天际，望彻淮山[4]，相思无雁足[5]。

注释

〔1〕瞰（kàn 看）：从高处向下看。

〔2〕然竹：即燃竹，以竹烧火。柳宗元《渔翁》："渔翁夜傍西岩宿，晓

汲清湘燃楚竹。”

〔3〕乔木：高大的树木，代指故国。《孟子·梁惠王》：“所谓故国者，非有乔木之谓也，有世臣之谓也。”

〔4〕淮山：指扬州一带的山。扬州是当时淮南东西两路的治所。

〔5〕雁足：指书信，用雁足传书的故事。

解读

宋宁宗开禧元年（1205），史达祖随从礼部侍郎李壁出使金国。他们七月七日从临安出发，九月下旬从北方返回，有《满江红·怀古》之作。返程中途经淮河，感慨作此篇。这首词因此寄寓了特定的家国之思。沿途所见秋日山水，荒凉凄清。北方的见闻给词人留下深刻印象，词人还无法从这种悲苦凄痛的情绪中摆脱出来，回程所见所闻都渲染上如此强烈的个人情感色彩。词人知道自己从此无法忘怀故国“乔木”、“天际故人”，相思又不能传递书信，只有借“眺远”、“望彻”来寄托情思。史达祖人品有许多可非议处。叶绍翁《四朝闻见录》称：“韩为平章，事无决，专倚省吏史邦卿。奉行文字，拟帖撰旨，俱出其手。权炙缙绅，侍从简扎至用申呈。”周密《浩然斋雅谈》卷上说：史达祖“当平原用事时，尽握三省权。一时士大夫无耻廉者，皆趋其门，呼为梅溪先生。”甚至与韩侂胄“公收贿赂，共为奸利”。然而，南宋词人无论个人人品如何，多数人的民族情感则是相同的。史达祖曾出使北方，亲身的经历促使词人关心国事。这首词就表现了一种共有的民族情绪，一种爱国情感。可以举史达祖出使途中另一首《满江红·九月二十一日出京怀古》，参照阅读。词云：“缓辔西风，叹三宿、迟迟行客。桑梓外、锄耰渐入，柳坊花陌。双阙远腾龙凤影，九门空锁鸳鸾翼。更无人、擫笛傍宫墙，苔花碧。　天相汉，民怀国；天厌虏，臣离德。趁建瓴一举，并收鳌极。老子岂无经世术，诗人不预平戎策。办一襟、风月看升平，吟春色。”

刘克庄

刘克庄（1187—1269），初名灼，字潜夫，号后村，莆田（今属福建）人。嘉定两年（1209）以郊恩补将仕郎。淳祐六年（1246）入对，赐同进士出身。曾知建宁府等。卒谥文定。有《后村先生大全集》，存词263首。

沁园春

梦孚若[1]

何处相逢？登宝钗楼，访铜雀台[2]。唤厨人斫就，东溟鲸脍；圉人呈罢，西极龙媒[3]。天下英雄，使君与操，余子谁堪共酒杯[4]？车千乘，载燕南赵北，剑客奇才[5]。　饮酣画鼓如雷。谁信被晨鸡轻唤回。叹年光过尽，功名未立，书生老去，机会方来。使李将军遇高皇帝，万户侯何足道哉[6]！披衣起，但凄凉感旧，慷慨生哀。

注释

〔1〕孚若：方信孺，字孚若，莆田人，作者的挚友。他力主抗金，矢志不屈。著有《南冠萃稿》等书。

〔2〕宝钗楼：著名酒楼，故址在今陕西咸阳市，是汉武帝时建造的。铜雀台：三国时曹操所建，故址在今河南临漳县西南。

〔3〕斫（zhuó灼）：用刀砍。东溟：东海。脍（kuài）：切细的肉块。圉（yǔ雨）人：养马的官。西极龙媒：西域出产的骏马。《汉书·郊祀歌》："天马（徕）来，从西极。""天马徕，龙之媒。"

〔4〕使君：古时对州郡长官的称呼，这里指刘备。操：曹操。《三国志·蜀书·先主传》载：曹操一次在酒席上说："天下英雄，惟使君与操耳。"余子：其他人。

〔5〕乘（shèng剩）：古时一车四马叫乘。燕南赵北：指今河北、山西一带。韩愈《送董邵南序》："燕赵古称多感慨悲歌之士。"

〔6〕"使李将军"：据《史记·李将军列传》载：汉文帝曾对李广说："惜乎！子不遇时。如令子当高帝时，万户侯岂足道哉？"

解读

词人是一位爱国志士，他的磊落心胸与壮志难酬的悲愤，在这首词中都有淋漓尽致的表现。词是通过写梦来悼念一位志同道合的友人。上片是梦中情景，奇特夸张。爱国志士的远大抱负与不平凡的个性在梦境中有了充分的展示。他们吃的是东海鲸鱼，骑的是天马龙媒，只有刘备、曹操这样的豪杰与"燕南赵北"的"剑客奇才"才堪与他们为伍。下片转写现实中受压抑的悲愤。岁月流逝，壮志落空。词人用李广的故事，将批判矛头直指皇帝。这种英雄末路的凄凉与感慨，催人泪下。

贺新郎

送陈真州子华[1]

北望神州路，试平章、这场公事，怎生分付[2]？记得太行山百万，曾入宗爷驾驭[3]。今把作握蛇骑虎。君去京东豪杰喜，想投戈下拜真吾父[4]。谈笑里，定齐鲁。　两河萧瑟惟狐兔[5]，问当年、祖生去后，有人来否[6]？多少新亭挥泪客，谁梦中原块土[7]？算事业须由人做。应笑书生心胆怯，向车中、闭置如新妇[8]。空目送，塞鸿去。

注释

〔1〕陈真州子华：作者友人陈韡，字子华。曾知真州（今江苏仪征县）。

〔2〕平章：平议、谋划。分付：处置、安排。

〔3〕“记得”二句：指南宋初太行山一带百万抗金义军，曾归入宗泽统一指挥。

〔4〕京东：汴京东面。包括今山东、河南东部，江苏北部。真州属京东路。

〔5〕两河：河北东路和河北西路。相当于今天河北省和河南省的黄河北岸地区。萧瑟：景象凄凉。

〔6〕祖生：指东晋祖逖，他曾率师北伐。

〔7〕新亭挥泪客：据《世说新语·言语》载，晋士大夫渡江以后，经常在新亭聚会，相顾流泪。王导斥责他们说：“当共戮力王室，克复神州，何至作楚囚相对？”

〔8〕“向车中”：《梁书·曹景宗传》载：景宗说：“今来扬州作贵人，动转不得。路行，开车慢，小人辄言不可。闭置车中如三日新妇。”

解读

这首词送友人赴任，对友人寄予抗金希望。作为辛派词人，刘克庄擅长以议论入词，这首词可以作为议论文来读。开篇二句是提出问题：如何对待沦陷区的抗金义军？以下用正反两方面事例来论证。一是宗泽曾统一抗金义军的指挥，发挥了很好的作用；二是眼前朝廷对抗金义军的猜疑忧虑。经过论说，友人此次赴任应采取何种策略，就不言而喻了。其结果也必将是“谈笑里，定齐鲁”。下片感慨南宋朝廷缺乏脚踏实地的实干家，自笑书生无用。现实的危机更是友人大有作为的好时机。其中的自笑还是对己身不得朝廷使用、志向不得实现的怨恨。

贺新郎

九日〔1〕

湛湛长空黑〔2〕，更那堪、斜风细雨，乱愁如织。老眼平生空四海，赖有高楼百尺〔3〕。看浩荡、千崖秋色。白发书生神州泪，尽凄凉、不向牛山滴〔4〕。追往事，去无迹。　少年自负凌云笔〔5〕。到而今、春华落尽，满怀萧瑟。常恨世人新意少，爱说南朝狂客。把破帽、年年拈出〔6〕。若对黄花孤负酒〔7〕，怕黄花、也笑人岑寂。鸿北去，日西匿〔8〕。

注释

〔1〕九日：指九月九日重阳节，又称“重九”。

〔2〕湛湛：深色。

〔3〕高楼百尺：《三国志·魏志·陈登传》载：刘备对许汜说：“君有国士之名。今天下大乱，帝王失所，望君忧国忘家，有救世之意。而君求田问舍，言无可采。是元龙所讳也，何缘当与君语？如小人，欲卧百尺楼上，卧君于地，何但上下床之间耶？”

〔4〕“白发”二句：杜牧《九日齐山登高》：“古往今来只如此，牛山何必独沾衣。”

〔5〕凌云笔：大手笔，喻指有非常的才华。

〔6〕“常恨”三句：《晋书·孟嘉传》：“九月九日，(桓)温燕龙山，僚佐毕集。时佐吏并著戎服，有风至，吹嘉帽堕落，嘉不之觉。温使左右勿言，欲观其举止。嘉良久如厕，温令取还之，命孙盛作文嘲嘉，著嘉坐处。嘉还见，即答之，其文甚美，四坐嗟叹。”南朝狂客：指孟嘉。

〔7〕“若对”句：古人重阳节有饮酒赏菊的风俗。

〔8〕匿：隐藏。此指日落。

解读

重九登高，激情澎湃，悲慨淋漓，胸中郁闷愤恨倾泻而出。词人所遭逢的这个重九，是一个“斜风细雨，乱愁如织”的阴霾的日子。放眼四望，故国之情涌上心头。书生白发，壮志未酬。秋色浩荡，胸中的激情也翻腾。词人取景开阔，气度不凡，都因胸怀大志而来。所以，词人就非常蔑视“世人新意少”，到重阳节就是拿“破帽”说事，就这么一些俗套。词人“少年自负凌云笔”，到如今依然壮怀激烈。眼前的“岑寂”叫人不甘，面对“鸿北去，日西匿”，难免让志士焦虑。歌词因此表达了对压抑抗金志士之黑暗现实的极度不满。

一翦梅

余赴广东，实之夜饯于风亭〔1〕

束缊宵行十里强，挑得诗囊，抛了衣囊〔2〕。天寒路滑马蹄僵，元是王郎，来送刘郎。 酒酣耳热说文章，惊倒邻墙，推倒胡床[3]。旁观拍手笑疏狂；疏又何妨，狂又何妨？

注释

〔1〕实之：作者友人王迈，字实之。

〔2〕束缊（yùn韵）：扎束乱麻为火把。

〔3〕胡床：一种可折叠的轻便坐具。

解读

辛派爱国词人的一个共同特征是性格疏狂，与现实格格不入。这是爱国抱负不得实现、被黑暗现实所逼迫、悲愤已极、无路可走转化而来的一种极端表现，是对现实的蔑视，是与现实的彻底不合作。这首词集中体现了刘克庄及其辛派词人的这种性格特征。他们的举止、言谈，豪爽自由，根本不顾忌旁人的评说。这种个性表现到词里，就是一种豪宕疏放、雄肆激昂的风格。

玉楼春

戏林推[1]

年年跃马长安市，客舍似家家似寄[2]。青钱换酒日无何，红烛呼卢宵不寐[3]。　易挑锦妇机中字，难得玉人心下事[4]。男儿西北有神州，莫滴水西桥畔泪[5]。

注释

〔1〕林推：一位姓林的推官。推官，宋朝官职名。

〔2〕长安：汉唐的都城，这里代指南宋都城临安。寄：寄寓，旅舍。

〔3〕青钱：古代的钱币。古代钱币有青、黄两种。无何：无所事事。呼卢：掷骰子赌博。掷出的骰子点全黑称“卢”，可获全胜。所以，掷骰子时赌徒往往大呼“卢”以助运气。

〔4〕锦妇：代指妻子。《晋书》卷九十六载：苻坚时秦州刺史窦滔被流放，

其妻苏氏思念窦滔，“织锦为回文旋图诗以赠滔，婉转循环以读之，词甚凄婉。”玉人：美人，这里代指歌伎。

〔5〕神州：这里指沦陷的中原大地。水西桥：桥名，在今南京市水西门。南宋时是歌伎聚居的地方。

解读

南宋后期，朝廷苟且偷安，士大夫唯知放纵歌酒声色，寻欢作乐，不思进取，不思沦陷的中原领土。刘克庄是有远大志向的士人，对这样颓废放荡的现实风气忧心忡忡，同时也愤懑难言。这首词以戏谑的方式，劝说林推官，针对的是整个社会风气。上阕描绘出一幅士大夫醉生梦死、毫无心肝的图景，林推官是其中的一位。他们很少回家，只是在青楼妓院寻求声色享受，日常的生活方式就是纵酒、赌博、嫖妓，甚至通宵达旦，不知疲倦。下阕是词人的劝诫。词人劝诫说：“玉人”唯利是图，对你并不真心，只有家里的妻子才是真心爱你的人。再向前推进一层，男儿应该有责任感。大好河山，西北沦陷半壁，这才是男儿需要励志图强的，而不应该为歌伎的变心流泪。

卜算子

片片蝶衣轻，点点猩红小〔1〕。道是天公不惜花，百种千般巧。　朝见树头繁，暮见枝头少。道是天公果惜花，雨洗风吹了。

注释

〔1〕蝶衣：蝴蝶的薄翼，喻海棠花瓣。猩红：指红色的海棠花朵。

解读

这首词咏海棠花，构思新颖别致。词以对“天公”的疑惑作为结构线索。上片欣赏海棠的千姿百态，这是“天公”惜花的明证。下片惋惜海棠的凋零，被“雨洗风吹”而去，这又是“天公”不惜花的例子。其实，这里传达的是词人对海棠的赏识，以及因海棠凋落而产生的惋惜心情。

清平乐

五月十五夜玩月

风高浪快，万里骑蟾背〔1〕。曾识姮娥真体态，素面原无粉黛〔2〕。　身游银阙珠宫，俯看积气蒙蒙〔3〕。醉里偶摇桂树，人间唤作凉风。

注释

〔1〕蟾：指月亮。相传月宫中有蟾蜍。

〔2〕姮娥：嫦娥。因偷吃灵药，奔月而去。

〔3〕银阙珠宫：指月宫。

解读

仰望天空，欣赏明月，词人想落天外，奇特夸张。他早已把自己想象成是天上的谪仙，此时完全可以回到天上去赏月。如果因此俯视人间，又将是另外一幅情景。俞陛云《唐五代两宋词选释》评价说："一扫咏月陈言，奇逸之气，见于楮墨。"

忆秦娥

梅谢了，寒垣冻解鸿归早〔1〕。鸿归早，凭伊问讯，大梁遗老〔2〕。　浙河西面边声悄，淮河北去炊烟少。炊烟少，宣和宫殿，冷烟衰草〔3〕。

注释

〔1〕塞垣：边塞上的城墙，这里代指北方沦陷区。

〔2〕大梁：北宋故都汴梁（今开封）。

〔3〕宣和：徽宗年号。

解读

梅花凋谢，冰雪解冻，又是一个春天来到。词人不禁想起天寒地冻、依然生活在敌人铁骑之下的北方百姓与大好半壁河山。这一腔故国之思只能托归鸿带去，托归鸿问讯故国遗老。下片对北方沦陷区的荒凉、萧条表示极大的痛心，伤时念乱，沉痛悲凉。

淮上女

淮上良家女，嘉定间，金人南侵，被掠北去。

减字木兰花

淮山隐隐[1]，千里云峰千里恨。淮水悠悠，万顷烟波万顷愁。　　山长水远，遮住行人东望眼[2]。恨旧愁新，有泪无言对晚春。

注释

〔1〕淮山：指淮河两岸所见的山峰。

〔2〕东望：词人被掳北上，所以向东眺望家乡。

解读

词人被掳北去，在旅舍墙壁上题下这首血泪词。词中记录了自己的不幸遭遇和对祖国的依恋之情。上片写被掳北去告别故土的沉痛心情，以沿途的“云峰”、“烟波”为喻，写自己如山水一样的沉重、绵延的离乡背井、国破家亡之愁苦。下片写对故乡的眷恋以及对金人的仇恨。作为一位身不由己的弱女子，她的“有泪无言”就诉说了对故国故乡的永远牵挂。

吴文英

吴文英，生卒年不详，字君特，号梦窗，晚年又号觉翁，四明县（今浙江宁波）人。本姓翁，过继为吴氏后嗣。一生未第，游幕终身。于苏州、杭州、越州三地居留最久。有《梦窗甲乙丙丁稿》。存词340首。

宴清都

连理海棠

绣幄鸳鸯柱[1]，红情密，腻云低护秦树[2]。芳根兼倚，花梢钿合[3]，锦屏人妒。东风睡足交枝[4]，正梦枕、瑶钗燕股[5]。障滟蜡、满照欢丛[6]，嫠蟾冷落羞度[7]。　人间万感幽单，华清惯浴[8]，春盎风露。连鬟并暖，同心共结，向承恩处。凭谁为歌《长恨》，暗殿锁、秋灯夜语[9]。叙旧期、不负春盟，红朝翠暮。

.主释

〔1〕绣幄：用来护花的彩绣帏帐。鸳鸯柱：形容连理海棠。

〔2〕秦树：指海棠。据《阅耕录》载：秦中有双株海棠，高数十丈。

〔3〕钿合：形容花梢像黄金镶嵌的盒子一样相合在一起。

〔4〕睡足：用杨贵妃故事。据《明皇杂录》载："上皇曾登沉香亭，召妃子，妃子时卯酒未醒。高力士从侍儿扶掖而至。上皇笑曰：'岂是妃子醉耶？海棠睡未足耳。'"

〔5〕梦枕：用一枕黄粱故事，形容梦境短暂。

〔6〕滟蜡：光亮蜡烛。用苏轼《海棠》“只恐夜深花睡去，高烧银烛照红妆”诗意。

〔7〕嫠（lí 梨）蟾：月亮。嫠，寡妇。传说月宫中有孤独的嫦娥，故称。

〔8〕华清惯浴：白居易《长恨歌》：“春寒赐浴华清池，温泉水滑洗凝脂。”

〔9〕“暗殿”二句：白居易《长恨歌》：“七月七日长生殿，夜半无人私语时。在天愿作比翼鸟，在地愿为连理枝。”

解读

词咏连理海棠，实则歌颂坚贞的爱情。上阕写连理海棠的形态。连理海棠如鸳鸯相并，根倚花合，娇红“情密”。又有“绣幄”、“腻云”护卫，令人艳羡。夜深之后，红蜡相照，又见其欢欣。对比月宫中孤独的嫦娥，嫦娥为之羞愧。下阕化用白居易《长恨歌》诗意，将海棠拟人化作杨贵妃，写其对爱情的忠贞追求。连理海棠在“春盎风露”中“连鬟并暖，同心共结”，享受爱情的快乐，决不愿意品尝“暗殿锁、秋灯夜语”的离别凄苦萧瑟。结句是美好的期待，愿连理海棠永远“不负春盟，红朝翠暮”，也是词人的爱情理想。清朱祖谋《彊村老人评词》称赞这首词说：“濡染大笔何淋漓。”

浣溪沙

门隔花深梦旧游，夕阳无语燕归愁。玉纤香动小帘钩[1]。　落絮无声春堕泪，行云有影月含羞。东风临夜冷于秋。

注释

〔1〕玉纤：美人的素手。

解读

这是一首纪梦怀人之作。首句就点明梦见的是居住在清幽美丽的深深花径处的美人。这位美人在夕阳西下时无语遥望，对归燕而愁苦，无奈中放下帘幕，一切都是由思念远人而至。不写自己的思苦而托之梦中情人，表达更婉转一层。上片写梦见的内容，下片写梦中的环境。这是一个凄清、寂静的环境。唐圭璋先生解释说："因落絮以兴起人之堕泪，因行云以比人之含羞，'东风'句言夜境之凄凉。"(《唐宋词简释》)

祝英台近

春日客龟溪游废园[1]

采幽香，巡古苑，竹冷翠微路。斗草溪根[2]，沙印小莲步[3]。自怜两鬓清霜，一年寒食，又身在云山深处。　昼闲度。因甚天也悭春[4]，轻阴便成雨。绿暗长亭，归梦趁风絮。有情花影阑干[5]，莺声门径，解留我霎时凝伫[6]。

注释

〔1〕龟溪：水名，在浙江德清县。

〔2〕斗草：古代妇女用采摘的野草来做比赛的一种游戏。

〔3〕莲步：女子的足迹。《南史·齐废帝东昏侯纪》："又凿金为莲花以帖地，令潘妃行其上，曰：'此步步生莲花也。'"

〔4〕悭：吝惜。

〔5〕阑干：纵横错落。

〔6〕凝伫：出神，发愣。

解读

春日独步荒废的古园，会引起今昔对比的深长感慨。"古苑"荒凉，唯有野花"幽香"，荒竹冷落。但是，这些地方当年肯定喧闹一时，有许多美丽的女子到此游玩，或斗草争胜，至今沙际犹残留着"小莲步"的痕迹。梦窗词经常写词人的幻觉，"沙印小莲步"便是一种幻觉。词人自身也是落寞凄凉，两鬓成霜，流落他乡，寒食季节犹"身在云山深处"。如此，词人与废园就有了类似的遭遇。废园已经破败，春天也将很快过去。雨催春暮，"绿暗长亭"，词人怨恨老天的吝惜。词人最终将自己对春景的留恋转移到外物，写外物对己身的依依不舍之情。飘忽的风絮带着“归梦”，“花影”婆娑而有情，“莺声”殷勤留客，词人曲折地表达了自己对废园春景的多情。

风入松

听风听雨过清明，愁草瘗花铭[1]。楼前绿暗分携路，一丝柳、一寸柔情[2]。料峭春寒中酒，交加晓梦啼莺[3]。　　西园日日扫林亭，依旧赏新晴[4]。黄蜂频扑秋千索，有当时、纤手香凝。惆怅双鸳不到，幽阶一夜苔生[5]。

注释

〔1〕草：这里指起草作品。《瘗花铭》：庾信作有《瘗花铭》。铭，古代的一种文体，刻在器物或墓碑上表示哀悼。

〔2〕绿暗：绿树成荫，遮蔽地面。分携：分手，分别。

〔3〕料峭：寒冷的样子。中酒：醉酒。交加：缤纷杂乱。

〔4〕新晴：风雨过后，天气晴朗，故说新晴。

〔5〕双鸳：美人的鞋子，这里代指足迹。

解读

清明时节，凭吊亡灵。词人心情过于凄苦悲痛，以至清明时节不能也不忍外出，只能枯坐室内，听户外风雨交加声。所起草的《瘗花铭》，蕴涵着对逝者的悼念。楼前绿荫遮盖的小路，柳丝飘拂，都是两人当年柔情无限的共游之处。面对此情此景，词人只能以酒浇愁、借梦寄情了。词人被情思所缠绕，再也不能枯坐独对，身不由己地来到“西园”。在词人的幻意识中，此地依然处处留下情人的痕迹，如“秋千索”上的香味。结尾两句回到现实，悲悼情人的永远离去，以及眼前的孤寂凄凉。

八声甘州

陪庾幕诸公游灵岩[1]

渺空烟四远，是何年青天坠长星[2]，幻苍厓云树，名娃金屋，残霸宫城[3]。箭径酸风射眼，腻水染花腥[4]。时靸双鸳响，廊叶秋声[5]。　宫里吴王沉醉，倩五湖倦客，独钓醒醒[6]。问苍波无语，华发奈山青。水涵空，阑干高处，送乱鸦斜日落渔汀[7]。连呼酒，上琴台去，秋与云平[8]。

注释

〔1〕庾幕：即仓幕。吴文英当时在浙江西路仓西幕府。夏承焘《唐宋年谱词人·吴文英系年》云：吴文英时“在苏州为仓台幕僚。”灵岩：即灵岩山，在苏州西三十里，天平山之南。上有春秋吴国的遗迹。

〔2〕长星：彗星。这里借彗星的出现和陨落象征吴国的灭亡和越国的兴起。

〔3〕名娃：美女，此指西施。金屋，华贵的屋宇，这里有“金屋藏娇”意。残霸：指吴王夫差曾称霸一时，但有始无终。残，残灭无常。

〔4〕箭径：即采香径。《吴郡志·古迹》云：“采香径，在香山之旁，小溪也。吴王种香于香山，使美人泛舟于溪以采香。今自灵岩山望之，一水直如矢，故俗名箭泾。”按：泾、径、迳，相通。酸风：悲风酸鼻。李贺《金铜仙人辞汉歌》：“东关酸风射眸子。”腻水：宫女濯妆之脂粉水。杜牧《阿房宫赋》：“渭流涨腻，弃脂水也。”又，腻水也指香水溪。《吴郡志·古迹》云：“香水溪在吴故宫中，俗云西施浴处，人呼为脂粉塘，吴王宫人濯妆于此。溪上源至今馨香。”

〔5〕靸（sǎ洒）：没有后跟的拖鞋，这里作动词用。双鸳：鸳鸯屦。指妇女所穿的鞋。廊：即响屧（xiè谢）廊。屧，木底鞋。《吴郡志·古迹》：“响屧廊在灵岩山寺。相传吴王令西施辈步屧，廊虚而响，故名。”

〔6〕倩（qiàn欠）：请人代为之。五湖倦客，指范蠡（lǐ）。《吴越春秋》载：越国大夫范蠡辅佐勾践灭吴以后，“乘扁舟，出入三江五湖，人未知其所适。”五湖，指太湖。醒醒（xǐng）：极其清醒。

〔7〕涵：远水连接天空。渔汀：水边捕鱼的地方。

〔8〕琴台：在灵岩山上，相传西施弹琴之处。

解读

这是一首登临之作，集中描绘了登灵岩山的所见所闻以及与吴王夫差有关的历史遗迹，抒发了作者吊古伤今之哀思。开篇就描述登临之所见：山麓四周，浩渺空阔，一望无际，灵岩山却拔地而起，仿佛是一颗巨星从天而降。有了这灵岩山，至春秋末期，又有了吴越争霸、盛衰兴亡等如幻影般穿过的历史。吴王夫差就在这“苍厓云树”间修筑了“名娃金屋”，让西施居住在此。“幻”字，既指景物由“长星”幻化而来，又指历史的幻灭无常深含历史悲慨。“箭径”以下转入对采香径、响屧廊的具体细致刻画。箭径遗迹尚在，却早已荒凉，眼前只有冷风射眼，眸子为之酸。昔日宫女如花、穷奢极侈的情状，似在眼前，溪水中仿佛还带着当年的脂粉腥味。词人从幻嗅觉写到幻听觉。靠近馆娃宫外的响屧廊，是当年西施和宫女来往的地方。如今美女烟消云散，只有风吹落叶在空廊中回响，仿佛当年宫女们的响屧声。现实景色的描述中搀杂着幻嗅觉、幻听觉，对吴王荒淫误国的讽刺，皆在言外。下片从景物转移到人事，对吴王的往事直抒感慨。词人将吴王和范蠡放在一起对比描写，前者迷恋西施的美貌，沉湎于歌舞宴乐，终至国破家亡；后者清醒地估计现实，功成身退，泛舟五湖。吴文英身处南宋末世，君主昏庸，与沉醉的吴王无异，自己则寄人篱下，还没有范蠡的一份自在洒脱。回到现实，愤激之余，词人搔首问天。但苍天无语，孤愤徒存。而且，华发已生，年华老去，无可奈何之感涌上心头。这时天色将晚，词人凭高倚栏遥望太湖之水远涵天空，目送斜晖中的乱鸦飞落寒汀。视野虽然开阔，却是一幅末世衰颓的景象。词人强自振作，强自排解，连连呼酒，借酒忘忧。全词从历史到现实，再由现实逃向虚幻，在迷惘失落中结束全篇。

唐多令

何处合成愁？离人心上秋。纵芭蕉不雨也飕飕。都道晚凉天气好；有明月，怕登楼。　　年事梦中休，花空烟水流。燕辞归、客尚淹留〔1〕。垂柳不萦裙带住，漫长是，系行舟。

注释

〔1〕"燕辞归"句：语本曹丕《燕歌行》："群燕辞归鹄南翔，念君客游多思肠。慊慊思归恋故乡，君何淹留寄他方？"

解读

写离人秋日里的思愁，却巧妙地借用了"愁"字的上下结构，分解为"心上秋"，即新颖又贴切，并不是纯粹玩弄文字游戏，显示出词人构思的精巧。整首词抒情疏朗明快，与吴文英其他质实晦涩的作品相异。对离人的思念，漂流途中不尽的愁苦，都通过流畅的语言倾泻而出。

莺啼序

残寒正欺病酒，掩沉香〔1〕绣户。燕来晚、飞入西城，似说春事迟暮。画船载、清明过却，晴烟冉冉吴宫树〔2〕。念羁情，游荡随风，化为轻絮。

十载西湖，傍柳系马，趁娇尘软雾〔3〕。溯红渐、招入仙溪〔4〕，锦儿偷寄幽素〔5〕。倚银屏、春宽梦窄，断红湿、歌纨金缕〔6〕。暝堤空，轻把斜阳，总还鸥鹭。　幽兰渐老，杜若还生〔7〕，水乡尚寄旅。别后访、六桥无信〔8〕，事往花委，瘗玉埋香〔9〕，几番风雨？长波妒盼，遥山羞黛，渔灯分影春江宿。记当时、短楫桃根渡〔10〕。青楼仿佛，临分败壁题诗，泪墨惨淡尘土。　危亭望极，草色天涯，叹鬓侵半苎〔11〕。暗点检、离痕欢唾，尚染鲛绡。亸凤迷归〔12〕，破鸾慵舞〔13〕。殷勤待写，书中长恨，蓝霞辽海沉过雁，漫相思、弹入哀筝柱。伤心千里江南，怨曲重招，断魂在否〔14〕？

注释

〔1〕沉香：香料名。

〔2〕冉冉：慢慢地，渐渐地。吴宫：五代十国时吴越王在杭州修建的宫殿，这里指南宋宫殿苑囿。

［3］娇尘软雾：指游春仕女车马扬起的尘雾。

［4］招入仙溪：暗用刘晨、阮肇入天台山遇到仙女的故事。见刘义庆《幽明录》。

［5］锦儿：据洪迈《侍儿小名录》载：锦儿乃钱塘名妓杨爱爱侍婢。这里指自己的情人。幽素：深隐的真情。这里指书信。

［6］歌纨：歌唱时的纨扇。金缕：金线绣成的舞衣。

［7］杜若：又称竹叶莲，香草名。

［8］六桥：西湖上的堤桥。外六桥是苏轼所建，故名苏堤，有映波、锁澜、望山、压堤、东浦、跨虹。又有内六桥。

［9］瘗（yì 亿）：埋葬。

［10］桃根渡：渡口名，又称桃叶渡，在南京秦淮河与清溪合流处。晋代王献之妾名桃叶，其妹名桃根。献之送别桃叶，曾作《桃叶歌》，云："桃叶复桃叶，渡江不用楫。但渡无所苦，我自迎接汝。"

［11］苎：苎麻，色白。这里喻指霜鬓。

［12］亸：（duǒ 朵）：下垂的样子。亸凤：垂翅孤凤。

［13］破鸾：用鸾镜故事。《艺文类聚》引范泰《鸾鸟诗序》说：昔罽宾王获一鸾鸟，不鸣，后悬镜照之，鸾鸟见己影以为同类，乃鸣之，哀苦而死。

［14］"伤心"三句：语本《楚辞·招魂》："目极千里兮伤春心，魂兮归来哀江南。"

解读

《莺啼序》是最长的词调，全词分四片，240字，吴文英共创作三首。这首词以宏大的篇幅、炫丽的手法抒发了伤春伤别之情，夏承焘先生考证乃悼念杭州亡妾之作。第一片从伤春起笔，伤别之意已隐含其间。"残寒"与"病酒"相连，逼迫词人回屋"掩沉香绣户"。全词在寒气逼人的氛围中展开。长期足不出户，乃至不知外界节候之变化，直到燕子飞来，传递了"春事迟暮"的消息。这里补充上句语意，整个春天词人都是在"掩沉香绣户"之躲避外界中昏沉沉度过。换言之，不是"燕来晚"，而是词人见之"晚"，听之"晚"。词人所关闭的是早已失去平衡、充满悲今悼昔之情的心扉。但是，词人的故意躲避和遮掩，都因燕子的飞来而发生变化，伤悼之情再度被翻搅上来。于是，词人留恋春景，便干脆走出“绣户”，乘画船游西湖。词人此时所见，与往日全然不同。仿佛是游湖的画船将清明前后西湖的热闹场面全部载走，只剩下吴国旧宫殿中绿树的倒影荡漾在湖水中，冷清凄凉。“吴宫”则把词人的思绪引向往事。“念羁情”三句写词人飘忽的思绪如随风飞扬的轻絮，渐飘渐远，悠悠往事，纷乱地浮现到意识的表层。

第二片怀旧，由第一片伤春引发。词人追溯往事，写与该女子初遇时的欢情。“十载”以下全是倒叙。十年前的旧事被牵引出来，落实到“傍柳系马”这一细节，引出词人与亡妾初次相逢时那段富有诗意的恋情生活。“傍柳系马”，隐指自己是在秦楼楚馆遇见恋人。“娇尘软雾”，既指西湖美好风光，也指自己当年风流旖旎的生活情景。旧情念念难忘，一经触动，便再度浮现。“溯红”二句，具体写那次艳遇的经历。词人那次乘舟而行，借“锦儿”传情示意，“招入仙溪”，最终得美人青睐。然而，仙境般的热恋转眼成空，更多的是洒泪相别、日久相思。相逢恨晚，相聚恨短，春色无边而欢情有限。“暝堤空”三句，写词人与亡妾的恋情遭遇外来摧残。词人只得忍痛割爱，远避他乡，而将大好西湖春光都交给无知的“鸥鹭”去占有了。“轻”乃埋怨口吻，事实上包含了诸多不得已的痛苦。

第三片写伤别，也是追忆别后的具体情事。“幽兰旋老”三句，是一个突接，是一个跳跃。以香花美草的枯老或生长，带过时光之流逝和伊人之辞世。词人则一直“水乡羁旅”，漂泊不归，凄风苦雨，伤心痛苦。“别后访”四句，写旧地重游时物是人非的伤心失落情感。“花”、“玉”、“香”均指亡妾，“委”、“瘗”、“埋”则指其去世，“几番风雨”则写自己今日的独自飘零苦况。别后词人曾数度重访旧地，却难见伊人倩影。逝者难寻，往事成空。“长波妒盼”三句，词笔提转，引出往日欢会与伤别场面，补写永难释怀的理由。当时艳遇，伊人顾盼生情，风流艳丽，连潋滟的春波也生嫉妒之心，苍翠的远山也难比她弯弯蛾眉。这是词中第一次直接刻画对方的外貌，词人无法忘却的就是对方的美丽。“渔灯分影”，换一个角度写离别。从不同的角度一再追忆离别的场景，可见思恋之深之苦。“记当时”四句写当年分别之惨痛情景，铭心刻骨。当时还曾题诗留念，凄苦已极。结句与“别后访”相接，构成完整的回忆过程。

第四片悼亡，淋漓尽致地抒发对逝者的凭吊之情。“危亭”三句，写望远怀人。然而，“死者长已矣”，生死相隔，相见无路，词人只是不断地以痛苦来折磨自己。“鬓侵半苎”，状相思折磨之苦痛和身心交瘁之衰疲。“暗点检”四句，写睹物思人之情。翻检旧物，本来是为了寄托情思，排解苦痛，寻求慰藉。岂料牵引出来的是更多的痛苦。所以，词人以“鞞凤”、“破鸾”自比，形单影只，生活失去了任何乐趣。“殷勤待写”四句，所抒发的情感极其复杂。本拟将思恋之情写成书信，寄给亡妾。可是，蓝天开阔，沙海无边，连传书之大雁的踪影也难以寻觅。于是，词人不得不把心中极度悲伤和悼亡之情谱成乐曲，借哀筝的一弦一柱来倾诉。结尾词人借用《楚辞·招魂》诗句“目极千里兮伤春心，魂兮归来哀江南”来寄托情思。“断魂”是否能够知道词人的这一片痴情？歌词以疑问句结尾，也就是留下了永远的憾恨。这首词充分显现了梦窗词秾挚绵密的艺术风格，清陈廷焯《云韶集》评价说：“全章精粹，空绝千古。”

惜黄花慢

次吴江[1]小泊，夜饮僧窗惜别，邦人赵簿携小妓侑尊[2]，连歌数阕，皆清真词[3]。酒尽已四鼓[4]，赋此词饯尹梅津[5]。

送客吴皋[6]，正试霜夜冷，枫落长桥[7]。望天不尽，背城渐杳；离亭黯黯，恨水迢迢。翠香零落红衣老，暮愁锁、残柳眉梢。念瘦腰，沈郎旧日[8]，曾系兰桡。　仙人凤咽琼箫，怅断魂送远，《九辩》难招[9]。醉鬟留盼，小窗剪烛[10]，歌云载恨，飞上银霄。素秋不解随船去，败红趁、一叶寒涛。梦翠翘[11]，怨鸿料过南谯[12]。

注释

〔1〕吴江：吴淞江别名。

〔2〕侑尊：劝酒。

〔3〕清真：北宋词人周邦彦，字清真。

〔4〕四鼓：四更。

〔5〕尹梅津：作者友人尹焕，字惟晓，号梅津，寓居山阴（今浙江绍兴）。

宋宁宗嘉定十年（1217）进士。曾为《梦窗词》作序。

〔6〕吴皋：吴江边的高地。

〔7〕枫落：化用唐崔明信诗："枫落吴江冷"。

〔8〕"念瘦腰"二句：用沈约故事。典出《梁书·沈约传》。沈约与徐勉书："开年以来，病增虑切。当由生灵有限，劳役过差，总此凋竭，归之暮年……百日数旬，革带常应移孔；以手握臂，率计月小半分。"

〔9〕九辨：战国时宋玉有《九辨》之作。

〔10〕小窗剪烛：语本李商隐《夜雨寄北》："何当共剪西窗烛，却话巴山夜雨时。"

〔11〕翠翘：女子首饰，代指女子。

〔12〕谯：鼓楼，城门上望远之楼。

解读

这是一首送别友人之词，词人充分调动周围的环境因素，烘托出依依惜别之情。吴江水边，秋夜霜冷，枫叶飘落，荷花凋零，凄清冷落的景物与离人的愁苦意绪融为一体。送行者伫立眺望，"望天不尽"；行人满怀愁怨，"恨水迢迢"。词人用沈约故事，写惜别苦痛所带来的难堪后果。送别酒宴间有小歌伎，擅长歌清真词，在往日可能调动词人的雅兴，叫人赏心悦目，但眼前只能感觉到歌乐声的悲咽凄苦。词人以楚辞的凄怨比拟酒宴上的歌声，歌声与离人的意绪亦融为一体。词以景物作结，"素秋"、"败红"、"寒涛"、"怨鸿"都成为寄托离愁别怨的对象。

文及翁

文及翁，字时学，号本心，绵州（今四川绵阳）人，徙居吴兴（今浙江湖州）。宝祐元年（1253）进士。德祐初，官至资政殿学士、签书枢密院事。入元，累征不起。存词一首。

贺新凉

游西湖有感

一勺西湖水〔1〕。渡江来、百年歌舞，百年酣醉。回首洛阳花世界，烟渺《黍离》之地〔2〕。更不复、新亭堕泪〔3〕。簇乐红妆摇画艇，问中流击楫何人是〔4〕？千古恨，几时洗？　　余生自负澄清志〔5〕；更有谁、磻溪未遇，傅岩未起〔6〕。国事如今谁倚仗，衣带一江而已〔7〕！便都道，江神堪恃。借问孤山林处士，但掉头、笑指梅花蕊〔8〕。天下事，可知矣！

注释

〔1〕一勺：极言其少。

〔2〕黍离：语本《诗·离黍》："彼黍离离"，写周平王东迁后，西周故都荒芜，宫殿旧址长满了黍稷。后以表现故国之思与家国的残破。

〔3〕新亭堕泪：据《世说新语·言语》载，晋士大夫渡江以后，经常在新亭聚会，相顾流泪。王导斥责他们说："当共戮力王室，克复神州，何至作楚囚相对？"

〔4〕簇乐：急管繁弦，指尽情享乐。中流击楫：《晋书·祖逖传》载：东

晋祖逖北伐渡江，中流楫而誓："祖逖不能清中原而复济者，有如大江。"

〔5〕澄清志：典出《后汉书·范滂传》："滂登车揽辔，慨然有澄清天下之志。"

〔6〕磻（pán盘）溪：相传姜子牙曾在磻溪（今陕西宝鸡市东南）垂钓，遇周文王，成为辅佐之臣。傅岩：在今山西平陆。相传傅说在此地版筑（筑墙），遇到殷高宗，被提拔为大臣。

〔7〕衣带一江：长江如同衣带一般。形容狭窄易渡。典出《南史·陈后主纪》：隋文帝将出兵南下攻陈，对高颎说："我为百姓父母，岂可限一衣带水，不拯之乎？"

〔8〕林处士：北宋林逋，隐居孤山，喜梅、鹤，有"梅妻鹤子"之称。

解读

据李有《古杭杂记》记载：蜀人文及翁登第以后，新科进士宴集、游览西湖，有同年与他开玩笑说："西蜀有此景否？"文及翁即作此词回答。文及翁登第时，北方蒙古国已经取代金人，南方则权臣贾似道逐渐取得权力，国力衰疲，朝廷一片乌烟瘴气，国势危如累卵。新科进士不思发奋振作，报效国家，反而酣醉西湖，以此夸耀，所以，引起了文及翁的极大愤怒。上片通过西湖表面繁华的景象，谴责朝野酣歌醉舞、苟且图安的放纵荒淫生活，缅怀、呼唤抗敌有志之士。下片写自己的远大抱负，斥责置国家安危于不顾、自我标榜隐逸的人士，揭示了南宋岌岌可危的现实处境。

刘辰翁

刘辰翁（1232——1279），字会孟，号须溪，庐陵（今江西吉安）人。景定元年（1260）补太学生，受知于国子祭酒江万里。景定三年（1262）廷试对策，忤奸相贾似道，置丙第。以亲老，请为赣州濂溪书院山长。文天祥起兵勤王，曾短期参与其江西幕府。宋亡，不仕。有《须溪集》传世，存词340余首。

忆秦娥

中斋上元客散，感旧赋《忆秦娥》见属。一读凄然。随韵寄情，不觉悲甚[1]。

烧灯节，朝京道上风和雪[2]。风和雪，江山如旧，朝京人绝。　　百年短短兴亡别，与君犹对当时月[3]。当时月，照人烛泪，照人梅发[4]。

注释

〔1〕中斋：南宋词人邓剡，号中斋。随韵：步邓剡《忆秦娥》韵作词。

〔2〕烧灯节：即元宵节。烧：点燃。

〔3〕百年：指一生。

〔4〕梅发：花白的头发。梅：白梅。

解读

这首词用入声韵，短促泣咽，悲苦凄凉。它特意选择汉民族极为重视的元宵佳节，做人世沧桑巨变的对比。旧时繁华富丽，热闹非凡；眼前风雪载道，路途人绝。突出宋遗民“天上人间”的感受和难以诉说的惨痛心情。通篇着重描写今天的风雨飘摇，萧瑟凄苦，昔日点到即止。既躲避当日严密的文网，又极含蓄委婉，含不尽之意见于言外。一位大节凛然的孤臣义士的危苦形象，呼之欲出。

西江月

新秋写兴〔1〕

天上低昂仰旧，人间儿女成狂〔2〕。夜来处处试新妆，却是人间天上〔3〕。

不觉新凉似水，相思两鬓如霜。梦从海底跨枯桑，阅尽银河风浪〔4〕。

注释

〔1〕新秋：这里写的是初秋的七夕。

〔2〕低昂：起伏升降。指日落月降，星换斗移等自然变化。

〔3〕试新妆：宋时风俗，七夕之日穿着新衣 。宋吴自牧《梦梁录·七夕》："其日晚哺时，倾城儿童女子，不论贫富，皆着新。"人间天上：李煜《浪淘沙令》："流水落花春去也，天上人间。"

〔4〕海底跨枯桑：晋葛洪《神仙传》："麻姑自说云：'接待以来，已见东海三桑田'。"银河风浪：用牛郎织女七夕渡银河相会的故事。

解读

写作此词，离南宋覆亡大约已有一段时间了。亡国的深哀巨痛渐趋淡化。七夕来临，人们重又欢庆游乐，一如既往。摆脱不了的亡国愁恨，使词人总处在凄苦哀怨之中。众人皆昏，不思故国，恢复已无希望，唯词人独醒，更加重了深层的悲哀。这首词从一个角度反映了当时汉民族的麻木不仁，很容易习惯于现状，做稳奴隶，不思反抗。这是多少年来专制残暴的结果，词人当然还认识不到这一点。面对现实，词人心事重重，沉沦不可超拔。表现到作品中，则仍是不露声色、微含讽意。感慨最强烈时便转借典故和梦境。敛抑吞吐，最断人肠。

柳梢青

春感

铁马蒙毡，银花洒泪[1]，春入愁城。笛里番腔，街头戏鼓，不是歌声。那堪独坐青灯！想故国、高台月明[2]。辇下风光，山中岁月，海上心情[3]。

注释

〔1〕蒙毡：冬天在战马身上披一层毡子取暖。代指元兵。银花：灯花。

〔2〕"想故国"二句：用南唐李煜《虞美人》："故国不堪回首月明中"语意。

〔3〕辇下：京都。山中岁月：隐居岁月。海上：用苏武在北海矢志守节的故事。汉班固《汉书·苏武传》："武既至海上，廪食不至，掘野鼠去草实而食之。杖汉节牧羊，卧起操持，节旄尽落。"

解读

词人隐居山中，阔别旧都。可是每逢佳节，依然感慨万千。上片凭想象落笔，写元军铁蹄蹂躏下，今日元宵临安城的悲苦愁怨，凄凉冷落。下片直抒胸臆，突出欲说还休的故国之思和兴亡之意。词人排斥"笛里番腔，街头戏鼓"，直指这些音乐"不是歌声"，带有强烈的民族情绪。否则，一个民族的音乐一定有它可取的新颖之处，不可能完全被否定。

兰陵王

丙子送春[1]

送春去，春去人间无路。秋千外，芳草连天，谁遣风沙暗南浦[2]。依依甚意绪？漫忆海门飞絮。乱鸦过，斗转城荒，不见来时试灯处[3]。　春去最谁苦？但箭雁沉边，梁燕无主，杜鹃声里长门暮[4]。想玉树凋土，泪盘如露[5]。咸阳送客屡回顾，斜日未能度[6]。　春去尚来否？正江令恨别，庾信愁赋[7]。苏堤尽日风和雨[8]。叹神游故国，花记前度[9]。人生流落，顾孺子，共夜语。

注释

〔1〕丙子：宋恭帝德祐二年丙子（1276）。

〔2〕南浦：分别的处所，南朝江淹《别赋》："送君南浦，伤如之何？"

〔3〕试灯：张灯。宋周密《武林旧事》载："禁中自去岁九月赏菊灯之后，迤俪试灯，谓之预赏。"

〔4〕杜鹃声里长门暮：宋秦观《踏莎行》："可堪孤馆闭春寒，杜鹃声里斜阳暮。"长门：宫殿名。汉武帝时陈皇后贬所。

〔5〕玉树：指为国捐躯的杰出人材。《世说新语·伤势》："庾文康亡，何扬州临葬云：'埋玉树于土中，使人情何能已！'"泪盘如露：唐李贺《金铜仙人辞汉歌》序载：汉铜人上有承露盘，被折移时，流出了清泪。后以此典写亡国。

〔6〕咸阳送客：唐李贺《金铜仙人辞汉歌》："衰兰送客咸阳道，天若有情天亦老。"

〔7〕江令恨别：南朝江淹有《别赋》。庾信愁赋：原注：二人皆北去。庾信的《愁赋》今已失传，叶廷圭的《海录碎事》保留其片段。

〔8〕苏堤：杭州西湖内外湖的界堤，苏轼所筑。

〔9〕神游故国：语本苏轼《念奴娇》"故国神游"。花记前度：刘禹锡再贬回京，作《再游玄都观》，诗中自豪地说："种桃道士知何处，前度刘郎今又来。"

解读

在刘辰翁的词中，春天已成了南宋王朝的象征。这首词始终紧扣"送春"，纯熟地运用比兴手法，寄托了词人的故国之思和亡国之痛。暮春时节的所见所闻，词人皆通过自己的感受，赋予它们以浓厚的感情色彩，凄苦悲怨，使它们具有相当的象征意义。这一年春天，元军占领了临安。紧随着历史巨变，写作此词，处处是抑制不住的深哀巨痛，言外之意，一目了然。词中设问句、反问句的反复运用，使人魂悸魄动，肝胆俱裂。

江城子

西湖感怀

涌金门外上船场，湖山堂，众贤堂[1]。到几凄凉，城角夜吹霜。谁识两峰相对语，天惨惨、水莽莽[2]。　月移疏影傍人墙，怕昏黄，又昏黄[3]。旧日朱门，四圣暗飘香[4]。驿使不来春又老，南共北，断人肠[5]。

注释

〔1〕涌金门：杭州正西城门。船场：疑即船坞，西湖泊船处所。湖山堂：南宋时西湖名胜，度宗咸淳三年（1267）洪焘创建。众贤堂：即三贤堂，在孤山竹阁，供奉白居易、林逋、苏轼三人像。

〔2〕两峰：指南高峰与北高峰。两峰在西湖旁，相去十里许，高出云表，遥遥相对。双峰插云，为西湖十景之一。"天惨惨"二句：化用《敕勒歌》："天苍苍，野茫茫，风吹草低见牛羊。"

〔3〕疏影：特指梅花影。宋林逋《山园小梅》："疏影横斜水清浅，暗香浮动月黄昏。"

〔4〕四圣：指四圣观，在孤山，绍兴十六年（1146）建。暗飘香：用林逋诗意。

〔5〕"驿使"句：南朝陆凯从江南寄给长安的好友范晔一枝梅花，并赠诗曰："折梅逢驿使，寄与陇头人。江南无所有，聊赠一枝春。"（见《荆州记》）

解读

杭州是南宋的都城，西湖又是杭州声名最著的风景区。宋末亡国词人有大量的怀恋昔日西湖美景、哀叹如今萧条冷落的词作，如张炎的《高阳台·西湖春感》便盛传一时。这首词题为"西湖感怀"，就是在抒写刻骨铭心的亡国哀痛。放眼四望，山河依旧，风景不殊；回想今日，沧海桑田，人事已非。周围一切景物都打上了词人强烈的主观感情烙印，笼罩在浓厚的悲剧气氛之中。作品巧妙地运用典故，化用前人诗句和诗意，表现了丰富复杂的情感。

周　密

周密（1232—1308？），字公谨，号草窗、蘋洲、四水潜夫、弁阳老人、弁阳啸翁等。其先济南人，南渡后寓居吴兴（今浙江湖州）。宋末曾为幕僚，官义乌令。入元不仕，迁居杭州，悉心著述。有《草窗词》和《蘋洲渔笛谱》，存词149首。

一萼红

登蓬莱阁有感〔1〕

步深幽，正云黄天淡，雪意未全休。鉴曲寒沙，茂林烟草，俛仰千古悠悠〔2〕。岁华晚、飘零渐远，谁念我，同载五湖舟〔3〕？磴古松斜，厓阴苔老，一片清愁〔4〕。　回首天涯归梦，几魂飞西浦，泪洒东州〔5〕！故国山川，故园心眼，还似王粲登楼〔6〕。最怜他、秦鬟妆镜，好江山、何事此时游〔7〕！为唤狂吟老监，共赋消忧〔8〕。

注释

〔1〕蓬莱阁：旧址在今浙江卧龙山下。唐元稹任浙东观察使时，有《以州宅夸于乐天》诗，曰："我是玉皇香案使，谪居犹得近蓬莱。"阁因此得名。

〔2〕鉴曲：鉴湖之一曲，即鉴湖边。《新唐书·贺知章传》："有诏赐镜湖之一曲。"鉴湖，就是镜湖，在今浙江绍兴市南。茂林：茂密的树林，这里指绍兴兰亭。东晋王羲之《兰亭集序》："此地有崇山峻岭，茂林修竹。"俛（fǔ府）仰：即俯仰，向上下四方观望。

〔3〕“谁念我”句：用范蠡功成身退，泛舟五湖的故事。念我：怜我，爱我。

〔4〕磴（dèng 瞪）：石阶。

〔5〕几：如何，怎样。西浦、东州：作者自注说：“阁在绍兴，西浦、东州皆其地。”

〔6〕王粲登楼：王粲是建安时期著名诗人，他避乱荆州时写过一篇《登楼赋》，抒写对家乡故国的愁思。

〔7〕秦鬟：指绍兴东南的秦望山，美丽如女人的鬟髻。妆镜：指镜湖。

〔8〕为：抑还，还是。狂吟老监：指唐诗人贺知章。他自号四明狂客，又曾任秘书监，故称。赋：赋诗。

解读

这首词作于宋端宗景炎元年（1276）冬，是痛悼故国沦亡的一首悲歌。词人登上蓬莱阁，原来这一带是南宋最繁华的地区，现在映入眼帘的只有寒沙、烟草、古松、阴苔，荒凉凄清，阴冷萧条，亡国的深哀渗透在景物之中。下片直抒对故国的思恋。词人以十分沉痛的语调追忆故国、故园，心灵上的巨大创伤永远无法痊愈。陈廷焯《白雨斋词话》卷二评价此词说：“苍茫感慨，情见乎词，当为草窗集中压卷。”

高阳台

送陈君衡被召〔1〕

照野旌旗，朝天车马〔2〕，平沙万里天低。宝带金章〔3〕，尊前茸帽风欹〔4〕。秦关汴水经行地〔5〕，想登临、都付新诗。纵英游，叠鼓清笳，骏马名姬。

酒酣应对燕山雪〔6〕，正冰河月冻，晓陇云飞。投老残年，江南谁念方回〔7〕？东风渐绿西湖柳，雁已还、人未南归。最关情，折尽梅花，难寄相思〔8〕。

注释

〔1〕陈君衡：陈允平，字君衡。宋亡，被元朝以“人才”召至大都，不受官而还。

〔2〕朝天：朝见天子。

〔3〕宝带：征召“人才”的绶带。金章：金印。

〔4〕欹：倾斜，指被风吹斜。

〔5〕秦关汴水：秦地关塞，汴水流域。泛指中原地区与北宋故都开封一带。

〔6〕燕山：泛指大都一带。

〔7〕“江南”句：黄庭坚《寄方回》：“解道江南肠断句，世间惟有贺方回。”北宋词人贺铸，字方回。

〔8〕“折尽”二句：据《荆州记》载：南朝时陆凯与范晔友情甚笃，陆凯自江南寄梅花给长安范晔，并赠诗说：“折梅逢驿使，寄与陇头人。江南无所有，聊赠一枝春。”

解读

词人与陈允平都是亡国遗民，矢志不臣服于新朝。友人被新朝征召，词人既为其担心，又隐隐勉励他守志。上阕写征召途中情景。开篇五句气势壮阔，仿佛是祝贺友人的被召，这只是应题的叙述。“秦关汴水经行地”一句，则以故国山川暗中提醒友人，要把持住大节。下阕转写北方的严寒，生活环境的不适宜，劝说友人在“投老残年”应该早回江南，勉励友人保持气节之意已非常明显。词人渴望在西湖春来柳绿的时候，友人可以南归。结句寄殷勤思念之情，南方还有这么多的友人等待着他的归来，坚定其南归的决心。

文天祥

文天祥（1236—1283），初名云孙，字天祥，以字行。改字履善，又字宋瑞，号文山，吉水（今江西吉安）人。宝祐四年（1256）进士第一。德祐元年（1275），应诏勤王，官至右丞相兼枢密使。后兵败被俘，押之大都，囚禁四年，遇害。有《文山全集》。存词7首。

满江红

代王夫人作[1]

试问琵琶，胡沙外、怎生风色[2]。最苦是、姚黄一朵，移根仙阙[3]。王母欢阑琼宴罢，仙人泪满金盘侧[4]。听行宫、半夜雨淋铃，声声歇[5]。　彩云散，香尘灭；铜驼恨，那堪说[6]？想男儿慷慨，嚼穿龈血[7]。回首昭阳离落日，伤心铜雀迎秋月[8]。算妾身、不愿似天家，金瓯缺。

注释

〔1〕王夫人：即宋宫人王清惠。

〔2〕“试问琵琶”三句：《西京杂记·琴操》载：汉元帝以宫人王昭君和亲。昭君戎服乘马，提琵琶出塞。

〔3〕姚黄：牡丹中的名贵品种。

〔4〕“王母欢阑”句：用西王母瑶池美宴的故事。“仙人”句：用李贺《金铜仙人辞汉歌》诗意，抒写亡国哀痛。

〔5〕“听行宫”三句：唐玄宗避乱入蜀，思念杨贵妃。在行宫内听到雨淋

铃声，即采其声为《雨霖铃》曲，以寄其恨。

〔6〕铜驼恨：《晋书·索靖传》载：索靖有远见，眼见天下将乱，指着洛阳宫门的铜驼说："会见汝在荆棘中耳！"后以此典写亡国之恨。

〔7〕"想男儿慷慨"二句：唐张巡拒守睢阳，抗安禄山，"每战眦裂，嚼齿皆碎。"昭阳：汉宫殿名，代指宋宫殿。铜雀：台名，曹操所筑。曹操欲灭东吴，将江东美女二桥锁入铜雀台中。

解读

这首词是模拟王清惠的身份、口气创作的，代其写出被俘北上时的处境和心意，从而传达自己的心志。通篇多用典故叙事、抒情，被驱北行的凄惨苦痛和社稷倾覆的悲愤怨恨，自然地融合在一起。结句突破了对一家一姓的愚忠，以国家、民族利益为重，含蓄指责赵宋皇帝、后妃们的卑躬屈膝、忍辱偷生。表现了巨大的历史事变，对正直、有骨气文人所形成的冲击波，使他们在某种程度上摆脱了传统思想的牢笼。

邓剡

邓剡（1232—1303），字光荐，一字中甫，号中斋，庐陵（今江西吉安）人。理宗景定三年（1262）进士。祥兴元年（1278）春，权直学士院，历官礼部侍郎，为文天祥所倚重。兵败，蹈海自尽，元兵钩致，与文天祥一起被押北上。后得放还。存词13首，近人辑为《中斋词》。

酹江月

驿中言别友人〔1〕

水天空阔，恨东风、不借世间英物〔2〕。蜀鸟吴花残照里，忍见荒城颓壁〔3〕。铜雀春情，金人秋泪，此恨凭谁雪〔4〕！堂堂剑气，斗牛空认奇杰〔5〕。那信江海余生，南行万里，属扁舟齐发〔6〕。正为鸥盟留醉眼，细看涛生云灭〔7〕。睨柱吞嬴，回旗走懿，千古冲冠发〔8〕。伴人无寐，秦淮应是孤月〔9〕。

注释

〔1〕友人：指文天祥。又说，此词乃文天祥所作。

〔2〕东风不借：用赤壁之战周瑜借东风火攻曹操舰队的典故。

〔3〕蜀鸟：指杜鹃。吴花：李白《登金陵凤凰台》："吴宫花草埋幽径。"

〔4〕铜雀春情：铜雀台，为曹操所建。唐杜牡《赤壁》："东风不与周郎便，铜雀春深锁二乔。"金人秋泪：唐李贺《金铜仙人辞汉歌序》载：魏明帝诏宫官西取汉孝武帝金铜捧露盘仙人。临别，铜人潸然泪下。

〔5〕"堂堂剑气"二句：晋·王嘉《拾遗记》载：吴王以石匣埋藏名剑"干

将”、“莫邪”，所在区域乃斗、牛二宿之间。“及晋之中兴，夜有紫气冲牛。张华使雷焕为丰城县令，掘而得之。”

〔6〕“那信江海”三句：指脱险南归事。瑞宗景炎元年（1276）间，文天祥在镇江从元兵的监视下逃脱，经历千难万险，绕道海上，始得南归。

〔7〕鸥盟：《列子·黄帝》载：海上有人好鸥，与鸥相嬉。其父欲其捕鸥，明日海上鸥舞而不下。

〔8〕睨柱吞嬴：《史记·廉颇蔺相如列传》载：相如捧和氏璧使秦，度秦王嬴无意以城换璧，“因持璧却立倚柱……睨柱，欲以击柱。秦王恐其破璧，乃辞谢固请。”回旗走懿（yì 意）：《三国志·诸葛亮传》裴松之注云：蜀军退，司马懿追之，“姜维令仪反旗鸣鼓，若将向宣王者。宣王乃退，不敢逼……百姓为之谚曰：‘死诸葛，走生仲达’。”司马懿，字仲达，晋初追称宣王。

〔9〕秦淮：河名。流经南京市。

解读

邓剡是文天祥的战友和幕僚。厓山兵败，投海殉国，被救起后与文天祥囚禁在一起，押送大都。至南京不得不分手时，便有无限的留恋惜别之情，更有沉重的亡国哀痛和对文天祥的仰慕、期待。于是，他以此慰藉友人，互勉互励，壮其万里行色，表现了顽强不屈的斗志。通篇将眼前景物融为一体，诉说两人的处境和心情，回顾出生入死的经历。

汪梦斗

汪梦斗，字玉南，号杏山，绩溪（今属安徽）人。宋理宗景定二年（1261）魁江东漕试。授承接郎、江东司制干官。宋亡，被荐特召赴京，不受官，放还。有《北游集》。

南乡子

初入都门漫赋〔1〕

西北有神州，曾倚斜阳江上楼〔2〕。目断淮南山一抹，何由？载泪东风洒汴流。　何事却狂游，直驾驴车渡白沟〔3〕。自古幽燕为绝塞，休愁〔4〕。未是穷荒天尽头。

注释

〔1〕都门：指北宋旧都汴京（今开封）城门。

〔2〕西北有神州：用辛弃疾《水调歌头》成句。

〔3〕白沟：河名，在河北省定兴县南。旧为宋辽分界，又称“界河”。

〔4〕幽燕：即幽洲。古代为燕地，故云。今河北省北部及辽宁省一带。

解读

词人本打算隐居以终，眼前又身不由己，被迫出游。面对故国故都，内心的悲愤都化作满眶热泪。作品蕴涵的情感极为曲折复杂。不心甘情愿，却又无可奈何；悲痛难忍，却强自抑制。最后只得自我宽慰，强作排解。流落之苦和亡国之痛，在短小的篇幅中被表现得淋漓尽致。

杨佥判

杨佥判，度宗时人，生平不详。

一剪梅

襄樊四载弄干戈，不见渔歌，不见樵歌[1]。试问如今事若何？金也消磨，谷也消磨[2]。柘枝不用舞婆娑，丑也能多，恶也能多[3]。朱门日日贾朱娥，军事如何？民事如何？

注释

〔1〕“襄樊”句：度宗咸淳四年（1268），蒙古发兵攻打襄阳和樊城，两城军民顽强抵抗，战事延续了四年有余。渔歌、樵歌：指和平安宁的生活。

〔2〕金、谷：钱粮。指贾似道曾与忽必烈签订密约，贡纳岁币，请求蒙古人自动退兵。

〔3〕柘（zhè浙）枝：舞名。宋时盛行。能多：这样多。

解读

襄樊攻守之战是南宋末年抗击元兵南侵斗争中最壮烈的一幕。当时襄樊军民数年浴血苦战，粮尽援绝，频频告急。而独揽朝政的贾似道却隐瞒军情，置之不理，继续过着荒淫无耻的生活。暗中并输金纳币，卑躬求和。目睹耳闻这一切，下层便出现了这样一首辛辣的讽刺词。它抨击贾似道之流的祸国殃民，深忧襄樊的战事和国家的安危。作品对比鲜明、大胆激烈。巧妙地运用了该调重叠的章法，加强语气和情感的深度，富有民歌风味。虽然语意直露，但入木三分的揭露，刚劲泼辣的风格，皆新人耳目。

刘埙

刘埙（1240—1319），字起潜，自号水云村人，南丰（今属江西）人。宋亡，以荐署建昌路学正，迁延平路儒学教授。有《水云村稿》，存词30首。

菩萨蛮

和詹天游[1]

故园青草依然绿，故宫废址空乔木。狐兔穴岩城，悠悠万感生[2]。　胡笳吹汉月，北语南人说。红紫闹东风，湖山一梦中[3]。

注释

〔1〕詹天游：詹玉，字可大，号天游，古郢（今湖北省）人。有《天游词》。

〔2〕悠悠：忧思重重的样子。

〔3〕"湖山"句：语本李煜《子夜歌》："往事已成空，还如一梦中。"

解读

宋亡以后，词人曾出仕于元朝，后隐居避世，独善其身。其作品也大都远离时局，龟缩在个人的小天地中。他既不忘故国又怯弱怕事，力图维持自我内心平衡。当然，深埋在心中的亡国忧痛是磨灭不了的。即使周围的人们都已习惯和接受了眼前的现实，他依然难以释怀。偶尔流露出来，依然是那样的深沉感人。词人面对不殊的风景，感慨重重。通篇即景生情。哀乐景色交替出现，层层揭示词人那永远难以摆脱的沉重的忧愤。颇得李后主词之风韵。

汪元量

汪元量（1241—？），字大有，号水云，自称江南倦客，钱塘（浙江杭州）人。以善琴入宫事谢后、王昭仪。宋亡，随三宫北行，留大都十余年方得以黄冠南归。南归后曾游湘、蜀，多次往来于匡庐、彭之间。有《水云集》、《湖山类稿》。

一剪梅

怀旧

十年愁眼泪巴巴，今日思家[1]，明日思家。一团燕月照窗纱，楼上胡笳，塞上胡笳[2]。 玉人劝我酌流霞，急捻琵琶，缓捻琵琶[3]。一从别后各天涯，欲寄梅花，莫寄梅花[4]。

注释

〔1〕“十年”：词作于元世祖至元二十三丙（1286）。汪元量随三宫北上，至元十三年（1276）秋初抵大都。词中言“十年愁眼”，后推即是。巴巴：形容词尾，有极甚的意思。

〔2〕燕月：燕地（元大都北京）的月亮。

〔3〕流霞：指美酒。

〔4〕寄梅花：据《荆州记》载：南朝时陆凯与范晔友情甚笃，陆凯自江南寄梅花给长安范晔，并赠诗说：“折梅逢驿使，寄与陇头人。江南无所有，

聊赠一枝春。”

解读

南宋灭亡后，随着岁月的流逝，许多人皆已对元统治者俯首称臣。汪元量却归心弥坚，此志不可夺。虽然元统治者极力引诱，对他较宽厚，但日日夜夜，他仍然要忍受思旧思家苦痛的折磨。这首词就是这样一种强烈情绪的抒发。身为南宋遗民，他始终不能习惯北方的风俗和景物，这一切只能牵引出更多的故国之思、故乡之恋。词人以泪洗面，在苦痛中煎熬余生。通篇以情带景，清疏明朗，凄切哀怨，矛盾复杂的心理活动，刻画得细腻入微。颇有民歌风味。此词作后二年，汪元量即被放归江南，总算夙愿得偿。

金人捧露盘

越州越王台〔1〕

越山云，越江水，越王台〔2〕。个中景，尽可徘徊〔3〕。凌高放目，使人胸次崔嵬〔4〕。黄鹂紫燕报春晚，劝我衔杯〔5〕。　古时事，今时泪。前人喜，后人哀〔6〕。正醉里，歌管成灰。新愁旧恨，一时分付与潮回。鹧鸪啼歇夕阳去，满地风埃〔7〕。

注释

〔1〕越州：古州名，治所在今浙江绍兴。越王台：越王勾践登眺之所在，在会稽稷山。或云此地乃勾践戒斋台。

〔4〕凌：登临。胸次：胸怀。崔嵬：高峻的样子。

〔5〕衔杯：指饮酒。

〔6〕后人哀：语本杜牧《阿房宫赋》："秦人不暇自哀，而后人哀之；后人哀之而不鉴之，

〔2〕越山、越江：泛指钱塘江以南、绍兴市以北的山水，这里古时属越国。

〔3〕个中：这里面。亦使后人而复哀后人也。"

〔7〕"鹧鸪"句：传说鹧鸪啼声似"行不得也哥哥"，令人愁肠断绝。

歇：止。

解读

这首词作于南宋灭亡之前。宋度宗咸淳年间，汪元量曾与友人同游会稽越王台。他登临古迹，浏览山川风物，遥想古人，心潮起伏，思绪万千，慨然命笔。它既写出了山川景色给词人的感受和陶冶，又对历史的盛衰兴亡深致感慨。那时，襄樊军民正在浴血奋战，抗击入侵的元兵，南宋小朝廷处于风雨飘摇的危急之中。这首词所流露出来的沉重哀婉的情感，大约与时局有关。通篇抚古讽今，含而不露，境界开阔高远。

望江南

幽州九日[1]

官舍悄，坐到月西斜[2]。永夜角声悲自语，客心愁破正思家[3]。南北各天涯。　肠断裂，搔首一长嗟。绮席象床寒玉枕，美人何处醉黄花[4]？和泪捻琵琶[5]。

注释

〔1〕幽州：即元大都（今北京）。九日：指重阳节，农历九月初九。

〔2〕官舍：官方馆舍，指词人被掳到大都后所居住的会同馆。

〔3〕“永夜”句：用杜甫《宿府》诗成句。永夜：长夜。

〔4〕“绮席”二句：这是回顾临安宫殿当年华丽奢侈的快乐生活。绮席：雕花的席子。

〔5〕捻（niǎn 拈）：弹琵琶的一种指法。

解读

汪元量随三宫到达大都后，不愿屈服于元统治者，洁身自好。然而此身亦不能完全自主，困居馆舍。他身处北地，心羁南方，佳节重阳，思乡情倍切，愈益感觉到漂流异乡的孤寂、冷清、凄凉。词人的遭际，是与家国覆亡的痛史紧密联系在一起。所以，回首往昔、叹息现实时，就自然融入了亡国的哀思。比之一般的佳节思亲之作，更为深沉凝重。通篇即事即景抒情，自然流畅，真挚哀婉，偶尔一笔回忆往事，沉痛感人。中间运用杜诗成句，不着痕迹。汪元量南北奔波的独特经历和感受，使他的词在遗民词人中独标一格。

王清惠

王清惠，号冲华，度宗昭仪（宫中女官名）。临安沦陷后被俘往大都，后自请为女道士。存词一首。

满江红

太液芙蓉[1]，浑不似、旧时颜色。曾记得、春风雨露，玉楼金阙。名播兰簪妃后里，晕潮莲脸君王侧。忽一声、鼙鼓揭天来，繁华歇[2]。　龙虎散，风云灭[3]。千古恨，凭谁说。对山河百二，泪盈襟血[4]。客馆夜惊尘土梦，宫车晓碾关山月。问嫦娥、於我肯从容，同圆缺[5]。

注释

〔1〕词作于宋恭帝德祐二年丙子（1276）。王清惠随三宫被押北上，题此词于驿中。太液芙蓉：喻己身。白居易《长恨歌》："太液芙蓉未央柳，芙蓉如面柳如眉。"太液池在汉建章宫北，唐长安大明宫中也有太液池。

〔2〕"忽一声"三句：白居易《长恨歌》："渔阳鼙鼓动地来，惊破霓裳羽衣曲。"

〔3〕"龙虎散"二句：《易·乾·文言》："云从龙，风从虎。"后人常以龙虎形容君王的气派，以风云喻人的际遇或局势。

〔4〕山河百二：指山河险固之地。也用来泛指山河。

〔5〕嫦娥：代指月亮。

解读

王清惠被掳北上，在驿站墙壁上题此词，抒写亡国哀痛。她留恋旧日宫中富贵华美的生活，痛惜故国沦丧，己身被迫流离。词中写出了北行途中的艰辛困苦和担惊受怕，也表明自己宁愿隐居避世、决不腼颜事敌的心志。上片以花喻人，贴切工整。下片赋笔直书，凄苦悲切。写出了亲身经历宫廷生活巨变的后妃的独特感受。

王沂孙

王沂孙，字圣与，又字咏道，有碧山、中仙、玉笥山人诸号，会稽（今浙江绍兴）人。宋亡后曾仕元，为庆元路（治今浙江鄞县）学正。有《花外集》。

水龙吟

落叶

晓霜初著青林，望中故国凄凉早。萧萧渐积[1]，纷纷犹坠，门荒径悄。渭水风生，洞庭波起，几番秋杪[2]？想重厓半没，千峰尽出，山中路、无人到[3]。

前度题红杳杳，溯宫沟、暗流空绕[4]。啼螀未歇，飞鸿欲过，此时怀抱[5]。乱影翻窗，碎声敲砌，愁人多少？望吾庐甚处，只应今夜，满庭谁扫[6]？

注释

〔1〕萧萧：落叶声，这里代指落叶。杜甫《登高》："无边落木萧萧下。"

〔2〕渭水风生：贾岛《忆江上吴处士》："秋风吹渭水，落叶满长安。"洞庭波起：屈原《九歌·湘夫人》："袅袅兮秋风，洞庭波兮木叶下。"洞庭，即洞庭湖。秋杪：秋深。

〔3〕崖：山边。出：突出，裸露。

〔4〕题红：用"红叶题诗"的故事。典出唐范摅《云溪友议》卷十：卢渥到长安应试，路过御花园外水沟，见一红叶，取来时发现上面有宫人所题绝句一首，诗曰"流水何太急，深宫尽日闲。殷勤谢红叶，好去到人间。"卢渥后娶得宫中遣散的女子，正是此题诗人。

〔5〕啼螀（jiāng江）：即寒蝉，蝉的一种，鸣声幽咽悲切。

〔6〕只应：只是。

解读

这是一首咏物词。开篇两句以简练的笔墨勾勒出全词的轮廓。“青林”遭遇“晓霜”，枯叶更难在枝头残留，凄寒萧瑟的秋风吹起，枯萎凋零的树叶必将纷纷坠落，这是秋日里分外悲苦的一幅画面，引起古往今来多少骚客墨人的抚膺长叹。“望中故国”，隐含无限心事，是这首悲歌的主调。以下分三层，对“凄凉”二字加以铺叙渲染。“萧萧”三句，声情毕现，写落叶纷纷凋零坠落、蓄积成堆的过程。词人用叠字营造出一种声响和动态变化的特殊效果。“渭水”三句为第二层，词人将落叶情思引向广阔的时空。长安、洞庭，都是“望中故国”，词人用扣紧落叶的典故，补足“凄凉早”语意。“想重厓”三句为第三层，以夸张的笔调写落叶殆尽后秋日之萧条荒凉。陈廷焯《白雨斋词话》卷二猜测说：“笔意幽冷，寒芒刺骨，其有慨于厓山乎？”下片用“红叶题诗”故事，将落叶与故宫联系在一起，写出故宫人去楼空、荒凉空旷的景象。此时，传入词人耳际的只是寒虫的悲鸣，映入词人眼帘的只是掠过的“飞鸿”，秋虫候鸟的鸣声交织成一首深秋寒夜凄凉曲。面对如此破败冷落的现实，词人却只用“此时怀抱”轻轻带过，这是遗民词人的不得已。同时也将答案留给了读者，“怀抱”究竟为何？落叶不管愁人痛苦，依然“乱影翻窗，碎声敲砌”，真所谓秋声秋色愁煞人！故被逼出一句：“愁人多少”。“望吾庐”三句，与“题红杳杳”辉映，不仅是国破，而且还家亡。结尾连用问句，就是给读者留下无限回味思索的空间。词人这里咏落叶，巧妙在于通过“渭水风生”等的诗意化用，将落叶与故都相连；通过“题红”等典故的运用，将落叶与故宫相连；通过“故国”之类的语言组合，婉转表达了深沉的故国之思，那一份亡国哀痛永远萦绕于心头。陈廷焯《白雨斋词话》卷二评此词说：“凄凉奇秀，屈宋之遗。此中无限怨情，只是不露，令读者心怦怦焉。结笔寂寞。”

齐天乐

蝉

一襟余恨宫魂断[1]，年年翠阴庭树。乍咽凉柯，还移暗叶，重把离愁深诉[2]。西窗过雨，怪瑶佩流空，玉筝调柱[3]。镜暗妆残，为谁娇鬓尚如许[4]？

铜仙铅泪似洗，叹移盘去远，难贮零露[5]。病翼惊秋，枯形阅世，消得斜阳几度[6]？余音更苦。甚独抱清高，顿成凄楚。漫想熏风，柳丝千万缕[7]。

注释

〔1〕宫魂：指蝉。传说蝉是宫中后妃的魂魄所化，五代马缟《中华古今注》载："昔齐后忿而死，尸变为蝉，登庭树而鸣。王悔恨。故世名蝉为齐女焉。"

〔2〕咽：哽咽，这里代指悲鸣。凉柯，秋天的树枝。

〔3〕瑶佩：即玉佩。流空，在空中飞过。调柱：调弄乐器的弦索。

〔4〕镜暗妆残：暗示女子青春已过，这里是蝉的拟人化。为谁：为什么。娇鬓：借喻蝉鬓的美丽透明。崔豹《古今注》："魏文帝宫人莫琼树，制蝉鬓，缥缈如蝉翼。"

〔5〕铜仙：即金铜仙人。唐李贺《金铜仙人辞汉歌》序载：汉铜人上有承露盘，被折移时，流出了清泪。后以此典写亡国。难贮零露：难以供给蝉以露水饮用。古人认为蝉靠饮露为生。此句由露盘被迁走联想而来。

〔6〕枯形：指枯蜕，即蝉蜕。晋孙楚《蝉赋》："形如枯槁。"阅：经历。消得：禁得起。

〔7〕熏风：南风。相传帝舜作《南风之歌》："南风之薰兮，可以解吾民之愠兮。"

解读

这首词通过对蝉的咏叹，对南宋的灭亡表示了深深的哀悼，同时融入亡国后的身世悲痛。蝉的凄鸣咽泣，仿佛就是亡国遗民身世飘零、凄苦无告的哀诉。词中多用典故，都与亡国有关，在咏物时自然抒发了内心情感。"病翼惊秋，枯形阅世，消得斜阳几度"为词中警句，是蝉的形象的特写，具体

描写哀蝉的憔悴枯萎、濒临僵死。它阅尽了人世盛衰冷暖的巨变。这首词比兴深幽，寄意委婉。

眉妩

新月

渐新痕悬柳[1]，淡彩穿花，依约破初暝。便有团圆意[2]，深深拜，相逢谁在香径？画眉未稳，料素娥、犹带离恨[3]。最堪爱、一曲银钩小，宝帘挂秋冷[4]。 千古盈亏休问，叹慢磨玉斧[5]，难补金镜[6]。太液池犹在，凄凉处、何人重赋清景[7]？故山夜永，试待他、窥户端正[8]。看云外山河，还老尽、桂花影[9]。

注释

［1］新痕：新月。

［2］“便有”句：反用牛希济《生查子》：“新月曲如眉，未有团圆意。”

［3］素娥：嫦娥。

［4］“一曲”二句：语本秦观《浣溪沙》：“宝帘闲挂小银钩。”银钩：喻新月。

［5］慢：同“谩”，徒劳。

［6］金镜：月亮。

［7］“太液池”二句：陈师道《后山诗话》：“太祖夜幸后池，对新月置酒，问：‘当直学士为谁？’曰：‘卢多逊。’召使赋诗。请韵，曰：‘些子儿。’其诗云：‘太液池边看月时，好风吹动万年枝。谁家玉匣开新镜？露出清光些子儿。’太祖大喜，尽以坐间饮食器赐之。”太液池在汉建章宫北，唐长安大明宫中也有太液池。

［8］端正：指圆月。姜夔《玲珑四犯》：“端正窥户。”

［9］桂花影：月影。相传月宫中有桂花树。

解读

古人有拜新月之俗，此词起因于这种风俗。且月缺月圆，最能引起人们聚散离合之感慨，故词人有感而发。首三句以“渐”字领起，精细入微地刻画初升的新月。新月初生，高悬在柳树梢头，如佳人一抹淡淡眉痕。它的微光，刚刚能够穿透花的叶片，夜色轻笼花丝，轻淡飘柔，若有若无。新月的淡彩微光，划破初夜暮色，为月下所有景物披上一层迷蒙光彩。“便想”三句写由此带来的感慨。面对新月，自然生出团聚的祈望。人们应该于此时拜月，但香径无人相逢，幽静冷落，团聚的祈愿已经落空。“料素娥”句是拜月的现实结果。李商隐《嫦娥》曰：“常娥应悔偷灵药，碧海青天夜夜心。”词的情感因此转为懊悔愁苦。“最堪爱”三句，回到新月本身描写。夜空无边，秋气清寒，天如帘幕，月如银钩。词人因此生出无限怜爱之情，表现了对这纤弱空间个体的亲切认同。过片将咏月与家国大事直接勾连，以“千古”振起，语意苍凉激楚。“千古盈亏休问”，说尽月亮和人世亘古以来盈亏往复、聚散离合变化的情事，充满了生命短促、世事无常的悲哀，亦有往事不堪回首的永恒失落。故引出“叹慢磨”二句的悲叹。这是一种极为沉痛的回天无力、复国无望的绝望哀叹。“太液池”二句用宫廷典故，暗示着南宋亡国的惨剧。今年今夜，词人就无心赏月了。“何人”一句，极为沉郁。这三句已经转写人间。“故山夜永”以下，写月有再圆之时，但故国山河却桂花老尽，江山易主，无复当年之情景。“故山夜永”，以实写虚，由“夜永”烘托新月黯淡景象。词人亦如同身处漫漫长夜，永久无尽地忍受着亡国悲哀的煎熬。“试待他”另起一笔，渴望月圆之时的到来，这种愿望迅即被现实粉碎。“老尽桂花影”与人间的残山剩水对应，痛悼亡国之情，缠绵不尽。词的深层应该还是在写国破家亡之永离死别的苦痛。

高阳台

和周草窗寄越中诸友韵[1]

残雪庭阴，轻寒帘影，霏霏玉管春葭[2]。小帖金泥[3]，不知春是谁家？相思一夜窗前梦，奈个人、水隔天遮[4]。但凄然，满树幽香，满地横斜。
江南自是离愁苦，况游骢古道，归雁平沙。怎得银笺[5]，殷勤与说年华。如今处处生芳草，纵凭高、不见天涯。更消他，几度东风，几度飞花？

注释

〔1〕周草窗：周密，字公谨，号草窗。王沂孙词友。越中：指今天浙江绍兴一带。

〔2〕玉管春葭：古人以葭莩灰填于律管，节候至则灰飞管通。玉管：玉制律管，古代测试节候的器物。

〔3〕小贴：指春幡。古代风俗，立春时节，古人剪彩纸或彩绸为燕、蝶、花、钱等，作为妇女首饰，或缀在树枝之上，称为“春幡”。金泥：即泥金，作涂饰用。

〔4〕“相思”二句：语本卢仝《有所思》：“相思一夜梅花发，忽到窗前疑是君。”

〔5〕银笺：研过银粉的信笺，泛指华丽的信笺。

解读

这首词写思念友人之情。立春刚至，残雪未消，梅花已经凌寒绽放，词人则备感“凄然”。原因是“相思一夜窗前梦，奈个人、水隔天遮”。与友人的各自一方，让人挂念。这种思念之情如此强烈，以至使人“愁苦”满怀，所掩饰的还是亡国悲苦。所以，词人就不知道彼此还能消得“几度东风，几度飞花”，时日无多，好景不常。周密有《高阳台·寄越中诸友》词，说：“小雨分江，残寒迷浦，春容浅入蒹葭。雪霁空城，燕归何处人家？梦魂欲渡苍茫去，怕梦轻、还被愁遮。感流年，夜汐东还，冷照西斜。萋萋望极王孙草，认云中烟树，鸥外春沙。白发青山，可怜相对苍华。归鸿自趁潮回去，笑倦游、犹是天涯。问东风，先到垂杨，后到梅花。”可以参照阅读。

踏莎行

题草窗[1]词卷

白石飞仙，紫霞凄调，断歌人听知音少[2]。几番幽梦欲回时，旧家池馆生青草[3]。　风月交游，山川怀抱，凭谁说与春知道？空留离恨满江南，相思一夜蘋花老[4]。

注释

〔1〕草窗：周密，号草窗。详见有关周密作者介绍。

〔2〕白石：姜夔，号白石道人。紫霞：杨缵，号紫霞翁，字继翁，一字守斋，严陵人。南宋词人，精通词乐，周密与张炎都出自他的门下。

〔3〕“旧家”句：语本谢灵运《登池上楼》“池塘生春草。”

〔4〕“空留”二句：语本周密《水龙吟·次张南斗韵》：“怅江南望远，蘋花自采，寄将愁与。”

解读

南宋末年遗民词人，词风都受姜夔的影响，清丽峭拔；都讲究音律声韵，和婉谐畅。他们彼此之间结社唱和，往来频繁，交情很深。王沂孙与周密交往颇多，时有唱和。他们审美趣味相近，词风相似，所以，王沂孙最能品味周密词的佳处所在。开篇“白石”与“紫霞”点出周密词的创作渊源，“断歌”悲咽凄苦的声调，又是遗民词人亡国之后所共有的。“几番幽梦”二句，以形象的语言写出周密词清词丽句、幽深窈远的创作特色。下阕叙述相互的友谊与共同的怀抱，遗民词人亡国之恨隐隐流露。王沂孙巧妙地融入周密词的句子，强化其怨恨愁苦的创作基调，一再表现遗民词人的伤心怀抱。

仇远

仇远（1274—？），字仁远，一字仁父，号山村，钱塘（今杭州）人。度宗淳祐年间即以诗名。宋亡入元，大德九年（1305）任溧阳教授。寻以杭州知事致仕。有《金渊集》。

减字木兰花

一番春暮，恼人更下潇潇雨。花片纷纷，燕子人家都是春。　莫留春住，问春归去家何处？春与人期，春未归时人未归。

解读

相对而言，仇远的民族情绪不如其他宋遗民那么强烈。他比较擅长逃避现实。其词主体上还是承继前人作风，描写自我情感中的琐碎小事。这首词是客游他乡时逢春暮有感而作。通篇围绕着“春归”，感慨春光的无情流逝，叹息自己飘零异乡，不得归去。从“春暮”到“春归”，还写出了细微的心理变化。辞句清新洒脱，轻快流利。淡淡的怨愁，飘渺隐约。全篇一气呵成，颇有北宋词自然浑成的特色。

醴陵士人

一剪梅

宰相巍巍坐庙堂，说着经量，便要经量[1]。那个臣僚上一章，头说经量，尾说经量。 轻狂太守在吾邦，闻说经量，星夜经量[2]。山东河北久抛荒，好去经量，胡不经量[3]？

注释

〔1〕巍巍：高大的样子。庙堂：朝廷。经量：丈量土地。《宋史纪事本末·公田之置》载："贾似道请行经界推排法于诸路，由是江南之地，尺寸皆有税，民力益困。"经界推排法就是丈量土地，重定税额的措施。

〔2〕轻狂：做事不稳重。指地方官的急于阿谀奉承。

〔3〕山东河北：当时被元人所占领。

解读

南宋度宗咸淳年间，朝廷实行田地"经量"。进一步搜刮民脂民膏，供统治者奢侈无度地挥霍。而对外，统治者则一味卑躬屈膝，不思收复北方大片国土。于是醴陵的下层知识分子便在墙壁上题写此词，辛辣地讽刺和有力地鞭挞了当时的统治阶层。围绕着"经量"一事，通篇采用重辞叠句的修辞方法。短短篇幅，连用八个"经量"，主语不同，含义亦不同。刻画了从中央到地方各级官员的丑恶面目。

徐君宝妻

徐君宝妻，宋末岳州人。其妻被元兵掳劫到杭州，誓不从敌，自投池水身亡。留下绝命词一首。

满庭芳

汉上繁华，江南上物，尚遗宣政风流[1]。绿窗朱户，十里烂银钩[2]。一旦刀兵齐举，旌旗拥、百万貔貅[3]。长驱入，歌台舞榭，风卷落花愁。 清平三百载，典章人物，扫地俱休[4]。幸此身未北，犹客南州。破鉴徐郎何在[5]？空惆怅、相见无由。从今后，梦魂千里，夜夜岳阳楼。

注释

〔1〕汉上：指江汉流域。宣政：宣和、政和，都是北宋末年徽宗的年号。借指太平岁月。

〔2〕烂银钩：光亮的银制帘钩。代指华美的房屋。

〔3〕貔貅：指元军。

〔4〕三百载：指北宋建国至南宋灭亡（960—1279）共三百多年。这里举整数。

〔5〕破鉴徐郎：据孟棨《本事诗》载：南朝徐德言娶陈后主妹乐昌公主。陈将亡，德言谓其妻曰："以君之才容，国亡必入权豪之家。"乃破镜各留一半，约某年某月某日在市场上卖破镜相会。陈亡，公主为杨素所得。徐德言依约到京都，见有人出卖破镜，便以自己的破镜与其相合，题《破镜诗》一

绝。杨素见诗后还其妻。这里代指自己丈夫徐君宝。

解读

这是一位亡国女子在被劫殉节之际写下的绝命词。她回顾了南宋昔日的繁华鼎盛，一直推想到北宋当年安宁和平的生活。愤慨铁蹄南侵，如风卷落花，南宋小朝廷不堪一击，叹息丈夫生死不明，无由相见。词人品格坚贞，胸襟宽大。全词纵横时空，包举涵括。将个人遭际与历史变迁紧紧联系在一起，悲悼文明惨遭蹂躏。这也是南宋小王朝的一篇挽词。凄婉哀怨，深沉悲凉。

蒋 捷

蒋捷，字胜欲，号竹山，阳羡（今江苏宜兴）人。咸淳十年（1274）进士。宋亡后，遁迹不仕。有《竹山词》。

一翦梅

舟过吴江

一片春愁待酒浇，江上舟摇，楼上帘招[1]。秋娘渡与泰娘娇，风又飘飘，雨又萧萧[2]。 何日归家洗客袍？银字笙调，心字香烧[3]。流光容易把人抛，红了樱桃，绿了芭蕉。

注释

〔1〕帘：酒帘，酒旗。

〔2〕秋娘、泰娘：吴江有秋娘渡和泰娘桥，此处用来借指吴地歌伎。

〔3〕银字笙：笙上用银作字以表示音色的高低。

解读

词写旅途漂泊的无限感慨，流露出对家乡的不尽思念，对时光流逝的哀伤叹息。词人用清丽萧瑟的景象烘托内心的情感，读来仿佛是淡淡的，品味之余，只觉得深长绵绵，无休无尽。其中并不仅仅是对家乡的思念，而且融入对故国的哀思。全词多用叠字突出情感表现，流畅自然，音节谐婉，显示了词人高超的驾驭体裁的能力。

女冠子

元夕

蕙花香也，雪晴池馆如画。春风飞到，宝钗楼上[1]，一片笙箫，琉璃光射[2]。而今镫漫挂，不是暗尘明月，那时元夜。况年来、心懒意怯，羞与蛾儿争耍[3]。　　江城人悄初更打，问繁华谁解、再向天公借？剔残红灺[4]。但梦里、隐隐钿车罗帕[5]。吴笺银粉砑[6]，待把旧家风景，写成闲话。笑绿鬟邻女，倚窗犹唱，夕阳西下。

注释

〔1〕宝钗楼：咸阳酒楼，后泛指酒楼。

〔2〕琉璃：指元夕的花灯。

〔3〕蛾儿：用彩纸剪成的闹蛾，古代元宵节女子的首饰。周密《武林旧事》卷二载："元夕节物，妇人皆戴珠翠、闹蛾、雪柳。"

〔4〕灺（xiè谢）：蜡烛灰烬。

〔5〕钿车：装饰华丽的车子。

〔6〕银粉砑：在信笺上碾上银粉，使之发光。古代一种考究的信笺。

解读

亡国以后，遇到元宵如此热闹的节日，词人当然也不会有往日的心情和情绪。景物是一样的，蕙花飘香，"池馆如画"，酒楼喧闹，花灯灿烂。但是，词人"年来心懒意怯"，没有了"蛾儿争耍"的热情，更没有赏灯的兴致。词人追问"繁华谁解"，是一种强烈的今昔感慨，是对往日的无限眷恋。与其参与现实的欢闹，不如将"旧家风景，写成闲话"，独自咀嚼体味。"邻女"不知愁苦，已经忘记了亡国的现实，越发显得词人的寂寞孤单。这首词还是采用传统的抒情手法，借女子之口倾诉，这位女子是词人的化身。

虞美人

听雨

少年听雨歌楼上，红烛昏罗帐。壮年听雨客舟中，江阔云低、断雁叫西风[1]。　而今听雨僧庐下，鬓已星星也[2]。悲欢离合总无情，一任阶前点滴到天明。

注释

〔1〕断雁：失群的孤雁。

〔2〕星星：形容白发。

解读

人生少年、壮年、老年的三个阶段，通过“听雨”这一生活细节，被很好地组合在一起，形成强烈的对比效果。少年时出入歌楼妓院，生活舒适，不知愁为何物。壮年以后，故国沦丧，词人也沦落为天涯飘零的亡国奴。直到而今，品尝了人生的无限痛苦，心境归于麻木。词人擅长用淡淡的叙述诉说深深的悲苦，这首词也是这样。

霜天晓角

人影窗纱，是谁来折花？折则从他折去；知折去，向谁家？　檐牙枝最佳[1]，折时高折些。说与折花人道，须插向，鬓边斜。

注释

〔1〕檐牙：屋檐角边上。

解读

这首小令写词人爱花、惜花的一个小片段，表现出词人对生活的热爱。

词人坐在房中，对窗纱外的折花人有无限的想象。这位折花者一定与诗人一样，是一位爱花、爱生活的人，但他折花去做什么呢？如果插在美人的鬓边，人与花相互映衬，那又是一番旖旎的风光。所以，诗人嘱托折花者，要折下“檐牙”最高枝上开放得最美丽的鲜花，那么诗人想象此花也应该插在最美丽的女子鬓边，生活中就是这样充满了美的情趣。对“折花”一个小片段的浮想联翩，显示了诗人丰富的想象力与生活热情。诗歌都是用最平白的口语写成，却令读者回味无穷。

昭君怨

卖花人

担子挑春小，白白红红都好。卖过巷东家，巷西家。　帘外一声声叫，帘里丫鬟入报。问道买梅花？买桃花？

解读

蒋捷是富有生活情趣的诗人，生活中的细微小事都能引起他的无限兴趣，引发他的丰富联想，提炼为诗材，表现为诗情画意的优美境界。春天来了，处处挥洒着灿烂的春意。诗人却以特殊的想象力，以为小小的担子能挑起整个春色，因为这是卖花的担子。花是春天的标志，是春天的象征。小小的卖花担子，当然像是挑起了所有的春天好景色。闺中人将花买回家，也就是将春天买回来了。卖花的“红红白白”，丫鬟的“买梅花”、“买桃花”的问语，都昭示了春天的姹紫嫣红、五彩缤纷。而卖花人巷东、巷西的串走，丫鬟的活泼，又给烂漫的春天增添了一份喧闹。

张　炎

张炎（1248—1320），字叔夏，号玉田，又号乐笑翁。循王张俊六世孙。寓居临安（今杭州）。宋亡时，年二十九，家产籍没，流落江湖，至以卖卜为生。至元二十七年（1290），曾北游大都，次年春后南归。有《山中白云词》，存词三百余首。

高阳台

西湖春感

接叶巢莺，平波卷絮，断桥斜日归船[1]。能几番游？看花又是明年。东风且伴蔷薇住，到蔷薇、春已堪怜。更凄然，万绿西泠，一抹荒烟[2]。　当年燕子知何处？但苔深韦曲，草暗斜川[3]。见说新愁，如今也到鸥边[4]。无心再续笙歌梦，掩重门、浅醉闲眠。莫开帘，怕见飞花，怕听啼鹃。

注释

〔1〕接叶：树的枝叶互相交接重迭，形容树叶茂密。巢莺：杜甫《陪郑广文游何将军山林》："卑枝低桔子，接叶暗巢莺。"断桥：在西湖孤山侧面，里湖与外湖之间。

〔2〕西泠（líng零）：桥名，在孤山下，后湖和里湖的分界线。

〔3〕韦曲：地名，在长安城南。唐时韦氏世居于此，故名韦曲。此处借指杭州西湖。斜川：地名，在江西星子县与都昌县之间的湖泊中。陶潜有《游斜川诗并序》歌咏过斜川的景色。这里同上韦曲，均为代指。

〔4〕见说：听说。鸥边：鸥鹭忘机，如今连无知的鸥鹭也知愁恨了。

解读

杭州是词人的故乡，美丽的西子湖又是他年轻时最喜盘桓游赏的地方。那时，词人是“承平贵游少年”。故国沦丧之后，故地重游，词人失去了家园，失去了国家，成为一个凄苦飘零的流亡者。举目所见，山河不殊而人世不同。所以，词人借咏西湖，抒发自己国破家亡的哀痛。画面苍凉凄淡，音节低沉，有一种无可奈何的怅惘与日暮时那种无望的哀愁。“接叶巢莺”三句，描绘西湖暮春画面，暗示故国覆亡、江山易主。昔日的黄莺藏身于密集的树叶之间而不肯一睹往日的西湖，开篇就写出词人因亡国而惧怕接触外面世界的特殊心态。斜阳映照下西湖的暮春景象，给人一种“乌衣巷口夕阳斜”的特别回味，古今盛衰之慨缓缓流露。于是，逼出“能几番游”的沉痛追问，归结上文。淡淡的诉说中，有无限的酸楚，让人感觉到词人已经不再有呐喊的热情。“东风且伴”三句，承上启下，寄希望于东风暂住，伴随蔷薇，给词人以暮春的些许安慰。蔷薇花开，已是春暮，故曰“堪怜”。词人鼓起最后一点生活热望，想挽留春天，却终归失望。反复思量，心情倍加凄暗。“更凄然”三句，补足上文，涂抹出西湖的凄凉景象。今天的西湖，日见荒凉。昔日万绿丛中的西泠桥，如今已成一抹荒烟。上片一直极含蓄，至此则变为沉痛的直接诉说。下片因此转而抒写重游西湖时今昔兴亡的悲慨。“当年燕子”三句，暗写自己家世的零落，故国和故家都是一片“苔深”、“草暗”，荒凉难堪。“见说新愁”二句，词人补充一个细节，西湖上往日往来自由、无忧无虑的鸥鸟，如今也品尝到愁的滋味，可见愁绪之浓重和弥漫无边。“无心再续”三句回到自身。词人再也无法用昔日的歌舞繁华美梦欺骗自己，再也无法在幻觉世界里停留下去。现实中，词人只想闭门逃避冷酷现实，以酒浇愁，醉入梦乡，以求忘却。饮酒无心，故曰“浅醉”，等待着的恐怕是一个无眠的折磨人之夜。词人万不得已，只好采取闭目塞听的做法：“莫开帘，怕见飞花，怕听啼鹃。”两个“怕”字，写出亡国遗民多愁善感、触物伤情而又无可奈何的沉痛心情。清陈廷焯对此词推崇备至，说：“玉田《高阳台》一章，凄凉幽怨，郁之至，厚之至，与碧山如出一手。乐笑翁集中也不多觏。”（《白雨斋词话》卷二）

甘州

辛卯岁[1]，沈尧道同余北归[2]，各处杭、越[3]。逾岁，尧道来问寂寞，语笑数日，又复别去。赋此曲，并寄赵学舟[4]。

记玉关踏雪事清游[5]，寒气脆貂裘。傍枯林古道，长河饮马，此意悠悠。短梦依然江表[6]，老泪洒西州[7]。一字无题处，落叶都愁[8]。　载取白云归去[9]，问谁留楚佩，弄影中洲[10]？折芦花赠远，零落一身秋。向寻常、野桥流水，待招来不是旧沙鸥。空怀感，有斜阳处，却怕登楼。

注释

〔1〕辛卯岁：指元世祖至元二十八年（1291）。

〔2〕沈尧道：沈钦，字尧道。

〔3〕各处杭、越：此时，沈尧道居杭州，张炎居越州（今浙江绍兴）。

〔4〕赵学舟：名与仁，也曾经与张炎、沈尧道一起赴大都写经。《全宋词》在小序后注云："别本尧道作秋江，赵学舟作曾心传。"

〔5〕玉关：玉门关。这里泛指北方。

〔6〕江表：江南。

〔7〕"老泪"句：《晋书·谢安传》载："羊昙者，太山人，知名士也，为安所爱重。安薨后，辍乐弥年，行不由西州路。尝因石头大醉，扶路唱乐，不觉至州门。左右白曰：'此西州门。'昙悲感不已，以马策扣扉，诵曹子建诗曰：'生存华屋处，零落归山丘。'恸哭而去。"谢安临终前还曾扶病路过西州，故羊昙有此表现。西州：故址在今南京市朝天宫西。

〔8〕"一字"二句：用"红叶题诗"典故。唐范摅《云溪友议》卷十载：卢渥到长安应试，路过御花园外水沟，见一红叶，取来时发现上面有宫人所题绝句一首，诗曰："流水何太急，深宫尽日闲。殷勤谢红叶，好去到人间。"

〔9〕白云：古人将其作为隐居的标志。陶宏景《诏问山中何所有赋诗作答》："山中何所有？岭上多白云。只可自怡悦，不堪持赠君。"

〔10〕“问谁”二句：语本《楚辞·湘君》：“捐余玦兮江中，遗余佩兮澧浦。”“君不行兮夷犹，蹇谁留兮中洲。”

解读

1290年秋，张炎被征召前往大都，次年南归，这首词便是对此事的追忆。开篇五句概括赴大都写经的旧事，展现了一幅冲风踏雪、长河饮马的北国羁旅图，气势开阔，笔力劲峭。北风凛冽，寒气袭人，几匹瘦马驮着两三个“南人”，在那枯林古道上艰难行进，茫茫大雪随即掩盖其行进的足迹，内心之苦痛与忧思化作“此意悠悠”。“短梦”言旅途中对江南的思念，好梦不长，故令人痛哭流涕。“一字”二句写与江南友人音信不通，片片落叶更牵动离人愁怀。上片苍凉壮阔，显示了北地风光对张炎词的影响。下片写返回江南后与友人再别。友人归隐白云深处，自己则流落他乡。“问谁留”二句用典，写对友人的思念，其间的凄楚也是亡国后带来的。以下遥想别后景况。想念已极，便折芦花赠远。从枯瑟的芦苇上，老友不难想见赠者零落如秋叶的身世和心境。“向寻常”三句，继写与友人音信不通，芦花自然无由寄达。亡国之后，情景皆异，即使招来隐居同伴，已非旧日沙鸥。也就是说，亡国后无复隐居情趣。这一笔，将友人目前的生活状态和自己的期待，都一起否定了。亡国遗民，了无生趣。结尾三句写登楼望远，表面上是思念友人，实际上是眷恋故国，故害怕斜阳牵动无限离愁。全词种种思念情绪的背后则都是故国情思。清陈廷焯《云韶集》评论此词说：“一片凄感，似唐人悲歌之诗。结笔一往情深。”

解连环

孤雁

楚江空晚，怅离群万里，恍然惊散[1]。自顾影欲下寒塘，正沙净草枯，水平天远[2]。写不成书，只寄得相思一点[3]。料因循误了，残毡拥雪，故人心眼[4]。　谁怜旅愁荏苒[5]？谩长门夜悄，锦筝弹怨[6]。想伴侣犹宿芦花；也曾念春前，去程应转[7]。暮雨相呼，怕蓦地玉关重见[8]。未羞他双燕归来，画帘半卷[9]。

注释

〔1〕楚：泛指南方。旧传雁南飞至彭、衡阳等地乃止，皆春秋时楚国之地。怳（huǎng晃）然：失意的样子。

〔2〕寒塘：寒冷的水塘。崔涂《孤雁》二首之二："寒塘欲下时。"

〔3〕写不成书：兼用雁足传书与雁群排成人字这两层意思，孤雁不能成字，只有一点，所寄者也只此一点而已。

〔4〕"料因循"三句：用苏武"帛书系雁足"的故事。《汉书·苏武传》：匈奴"幽武置大窖中，绝不饮食。天雨雪，武卧啮雪与毡毛并咽之，数日不死"。

〔5〕荏苒（rěn rǎn）：辗转，连绵不断。这里有延误之意。

〔6〕长门：用汉武帝陈皇后的故事。这里借宫怨衬托雁的孤寂与哀愁。锦筝：筝的美称。筝有十二或十三弦，斜列如雁行，有称雁筝者。

〔7〕芦花：指芦苇塘。陆游《闻新雁有感》："新雁南来片影孤，冷云深处宿菰芦。"去程应转：南去的行程应当回转。

〔8〕怕：如其，倘若。

〔9〕未羞：不羞。旧日的伴侣再度相逢，孤雁不孤，面对双燕，何羞之有？

解读

这首词咏孤雁而出色，词人因此获得"张孤雁"的美称。孤雁失群离伴的孤独生活和凄苦遭遇，与遗民失去故国、凄凉无依的境遇十分相似，词人在所咏之物身上倾注了无限深沉的情感。孤雁的"写不成书"，正是亡国遗民急于诉说、思恋不已的亡国愁苦的形象表述。遗民词人咏物都有强烈的目的性，在词中会有明显表露。这首词先写"楚江"离散的孤雁，一句"故人心眼"，从咏物转写人事。"长门夜悄"的典故使用，又将泛泛的人事描写转向故国哀思。层层转折，抒情主旨逐渐显露。

月下笛

孤游万竹山中[1]，闲门落叶，愁思黯然，因动黍离之感[2]。时寓甬东积翠山舍。[3]

万里孤云，清游渐远，故人何处？寒窗梦里，犹记经行旧时路。连昌约略无多柳[4]，第一是难听夜雨。谩惊回凄悄，相看烛影，拥衾谁语？　张绪[5]归何暮！半零落依依，断桥鸥鹭[6]。天涯倦旅，此时心事良苦。只愁重洒西州泪[7]，问杜曲人家在否[8]？恐翠袖正天寒，犹倚梅花那树[9]。

注释

〔1〕孤游：独游。万竹山：在浙江天台西南45里。

〔2〕黍离：语本《诗经·黍离》："彼黍离离"，写周平王东迁后，西周故都荒芜，宫殿旧址长满了黍稷。后以表现故国之思与家国的残破。

〔3〕甬东：地名，今浙江舟山定海县。

〔4〕连昌：唐宫殿名，唐高宗所置，宫中多植柳。元稹有《连昌宫词》咏安史乱后宫室的残破荒凉。这里借指南宋故宫。

〔5〕张绪：字思曼，南齐吴郡人。风姿清雅，官至国子祭酒。《南史·张绪传》载：齐武帝植蜀柳于灵和殿前，叹曰："此杨柳风流可爱，似张绪当年时。"

〔6〕断桥：在杭州西湖白堤上。

〔7〕西州泪：《晋书·谢安传》载："羊昙者，太山人，知名士也，为安所爱重。安薨后，辍乐弥年，行不由西州路。尝因石头大醉，扶路唱乐，不觉至州门。左右白曰：'此西州门。'昙悲感不已，以马策扣扉，诵曹子建诗曰：'生存华屋处，零落归山丘。'恸哭而去。"

〔8〕杜曲：地名，在长安南。唐代杜氏世居于此，故名。

〔9〕"恐翠袖"二句：用杜甫《佳人》："天寒翠袖薄，日暮倚修竹。"

解读

词人渐近暮年，亡国之恨依然强烈，时刻盘旋于心头，格调转向深沉苍老。今日独游万竹山，故国黍离之悲思再度涌上心头。词人并不注重眼前山中景色的描写，思绪联翩，回到了故国宫殿，回到了临安都城，因而叹息自己的“零落”与“天涯倦旅”。这首词的构思不同于他人。像这样的题材，他人抒情模式往往是从眼前景物引发对往事的思恋，或者眼前景物牵动悲苦情怀。词人则完全撇开山中景色，实在是内心的痛苦太强烈的结果。

清平乐

采芳人杳[1]，顿觉游情少。客里看春多草草，总被诗愁分了。　去年燕子天涯，今年燕子谁家[2]？三月休听夜雨，如今不是催花。

注释

〔1〕采芳人：指游春采花的姑娘们。

〔2〕“去年”二句：用唐刘禹锡《乌衣巷》“旧时王谢堂前燕，飞入寻常百姓家”诗意。

解读

词人不是泛泛地留恋、痛惜春天的离去，其中渗透着故国沦亡后早年美好生活一去不返的深悲巨痛。词人没有游春兴趣，不愿听夜雨催花，关键是因为自己类似于飘零无依的“燕子”的亡国奴身份所引起的，是对外界的一种深度心理恐惧。家国的覆亡，在词人心灵上留下了永远不可磨灭的创伤。